레드 스패로우 3

PALACE OF TREASON

레드
스패로우 3

PALACE OF TREASON
배반의 궁전

제이슨 매튜스 지음
박산호 옮김

오픈하우스

존경하는 나의 형 윌리엄에게

일러두기

1. 작은따옴표(' ')는 강조하는 부분에만 표시했다. 특히 작중인물이 마음속으로 한 말 중에서, 원서 서체가 바뀌는 부분만을 작은따옴표로 묶었다. 그 외에 마음속으로 한 말은 따로 구분 짓지 않았다.
2. 외국 인명, 지명은 외래어표기법을 따르되 일부는 관용적인 표기를 따랐다.
3. 책, 신문, 잡지는 『 』, 단편과 시는 「 」, 영화와 노래 제목은 〈 〉로 묶어 표기했다.

1

러시아 해외정보국 SVR 소속 도미니카 예고로바 대위는 입고 있는 검은색 미니 원피스 단을 밑으로 잡아당기면서 붉은 네온사인 불빛이 비치는 피갈의 혼잡한 클리시 대로를 가득 메운 사람들 사이를 이리저리 빠져나갔다. 그녀는 턱을 치켜들고, 검은 하이힐로 파리의 보도 위를 또각또각 소리를 내고 걸어가면서 앞에 가는 토끼의 회색 머리를 시야에서 놓치지 않았다. 걸어가는 목표를 홀로 추적하는 기술은 공격적인 미행 기술 중에서도 고난이도의 기술이다. 도미니카는 어느 정도 거리를 두고 따라가면서 도로 한가운데 있는 교통섬(보행자를 보호하기 위해 도로 가운데 만들어놓은 구역-옮긴이)으로 가서 그와 나란히 가다가 초저녁 거리를 오가는 행인들 뒤에 바짝 붙어 숨기도 했다.

남자는 고수와 고추 냄새가 풍기는 길모퉁이 케밥 노점상 앞에 멈췄다. 노점상 주인이 골판지로 화로의 숯을 부채질해서 가끔 사방으로 불똥이 날렸다. 그는 까맣게 그을린 케밥 꼬치(기독교인들이 사는 이 구역에는 주로 돼지고기 케밥을 판다)를 하나 샀다. 도미니카는 가로등 뒤로 슬쩍 숨었다. 저 토끼가 뒤를 살펴보려고 노점상을 이용했을 가능성은 별로 없었다. 지난 사흘 동안 그는 미행을 의식하지 못한 채 자신의 행적을 다 드러냈으니까. 그녀는 그가 미행당하고 있다는 사실을 너무 일찍 알아차리는 건 원치 않았다. 거리에 도사리고 있는 다른 존재들은 이미 댄서의 다리, 위풍당당하고 풍만한 가슴, 아크등 불빛처럼 파란 눈의 그녀가 군중 속을 헤치고 가는 모습을 지켜보고, 그녀의 흔적을 따라가고, 그녀의 강점이나 약점을 알아내기 위해 냄새를 맡고 있었다.

도미니카는 주위를 두 번 아주 슬쩍 노련하게 훑어보며 동물원에 온 것처럼 몰려 있는 얼굴들을 살펴봤지만 말썽이 일어날 징조인 목덜미가 따끔거리는 느낌은 들지 않았다. 그녀가 쫓는 토끼, 즉 이란 남자는 케밥을 다 뜯어먹고 꼬챙이를 하수구에 던져버렸다. 이 시아파 이슬람교도는 돼지고기를 먹는 것에 양심의 가책을 느끼지 않는 것 같았다. 창녀의 가랑이에 얼굴을 문지르는 것도 마찬가지고. 도미니카는 다시 걷기 시작한 그와 보조를 맞췄다.

덥수룩한 수염에 얼굴이 거무스름한 젊은 남자 하나가 국숫집의 김 서린 유리창에 친구들과 같이 기대서 있다가 갑자기 도미니카 옆으로 쓱 와서 그녀의 어깨에 한 팔을 올렸다. "즈 방드 푸르 투아(너 보니까 꼴딱 선다)." 그는 마그레브(북아프리카의 리비아, 알제리, 튀니지에 걸친 지방-옮긴이)에서 쓰는 어법에 맞지도 않는 불어로 말했다. 그녀를 보고 흥분한 그는 발기돼 있었다. 맙소사. 이럴 시간 없는데. 그녀는 배 속에서 끓어오르는 분노가 양팔로 퍼지는 걸 느꼈다. 안 돼. 얼음처럼 차가워져야 해. 그녀는 몸을 흔들어서 그의 팔을 떨쳐버리고, 그의 얼굴을 확 밀어버리고 계속 걸었다. "딴 데 가봐. 혹시 내가 또 거기 있을지도 모르잖아." 그녀는 어깨 너머로 말했다. 그 젊은 남자는 우뚝 멈춰 서서, 음란한 손짓을 하더니, 보도에 대고 침을 퉤 뱉었다.

도미니카가 이란인의 회색 머리를 다시 발견한 순간 그 남자는 라 디바 댄스홀 입구 테두리에서 오르락내리락하는 불빛들을 지나쳐 들어갔다. 그녀는 천천히 걸어갔다가 문 앞에 걸린 묵직한 벨벳 커튼을 보고 남자가 안으로 완전히 들어갈 때까지 잠시 뜸을 들였다. 머릿속에 이란 이슬람 공화국의 핵 기밀이 들어 있는 작은 체구의 남자, 그가 바로 그녀의 사냥감이자 포섭대상이었다. 도미니카는 숫돌에 가는 것처럼 다시 의지를 다졌다. 이것은 적대적인 포섭 시도이자, 매복이자, 강압적이고 냉혹한 권유가 될 것이다. 그녀는 앞으로 30분 안에 그의 마음을 뒤집을 기회가 반반이라고 봤다.

오늘 밤 도미니카는 갈색 머리를 어깨에 늘어뜨리고, 1920년대 무용수처럼 한쪽 눈을 앞머리로 가렸다. 호랑나비 무늬가 그려진 도수 없는 사각형 안경도 썼다. 오늘 밤은 프랑스 버전의 로이스 레인(슈퍼맨의 여자친구-옮긴이)으로 위장한 셈이었다. 하지만 그 사무직원 같은 위장은 가슴이 깊게 파인 시스루 원피스와 루부탱 펌프스 때문에 별 효과가 없었다. 전직 발레리나인 그녀의 다리는 맵시 있고 장딴지의 근육이 잘 잡혀 있었다. 다만 스무 살 때 발레 아카데미 라이벌 때문에 오른발이 으스러지는 사고를 당해서 사람들이 눈치 못 챌 정도로 아주 살짝 다리를 절며 걸었다.

파리. 그녀는 몇 달 전 에스토니아의 한 다리 위에서 스파이 교환을 통해 모스크바로 돌아온 후로 서구의 공기는 마시지 못했다. 당시의 이미지들은 흐릿해지고 있었고, 오래전 은색 달빛에 젖은 다리를 걸어가던 그녀의 발소리는 그날 밤 안개에 묻혀 희미해지고 있었다. 고국에 돌아온 그녀는 러시아의 공기를 깊이 들이마셨다. 이곳은 그녀의 조국, '로디나'(민족적인 의미의 러시아 조국을 뜻하는 고유명사-옮긴이), 모국. 그러나 소나무 숲과 비옥하고 검은 흙에서 풍기던 알싸한 공기는 마루 밑에 숨겨진 동물 사체처럼 은밀한 부패에 오염돼 있었다. 물론 그녀가 고국에 돌아왔을 때 사람들은 열광적으로 환호했다. 뚱뚱한 정부 관료들은 그녀에게 화려한 찬사와 호의를 아낌없이 베풀었다. 그녀는 SVR 본부, 일명 센터에 바로 출근했지만 거기서 동료들을 다시 만나고, 권력의 핵심에 있는 특권층을 보자 우울해졌다. '뭘 기대했어?' 그녀는 생각했다.

이제는 그녀가 처한 상황이 달라졌다. 아주 절묘하고 엄청나게, 극도로 위험하게 달라졌다. 그녀는 CIA(미국 중앙정보국-옮긴이) 요원에게 포섭됐다(그리고 그와 사랑에 빠졌다). 그다음에 CIA에게 그녀가 러시아의 이중 스파이가 아니란 걸 확인하는 테스트를 받아 통과한 후, 훈련을 받았고, 센터에 침투하라는 지시를 받고 다시 모스크바로 돌아왔다. 그녀는 자신이 몸담고 있는 정보부의 유독한 공기를 마시며 기다리고, 듣고, 조용히 살아가는 것처럼 보이는 법을 배우는 중이었다. 그래서 본부에서 제안한 시시한 자리 몇 개를 고사했다. 그녀는 CIA가 정말 원하는, 중요한 기밀 정보에 접근할 수 있는 자리를 기다릴 것이다. 지금 하는 업무에 관심 있는 척하면서 한편으로는 시간을 내서 작전 심리학에 대한 단기 강좌와 방첩 강좌를 들었다. 이런 걸 알아두면 나중에 여기 정보부에 있는 내부첩자 사냥꾼들이 어떻게 사냥하는지, 그들이 그녀를 잡으러 올 때 계단에서 어떤 발소리가 들릴지 알 수 있으니 유용하게 쓰일 것이다.

도미니카는 그들의 영혼을 들여다보며 때를 기다렸다. 그녀는 공감각을 지각할 수 있는 능력을 타고나 사람들 주위를 둘러싼 아우라의 색깔에 깃든 정열, 배신, 두려움 혹은 기만을 읽을 수 있었다. 다섯 살 때, 도미니카의 그런 능력 때문에 교수인 아버지와 음악가인 어머니는 충격을 받고 걱정했다. 부모는 어린 딸에게 일찍 싹튼 능력을 다른 사람에게는 절대 발설하지 못하게 했고, 그녀가 그것에 익숙해졌을 때도 그 약속은 변하지 않았다. 스무 살 때, 도미니카는 발레 아카데미의 밤색 음률에 맞춰 허공으로 번쩍 들어 올려졌다. 스물다섯 살 때, 그녀는 한 남자를 둘러싼 진홍색 후광을 보고 그의 성욕이 어느 정도인지 가늠했다. 이제 막 서른이 된 그녀는 사람들의 감정을 읽을 수 있는 능력으로 자신의 목숨을 구하게 될지도 모를 일이었다.

또 다른 게 있었다. 도미니카는 CIA에 포섭된 후 세상을 떠난 어머니의 모습을 보곤 했다. 그 상냥한 유령은 도미니카의 곁에 나타나 그녀를 격려하고 지지해줬다. 러시아인들은 영적이고 감정적인 민족이기 때문에 조상을 애정 어린 마음으로 기억하는 행위를 소름 끼쳐 하거나 정신적으로 문제가 있다고 생각하지 않았다. 적어도 도미니카는 그 점에 대해 걱정하지 않았다. 게다가 그녀가 다시 이중생활을 시작해 어두운 동굴 입구에 서서 그 안에 있는 야수의 냄새를 맡으며 그 짐승과 잘 지내보려는 의지를 다지고 있을 때, 어머니의 영혼은 희미하게 빛나는 손을 그녀의 어깨에 대고 격려해줬다.

그녀는 서구에서 센터로 돌아오자마자 방첩 부서의 키 작고 느끼한 남자와 음침한 여자 속기사가 대동한 자리에서 두 가지의 보안 통과 테스트를 거쳤다. 남자는 도미니카를 아테네에서 거의 죽일 뻔했던 스페츠나즈(러시아 특수부대-옮긴이) 암살범에 대해 묻고 나서 CIA에 구금돼 있을 당시의 상황에 대해 물었다. CIA 요원들이 어땠는지, 미국인들이 그녀에게 무슨 질문들을 했는지, 그리고 그녀는 그들에게 무슨 말을 했는지 물었다. 도미니카는 기만과 탐욕의 색인 노란 후광에 둘러싸인 여자 속기사를 노려보면서 아무 말도 하지 않았다고 대답했다. 곰이 그녀의 신발 냄새를 맡고 고개를 끄덕이는 걸 보니 만족한 것 같았다. '하지만 곰은 결코 만족하는 법이 없지. 결코 만족한 적이 없어.' 그녀는 생각했다.

그녀가 미국인들을 이용했고, 거의 탈출할 뻔했고, 그들과 접선했다는 점 때문에 의심을 받았지만 사실 서방에서 현장 근무를 마치고 돌아온 관리들은 누구나 그런 의심을 받았다. 그리고 그녀는 도마뱀 같은 FSB(러시아 연방보안국-옮긴이)의 적갈색 눈이 그녀를 주시하면서, 그녀의 주위에 파문이 일기를 기다리며, 해외에서 이메일이나 엽서가 오거나, 모스크바 교외에서 암호 같은 전화가 오거나 외국인과 접촉하는지 감시하고 있다는 걸 알고 있었다. 하지만 파문은 일지 않았다. 도미니카의 행동 패턴은 평범했고, 그들이 관심을 가질 만한 건 하나도 없었다.

그래서 그들은 모스크바 외곽 순환도로에서 좀 멀리 떨어진 바르샤브스카야 거리에 있는 도모데도보의 오래된 대저택에서 진행하는 '필수' 호신술 코스를 맡은 미남 체력 교관을 그녀와 대련시켰다. 그곳은 계단에서는 삐걱거리는 소리가 나고, 구리 지붕에 초록색 줄이 죽죽 그어지고 곰팡이가 핀 허름한 저택이었다. 저택은 관영 식물원이란 비딱한 표지판이 걸린 벽 뒤의 지저분한 식물원 안에 자리 잡고 있었다. 지루해진 수강생들은 (얼굴이 불그스름한 여자 세관 공무원 하나와 지나치게 연로한 국경 경비원 둘) 연습실로 쓰이는 사방이 유리로 된 윈터 가든의 벽 쪽 벤치에 앉아 담배를 피우고 있었다.

교관의 이름은 다닐, 키가 큰 금발의 대러시아인(구소련의 유럽 북부와 중부에 사는 러시아의 주요 민족-옮긴이)으로 서른다섯 살 정도 되어 보였다. 손은 피아니스트처럼 섬세하고, 손목은 튼튼하고, 몸매는 우아하면서도 단단했다. 이목구비는 섬세했다. 턱선과 뺨과 이마가 잘생겼고, 나른해 보이는 파란 눈을 덮은 어마어마하게 긴 속눈썹을 깜박이면 방 건너편에 있는 화분의 야자수들까지 흔들릴 것 같았다. 도미니카는 SVR에 필수 호신술 강좌 같은 건 없다는 것을 알고 있었다. 또한 다닐이 자신의 정보를 캐내기 위해 파견된 가짜 교관일 가능성이 크다는 것도 알고 있었다. 다닐은 대련하면서 자연스럽게 이런저런 질문을 해서 도미니카의 경계심을 늦춘 후에 그녀가 외국 첩보부와 공모했다거나 아니면 그들에게 국가 기밀을 넘겨줬다거나, 흔들리는 야간열차의 뜨거운 2층 침대에서 여러 명의 방탕한 파트너들을 유혹했다는 정보를 캐내려 할 것이다. 그들이 그녀의 어떤 위법 행위를 캐낼지는 중요하지 않았다. 방첩부의 사냥개들은 반역이 뭔지 정확하게 말로 표현하진 못해도 보면 안다.

그래서 도미니카는 대련에서 쓸 만한 기술을 배우게 될 거라는 기대는 하지 않았다. 첫날 윈터 가든의 더러운 유리 천장으로 아롱진 햇빛이 들어오는 동안, 도미니카는 다닐의 머리 주위에서 소용돌이치는 교활한 생각과 마음 그리고 그의 손끝에서 나오는 옅은 푸른색 아우라를 보고 흥미가 생겼다. 게다가 다닐이 그녀에게 러시아의 백병전(칼이나 총검 등의 무기를 가지고 적과 직접 몸으로 맞붙어서 싸우는 전투-옮긴이) 기술인 시스테마 루케파샤노고 보야를 가르칠 때는 놀랄 수밖에 없었다. 그 기술은 그리스 정교회와 러시아 신화와 관련된 10세기 코사크 전통에 뿌리를 둔 중세의 잔인한 싸움 기술로 주로 러시아 군인들에게만 전수되는 것이기 때문이다.

도미니카는 사방에 피가 튄 아테네 호텔 방에서 스페츠나즈 암살범이 같은 동작들을 하는 모습을 본 적이 있다. 그때는 그게 그런 기술인 줄 몰랐고 그저 그 부드러운 동작의 치명적인 효과에 몸서리쳤다. 다닐은 그녀를 훈련시킬 때 하나도 빠뜨리지 않고 다 가르쳤다. 도미니카는 자신이 다시 몸을 써서 운동하는 걸 즐기고 있다는 사실을 깨달았다. 소중히 여겼지만 빼앗겨버린 경력, 그녀가 발레리나였을 때 받은 수업도 기억났다. 시스테마는 유연성과 총알처럼 빠른 속도와 인체의 취약한 부위들에 대한 지식을 중요시한다. 다닐은 상대의 관절에 로크를 걸어서 굴복시키는 시범을 보이면서 그녀에게 얼굴을 바짝 들이댔다가 그녀의 깊은 눈을 보고 함부로 건드려선 안 된다는 걸 깨달았다.

2주가 지난 후 도미니카는 다른 학생이라면 배우는 데 몇 달이 걸렸을 상대를 치고 던지는 방법을 완벽하게 터득했다. 그녀는 처음에 적과 접전을 벌이기 위해 원숭이처럼 다리를 구부리면서 걷는 원숭이 걷기 권법과 손으로 치는 파괴적인 공격을 하기 전에 어깨를 회오리처럼 돌리는 동작을 보고 입을 가리고 웃었다. 이제 매트 위에 상대를 메다꽂는 기술만큼은 다닐과 막상막하일 정도였다. 연습실의 먼지 낀 햇살 속에서 새로운 기술 시범을 보이는 다닐의 휘어지는 등 근육을 보면서 도미니카는 하릴없이 그에 대한 궁금증이 일었다. 그의 동작을 보면 과거에 발레리노였거나 체조 선수였을 것 같다. 그는 어떻게 사람을 죽이는 무술을 하게 됐을까? 그는 빔펠 그룹 출신의 스페츠나즈일까? 그녀는 스패로우(국가에서 미인계를 훈련받은 요원)의 눈으로 그의 약손가락이 집게손가락보다 훨씬 더 긴 걸 알아챘다. 물사마귀가 잔뜩 난 중년 여교사들이 가르친 유혹의 기술 이론에 따르면 그렇게 손가락이 긴 사람은 성기도 클 가능성이 높다고 했다.

유혹의 기술을 가르치는 은밀한 섹스 첩보 아카데미인 스패로우 학교에서 남자의 성기 크기를 가늠하는 것만 배운 건 아니었다. 볼가 강둑의 카잔이란 도시 외곽의 소나무 숲에 있는 페인트가 벗겨져가는 저택의 교실과 강당은 아직도 그녀의 마음속에 남아 있다. 인간의 성과 사랑에 대한 지겨운 임상학적 강의를 하는 소리가 지금도 들린다. 그리고 변태적인 성행위 장면들이 끊임없이 나와 사람을 조마조마하고 초조하게 만드는 영화들도 눈에 보였다. 그녀는 수백 개에 달하는 성적 기교의 목록을 끝도 없이 암기하고 연습해야 했다. 88번은 나비 날개 자세, 42는 진주 목걸이 자세, 32번은 양탄자를 고정시키는 압정 자세. 문득 그것들이 떠올랐고, 멍하니 보낸 낮과 끔찍한 밤들이 불쑥불쑥 생각났다. 그리고 남자의 강한 사향 냄새와 여자의 비누 냄새를 지우려고 사방에 장미 향수를 뿌렸던 일이며, 더러운 손톱으로 그녀의 허벅지를 찔러오는 손들과 통통한 코끝에 매달려 있다 결국엔 그녀의 얼굴 위로 떨어지게 될 땀방울들이 떠올랐다. 도미니카는 그 돼지들, 그녀가 순순히 누워서 다리를 벌릴 거라고 생각한 모든 자들을 괴롭히기 위해 고통을 견뎌냈다. 이제 그들이 그녀를 얼마나 오판하고 있었는지 보여줄 것이다.

'진정해.' 그녀는 스스로에게 말했다. 그녀는 러시아 정보부, 모국의 품으로 돌아와 극히 위험한 삶을 시작하면서 점점 가중되는 스트레스와 싸우고 있었다. 그리고 또 다른 괴로움도 있었다. 그녀는 사랑하는 남자의 생사 여부도 모르고 있었다. 만약 그가 아직도 숨을 쉬고 있다면, 그녀의 사랑은 꼭꼭 숨겨야 할 비밀이었다. 그가 미국 CIA 요원이라는 아주 작고 사소한 사실 때문에. 그녀는 2주간 육체적 훈련을 통해 친해진 후 다닐의 교묘한 심문이 시작되길 기다렸다. 아주 신중하게 행동해야 할 것이다. 다닐을 화나게 만들어서도 안 되고, 빈정거려서도 안 된다. 하지만 이건 또한 그들을 속이면서 동시에 은근슬쩍 푸틴 대통령을 존경한다는 암시를 흘릴 기회이기도 했다. 그녀가 다닐에게 말한 모든 것은 FSB를 거쳐 센터로 보고되어, '귀국 환영' 조사에 관련된 모든 자료에 들어갈 것이고, 결국 그녀가 요원으로서의 지위를 지킬 수 있을지 여부가 판명될 것이다. 하지만 다닐의 저 눈썹은 정말 죽이는군.

도미니카는 고개를 똑바로 들고, 우아한 목을 길게 뻗으면서 라 디바 클럽의 사향 냄새가 나는 벨벳 커튼을 밀어젖혔다. 안쪽 문 앞에 있던 클럽 문지기가 전문가답게 그녀가 입은 검은색 미니 원피스를 훑어보더니, 그녀가 들고 있는 검은 새틴 클러치도 흘낏 봤다. 그 클러치는 립스틱 하나와 비스킷처럼 얇은 스마트폰 하나가 겨우 들어갈 수 있을 정도로 작았다. 문지기는 묵직한 커튼을 옆으로 젖히고 그녀에게 들어가라고 손짓했다. '무기는 없군. 이 가슴 큰 여자는 위험하지 않겠어.' 문지기는 생각했다.

예고로바 대위는 사실 너끈히 치명적인 무력을 행사할 수 있었다. 그녀의 핸드백에 있는 립스틱 튜브는 단발식 전기총으로 SVR 기술 부서인 라인 T 연구소에서 냉전 시대에 쓰던 유서 깊은 권총을 시대에 맞게 새롭게 제작한 것이었다. 이 일회용 립스틱 권총이 발사되면 살상력이 있는 9밀리미터 마카로브 실탄이 정확히 2미터까지 날아간다. 금속 압분철심들이 압축된 이 총알이 목표물에 맞으면 거기를 중심으로 철심들이 광범위하게 흩어진다. 총알을 발사할 때는 찰칵 하는 소리가 단 한 번 난다.

도미니카는 검은 조명이 켜진 클럽 내부를 둘러봤다. 커다란 반원형 방은 구석에 이가 빠진 테이블들과 벽을 따라 줄줄이 늘어선 낡은 인조가죽 부스들로 가득 차 있었다. 구식 각광들이 설치된 낮은 무대는 어둡고 텅 비어 있었다. 그녀의 목표인 파비스 잠쉬디는 가운데 부스에 혼자 앉아 생각에 잠긴 표정으로 천장을 올려다보고 있었다. 도미니카는 다시 클럽을 돌아보면서, 그 공간을 사 등분한 뒤 주로 멀리 떨어진 구석구석을 집중적으로 살펴봤다. 그녀를 감시하거나 주위에서 어슬렁거리는 보디가드는 보이지 않았다. 그녀는 잠쉬디의 부스를 향해 테이블 사이를 요리조리 빠져 나갔고, 도중에 한 테이블에 앉아 있는 뚱뚱한 남자가 그녀에게 오라고 손가락을 튕겨 신호를 보내는 걸 무시했다. 남자는 그녀에게 술을 한 잔 더 갖다 달라고 하거나 클럽 근처에 있는 샤노와르 디자인 호텔에 같이 가서 30분만 즐기다 오자고 하려는 것 같았다.

그녀는 사냥할 때나 적과 접촉할 때, 으레 그렇듯이 긴장이 목구멍으로 올라오고, 가슴이 꽉 죄어오고, 배 속이 서서히 뜨거워지는 익숙한 느낌을 느꼈다. 도미니카는 부스로 슬쩍 들어가서 클러치를 그의 앞에 놨다. 잠쉬디는 기도하는 것처럼 계속 천장을 보고 있었다. 키가 작고 마른 그는 두 갈래로 갈라진 염소수염을 기르고 있었다. 그는 엘 그레코(그리스 태생의 스페인 종교화가—옮긴이)의 그림처럼 테이블 위로 손가락이 긴 두 손을 맞잡고 가만히 있었다. 그는 푸른 기가 도는 회색 양복에 칼라 없는 셔츠를 입고 있었다. 이 키 작은 남자가 물리학자이자 원심 분리 기술 전문가이며, 이란 우라늄 농축 프로그램의 수석 과학자이다. 도미니카는 말없이 그가 입을 열기를 기다렸다.

잠쉬디는 그녀가 옆에 있는 것을 느끼고 고개를 숙여 그녀의 몸매를 훑어봤다. 날씬한 팔, 네모지게 깎은 소박한 손톱. 도미니카는 푸른 혈관이 비치는 그녀의 가슴골에서 그가 눈을 뗄 때까지 그의 얼굴을 빤히 바라봤다.

"한 시간에 얼마야?" 그는 아무렇지 않게 말했다. 그는 귀에 거슬리는 고음의 프랑스어로 말했다. 사향 고양이 같은 냄새가 나는 클럽의 공기 속에서 그의 말은 거짓과 탐욕을 의미하는 뿌연 노란색으로 보였다. 그녀는 클럽의 자외선 조명 속에서도 아무 지장 없이 그의 추악한 색깔들을 읽을 수 있다는 점이 흥미로웠다. 그녀는 계속 온화한 눈빛으로 그를 응시했다.

"내 말 안 들려?" 잠쉬디가 언성을 높여 말했다. "너 프랑스어 못해? 키예프(우크라이나 공화국 수도-옮긴이)에서 온 창녀야?" 그는 그녀를 무시하는 것처럼 다시 천장으로 고개를 돌렸다. 도미니카도 그의 시선을 따라 천장을 바라봤다. 서까래 위에 유리처럼 투명한 특수 플라스틱으로 만든 무대가 걸려 있었고 하이힐을 신은 벌거벗은 여자가 잠쉬디의 머리 바로 위에서 춤을 추고 있었다. 도미니카는 다시 그의 우스꽝스러운 염소수염을 바라봤다.

"왜 날 창녀라고 생각하지?" 도미니카는 완벽한 프랑스어로 말했다.

잠쉬디는 고개를 내려서 그녀와 눈을 마주보고 웃었다. 이쯤 되면 긴 풀 사이에서 바스락거리는 소리, 그러니까 길고 무시무시한 이빨과 발톱에 잡히기 전에 나는 소리를 들었어야 했는데.

"한 시간에 얼마냐고 내가 물었잖아." 그가 말했다.

"500." 도미니카가 머리카락 한 가닥을 귀 뒤로 쓸어 넘기며 대답했다. 잠쉬디는 몸을 앞으로 기울여서 또 다른 음란한 제안을 했다.

"300 더." 도미니카가 호랑나비 무늬 안경 너머로 그를 보면서 말했다. 그리고 미소를 지어 보이면서 다시 안경을 위로 밀어 올렸다. 때맞춰 무대 각광들이 켜지고 허벅지까지 올라오는 비닐 부츠를 신고 하얀 챙이 달린 모자만 쓴 여자들 십여 명이 줄줄이 무대로 나왔다. 벌거벗은 몸을 분홍색과 흰색 줄무늬로 죽죽 긋는 스포트라이트를 받으며 그들은 요란하게 울려 퍼지는 유로팝에 맞춰 빙빙 돌았다.

처음에는 IAEA(국제원자력기구-옮긴이) 러시아 원자력 감독청 대표가 비엔나에서 잠쉬디의 가능성을 간파했다. 그는 그 이란 과학자가 퇴근하고 자주 들르는 구르텔 지구 술집에서 셰리주를 마시는 다리 긴 에스코트들을 아주 좋아한다는 점을 눈치챘다. 이 정보가 비엔나 레지던트(러시아 해외 첩보부인 레지덴투라의 책임자-옮긴이)에게 넘어갔고, 그 레지던트가 모스크바 센터, 즉 모스크바 남서쪽에 있는 야세네보의 SVR 본부에 보고했다.

센터에서는 잠쉬디를 포섭해도 되는지 여부를 놓고 격렬한 토론이 벌어졌다. 러시아에게 사업상 의뢰를 한 고객 국가의 관료를 포섭하는 건 현명하지 않다고 말하는 이들도 있었다. 협박과 강압이라는 구식 기술은 통하지 않을 거라는 말도 나왔다. 자칫 잘못하면 오히려 양국 관계가 손상돼 역효과가 날 수 있다는 말도 나왔다. 한 부서장은 이 기회가 너무 편리한 때 나온 게 아닌지 궁금하다는 말까지 했다. 어쩌면 이건 CIA나 모사드(이스라엘 해외 정보기관-옮긴이)나 M16(영국 해외정보국-옮긴이) 같은 서구 첩보부들이 허위 정보를 흘려서 모스크바의 신뢰를 추락시키려고 덫을 놓은 게 아니겠느냐는 소리였다.

SVR에서 이렇게 미적거리는 일은 흔히 있었다. 현대 첩보부인 SVR은 1930년대 NKVD(소련의 내무인민위원회로 정부 기관이자 비밀경찰-옮긴이)가 스탈린의 격노에 사로잡혀 있었던 것처럼 이제는 엑스레이같이 사람을 꿰뚫어보는 파란 눈과 뒷골목 깡패처럼 잔인한 보복을 일삼는 대통령에 대한 두려움에 여러 갈래로 분열돼 있었다. 형편없는 작전을 승인했다가 블라디미르 푸틴 대통령을 세계 무대에서 망신시키는 최악의 범죄를 저지르고 싶은 사람은 하나도 없었다.

방첩 부서인 라인 KR의 부장인 알렉세이 이바노비치 주가노프는 잠쉬디를 포섭하는 작전이 너무 위험하다고(그게 자기 작전이 아니란 이유가 가장 컸다) 가장 먼저 말한 관료였다. 하지만 전직 KGB 요원이었던(1980년대 후반 공산주의 국가였던 동독의 드레스덴에서 맡은 한직을 포함해 그의 별 볼일 없는 경력에 대한 말은 한 마디도, 절대로 한 마디도 언급해선 안 된다) 대통령은 SVR에서 나오는 소심한 말들은 다 묵살했다.

"이 과학자가 알고 있는 내용을 알아내." 푸틴은 크렘린의 보안 전화로 야세네보의 SVR 국장에게 지시했다. "그 이란 광신도들이 우라늄 농축을 어디까지 했는지 알고 싶어. 시온주의자들과 미국 놈들도 인내심을 잃고 있고." 푸틴은 잠시 입을 다물었다가 다시 말했다. "그 임무를 예고로바에게 맡겨서 진행하도록 해." 대통령이 구체적으로 한 요원을 지정해서 세간의 이목을 끄는 포섭 작전을 맡기는 건 대개는 대단한 칭찬으로 생각할 수 있다. 과거에도 푸틴은 KGB(소련의 국가보안위원회-옮긴이)에서 총애하던 요원들에게 몇 번 그런 식으로 임무를 준 적이 있었다. 하지만 도미니카는 그녀가 선정된 이유에 대해 결코 착각하지 않았다. 그녀는 아직 대통령을 만나본 적도 없었다. "이건 아주 영광스러운 일이야." 국장이 그녀를 자신의 사무실로 불러 크렘린에서 지시가 내려왔다는 통보를 해주면서 한 말이었다. '개소리하지 마. 너희들은 그저 전직 스패로우가 미인계로 덫을 놓길 바라는 것뿐이잖아. 알았어요, 남자들, 손가락 조심하시지.' 도미니카는 생각했다.

임무를 맡게 돼서 좋은 일도 있었다. FSB가 그녀의 충성도를 조사하면서 느껴지던 압박감이 사라진 것이다. 모든 게임이 멈췄다. 카스타나에브스카야 거리에 있는 그녀의 아파트 밖에 아침저녁으로 주차돼 있던 선팅된 푸조가 사라졌고, 방첩 부서의 직원들과 정기적으로 했던 유쾌한 심문도 자취를 감췄고, 잘생긴 다닐과 했던 시스테마 체력 단련도 끝났다. 도미니카는 이제 모든 조사에서 그녀가 믿을 만하다는 판정을 받았다는 걸 알고 있었다. 분명 성질 급한 푸틴의 명령 덕분에 조사를 서둘러 마무리하긴 했지만 어쨌든 이제 끝난 것이다. 도미니카는 푸틴 대통령 본인이 여우인 그녀를 닭장에 집어넣었다는 아이러니를 한껏 음미했다. 하지만 곧 그 쾌감도 가시고 그녀의 마음속에서 가늘고 하얀 분노가 한 줄기 피어올랐다.

그 후론 그녀가 방첩 부서인 라인 KR로 발령된 것을 포함해서 아주 빠르게 일이 진척됐다. 알렉세이 주가노프가 그녀를 불러서 라인 KR이 잠쉬디 작전을 맡으라는 지시가 4층에서 내려왔다고 아무 감정 없이 말했다. 그는 뚱한 태도로 그녀와 눈을 마주치지도 않고 경멸하는 목소리로 말했다. 그렇게 말하는 그의 몸이 소용돌이치는 검은 기운에 휩싸여 있었다. 주가노프는 그녀가 세운 계획이 완벽하게 진행될 수 있도록 라인 KR의 재원이 쓰일 것이며, 어떤 문제도 용납될 수 없다고 단조로운 어조로 말했다. 주가노프의 부관인 예브게니는 삼십 대로, 그리스 정교회 부제만큼이나 성격이 뚱했다. 예브게니는 시종일관 우거지상에, 떡 벌어진 튼튼한 체격에 머리와 눈썹과 온몸에 오랑우탄처럼 검은 털이 빽빽하게 나 있었다. 그는 지금 도미니카 뒤에 있는 문설주에 기대서 주가노프가 하는 말을 들으면서 도미니카의 스커트 밑으로 드러난 엉덩이 곡선을 감상하고 있었다.

사실 주가노프는 그 이란인 과학자를 포섭하는 작전에 반대했다가 공개적으로 묵살당해서 격노하고 있었다. 마음속이 독으로 가득 차 있는 난쟁이 주가노프는(그의 키는 150센티미터를 조금 넘는다) 자신이 아닌 도미니카 예고로바가 그 작전을 맡게 돼서 기분이 상했다. 한갓 대위일 뿐인,

그리고 이제는 그의 새 부하가 된 도미니카를 푸틴 대통령이 이미 알고 있고 그녀를 주시하고 있었다는 사실에 또 화가 났다. 그는 독기에 흠뻑 젖은 음침한 마음으로 숙련된 창녀를 뜯어봤다.

그녀는 첩보부에서는 희귀하고 우스꽝스러운 여자 요원이지만 훌륭한 가문 출신에 난공불락의 명성을 보유하고 있었다. 주가노프는 그녀에 대해 여러 가지 이야기를 들었고, 몇 개의 기밀 보고서도 읽었다. 그녀는 요원으로 일을 시작한 지 얼마 되지 않았는데도 여러 가지 임무를 성공시켰고, 그중에서도 미국을 위해 15년 동안 일하면서 오랫동안 추적을 피해 SVR에 가장 큰 피해를 입혔던 내부첩자이자 베테랑 요원인 블라디미르 코르치노이 장군에 대한 결정적인 정보를 제공해서 그를 체포하는 데 혁혁한 공을 세웠다. 주가노프 역시 코르치노이의 가면을 벗기는 작전에 가담했지만 이 계집처럼 결정적인 정보를 찾지 못했다. 그다음에 도미니카는 부상을 당하고 잡혀서 잠시 CIA에 억류돼 있다 풀려나 야세네보로 금의환향했다. 그리고 그 공을 인정받아 대위로 승진했고, 이제는 라인 KR에 발령받아서 국장이 서류 일체를 내준 사건을 단독으로 맡게 된 것이다.

KGB에 들어오기 전에 루비안카 감옥(소련의 악명 높은 정치범 형무소-옮긴이)에서 악명을 날리는 심문자로 독기에 찬 경력을 시작한 주가노프는 그녀가 받은 이 임무에 반대할 수 없었다. 그는 도미니카에게 그만 물러가라고 지시하고 그녀가 가는 모습을 지켜봤다. 그녀는 문간에 서서 능글맞게 웃고 있는 예브게니 옆을 억지로 빠져나가야 했다. 이란 과학자를 포섭하는 작전은 의도적으로 무산시키기에는 너무 중요한 작전이었지만 루비안카에서 갈고닦은 주가노프의 본능이 다른 쪽으로 움직였다. 도미니카 예고로바가 이 그림에서 빠진다면 그가 이란인 과학자를 잡는 작전을 차지해 큰 공을 차지할 수 있다. 그는 회전의자에 등을 기대고 앉아, 작은 발을 대롱대롱 흔들면서, 한 마디만 해도 가만두지 않겠다는 시선으로 시커먼 눈썹의 예브게니를 노려봤다. 미래는 흐르는 물에 쇠스랑으로 쓴 글과 같다. 미래가 어떻게 될지는 아무도 모른다는 뜻이다.

클럽 밖에서 도미니카는 잠쉬디의 축축한 손을 잡고 밤의 도로를 빽빽하게 메운 차들이 뿜어내는 매연을 뚫고 블랑슈 광장을 얼른 건너간 후, 속도를 늦춰 반 블록을 더 가 파란 줄무늬 차양이 쳐진 작은 호텔 벨기에로 갔다. 카운터에는 지루한 표정을 한 덩치 큰 남자가 서 있었다. 팔뚝이 굵고 더러운 티셔츠를 입은 그 남자가 도미니카에게 열쇠 하나와 수건 하나를 던졌다.

도미니카가 방문을 밀어 열자 조금 열리다가 곧바로 침대의 금속 프레임에 부딪쳤다. 그들은 침대와 금이 간 서랍장 틈을 비집고 들어가야 했다. 방구석에 칸막이를 친 변기 주위에는 녹슨 얼룩이 져 있었고, 여기저기 얼룩지고 흐릿한 거울 하나가 침대 머리맡 나무판 위에 위험할 정도로 너덜너덜해진 벨벳 밧줄 하나에 간신히 매달려 있었다. 잠쉬디는 변기로 걸어가서 소변을 봤다. "옷 벗어." 그는 변기 밖으로 소변을 막 뿌리면서 어깨 너머로 말했다. 도미니카는 침대 발치에 걸터앉아 다리를 꼬고 발을 흔들었다. 5코펙(러시아의 화폐 단위, 1코펙은 100분의 1루블—옮긴이)만 주면 저 이마에 립스틱 권총을 대고 방아쇠를 당겨버릴 텐데. 잠쉬디가 지퍼를 잠그고 그녀를 향해 돌아섰다.

"뭘 꾸물대? 옷 벗고 엎드려." 그는 그 말을 하면서 코트를 벗어서 문 뒤에 있는 못에 걸었다. "걱정하지 마. 너한테 줄 돈은 있으니까. 키예프에

23

있는 네 엄마에게 보낼 수도 있어. 네 엄마도 지금 옆방에서 손님을 받고 있는 게 아니라면 말이지."

도미니카는 몸을 뒤로 기울이고 깔깔 웃었다. "안녕하세요, 잠쉬디 박사님. 난 우크라이나 출신이 아닌데요."

잠쉬디는 자신의 이름을 듣자 고개를 핵 들어서 그녀의 얼굴을 훑어봤다. 이슬람법을 어기고 몽마르트르에서 몰래 여자 꽁무니를 쫓아다니는 이란 핵 과학자라면 누구나 재빨리 위험을 감지하는 법이다. 그는 도미니카에게 어떻게 자기를 아느냐고 묻지 않았다.

"네가 어디 출신이건 상관없어." 그가 말했다.

'그렇게 많이 배워놓고도 어쩌면 이렇게 어리석을까.' 도미니카는 생각했다. "몇 분만 시간을 내주시죠. 박사님도 분명 관심이 생길 겁니다." 도미니카가 말했다.

잠쉬디는 그녀의 얼굴을 찬찬히 뜯어봤다. 모나리자같이 묘한 미소를 짓고 있는 이 창녀는 누구지? "내가 옷 벗으라고 했잖아." 그는 그녀를 향해 걸어가면서 말했지만 지금 이게 어떤 상황인지는 확신이 서지 않았다. 깨진 모래시계에서 새어나가는 모래처럼 그의 정열이 빠져나가고 있었다. 그는 그녀의 손목을 와락 움켜쥐고 그녀를 일으켜 세웠다. 그리고 도미니카의 얼굴에 자신의 얼굴을 바짝 들이대고 방베르 향을 들이마시면서, 그녀에게 어울리지 않는 안경 너머에 있는 눈을 바라봤다. "벗어." 그가 말했다. 그는 그녀의 손목을 꽉 움켜쥐고 그녀의 얼굴을 봤다. 그녀의 얼굴에서는 아무 표정도 읽을 수 없었다. 도미니카는 그의 눈을 똑바로 보면서 그의 첫 번째와 두 번째 손가락 마디 사이에 엄지손톱을 대고 사정없이 눌러버렸다. 잠쉬디는 고통스러워서 펄쩍 뛰면서 손을 뗐다.

"몇 분이면 된다니까." 도미니카는 지금 그건 맛보기라는 힌트를 주려고 낮은 목소리로 말했다. 그러면서도 방금 그의 오른손 정중신경을 건드렸던 일은 마치 일어나지도 않은 듯이 태연하게 말했다.

"너 누구야?" 잠쉬디는 그녀를 피해 뒤로 물러나면서 말했다. "원하는 게 뭐야?"

도미니카는 그의 소매에 한 손을 대서 이슬람교에서 남녀 사이에 신체적 접촉을 금지하는 원칙을 깼다. 뭐, 유럽에 사는 학식 있는 이란인에게 이 정도는 문제가 안 되겠지, 빨간 머리 여자에게 환장하는 이 개자식이라면 말이야.

"거래를 하나 제안하고 싶은데. 누이 좋고 매부 좋은 거래." 그녀는 그의 소매에서 손을 떼지 않았다. 잠쉬디가 그 팔을 뿌리치고 문을 향해 돌아섰다. 이게 무슨 상황이든 빠져나가고 싶었다. 도미니카가 그의 앞으로 쓱 들어오자 잠쉬디가 그녀의 가슴에 손을 대서 밀어내려고 했다. 도미니카는 부드러울 정도로 천천히 자신의 가슴에 댄 그의 손을 가는 손가락으로 꽉 잡아서 자신의 살에 닿은 그 축축한 손바닥의 감촉을 느꼈다. 그리고 그 손을 밑으로 끌어내리면서 힘을 주고, 고통에 일그러진 잠쉬디의 얼굴을 그대로 더러운 침대보 위에 처박았다. "내 말을 들어보라니까." 그녀가 그의 손을 놔주면서 말했다.

잠쉬디는 눈을 크게 뜬 채 침대에서 일어나 앉았다. 그는 이제 알아야 할 건 다 알았다. "당신, 프랑스 첩보부에서 나왔어?" 그는 손목을 문지르면서 물었다. 도미니카가 아무 대답도 하지 않자 그가 다시 물었다. "CIA? 영국 해외정보국?" 도미니카가 계속 입을 다물고 있자 잠쉬디는 최악의 가정이 떠올라 몸서리쳤다. "당신, 모사드야?"

도미니카는 살짝 고개를 저었다.

"그럼 대체 뭐야?"

"우린 당신의 동지이자 친구지. 전 세계가 당신 나라에 복수하고, 제재를 가하고, 군사적인 협박을 할 때 우리만 당신 편에 섰어. 우린 당신이 하는 일을 모든 면에서 지원하고 있지, 박사."

"모스크바?" 잠쉬디는 조용히 웃으며 물었다. "KGB야?"

"이젠 KGB가 아니라 SVR이라고 하지."

잠쉬디는 고개를 흔들며 편히 숨을 쉬었다. 시온주의자 특수부대가 아니라니, 알라신을 찬양하라.

"원하는 게 뭐야? 제안이라니 그게 다 무슨 헛소리야?" 다시 자신감을 되찾은 그의 주변에 노란색이 더 진해졌다.

'두꺼비 같은 놈.' 도미니카는 생각했다. "모스크바는 당신과 협의하고 싶어 합니다. 우린 당신이 당신 프로그램에 대해 우리에게 조언해주길 바라고 있어요." 도미니카는 그가 화를 터트릴 걸 예상하고 마음의 준비를 했다.

"협의라고? 조언이라고? 나의 조국, 내 프로그램을 염탐해서 우리 안보를 위태롭게 하란 말이야?" 지당하신 잠쉬디, 애국자이신 잠쉬디 박사 납시셨군.

"이란의 안보가 위험해질 일은 없어요. 모스크바에 정보를 제공하면 당신의 나라를 적으로부터 보호할 수 있게 됩니다." 도미니카가 차분하게 말했다.

잠쉬디는 코웃음을 쳤다. "어이없는 소리. 이제 날 내보내줘." 도미니카는 움직이지 않았다.

"내 제안은 누이 좋고 매부 좋은 거라고 말했잖아요, 박사. 그게 어떤 제안인지 들어보고 싶지 않아요?"

잠쉬디는 다시 코웃음을 쳤지만 가만히 있었다.

"당신은 IAEA가 있는 비엔나에서 살면서 일하고 있죠. 그리고 테헤란으로 자주 출장을 가고요. 당신은 고국에서 원심 동위원소 분리 분야의 최고 전문가고, 지난 몇 년 동안 나탄즈 핵 시설에서 원심 분리 설비를 조립하는 걸 감독했고. 지금까지 내가 한 말 맞죠?"

잠쉬디는 아무 대꾸도 하지 않고 손을 주무르면서 그녀를 봤다.

"박사는 최고 지도자의 호의로 화려한 경력을 구축하고 그 프로그램을 진행시키면서 꾸준히 성공을 쌓아왔죠. 그리고 유엔 안전보장이사회에 협력자들도 있고, 테헤란에 아내와 자식들도 있고. 하지만 욕구가 아주 큰 분인 데다 원하는 건 뭐든 할 수 있는 권리를 얻어낸 사람으로서 여러 지인을 사귀었죠. 비엔나에도 하나 만들고, 가끔 정부 승인도 없이 파리에 몰래 와서 또 몇 명 만들고. 당신은 미인들의 진가를 잘 알고, 그 미녀들도 당신의 진가를 잘 알고."

"악마가 널 잡아가길 빌겠어. 넌 거짓말쟁이야." 잠쉬디가 말했다.

"당신이 그들을 모른다고 부인하면 그 친구들이 얼마나 실망할까?" 도미니카가 클러치로 손을 뻗으면서 말했다. 그녀는 핸드폰을 꺼내서 들고 있었다. 잠쉬디가 그녀를 노려봤다. "특히 당신 친구 우드란카. 그녀는 당신의 IAEA 사무실 아주 가까이 있는 랑고바르덴 대로에 아파트가 하나 있죠. 당신이 아주 잘 아는 아파트."

"이 좆같은 러시아 새끼들." 잠쉬디가 말했다.

"아니지, 아니지, 당신의 잠자리 상대는 러시아인이 아니라 세르비아인

27

이야. 사실 그녀는 아무 죄가 없어. 우드란카는 베오그라드 출신이야. 당신은 그녀를 꽤 많이 만났어."

"거짓말이야. 증거가 없잖아." 잠쉬디가 더듬거렸다.

도미니카가 가느다란 손가락으로 핸드폰 화면을 쓱 밀어서 비디오 하나를 작동시키고는 잠쉬디가 볼 수 있도록 화면을 기울여줬다.

"당신이 가장 최근에 그 아파트를 찾아간 날짜. 8월 23일." 도미니카가 죽죽 읊었다. "당신은 초콜릿 캔디와 뉘스베르크 소비뇽 한 병을 가져왔어. 우드란카는 비프스테이크를 구웠고, 당신은 21시 45분에 그녀에게 항문 성교를 하고, 15분 후에 그 아파트에서 나왔어." 도미니카는 핸드폰을 침대 위에 던지고, 그 작은 비디오 화면이 돌아가는 동안 그녀가 한 잔인한 일이 그에게 미치는 영향을 찬찬히 살펴봤다. "원한다면 가져도 좋아요." 잠쉬디는 그 화면을 다시 한 번 힐끗 보고 밀어버렸다.

"안 돼." 그가 말했다. 그의 머리와 어깨를 둘러싼 노란색이 표백되다시피 하면서 눈에 보일락 말락 하게 희미해졌다. 그녀가 말하지 않은 협박이 뭔지 그가 이미 계산했다는 걸 도미니카는 알았다. 그의 작은 습관들이 발각되면, 그가 여색을 밝히느라 공금을 남용한 걸 알게 되면 물라(이슬람교 율법학자―옮긴이)들이 그를 처형할 것이다. 하지만 무엇보다도 바보같이 협박당했다는 가장 큰 죄가 밝혀지면 처벌을 피할 수 없게 된다. "안 돼." 그는 다시 말했다.

'너도 조금이라도 더 빨리 들어와야 더 빨리 나갈 수 있어.' 도미니카는 생각했다. 그녀는 경멸하는 마음을 감추고 그의 옆에 앉아서 부드럽게 이야기를 시작했다. 그는 움직일 틈도 없는 좁은 성냥갑 안에 갇힌 딱정벌레 같았다. 도미니카는 그가 항의하거나 그녀가 하는 말을 모르는 척할 틈을 주지 않았다. 대신 단호하게 그가 지켜야 할 규칙들을 일러줬다. 그녀가 하는 질문들에 대답할 것, 남의 눈을 피해 은밀하게 그녀와 만날 것. 그럼 그녀는 그에게 '경비'를 지급할 것이고, 그녀가 그를 보호할 것이며, (살짝 고개를 끄덕이면서) 우드란카와 계속 즐겨도 좋다고 허락했다. 그들은 일주일 후에 비엔나에 있는 우드란카의 아파트에서 만날 것이다. 그날 저녁 시간을 다 쓸 수 있게 미리 시간을 조정해놔야 한다. 도미니카는 그 시간이 그에게 편리한 시간인지 물었지만 그가 대답하기도 전에 일어나버렸다. 그에겐 선택의 여지가 없는 것이다. 그녀는 문 쪽으로 걸어가서 문을 조금 열어보더니, 얼룩진 침대 위에 말없이 몸을 움츠리고 앉아 있는 그를 바라봤다.

"내가 당신을 돌봐줄게요, 박사. 처음부터 끝까지. 이제 갈까요?" 도미니카가 말했다.

그들은 방을 나와서 벽지가 벗겨지고 발을 디딜 때마다 삐걱거리는 소리가 나는 좁은 계단을 내려왔다. 카운터를 보던 덩치 큰 남자가 돌아 나와 계단 밑에 섰다. "50유로." 그는 팔짱을 낀 채 말했다. "오락 세금이지." 그의 머리 주위에 갈색 연기가 떠돌았다. 잔인하고, 폭력적이고, 어리석은 성정이 그대로 드러난 색이었다. 그의 말을 이해하지 못한 잠쉬디가 옆으로 빠져나가려고 하자 그 남자가 두꺼운 팔뚝으로 잠쉬디의 턱 밑을 누르면서 그를 벽으로 밀어붙였다. 그리고 또 한 손으로 칼날이 긴 재래식 면도칼을 들이밀었다. "100유로." 그 남자가 도미니카를 올려다보면서 말했다. "매춘 세야." 목이 눌린 잠쉬디가 눈을 휘둥그레 뜨고 보는 사이에 도미니카가 계단의 마지막 단에서 내려와 그들에게 다가갔다.

도미니카는 느닷없이 외부의 방해를 받아서 조금 짜증이 났다. 그녀

29

의 예리한 시야의 중심은 얼음처럼 투명했지만 주변은 흐릿했다. 그녀는 그 깡패에게서 풍기는 냄새를 맡고 그에게서 피어오르는 갈색의 짐승 같은 본성을 맡았다. 도미니카는 거침없이 그 갈색 구름을 뚫고 들어와 기름기로 번질거리는 그의 뒤통수를 부드럽고, 사랑스럽게 움켜쥐었다. 그리고 다른 손으로 그의 옆얼굴을 움켜쥐고 턱에 엄지손가락을 댔다. 그 엄지에 힘껏 힘을 실어서 그의 턱 밑 살 속으로 푹 밀어 넣었다가 위로 올리면서 손가락 밑에서 그의 악관절이 덜걱거리는 걸 느꼈다. 그 짐승이 고개를 쳐들면서 고통스러워 울부짖으며 면도칼을 떨어뜨렸다. 지독한 악취와 향수 구름 속에서 도미니카는 그의 냄새나는 머리카락을 잡아당겨서 뒤로 홱 끌어당겼다. 순간 그녀의 머릿속으로 이런 생각이 스쳐 지나갔다. 'CIA에서 그녀를 담당하는 브라톡, 즉 큰오빠인 게이블이 이렇게 성질을 부리는 그녀를 보면 무슨 생각을 할까?' 그리고 곧바로 두 번째 생각이 들었다. '내가 이렇게 악취가 풍기는 계단에서 이런 짓을 하고 있는 걸 보면 그들은 어떤 느낌이 들까?' 그녀는 다시 정신을 차리고 손바닥으로 깡패의 호흡기관을 빠르게 한 번 후려쳤다. 그러곤 끙끙거리는 깡패를 거칠게 뒤로 잡아당겨 쿵 소리를 내며 회반죽을 바른 벽에 그의 머리를 내리쳤다. 그는 바닥에 쓰러져 움직이지 않았다.

도미니카는 허리를 숙여 면도칼을 집어 칼날을 접으면서, 정신을 잃고 쓰러진 깡패의 목을 그걸로 확 그어버리고 싶은 충동을 참았다. 잠쉬디는 바닥에 쓰러져 헐떡거리고 있었다. 그녀는 그의 옆에 쭈그리고 앉았다. 입고 있는 원피스가 허벅지 위로 반쯤 올라가 검은 레이스 팬티가 드러났지만 잠쉬디는 그녀의 환한 얼굴과 한쪽 눈 위로 섹시하게 떨어진 머리카락 한 가닥만 보고 있었다. 도미니카는 살짝 숨을 몰아쉬면서 안경을 고쳐 쓰며 부드럽게 말했다. "우리는 우리의 친구들을 지원해준다고 내가 말했잖아요. 내가 당신을 항상 보호해줄게요. 이제 당신은 내 정보원이에요."

포크 사테(인도네시아식 꼬치 요리-옮긴이)

얇고 가늘게 썬 돼지고기를 참기름, 향신료인 카다멈, 강황, 퓌레(과일이나 삶은 채소를 으깨어 물을 조금 넣고 걸쭉하게 만든 음식-옮긴이)와 마늘, 생강, 생선 소스, 황설탕과 라임 주스를 섞어 만든 양념에 재워둔다. 돼지고기가 갈색으로 바삭바삭해질 때까지 빨간 숯불에 굽는다.

2

　새벽 3시의 파리 4구는 어둡고 조용했다. 마레 지구의 좁은 거리를 걸어서 생 까트린 근처에 있는 비즈니스호텔로 돌아가는데 루부탱 구두가 발에 꼭 끼었다. 아프긴 하지만 개똥이 널려 있는 파리의 보도에서 맨발로 다닐 수는 없다.

　주가노프에게 암호로 처리된 문자를 보내고 걸어가면서 도미니카는 주위를 재빨리 훑어봤다. 쓰러져 있는 깡패를 넘어가면서 당황한 잠쉬디는 허둥지둥 밤거리로 나와 일주일 후에 다시 만나자는 도미니카의 다정한 말에 대충 고개를 끄덕이고 가버렸다. 그의 머리를 둘러싼 노란 안개는 충격을 받아 하얗게 질려 있었다. 그녀는 잠쉬디를 설득한 결과를 일시적인 성공이라고 판단해 센터와 의심 많고 분노한 주가노프에게 겸손하게 보고했다. 모든 첩보 작전이 그렇듯이 일주일 후에 잠쉬디가 우드란카의 아파트에 와서 고분고분하게 보고할 준비가 됐는지 보기 전까지는 그를 완벽하게 요리했는지 알 수 없었다. 185센티미터의 큰 키에 빨간 머리 세르비아인으로 지금은 도미니카의 지휘 아래에 스패로우로 활동하고 있는 우드란카와 계속 만날 수 있다는 사탕 같은 약속은 잠쉬디를 달래는 당근이 될 것이다. 도미니카는 그녀가 데리고 있는 스패로우를 측은하게 생각했고, 가끔 그녀와 와인도 한 잔씩 하고, 후하게 보수를 지불했다. 그것은 일종의 자매애 같은 것이었다. 무엇보다 그녀는 우드란카가 잠쉬디에 대해 내린 영리한 평가를 들으며, 세세한 사항까지 단 하나도 놓치지 않고 그를 포섭하는 데 참고했다.

그녀는 텅 빈 거리를 걸으면서 미행이 있는지 살펴봤다. 이 시각에 그 럴 가능성은 없지만 거리를 건너면서 다시 한 번 양쪽을 살펴봤다. 근처에 길고양이 한 마리가 눈에 들어오더니, 이어서 또 한 마리, 또 한 마리 이렇 게 세 마리의 길고양이가 꼬리를 높이 세운 채 그녀의 발목 주위를 빙글 빙글 돌면서 가볍게 걸어갔다. 도미니카는 스패로우 학교를 나온 이후 자 신에게 한 가지 근본적인 변화가 일어났다고 생각했다. 그녀의 삶은 미 국 CIA 요원을(특히 네이트 내쉬) 상대로 한 작전을 맡으면서 완전히 변해 버렸다. 그녀는 그 작전에서 그를 유혹해 무기력하게 만들고, 그를 곤경에 빠뜨려서, 그가 담당한 러시아 내부첩자의 이름을 알아내야 했다. 하지만 그녀의 SVR 상사들이 계획했던 그 작전은 그들의 예상과는 완전히 다른 결과가 나왔다. 그렇지 않나? 그녀는 이제 CIA와 같이 일하면서, 미국인들 을 위해 러시아 첩보부를 염탐하고 있다. 러시아는 썩었고, 러시아의 시스 템이 병들었기 때문에 그렇게 한 거라고 그녀는 생각했다. 하지만 그녀가 하고 있는 일은 모두 다 조국 러시아를 위한 것이다. 그녀는 CIA와 한 편이 됐고 이제 그녀가 내부첩자가 됐다. 그리고 그녀는 모든 논리와 분별을 거 스르고 네이트의 침대로 들어갔다. 그녀는 잠시 눈을 감고 그에게 속삭였 다. "어디 있어요, 당신? 뭘 하고 있나요?" 프랑스 고양이 한 마리가 어깨 너머로 그녀를 보면서 이런 표정을 지었다. 그걸 내가 어떻게 알아요?

같은 시간, 라인 KR의 텅 빈 건물 안 어둠에 잠긴 사무실에서 주가노프 는 혼자 씩씩거리고 있었다. 그의 탁상용 스탠드 불빛이 피갈 나이트클럽에서 잠쉬디에게 접근해 성공적으로 포섭했다는 도미니카의 문자 메시지 보고를 비추고 있었다. 그 메시지는 몇 분 전에 암호로 처리한 메일을 통해 들어왔다. 잠쉬디를 만난 에피소드를 간결하게 적은 보고서가 그를 빤히 올려다보면서 그를 조롱하고 있었다. 도미니카는 이 작전을 아주 쉽게 처리해서 주가노프를 무능하고 하찮아 보이게 만든 위협적인 존재다. 주가노프는 그녀가 쓴 짧은 단락을 훑어보면서 잠재적인 위험과 이득을 저울질하고 있었다. '그녀는 단독으로 작전을 수행해서, 아주 잘 해냈어. 그 가슴 큰 풋내기가 말이야.' 주가노프는 생각했다. 파리 레지덴투라(해외 첩보부-옮긴이)는 이 작전에서 완전히 배제됐다. 그녀는 같이 공을 나누겠다고 치고 들어올 그 지역 동료들도 부를 필요가 없었던 것이다. 주가노프는 그녀의 메시지를 다시 읽어봤다. 겸손하면서도, 객관적이고, 딱 부러진다. 주가노프는 의자에서 몸을 꼼지락거렸고, 시기심과 짜증이 섞인 분노가 점점 커졌다. 그녀가 자신에게 해를 끼칠까 봐 두려운 마음에 그런 감정이 더 커져갔다.

지금까지 잠쉬디에 대한 그녀의 접근 방법은 완벽했고, 단시간에 가차없이 임무를 완수해냈다. '빌어먹을.' 주가노프는 생각했다. 도미니카는 목표를 연구하고, 그의 행동 패턴을 알아내려고 오스트리아와 프랑스에서 그를 미행한 후에 미인계라는 덫을 치밀하게 설치했다. 그녀는 원시적이고 다리가 긴 슬라브 계집이라는 꿀을 써서 염소수염을 기른 물리학자를 친츠(꽃무늬가 날염된 광택 나는 면직물로 커튼이나 가구 커버로 쓰인다-옮긴이) 커버를 씌운 비엔나의 밀회 장소라는 덫으로 유혹해 그의 아랫도리를 항상 달구어놓았다. 잠쉬디는 속까지 탈탈 털린 것이다. 그리고 오늘 밤 그녀는 파리 포섭 작전 무대를 연출하고 아주 자연스럽게 창녀 연기까지

했다. 주가노프는 계산했다. 도미니카는 내일 모스크바로 돌아올 것이다. 그는 책상에 있던 종이에서 그녀가 묵고 있는 호텔 이름을 찾으면서 벌레 같은 두뇌를 사정없이 굴렸다. 파리는 위험한 도시일 수 있다. 아주 위험한 도시일 수 있지. 주가노프는 수화기를 들었다.

길고양이들은 그녀를 버리고 떠났다. 새벽 3시 반, 새 한 마리가 튀렌느 거리에 있는 나무 위에서 지저귀는 사이 도미니카는 희미한 불빛이 비치는 자랑트 거리로 들어섰다. 그녀가 묵는 잔다르크 호텔의 문 위에 작은 램프 하나가 켜져 있었다. 벨을 눌러야만 야간 근무를 하는 호텔 직원이 문을 열어준다. 도미니카가 호텔 입구에 거의 다다랐을 때 좁은 길 건너편, 오른쪽 연석 위에 주차된 차들 뒤에서 발소리가 들렸다. 도미니카는 어깨뼈를 야간용 벨 버튼에 기댄 채 소리가 나는 곳을 향해 돌아섰다.

한 남자가 다가오고 있었다. 어깨까지 오는 길고 검은 머리에 가죽 코트를 입은 체격이 큰 남자였다. 그녀의 왼쪽 방향에서 두 번째 남자가 골목길 모퉁이를 돌아 그녀를 향해 걸어왔다. 첫 번째 남자보다 키는 더 작았지만 몸은 더 통통하고, 탈모가 진행 중이었고, 워크 셔츠 위에 패딩 조끼를 입고 있었다. 그가 오른손에 들고 있는 구불구불한 가죽 몽둥이가 보였다. 두 남자 모두 도미니카를 흐리멍덩한 눈빛으로 보면서 입술을 적시며 이 상황을 즐기고 있었다. '전문가들은 아니야. 첩보부에서 나온 건 아니군. 압생트와 블런트 와인에 취한 미친 깡패들이야.' 도미니카는 생각했다. 도미니카는 다시 어깨에 힘을 줘서 벨을 눌렀지만 호텔 안에서는 아무 대답도 들리지 않았고, 불도 켜지지 않았고, 아무런 기척이 느껴지지 않았다. 그녀는 호텔 입구를 등진 채 쓱 물러나 벽에 바짝 붙어서 걸어갔다. 붉은 굽의 루부탱이 보도 위를 거칠게 긁고 지나갔다. 그녀는 내내 두 남자와 계속 마주보고 있었다. 그들은 이제 만나서 나란히 서서 그녀를 향해 걸어오고 있었다. 그녀는 또 다른 골목인 까롱 거리로 들어갔다. 그곳은 생 까트린느 광장으로 통하는 곳으로 바닥엔 자갈이 깔려 있고, 길 양쪽에 나무들이 죽 늘어서 있고, 카페 테이블들이 층층이 쌓여 있었다. '하룻밤에 싸움을 두 번이나 하게 되네. 뭐든 지나치면 좋지 않은데.' 그녀는 생각했다.

공간이 더 넓어지자 남자들이 그녀의 팔을 잡으려고 두 손을 내민 채 그녀에게 돌진했다. 한 남자가 몽둥이를 추켜올렸을 때 도미니카가 핸드백에 있는 립스틱 권총을 만졌다. 전기 뇌관에서 나오는 금속성의 찰칵 소리는 새틴 클러치의 천에 묻혀 잘 들리지 않았다. 근거리니 겨냥해서 바로 쏘면 된다. 총알이 키 작은 남자의 오른쪽 젖꼭지 바로 위의 조끼를 맞추는 순간 거위털이 사방으로 뿜어져 나왔다. 금속 분진들은 구리 총알보다 세 배나 빠른 속도로 그의 흉강 안에 퍼져서 대정맥, 우심실, 오른쪽 폐와 간의 위쪽 부분을 날려버렸다. 그는 마치 척추가 끊어진 것처럼 푹 쓰러졌고, 보도에 턱을 부딪치면서 탁 소리가 났다. 그가 들고 있던 검은 가죽 몽둥이는 길바닥 위에 있으니 개똥처럼 보였다.

'립스틱 권총으로 두 발을 쏠 수 있어.' 그녀는 생각했다. 그녀보다 머리 하나가 더 큰 장발 사내는 이제 그녀 앞에 서 있었다. 가로등이 비추자 눈 주위가 불그스름한 그의 눈과 그의 머리 주위를 빙빙 돌고 있는 노란색이 보였다. 그가 그녀를 잡으려고 허리를 숙였을 때 그다지 불쾌하지만은 않은 가죽 냄새가 확 풍겼다. 그녀가 손목을 내주자 그가 잡았다. 그녀는 그의 손을 잡고 재빨리 그의 품으로 들어가 그의 몸이 뒤로 늘어지게 힘을 주고 밀었다. 그리고 그의 다리 뒤쪽 종아리를 살짝 감으면서 어깨로 그를 밀어내며 그의 무릎에 회전력을 가했다. 이 정도 했으면 놈이 길바닥 위로 털썩 넘어져서 그녀가 그의 눈구멍을 하이힐로 찍어버릴 시간을 줬어야 했지만 놈이 그녀의 나풀거리는 원피스 앞쪽을 움켜쥐어 같이 끌어내리려다 옷을 찢어버리는 바람에 브래지어의 레이스 달린 컵 부분이 밖으로 드러났다. 둘이 함께 길바닥으로 세게 넘어졌다. 장발 사내가 도미니카의 몸을 굴려 땅바닥에 눕혔고, 루부탱 신발은 날아가버렸다. 그는 그녀 위에 올라타 있었다. 가죽 재킷과 셔츠에서 일주일은 입은 것 같이 텁텁한 냄새가 났다. 그녀는 손을 써서 눈이든, 관자놀이든, 부드러운 피부든 뭔가 잡으려고 했지만 놈이 인정사정없이 주먹을 휘둘러 그녀의 머리가 울렸다. 한두 번 정도는 괜찮지만 더 이상은 감당할 수 없었다.

갑자기 그녀를 짓누르던 무게가 사라졌다. 그 사내는 그녀를 내려다보고 서 있었다. 그녀는 몸을 가렸지만 놈이 그녀의 갈비뼈를 걷어차고 부츠를 신은 큰 발로 그녀의 목을 겨냥했다. 그때 다행스럽게 오렌지색 불빛이 경쾌하게 돌아가고, 차체 앞부분이 벌레처럼 생긴 급수 트럭에 달린 노즐을 잡은 거리 청소부가 광장 맞은편에서 나타나 자갈길 위에 호스를 대고 물로 씻어 내리기 시작했다. 장발 사내는 그녀의 갈비뼈를 다시 한 번 차고 달아났다. 그녀는 잠시 땅바닥에 그대로 누워 갈비뼈가 다친 곳은 없는지 짚어보면서, 청소 트럭이 광장 저쪽 끝부터 물을 뿌리는 모습을 지켜봤다. 그녀는 고개를 돌려서 그녀가 쏜 남자의 시신이 검은 피 웅덩이에 고개를 파묻은 채 쓰러져 있는 걸 봤다. '청소부가 물을 좀 더 뿌려야겠군. 이제 여기서 얼른 빠져나가자.' 그녀는 생각했다. 신음이 나오려는 걸 참고 도미니카는 몸을 굴려 일어났다. 조심스럽게 신발과 안경을 다시 찾은 후에 절뚝거리면서 호텔이 있는 모퉁이까지 걸어가면서, 다른 손으로는 찢어진 원피스 자락을 잡고 있었다. 그녀의 몰골은 처참했다. 야간 문지기에게 오늘 갔던 컨벤션은 끝났다고, 낭트에서 온 비료 세일즈맨들은 진절머리가 난다고 말해야지.

그녀는 불을 켜지 않은 채 욕실로 향했다. 찢어진 원피스를 벗고, 몸에 든 멍들을 거울에 비춰봤다. 지금은 벌겋지만 내일이 되면 가지 같은 보라색으로 변할 것이다. 뺨이 얼얼하니 아팠다. 그녀는 찬 수건을 눈에 대고, 끙끙거리면서 뜨거운 물을 받은 욕조로 들어가서 파리에서 강도를 만날 우연과 잠쉬디를 포섭했던 일이 겹칠 가능성이 얼마나 될지 생각했다.

그리고 주가노프를 생각했다. 무시무시한 독기를 품은 인간. 지금까지 본 사람들 중에서 그 어떤 색깔도 보이지 않고 그저 사악한 검은 기운으로만 똘똘 뭉친 두 사람 중 하나. 그녀는 주가노프가 아무런 양심의 가책 없이 그녀를 배신했고 따라서 그녀 역시 그를 배신할 거라고 예상하고 경계하고 있음을 짐작했다. 주가노프는 그녀에 대한 푸틴의 관심을 마치 그녀가 칼을 들고 자신을 스토킹하고 있는 것처럼 심각한 위협으로 간주할 거란 점도 도미니카는 잘 알고 있었다. 그리고 잠쉬디 포섭 작전 성공 역시 그의 지위에 똑같은 위협으로 느껴질 테다. 그래서 만약 그녀가 실패하거나 부상당한다면, 예를 들어 거리에서 강도를 만난다면, 주가노프가 그 작전을 차지해서 그 기밀 정보를 야세네보 4층과 크렘린에 직접 보고할 수 있는 것이다.

거기엔 배신이라는 익숙한 신맛이 났고, 목에 칼을 그어버리는 배반의 향기가 풍겼다. 도미니카는 그들과 싸우고, 정보부를 싹 불질러버리고, 그들의 삶을 박살 내겠다는 단호한 다짐을 다시 떠올렸다. 그녀는 지금, 바로 오늘 밤 CIA와 네이트에게 연락을 재개할까 고려해봤다. 라인 KR로 발령받아 잠쉬디 사건을 맡았으니 앞으로 아주 중요하고 엄청난 정보에 접근할 수 있게 될 것이다. 그들은 이렇게 짧은 시간에 놀라운 성과를 낸 그녀에게 감탄할 것이다. 그녀는 뜨거운 물에 목까지 푹 담갔다. 모스크바로 비행기를 타고 가기까지 여섯 시간이 남았다.

이번에 나타난 유령은 그녀의 엄마가 아니었다. 마르테는 스패로우 학교에서 만난 동기였다. 옥수수수염 같은 금발에, 파란 눈, 섬세한 입술의 마르테는 스패로우 학교에서 요구하는 음란한 짓들이 견딜 수 없어 정신을 놓고 자신의 기숙사 방문에 목을 맸다. 도미니카는 그때 그녀의 죽음에 크게 슬퍼했고 그다음엔 격노했다. 크렘린이란 용광로에 또 한 명의 영혼이 소모된 것이다. 마르테는 욕조 가장자리 위에 앉아 손가락 끝으로 물을 쓸었다. 미국인들에게 연락할 시간은 나중에도 충분해, 마르테가 말했다. 넌 지금 돌아가서 그 악마의 목에 올가미를 걸어야 해.

도미니카는 다음 날 아침 여기저기 쑤시고 뻣뻣해진 몸에다 한쪽 눈은 너구리처럼 까맣게 멍이 들고 욱신거리는 상태로 아에로플로트 항공(러시아의 국영 항공 회사-옮긴이)편으로 모스크바에 돌아왔다. 거기서 차를 타고 곧바로 야세네보로 향했다. 주가노프에게 보고하기도 전에 대기 중이던 보좌관이 그녀를 엘리베이터로 데리고 갔고, 고관들이 있는 4층으로 올라가, 새빌 거리(영국 런던의 고급 양복점이 많은 거리-옮긴이)에서 맞춘 양복 특유의 옷깃에 훈장을 달고 있는, 짙은 눈썹이 인상적인 전직 국장들의 초상화가 걸려 있는 복도를 지나갔다. 그 국장들의 냉랭한 눈들이 크림색 카펫이 깔린 복도를 걸어가는 도미니카 예고로바의 낯익은 몸매를 따라갔다. '안녕! 또 너구나. 그들이 아직 널 못 잡은 거야?' 그렇게 물어보는

국장들 옆을 그녀는 지나쳐 갔다. '몸조심해라. 조심해, 꼬마야.'

국장실 문을 밀고 들어가 비싼 카펫이 깔린 접수처를 지나 국장의 방으로 들어가자 당시 SVR 제1국 부국장이었던 반야 에고로프 삼촌에게 조종당하던 때의 기억이 물밀듯이 밀려왔다. 도미니카와 그녀의 친애하는 삼촌은 상당한 역사를 함께했다. 반야는 정치적 암살 사건에서 그녀를 성적미끼로 써먹었고, 그다음 그녀를 SVR로 들인 후에, 스패로우 학교로, 그러니까 창녀 학교에서 전문적으로 성행위에 대한 기교를 배우라고 보내버렸다. 그녀는 삼촌이 뿜어내는 기만과 과장된 칭찬에서 나오는 노란색 후광이 어떤 의미인지 아주 잘 알고 있었고, 그가 첩보부에서 밀려나 4층에서 쫓겨나고 연금이 박탈됐을 때도 눈 하나 깜짝하지 않았다.

그것도 다 옛날 일이다. 그녀가 한쪽 벽의 창문들로 본부 건물을 둘러싼 소나무 숲이 내다보이는 환한 사무실로 들어가자 정신이 산만한 국장이 책상 앞에서 일어나 손목시계를 보고 툴툴거리며 도미니카에게 따라오라고 말했다. 대통령을 만나러 가야 한다. 엘리베이터를 타고 지하 차고로 내려가자 가죽과 백단유 향기가 나는 검은색의 거대한 메르세데스가 서 있었다. 차는 VIP 전용 차선을 타고 모스크바 북쪽으로 사정없이 달렸고, 계기판 위에서 번쩍거리는 파란색 비상 점멸등이 도미니카의 파란 눈을 환하게 비췄다. 국장은 가끔 그녀를 관심 어린 시선으로 흘끗거렸다.

차가 보로비츠카야 망루를 쏜살같이 달려서 지나쳐 크렘린 궁의 자갈 도로를 지나가자 타이어에서 큰 북소리 같은 소리가 났다. 그리고 노란색과 황금색 크렘린 궁을 지나쳐서 유백색 아르한겔스크 성당 주위로 가서 아치문을 통과해 동그란 초록색 지붕이 있는 의사당 마당으로 들어갔다. 도미니카는 마음속으로 전율했다. 크렘린. 장엄한 건물들, 금박을 입힌 천장들, 높이 치솟은 홀들, 사기와 무시무시한 탐욕과 잔인함이 서까래까지 가득 차 있는 곳. 배반의 궁전. 이제 도미니카(또 다른 종류의 배반자)가 미소를 지으며, 황제의 무표정한 얼굴을 핥으러 이 궁전에 온 것이다.

두 사람은 탁탁 발소리를 내며 복도를 걸어갔다. 도미니카는 그사이 재빨리 스커트를 당겨서 매무새를 바로잡고, 머리카락 한 가닥을 귀 뒤로 넘겼다. 그러곤 크렘린의 상원에 있는 웅장한 영빈관의 아치형 천장 밑에서 기다렸다. 그 방은 너무 커서 쪽모이 세공을 한 마룻바닥에 깔려 있는 큼지막한 보카라 카펫이 마치 기도용 무릎 깔개처럼 작아 보였다. 도미니카는 국장의 머리 주위에서 초록색 기운이 활짝 피어오르는 걸 볼 수 있었다. 국장이 대통령과의 면담에 긴장하고 심지어 두려워하고 있는 걸 보고 놀랐다. 푸틴의 관방장이 홀에서 멀리 떨어진 곳에 있는 문으로 들어와 그들을 향해 걸어왔다. 갈색 양복, 갈색 구두, 갈색 아우라. 가까이 온 그는 격식에 맞춰 살짝 고개를 숙여 인사하며 말했다.

"국장님, 이 기회에 장관님을 만나보시면 어떨까요? 장관님이 반갑게 맞아주실 겁니다." 또 다른 문이 열렸고 두 번째 보좌관이 발뒤꿈치를 딱 붙인 채 서 있었다. 그들이 전하는 메시지는 분명했다. 푸틴은 도미니카만 만나겠다는 뜻이었다. SVR 국장은 도미니카에게 고개를 끄덕여 보이고 그녀가 발레리나의 다리를 사뿐사뿐 움직여서 방을 가로질러 푸틴의 개인 사무실인 거대한 이중문으로 가는 모습을 지켜봤다. '예나 지금이나 달라진 게 없군. 저 여자는 얼마 만에 싫증을 낼까?' 국장은 생각했다.

푸틴의 보좌관은 격식대로 한 팔을 내밀어 그녀에게 팔짱을 끼게 했다. 그러곤 벽판을 둘러 따뜻하게 한 대통령 사무실을 가로질러 또 다른 문에 대고 노크를 한 번 더 한 후에 문을 열었다. 작은 거실의 파란 벽지 위로 오후의 햇살이 환하게 비추고, 바닥에는 화려한 카펫이 깔려 있었다. 창문 밑에 하늘색과 파란색이 섞인 새틴 소파가 하나 있었다. 창밖으로 크렘린 궁전 나무들 위로 트로이츠카야 망루의 구리 첨탑이 보였다. 대통령이 방 맞은편에서 걸어와서 그녀와 악수했다. 그는 검은색 양복에 흰색 셔츠와 진한 파란색 실크 넥타이를 맸는데 넥타이가 파란 눈과 잘 어울렸다.

"예고로바 대위." 푸틴이 벼락출세한 그녀의 새 계급을 강조해서 불렀다. 그는 얼굴에 미소도 띠지 않고, 아무 표정 없이, 눈 하나 깜빡이지 않고 그녀를 빤히 봤다. 도미니카는 그가 자신의 눈 색깔과 맞추려고 파란색 넥타이를 맨 게 아닌지 궁금했다. 앉으라는 손짓에 새틴 양단 위에 앉자 조용히 푹 꺼지는 소리가 났다.

"대통령 각하." 도미니카가 말했다. 그녀도 대통령처럼 냉정하게 나올 수 있다. 그는 감정의 색, 예술적인 기교의 색, 복잡한 생각의 색인 청록색과 파란색 안개에 휩싸여 있었다. 기만의 노란색이나 정열의 주홍색이 아니었다. 그는 속내를 짐작할 수 없이 깊고, 복잡하고, 겉보기와는 전혀 딴판인 사람이었다.

도미니카는 짙은 회색 투피스 정장에 청색 셔츠를 받쳐 입고, 검은 스타킹에 굽이 낮은 구두를 신고 있었다. 천만다행이었다. 감히 대통령보다 더 키가 커 보이는 죄를 저질러서는 안 된다. 갈색 머리는 SVR 규정대로 틀어 올렸고, 액세서리는 차지 않았다. 푸틴은 그대로 서서 그녀를 계속 내려다보고 있었는데 아마도 자신의 파란 눈과 그녀의 파란 눈의 깊이를 견줘보고 있었을 것이다. 검게 멍이 든 그녀의 눈을 보고도 대통령은 아무 내색을 하지 않았다. 보좌관 하나가 조용히 옆문으로 들어와 작은 사이드 테이블 위에 쟁반을 하나 놨다. 대통령이 쟁반을 향해 고개를 끄덕여 보였다.

"점심시간에 크렘린 궁으로 불러서 미안해요. 간식이라도 들겠어요?"

캐서린 대제가 썼던 세로로 홈이 정교하게 새겨진 그물 무늬의 청록색 로모노소프 접시에 겨자 소스를 뿌린 버섯 튀김과 채소 튀김이 몇 가지 있었다. 은제 스푼과 이쑤시개도 있었다. 푸틴은 허리를 숙여서 버섯을 스푼으로 떠서 토스트에 얹어 손바닥에 놓고 그녀에게 내밀었다. '먹어, 아기 고양이야, 한 입 맛보지 않으련?' 도미니카는 공손하게 거절할까 생각했다가 그냥 받았다. 대통령은 그녀가 씹는 모습을 지켜보면서 그녀가 먹는 모습을 평가하는 것 같았다. 버섯 요리는 흙 맛과 함께 깊은 맛이 났고, 소스는 부드럽고 진했다. 그는 그녀에게 생수도 한 잔 따라줬다. 이건 어이없는 짓이었다. 그의 머리 뒤와 어깨 주위에 떠도는 푸른 안개는 변하지 않았다. '맙소사, 크렘린에서 전채를 먹고 있다니. 그다음엔 뭐야, 내게 자기 칫솔이라도 쓰라고 줄 건가?' 그녀는 욱신거리는 갈비뼈의 통증을 줄이기 위해 살짝 자세를 고쳐 앉았다.

"에스토니아에서 무사히 돌아와서 기뻐요." 푸틴이 마침내 그녀 옆 소파에 앉으면서 말했다. "당신이 확보한 정보는 배신자 코르치노이의 가면을 벗기는 데 결정적인 역할을 했어요. 당신의 그 차분함과 불굴의 용기를 치하합니다."

SVR 코르치노이 장군은 15년간 미국 스파이로 활동한, 스파이 게임 역사상 가장 위대한 러시아 첩보원이었다. 장군은 도미니카에게 제2의 아버지나 다름없었고, SVR에 들어온 그녀를 보호해줬다. 장군이 체포된 후 CIA는 그녀와 장군을 교환하는 거래를 주선해서 장군을 구하는 동시에 도미니카를 모스크바 내 새로운 CIA 내부첩자로 투입하기로 했다. 하지만 뭔가 잘못됐다. 그게 뭔지는 그녀도 몰랐지만. 그녀가 다리의 중간 지점을 넘어가 러시아인들에게 돌아가는 사이에 누군가 다리 위에서 다쳤다. 밤 안개 사이로 누군가 땅바닥에 털썩 쓰러지는 모습을 힐끗 봤고, 한 남자가 고함을 지르는 소리도 들었다. 그때 도저히 말도 안 되는 배신이 일어났을까? 그렇다면 분명 지금 옆에 앉아 있는 남자가 그 명령을 내렸을 것이다. 그 다리 위에서 쓰러진 사람은 코르치노이 장군이었을 수도 있었다. 어쩌면 네이트였을 수도 있고, 네이트가 죽었을 수 있는데 그녀는 내내 그가 무사히 살아 있는 것처럼 그의 생각을 하고 있었다. '그는 죽었을 수도 있어.' 그 생각을 하면서 그녀는 벌써부터 질리는 버섯을 꼭꼭 씹으면서 목구멍에 달라붙는 겨자 소스를 꿀꺽 삼켰다.

"감사합니다, 대통령 각하. 전 그저 제 의무를 다했을 뿐입니다." 도미니카가 말했다. '설탕을 너무 많이 치진 말고 살짝 한 스푼 정도만 넣자.' 그녀는 생각했다. "그 배신자가 유감스럽게 서구로 피하게 돼서 유감입니다. 놈은 배신에 대한 대가를 치르지 않았죠."

푸틴의 파란 안개가 확 타올랐다. "아니, 놈은 죽었소." 그는 아무런 어조의 변화 없이 직설적으로 말했다. 충격을 받은 도미니카는 생각했다. '네이트는 안전해.' 그리고 이어서 생각했다. '놈들이 장군을 죽였어. 햇빛으로 가득 찬 방 안에 침묵이 흘렀다. "이제 당신도 비밀을 하나 알게 됐군." 푸틴이 한쪽 입가를 살짝 말아 올리며 말했다. 수직 갱도같이 어둡고 깊은 그의 영혼에서 떠오른 미소, 치명적인 위협 그리고 비통한 폭로가 그녀를 이 새로운 황제, 이 전제 군주와 한데 묶었다. 이제 그녀의 목에 올가미가 걸렸고 그녀의 입에도 조금 들어왔다. 방금 이자가 그 사실을 확인해줬다. 그들이 자유를 불과 몇 미터 앞에 둔 코르치노이를 죽였다. 은퇴를 꿈꿨던 늙은 장군, 위험이 없는 삶, 두려움이 없는 삶을 꿈꿨던 그를 죽인 것이다.

도미니카는 코로 숨을 쉬면서 푸틴의 냉정한 얼굴을 바라봤다. 모호한 기억 속에서 흐루쇼프(1894~1971, 소련의 정치가-옮긴이)가 냉전 시대에 즐겨 쓰던 저속하고 무식한 협박이 떠올랐다. '너에게 쿠지카(갑충류의 하나로 곡물의 해충을 뜻함-옮긴이)의 엄마를 보여줄게.' 그 말은 '널 죽일 거야'란 뜻이었다. '흠, 대통령 각하, 쿠지카의 엄마를 불러보시죠.' 도미니카는 생각했다. '내가 당신에게 벌을 줄 테니까.' 입속에서 구리 맛이 느껴지고, 목구멍까지 꽉 찬 날카로운 비밀, 그녀의 가슴속에 얼음처럼 차가운 다이아몬드가 된 그 비밀은 바로 CIA가 SVR에 심은 새로운 내부첩자가 그녀라는 사실이었다. 이 파란 눈의 비단뱀도 그건 모르고 있었다.

"제 입이 무겁다는 건 믿으셔도 좋습니다, 대통령 각하." 도미니카는 그의 깜박이지 않는 눈빛을 그대로 되돌려주면서 대답했다. 그는 날카로운 통찰력이 있고, 그의 앞에선 아무도 속내를 감출 수 없다는 이미지를 구축해왔다. 그가 그녀의 영혼을 들여다볼 수 있을까?

"이란 과학자 건에서 신속하게 훌륭한 결과가 나오길 기대하겠습니다. 파리 작전은 만족스러웠어요. 다음 주에 있을 브리핑이 아주 중요할 겁니다. 대위가 진행 상황을 정기적으로 보고하도록 해요." 푸틴은 그전에 이미 이 작전에 대해 보고를 받은 게 분명하다. 주가노프 짓이다. '사팔뜨기 눈의 악마, 내가 어떻게 이렇게 눈이 밤탱이가 됐는지도 푸틴에게 보고했냐?' 도미니카는 생각했다. 푸틴은 그녀에게서 눈을 떼지 않았다. "물론 대위는 국장과 주가노프 대령의 지도하에 작전을 수행하게 될 거요." 그가 말했다. 그 말의 의미는 분명했다. 그는 도미니카에게 조직의 위계 체제 내에서 일하면서 동시에 그에게 직접 보고하길 원하고 있는 것이다. 조직 내 여기저기 쐐기를 박으면서 동시에 야심만만한 부하들 사이에 정보원들을 심어놓는 전통적인 소비에트 전략이다. 그의 머리 위에 떠다니는 짙은 청색 구름이 햇빛이 환하게 비치는 방에서 눈부시게 빛났다.

러시아 해외 첩보부에 잠입한 CIA의 아름다운 첩자는 고개를 끄덕이며, 자신의 가슴속에서 쿵쿵 뛰는 맥박을 셌다. "물론입니다, 대통령 각하. 제가 하는 모든 일에 대해 보고드리겠습니다."

크렘린 버섯 전채

얇게 썬 버섯을 기름에 넣고 가장자리가 노릇노릇해질 때까지 바싹 튀긴다. 거기에 채소(시금치, 근대 혹은 케일)와 케이퍼를 넣고 부들부들해질 때까지 익힌다. 그다음에 겨자와 식초를 섞어 졸인 후에 그 소스를 수저로 떠서 버섯과 야채 위에 뿌린다. 미지근하거나 차게 해서 낸다.

3

아테네의 바실리스 소피아스 거리에서 끝도 없이 울려대는 차들의 경적 소리가 CIA 지부의 더러운 유리창으로 들어왔다. 그 유리창은 1961년 관리들이 아테네 공관 완공 기념 테이프를 자른 후로 계속 덧문을 내리고 커튼을 쳐놨다. 서로 연결된 사무실, 복도, 벽장 들로 구성된 아테네 지부는 그 후로 페인트칠을 다시 하지 않았다. 코트를 걸어두는 벽장 구석에 1960년대에 나온 일렉트로룩스 실린더형 진공청소기가 까맣게 잊힌 채 놓여 있고 그 옆에는 줄도 다 달아난 1970년대 마틴 플랫 톱 기타가 1대 있었다. 여러 세대에 걸쳐 활동한 요원들이 그 기타 속의 비밀 공간에 문서를 넣어 국경을 넘었을 거라고 짐작했지만 그곳을 여는 방법을 기억하는 사람은 아무도 없었다.

아테네 부지부장인 마티 게이블이 CIA 요원인 네이트 내쉬의 작은 사무실로 들어왔다. 네이트는 아침으로 먹으려고 사온 삼각형 치즈 파이인 티로피타 반쪽을 책상 위에 놔뒀다. 그는 일어서서 바지에 묻은 파이 부스러기를 털어냈다. 게이블이 손을 뻗어 남은 파이 반쪽을 가져가 입에 쏙 넣었다. 그는 파이를 씹으며 네이트의 새 사무실을 둘러봤다. 그러곤 파이를 꿀꺽 삼키더니, 네이트의 가족사진 액자를 집어서 햇빛에 대고 비춰봤다. "자네 가족이야?" 네이트가 고개를 끄덕였다. 게이블은 사진을 다시 내려놨다. "다들 인물이 훤하네. 그럼 자네는 입양아야, 아니면 집게분만을 한 거야?"

"다시 선배님 지부로 오게 돼서 무지하게 기쁩니다." 네이트가 말했다. 그는 다부진 체격의 게이블을 존경해왔고, 어쩌면 좋아하는 마음도 있지만, 굳이 말로 표현할 생각은 없었다. 네이트는 두 달 전 사람들로 북적거리는 개미 둑 같은 아테네 지부에서 세 번째 해외 근무를 시작했다. 또다시 점잖고 세련된 톰 포사이스 지부장과 냉소적이고 세속적인 부지부장 밑에서 기쁜 마음으로 일하게 됐다.

이 셋은 지난 몇 년 동안 몇 건의 일급 작전들을 맡아 수행한 유능한 팀이었다. 첫 해외 근무지인 모스크바에서 네이트는 러시아에서 활동하는 CIA 최고의 기밀 정보원인 마블의 담당자로 그 장군이 스파이 교환 거래에서 총에 맞아 목숨을 잃기 전까지 그를 지원하는 업무를 했다. 두 번째 근무지인 헬싱키에서 네이트는 코드명 디바라는 젊은 SVR 요원인 도미니카 예고로바를 포섭해서 그녀가 러시아 첩보부의 차세대 CIA 내부첩자로 모스크바로 돌아갈 수 있게 포사이스와 게이블과 같이 일을 성사시켰다.

크렘린의 배신으로 마블을 잃은 일은 그들 모두에게 큰 영향을 미쳤다. 그중에서도 그날 밤 자신의 무릎에 마블의 머리를 올려놓고 부드럽게 안은 채 마블의 피가 흘러 에스토니아의 안개와 함께 아스팔트로 스며들며 스포트라이트의 반사된 불빛에 희미하게 빛나는 장면을 본 네이트가 가장 많이 변했다. 그는 예전에는 신경이 예민하고, 성실하고, 야심이 많은 청년이었다. 하지만 이제는 전보다 더 어두워지고, 더 일에 집중하고, 자신의 경력 관리나 그를 시기하고 비방하는 사람과 경쟁자에 대해 신경을 덜 썼다.

"'다시 선배님 지부로 오게 돼서 기쁩니다' 이런 인사치레는 집어치워.

지금 아래층에 약속도 없이 다짜고짜 찾아온 사람이 있어. 경비대에서 방금 연락이 왔어. 어서 가자고." 게이블이 말했다.

게이블과 같이 계단을 뛰어 내려가면서 네이트의 머리가 정신없이 돌아가기 시작했다. '거리에서 정체를 모르는 사람이 대사관으로 들어왔다. 어서 가자. 그 사람이 대사관에 들어온 순간부터 시계가 돌아가기 시작했다. 대사관 로비에 있는 해병대 경비들이 그 사람에게 무기가 있는지 확인했을 것이고, 들고 온 꾸러미가 있다면 다 받았을 것이고, 창문은 하나도 없이 비디오, 오디오, 디지털 전송 장비가 모두 설치된 접견실에 그를 넣었을 것이다.

가자. 이렇게 대사관에 다짜고짜 들어온 사람은 정체를 짐작할 수 없다. 외계인이 보내는 무선 빔을 차단한답시고 모자 속에 은박지를 넣고 다니는 미치광이일 수도 있고, 미국 비자를 내달라고 호소하는 밀입국 망명자일 수도 있고, 그날 아침 신문 기사를 외워놨다가 그걸 몇 백 달러의 가치가 있는 기밀로 팔아넘길 궁리를 하는 정보 판매원일지도 모른다.

가자. 아니면 이 사람은 정말 자발적으로 찾아온 정보원일지도 모른다. 돈을 보고 왔거나 아니면 자신이 믿는 이데올로기에 회의가 생겼거나 폭군 같은 상사에게 복수하려고, 아니면 더 이상 믿지 않는 체제에 양심을 품고 중요한 정보를 넘길 용의가 있는 해외 정보 장교이거나 외교관이거나 과학자일지도 모른다.

가자. 좋은 지원자라면 공짜로 포섭할 수 있고, 정보 접근 경로도 이미 확보돼 있고, 거기서 정보도 쉽게 얻을 수 있다. 자발적으로 다년간 활약하는 정보원들이 최상의 경우로, 돌에 새긴 것처럼 믿을 수 있는 사람들이다.

가자, 가자, 어서 가자. 그 사람이 누구인지 알아내고, 번개처럼 빠른 속도로 평가하고, 그를 아주 기쁘게 해주고, 다시 만날 수 있게 준비하고, 가능한 한 빨리 대사관에서 내보내야 한다. 그가 러시아인이건, 북한인이건, 중국인이건 모두 촌각을 다투는 일이다. 그의 대사관 방첩부의 감시자들이 그가 대사관에서 얼마 동안이나 자취를 감췄는지 주목하고 있을 것이다. 그들이 확보할 수 있는 최대 시간은 30분이다.'

대사관 1층에서 게이블은 문밖에 서 있는 해병에게 고개를 끄덕이고 방문을 밀고 들어갔다. 들어가자 토사물과 생선 소스 같은 악취가 그들의 얼굴로 왈칵 덮쳐왔다. 작은 책상의 플라스틱 의자에 늙은 부랑자 하나가 앉아 있었다. 구겨진 코트 앞쪽은 토사물에 젖어 축축했고, 바지는 여기저기 얼룩지고 먼지투성이였다. 그는 얼추 육십 대로 보였고, 뺨엔 짧은 회색 수염이 까칠하게 자라 덥수룩했고, 눈은 붉은 데다 진물이 고여 있었다. 노인은 CIA 요원 둘이 방에 들어왔을 때 고개를 들었다.

"맙소사. 우리가 이런 사람을 상대할 시간이 어디 있다고. 저 사람을 여기서 내보내." 게이블은 문을 향해 손짓을 하면서 네이트에게 해병을 부르라고 신호를 보냈다. 그들은 이 늙은 주정뱅이를 지하 차고로 데려가서 하역장을 통해 몰래 내보낼 것이다. 시계는 정지시킨다. 허위 경보였다.

네이트가 재빨리 노인을 훑어봤다. 그는 늙은 그리스 주정뱅이처럼 보이진 않았다. 손이 건강해 보였고 손톱도 깔끔하게 다듬어져 있었다. 신발은 진흙투성이였지만 비싼 것이었다. 헝클어진 머리는 귀까지 내려오는 길이로 짧게 깎여 있었다. 요원들이 들어왔을 때 앉은 자세를 바로잡는 모습이 평범한 주정뱅이 같지 않았다. 네이트의 머릿속에서 작은 풍경이 딸랑딸랑 소리를 냈다. "마티 선배, 잠깐만요." 네이트가 말했다. 그는 노인 옆에 있는 의자에 앉아 그에게 풍기는 고양이 오줌 같은 냄새를 피하려고 애를 쓰면서 입으로 숨을 쉬려고 노력했다.

"선생님." 네이트가 영어로 먼저 말을 걸었다. "뭘 도와드릴까요?" 그는 게이블이 초조하게 발을 움직이는 소리를 들었다. 노인이 고개를 들어 네이트의 얼굴을 봤다.

"영어 잘 못해." 노인이 말했다. 목소리는 아주 낮고 굵직했다. 풍경 소리가 더 커졌다. "내가 정보 줘." 노인은 마치 그 말을 하는 게 고통스러운 것처럼 조용히 말했다.

"무스카텔 와인 조리법은 이미 아는데." 게이블이 팔짱을 끼면서 말했다.

"무슨 말 몰라." 노인이 말했다.

"선생님은 누구세요?" 네이트가 말했다. 노인이 눈을 깜박이자 눈에 눈물이 가득 고였다. 게이블이 속삭였다. "아, 망할." 노인이 눈을 닦고 있을 때 네이트는 그가 차고 있는 손목시계를 봤다. 철제 밴드에, 케이스도 아주 묵직했는데 케이스 표면에 '포베다'(러시아어로 승리)라는 단어가 새겨져 있었다. 소비에트 군용 시계일까? 네이트는 러시아 아프가니스탄 참전 용사들이 그 시계를 차고 있던 기억이 났다.

네이트가 손을 들었다. "1분만 시간을 주세요." 그가 말했다.

"내 아들 죽었어. 오세티아. 폭탄." 네이트는 그 억양이 기억났다. 러시아인인가?

"내 딸 죽었어. 게로인." 러시아어로 '여걸'이란 뜻인데, 네이트는 생각했다.

"내 직장 닫았어. 나 그리스 와. 이즈나니." 이건 러시아어로 '망명'이란 뜻이다. 대체 이건 뭐지? 게이블은 이제 입을 다물었고, 네이트는 악취를 잊어버리고 노인을 향해 몸을 기울였다.

"선생님은 누구세요?" 그는 다시 물었다.

"고보리테 포루스키?" 노인이 물었다. 당신 러시아어를 할 수 있나? 네이트는 고개를 끄덕이고 어깨 너머로 게이블을 봤다.

"당신 GRU(러시아 군사정보국-옮긴이) 알아?" 노인이 러시아어로 물었다. 그는 이제 똑바로 앉아서 네이트와 게이블 사이로 계속 시선을 오락가락하고 있었다.

"뭐래? 뭐라는 거야?" 게이블이 말했다.

"난 러시아 군사정보국에서 일해. GRU 작전 참모야."

"어느 부서죠?" 네이트가 잠시 게이블의 말을 막기 위해 한 손을 올리면서 물었다.

"S. 베르쿠토프 중장이 지휘하는 제9부서야." 그는 턱을 들어 올리고 우렁찬 목소리로 말했다.

"대박이야. GRU 제9부서래요." 네이트가 속삭였다.

게이블이 몸을 숙였다. "신분증. 서류들." 그가 말했다.

노인이 서류란 단어를 이해하고 색이 바랜 붉은 소책자를 꺼냈다. "보예니 빌레트." 그가 네이트에게 말했다.

"군인 신분증이에요." 네이트가 약력이 나온 페이지를 보면서 말했다. 세피아 색조 사진이 신분증의 쇠고리 옆 페이지에 붙어 있었다. "미하일 니콜라이비치 솔로비요프 중장." 네이트가 계급을 강조하면서 읽었다. "1953년 니즈니노브고로드 출생." 그는 다음 페이지로 책자를 넘겼다. "여기 있네요. GRU 제9부서." 그는 게이블에게 그 책자를 넘겼다. 게이블은 방구석에 있는 작은 캐비닛으로 가서, 캐비닛 문을 열고, 디지털 장비를 가동시켰다. 노인의 신분증이 복사되고, 그 이미지들은 암호화돼서 15초 후에 랭글리(CIA 본부-옮긴이)로 전송될 것이다. 게이블은 2층에 있는 지부에 문자를 보냈다. 이제부터 실시간으로 위에서 이 인터뷰를 들을 것이다.

"'망명'이라고 하신 게 무슨 뜻이죠?" 네이트가 러시아어로 말했다. 노인의 눈에 분노의 불길이 비쳤다.

"난 3년 동안 제9부서를 지휘했어." 노인이 말했다. 그는 이제 속사포처럼 말을 쏟아내고 있었다. "거기서 무슨 일을 하는지 알아?" 노인은 눈을 감고 줄줄 읊었다. "외국의 군사력 분석, 비밀리에 적의 무기 체제에 대응하는 기술 확보, 국내 군수 업체와 협력." 네이트가 게이블을 위해 통역했다.

"알았어. 그런데 그리스에선 뭐하고 있대?" 게이블이 물었다. 노인은 그가 뭘 물어보는지 짐작하고 고개를 끄덕였다.

"지금 GRU 내에서 권력 투쟁이 일어나고 있어. 푸틴이." 노인은 그 이름을 뱉어내다시피 했다. "사방에 자기 사람들을 꽂았어. 그들이 이용해먹을 계약도 많고, 다른 곳으로 빼돌릴 돈도 많아진 거야. 난 내 부서에서 일어나는 변화에 반대하면서 거기서 발생한 부패를 폭로했어." 그의 목소리에서 경멸하는 감정이 뚝뚝 떨어지고 있었다. "그랬더니 날 아테네의 러시아 대사관으로 쫓아버리더군. 대사관 근무 육군 무관으로 대령 밑으로 들어가라나. 그럴 바엔 차라리 수용소로 보내버리지."

"그래서 우리에게 오셨군요." 네이트는 그 질문에 대한 답을 이미 알면서 말했다.

"나는 조국에 30년이란 세월을 바쳤어. 아내는 죽었어. 아들은 군대에 있다가 아무 짝에도 쓸모없는 내전 때문에 반년 전에 목숨을 잃었고, 내 딸은 황폐한 모스크바 다세대 주택에서 팔뚝에 바늘을 꽂고 혼자 죽었어. 딸아이는 열여덟 살밖에 안 됐어." 그는 이제 군사 브리핑을 하는 것처럼 허리를 세우고 똑바로 앉아 있었다. 네이트는 계속해서 노인이 이야기를 하게 놔두고 있었다. 지금부터 시작되는 다음 단계가 가장 중요했다.

"어젯밤 나는 보드카를 마시고 거리를 걸었어. 난 중장이야. 졸로타야 즈베즈다, 그러니까 황금 별 훈장을 차고 있다고. 그게 뭔지 알아?"

"소비에트 별 훈장을 대체해서 새로 나온 러시아연방 영웅 훈장이죠." 네이트가 대답했다.

노인은 네이트가 알고 있는 걸 보고 놀라서 눈이 가늘어졌다. "그리고 무공훈장과 성 조지 훈장 1등급을 받았지." 그는 게이블과 조지를 번갈아 보면서 그들이 감명 받길 원했다.

"내겐 평생에 걸쳐 축적한 정보가 있어." 그는 자신의 이마를 툭툭 치면서 말했다. "그리고 아직도 모스크바와 전 세계에서 기밀 프로젝트를 수행하는 충성스러운 요원들과 연락하고 있지. 지금 내가 하는 일의 성격상 그들에게 질문을 할 수 있고, 데이터를 요구할 수 있어. 내가 당신에게 GRU에 대해, 기술 확보 작전들에 대해, 러시아의 무기 체계에 대해 가르쳐줄 거야." 네이트가 통역했다.

"그 이유를 말하게 해봐." 게이블이 부드럽게 말했다. 러시아어를 이해하진 못해도 그는 이제 네이트만큼이나 노인의 마음을 잘 읽고 있었다. 조금만 더 있으면 이 장군을 확보할 수 있다는 걸 게이블도 알고 있었다.

"왜냐고? 놈들이 내게서 모든 걸 빼앗아갔으니까. 내 자식들, 내 경력, 내 인생. 그들은 내 가치를 무시하고 내 충성을 폄하했어. 이제 내가 놈들에게서 뺏을 차례야." 그의 목소리에서 강철 같은 의지가 내비쳤다. 침묵이 흐르는 방, CIA 요원들은 노인이 계속 거침없이 말하게 했다.

"당신들이 궁금해하고 있는 거 알아. 그건 사람들이 자발적으로 찾아왔을 때 항상 하는 질문이지. 그 대가로 내가 원하는 게 뭐냐고? 내 대답은 이거야. 아무것도 없어. 당신들은 전문가들이니 이해할 거야." 그것은 요구라기보다는 명령에 가까웠다. 네이트는 게이블을 힐끗 봤다. 이건 복수심과 자존심이 걸린 문제이니, 처음 건 통제하고 두 번째는 잘 달래주면서 충족시켜주면 된다. 시간을 확인해야 한다. 노인이 대사관에 들어온 후 20분이 지났다. 다시 만날 약속을 잡아야 한다. 안전한 곳, 미행이 따라오는지 지켜볼 수 있는 곳을 찾아야 한다. 그리고 노인을 내보내야 한다.

"내가 당신을 만날 거야." 노인은 네이트를 손으로 가리켰다. "이틀 뒤에. 당신은 진짜인지 확인하고 싶겠지. 내가 수호이 T-50 PAK FA의 신형 날개 장치를 포함해서 그 전투기의 성능 데이터를 주지. 당신네 서구 사람들에게는 없는 데이터야."

그리고 이틀 후 비 내리는 밤, 필로세이 공원의 진흙 길에서 GRU의 새 CIA 정보원, 리릭이라는 새 코드명을 받은 그가 자신이 했던 말처럼 그 정보를 넘겨줬다.

네이트는 CIA에 들어온 후 몇 년 사이에 러시아연방과 늙은 KGB의 뒤틀린 후손인 방종한 해외 첩보기관 SVR의 악행에 대해 잘 알게 됐다. 크렘린의 권력자들이 막대한 부를 독점하는 이런 정치 체제를 만든 이유는 소비에트연방을 부활시키거나 구소련의 적군이 자아낸 전 세계적인 공포를 다시 서서히 주입시키거나 국가 안보를 토대로 한 해외 정책을 수립하기 위한 것이 아니었다. 현재 러시아에서 일어나는 모든 일은 그 체제의 감독자들이 자신의 권력을 보호하고, 국가의 유산을 계속 훔치기 위해서였다. 네이트는 그 적들을 파괴하고, 마블의 죽음을 복수하고, 그들의 권력을 없애고 싶었다.

네이트는 중키에 검은 머리와 일자 눈썹에다, 대학 시절에 수영 대표팀 선수로 활약한 덕에 몸매가 날렵했다. 하지만 동료들과 친구들은 사람의 얼굴을 순식간에 읽어내고 그들의 제스처를 신속하게 파악하면서 가늘어지는 그의 갈색 눈에 더 주목했다. 거리에서 그 갈색 눈은 앞을 훑어보고, 부속 건물들을 주시하고, 어떤 움직임이 일어나기도 전에 주변에서 발생하는 이상한 기운을 감지해냈다. 그가 CIA 연수생으로 미행 훈련을 받는 동안 교관들은 네이트의 감시 레이더가 항상 작동 중이란 걸 미심쩍어 하다가 나중엔 인정하고 칭찬하게 됐다. 그는 그곳이 워싱턴 D.C. 대로든, 아니면 사람들로 북적거리는 유럽의 거리든 상관없이 거리의 맥을 짚을 수 있는 것 같았고, 군중 속에서 아주 쉽게 자취를 감출 수 있었다. 그보다 비쩍 마르고 멀대같이 크거나 빨간 머리 연수생들은 도저히 해낼 수 없는 묘기였다.

요원으로 시작한 지 얼마 되지 않아 네이트는 대단한 성공을 거뒀지만 그래도 초기에 임무를 실패할까 봐 두려워했다. 그런 심리는 결코 가족의 (버지니아 주 리치몬드에 있는 아버지, 형들, 할아버지에게) 품으로 돌아가지 않겠다는 결의와 함께 항상 그를 따라다녔다. 모두 변호사인 그의 가족은 이기적이고, 천박하고, 가부장적이고, 끔찍하게 경쟁적이고, 남의 비위에 거슬리는 말을 잘했다. 그들은 네이트가 CIA에 지원하는 걸 격려해주기는 커녕 그가 몇 년 안에 그 일을 때려치우고 가업을 이어받아 변호사가 될 거라고 예측했다. 그러니 네이트에게 CIA를 나와서 집으로 돌아가는 것보다 더 끔찍한 일은 없는 셈이었다.

하지만 강철을 담금질하는 것처럼 네이트가 현장에서 경험을 쌓아가며 작전에 집중하는 동안에도 남아 있는 아픔, 절대 희미해지지 않을 상처가 있었다. 디바가 러시아로 돌아간 지 아홉 달이 넘었다. 그녀는 그들에게 교묘하게 조종당해 스파이 교환 거래를 하게 된 것에 격분해서 그들과 작전을 재개하는 데 동의하지 않았다. 네이트는 매일같이 그녀가 살아 있다는 신호가 오기를 기다리며 고통스러워했다. CIA 본부에서는 끈기 있게 그녀가 마음을 바꾸길 기다리면서, 그녀가 러시아 밖으로 나왔을 때 하게 될 전 세계 센트리 전화 시스템에 경보가 뜨기를 기다렸다. 그녀가 전화를 하면 본부는 곧바로 어느 도시건 그녀가 지정하는 도시에 그녀의 담당 요원들을 보낼 것이다. 하지만 전화는 오지 않았다. 그녀는 아무 연락이 없었고, 그들은 그녀가 일을 하고 있는지 아니면 감옥에 있는지, 생사 여부조차 모르고 있었다.

디바를 포섭한 직후 네이트는 그녀와의 잠자리라는, 작전상 상상할 수도 없는 위반 행위를 저질렀다. 그렇게 해서 모든 걸 위험에 빠트렸다. 그의 정보원인 그녀의 목숨을 위태롭게 한 것이다. 그리고 자신을 완전하고 독립적인 인격체로 존재할 수 있게 해준 경력마저 위험에 빠뜨리고, 그라는 사람을 정의할 수 있게 해준 일을 위험에 빠뜨렸다. 하지만 그는 그녀의 파란 눈과 불같은 성질과 비꼬는 미소에 그만 눈이 멀어버렸다. 비할데 없이 아름다운 그녀의 몸은 그의 손길에 열정적으로 반응했다. 조국에 대한 그녀의 열정과 권력을 탐하는 자들에 대한 그녀의 격노를 보며 그는 감탄했고 그녀를 존경하게 됐다. 아직도 그녀가 그를 부르는 그 사랑스러운 목소리가 들리는 것 같았다. '네잇.'

그들의 정사는 과감하고, 절박하고, 죄책감이 서려 있었다. 그들은 둘다 정보 장교로 자신들이 지금 얼마나 부적절하게 처신하고 있는지 잘 알고 있었다. 하지만 도미니카는 그녀답게 개의치 않았다. 여자로서 그녀는 정보원 대 담당 요원이라는 선을 넘어 그를 원했다. 네이트는 자신의 직장, 작전 보안과 스파이 기술에 대해 걱정하고 있었기 때문에 그런 관계에 헌신할 수 없었고, 그래서도 안 됐다. 그런 아이러니한 상황은 둘의 관계에서도 지속됐다. 그 완고한 러시아 여자는 격식에 얽매이지 않고 유연하게 움직이는 미국 남자보다 더 많은 규칙을 어기고 정열을 불태울 의지가 있었다. 하지만 그녀가 다시 나타날 때까지, 그녀가 아직 살아 있다는 걸 그가 알기 전까지 네이트에겐 담당해야 할 새로운 러시아인이 생겼다.

네이트는 바위투성이 둑을 주르륵 미끄러져 내려오면서 먼지 구름을 일으켰다. 신발에 먼지가 가득 차서 저절로 욕이 나왔다. 그는 그리스의 메테오라 주위에 있는 구릉지의 소나무와 덤불숲에 있었다. 수백 피트에 달하는 높은 바위기둥들로 이뤄진 그 지역에서도 가장 큰 바위들 위에 자그마한 수도원들이 모여 있었다. 그는 과학기술국에서 해외 지부에 지급한 태블릿 크기의 휴대용 기기인 탤론에 있는 GPS 컴퍼스를 보고 왼쪽으로 비스듬하게 나무들 사이로 걸어갔다. 전 세계적으로 사용되는 탤론 세트는 여섯 개밖에 없는데 네이트가 맡은 정보원이 슈퍼스타급이라서 최초로 제작된 초경량 세트를 받았다. 몇 백 미터 지나니 산골짜기 시내(청록색 시냇물이 쏜살같이 흘러가고 있었다)가 나와서 그 시냇물을 따라 또 100미터를 더 걸었다.

네이트는 시내가 급격하게 굽어진 곳에서, 아테네에서 300킬로미터를 와서 만나기로 한 남자를 마주했다. 여기까지 오려고 광활한 감시 탐지 루트를 달렸다. 차 3대를 갈아타고, 변장을 두 번이나 바꾼 후에야 그의 미행 감시팀이 안전하다는 신호를 보냈다. 컬러 콘택트렌즈를 껴서 눈에서 불이 나는 듯 아팠고, 뺨을 늘이는 분장 때문에 잇몸이 따갑고, 엘비스 가발을 써서 두피가 가려워 미칠 것 같았던 네이트는 분장을 벗어버리고, 차를 버리고, 접선 장소로 가면서 집중하려고 애를 썼다. 악취를 풍기며 대사관을 찾아왔던 사람, GRU의 미하일 니콜라이비치 솔로비요프 중장이자 이제 리릭이라는 코드명을 받은 그가 건너편 둑 위에 낚싯대를 들고 서 있었다. 입에 담배를 물고 있는 리릭은 네이트를 보고 아는 척도 하지 않고 계속 물에 낚시용 미끼를 던졌다. 네이트는 또다시 속으로 욕을 하면서 이제막 임무를 맡은 초짜 요원이 된 것 같은 기분을 느끼며 건널 수 있을 만한 얕은 곳을 찾았다. 그는 넘어지지 않으려고 미끄러운 바위에 발을 디디는 것에만 정신을 집중했다.

리릭은 미끼 던지는 걸 멈추고, 못마땅한 표정으로 툴툴거리며 다가오는 네이트를 보고 있었다. 큰 키에 대쪽같이 꼿꼿한 자세의 리릭은 동그란 머리에 이마가 높고 얇은 백발 머리를 빗어서 뒤로 넘겼다. 곧은 코 밑의 작고 얇은 입술을 부드럽게 오므린 모습이 별 두 개를 단 장군 특유의 뻣뻣한 이미지와는 사뭇 달라 보였다. 네이트가 시내를 건너와 둑 위로 기어올라오는 동안 장군은 입에서 담배를 빼서 뜨거운 재는 털어버리고 신발로 밟아서 껐다. 필터는 천년에 걸쳐 내려온 연병장 점검 습관에 따라 코트 주머니에 넣었다.

리릭은 차고 있던 손목시계를 확인했다. 사실 그는 작전 초기에 네이트에게 둘이 차고 있던 시계에 오차가 나지 않게 같이 시간을 맞추자고 제의했지만 젊은 요원인 네이트가 그에게 탤론 장치에 있는 시계를 보여줬다. 그 시계는 콜로라도 주 볼더에 있는 원자시계에 연동된 장치로 전 세계 스물네 개 시간대를 모두 볼 수 있고 오차는 10년 동안 단 2초 발생한다. 리릭은 그걸 보고 홱 토라지더니 다시는 시계를 맞추자는 소리는 하지 않았다.

"5분이 넘어도 안 오면 만남을 중단할 준비를 하고 있었어." 리릭이 러시아어로 말했다. 그의 목소리는 가슴속 깊은 곳에서 흘러나오는 저음이었다.

"토바리시, 장군님, 기다려주셔서 기뻐요." 네이트는 아직도 러시아 군대에서 사용되는 '전우'라는 호칭이 그의 마음에 들 거란 사실을 알고 이렇게 대답했다. 그는 또한 이 정보원이 밤이 깊을 때까지 그를 기다렸을 거라는 것도 알고 있었다. "여기가 워낙 외진 곳이라 제대로 시간을 맞추기가 힘들었습니다."

"이곳은 오는 길도 환상적이고, 나가는 길도 워낙 지랄 맞아서 안전을 보장하기엔 최고니까." 리릭이 낚싯대를 내려놓으며 말했다. 여기 메테오라에서 만나자고 먼저 제안한 사람도 그였다.

"물론입니다." 네이트는 늙은 군인의 심기를 거스르지 않으려고 대답했다. 정보원을 기분 좋게 만들어서 그의 머릿속에 든 비밀들을 말하게 해야 한다. 그는 아무렇지도 않게 탤론의 화면을 두드려서 녹음 장치를 작동시켰다. "이렇게 시간을 내서 만나주셔서 기뻐요. 장군님의 유일무이한 통찰력에 우리는 감사해하고 있습니다." 소비에트 장군인 리릭의 몸에 다년간 익은 엄포와 적이 바로 문 앞에 왔고, 외국인들이 기회가 있을 때마다 그들을 상대로 음모를 꾸민다고 생각하는 슬라브인 특유의 확신과 더불어 그의 자부심은 하늘을 찔렀다. 모스크바와 워싱턴의 상호 관계 재조정 정책은 러시아인들의 이런 외국인 혐오증이라는 바위에 부딪쳐 좌초했다.

물론 국무부에서 '재조정'이란 러시아 단어의 철자를 틀린 건 걱정할 일도 아니다.

"자네 상사들이 내 정보가 쓸 만하다고 생각했다니 기쁘군." 리릭은 그렇게 툴툴거렸다. "가끔은 그들이 그 가치를 과소평가하는 것처럼 보인단 말이야." 네이트는 리릭이 제 발로 자원해서 CIA에 왔다는 사실을 간과하고 있다는 점을 다시 알아챘다.

오후의 햇빛이 소나무 숲속으로 쏟아졌다. 그들은 강둑에 앉아 여울에 부딪쳐 반사되는 햇살을 바라보고 있었다. 늙은 행동가인 장군이 주머니에서 고기 포장지로 싼 꾸러미를 하나 꺼냈다. 포장지를 풀자 근처 마을에서 산 양고기 조각 열두 개가 나왔다. 고기 위에 야생 오레가노(허브의 일종─옮긴이) 잔가지 두 개가 덮여 있었다. 네이트는 리릭이 마른 불쏘시개들을 모으고, 작은 부싯돌 하나를 긁어서, 불을 피우는 모습에 매료돼 즐거운 마음으로 지켜봤다. "GRU 생존 장비야." 리릭이 퉁명스럽게 말하면서 네이트에게 그 부싯돌을 건네줬다. "최고야. 마그네슘으로 만들었어."

그는 고기를 싼 오레가노 잎과 가지를 벗겨내고 양고기 조각들을 나뭇가지에 꿴 후에, 오레가노를 고기에 꾹 눌러 만든 케밥(그는 샤실릭이라고 불렀다) 하나를 네이트에게 건넸다. 둘은 함께 모닥불에 고기를 구우면서, 싱긋 웃으며, 손가락을 데이지 않으려고 애를 썼다. 고기가 짙은 갈색으로 타들어갔을 때(리릭이 네이트가 구운 샤실릭을 깐깐하게 검사했다) 레몬을 하나 잘라 지글지글 소리를 내며 익는 케밥 위에 뿌린 후, 고기를 한 번 먹고 봄양파를 한 번 먹는 식으로 먹었다.

"우리 아이들이랑 휴가 갔을 때 내가 이렇게 요리했는데." 리릭이 양고기를 뜯어먹으려고 케밥 꼬치를 옆으로 돌리면서 말했다. "자네랑 지금 이렇게 같이 먹으니 좋군." 그는 모닥불을 내려다봤다. 네이트는 순간적으로 장군에게 이 관계는 그저 러시아의 야수들에게 복수하는 것 이상의 의미가 있다는 걸 깨달았다. 이것은 첩보 작전 이상의 의미가 있고, 모스크바의 거대한 군사 기술 정보부 침투가 시작된다는 것 이상의 의미가 있었다. 이 노인은 CIA가 마치 고무 인형을 짜내는 것처럼 그에게서 정보를 짜내는 동안에도 사람과 교류하고 싶고, 친절한 배려를 받고 싶고, 정서적 욕구를 충족시키고 싶었던 것이다. '이분은 살아남을까, 아니면 코르치노이 같은 최후를 맞게 될까?' 네이트는 생각했다. 네이트는 슬픈 추억을 떠올리곤 이를 악물면서 이 장군만큼은 안전하게 지키겠다고 말없이 맹세했다.

"장군님과 이렇게 같이 이 음식을 먹을 수 있어서 영광입니다. 그리고 장군님을 알게 되는 특혜를 입어서 기뻐요. 우리 일은 이제 막 시작됐지만 아주 훌륭했습니다." 네이트가 말했다.

"그럼 어서 일을 시작하지." 리릭은 자세를 바로 하면서 네이트의 눈을 피했다. "내가 말하는 동안 그 귀신같은 기계를 틀어놓게." 그들은 통나무 위에 나란히 앉았고, 리릭은 쉬지 않고 말했다. 그는 다양한 주제들을 정확하게 기억했고, 바리톤의 굵직한 목소리로 한 단어 한 단어 골라가면서 꼼꼼하게 순서대로 쉬지 않고 설명했다. 중요한 부분이 나올 때는 손가락을 하나 들고, 눈썹을 추켜세웠다. 이야기를 하다 가끔 옆길로 새서 잠시 가족들의 죽음을 슬퍼하는 외로운 노인의 모습이 비칠 때도 있었지만, 그러다 다시 꿋꿋하게 보고를 이어갔다.

네이트는 무릎 위에 반듯하게 놓인 텔론이 고마웠다. 장군이 하는 말을 메모하려고 했다간 도저히 따라잡지 못했을 것이다. 리릭은 아직까지 새로운 정보원이었기 때문에 네이트는 그가 마음껏 말하게 놔뒀다. 어쨌든 그가 말하는 정보들은 다 금덩어리였다. 기술 이전 작전들, 추력 벡터 연구, 새 PAK FH 스텔스 전투기, 우크라이나 분리주의자들이 쓰는 러시아산 미사일 부크 SA II에 장착된 목표 포착 레이더 등등. 리릭에게 물어볼 구체적인 군사 보고 요구 사항들은 펜타곤에서 공동으로 초안을 작성하고 있는 중이고, 네이트는 장군의 강철 같은 자부심과 갈수록 폭주하는 자존심을 잘 다뤄서 때가 되면 적극적으로 구체적인 정보를 수집하게 할 것이다.

"랭글리의 자네 상사들은 미리 계획해야 할 거야." 리릭이 네이트를 보면서 잔소리를 했다. 그는 담배에 불을 붙이고 찰각 소리를 내면서 라이터를 닫았다. "지금 그들은 내가 처음에 쏟아낸 정보의 홍수 속에서 신이 나서 뒹굴고 있겠지. 그걸로 공을 세우고 싶은 인간들은 거울 앞에서 몸단장을 하고 있을 테고. 다들 흥분해서 어서 완성된 정보를 처리하는 방법을 규격화하려고 하면서, 새 정보원을 누가 맡을지 토론하고 있겠지." 리릭은 마치 받아쓰기를 시키려는 것처럼 말을 멈추고 생각에 빠져 고개를 한쪽으로 기울였다.

"자네와 아테네 지부에 있는 자네 지부장은 아마도 이 사건을 주도하려고 하는 랭글리의 시도를 일체 거부해야 할 거야. 그때 싸울 총알이 필요하면, 그들에게 그 정보원이(그건 그렇고 내 코드명은 뭐야?) 워싱턴에서 온 담당자는 거부한다고 말해도 돼. 그들에게 내가 자네 말고 다른 사람과는 이야기하지 않으려고 한다는 말은 절대로 하면 안 돼. 그건 작전 담당 장교가 정보원의 발언을 위조하는 대표적인 특징 중 하나니까. 그냥 내가 그저 그 지역 사정에 정통한 지부 소속 담당자를 원한다고 말해." 리릭은 마치 찰스 디킨스 소설에 나오는 회계 사무실 직원을 보는 눈길로 네이트를 바라봤다.

"제가 장군님을 맡은 담당 요원입니다. 그리고 장군님이 만나보신 부지부장님이 지원을 해주실 수 있습니다." 네이트가 말했다.

"그 사람이 러시아어를 못하다니 유감이야." 리릭은 코를 쿵쿵거리면서 아래를 내려다보고 소매에 묻은 담뱃재를 털어냈다.

"장군님이 영어를 못하는 걸 아쉬워하시는 만큼 분명 게이블 선배도 러시아어를 못하는 걸 안타까워할 겁니다." 네이트가 대꾸했다. 이제 리릭의 폭주하는 자부심에 살짝 브레이크를 걸 필요가 있었다. 노인이 고개를 들어서 네이트를 말없이 노려보다가 희미하게 미소를 짓더니 고개를 끄덕였다. 네이트의 메시지가 전달됐다. 정보원과 담당 요원의 댄스 카드(댄스 파트너의 이름이 적힌 카드-옮긴이)가 뒤집히면서 서로 존경을 주고받게 된 것이다.

"내 코드명은 뭐지?" 리릭이 또다시 괴팍한 스파이로 돌아갔다.

"보가티르입니다." 네이트는 거짓말을 했다. 그는 허세 부리는 걸 좋아하는 리릭에게 CIA에서 붙인 그의 코드명을 알려줄 생각이 전혀 없었다. 보가티르는 리릭의 고향인 니즈니노브고로드를 둘러싼 스텝 지대에 나오는 슬라브족 신화의 기사를 뜻한다.

"마음에 들어." 리릭은 다 피운 담배꽁초를 부러뜨려서 필터를 주머니에 넣으면서 말했다.

"이건 대체 무슨 헛소리야?" 게이블이 말했다. 그와 네이트와 지부장인 톰 포사이스는 ACR, 즉 아테네 지부 사무실 안에 있는 도청 방지실에 앉아 있었다. 그들은 회의 테이블 주위에 등을 구부리고 앉아 노트북에 연결된 네이트의 탤론을 앞에 두고 있었다. 네이트는 메테오라 숲에서 리릭과 두 시간 동안 이야기하며 들었던 것 중에서 중요한 점들을 통역하고 있던 중이었다.

"보가티르." 네이트가 말했다. "그건 러시아의 사무라이 같은 거예요. 장군은 자신을 영웅이라고 생각해요. 그래서 제가 즉석에서 만들어낸 겁니다."

게이블이 고개를 절레절레 흔들었다. "오케이." 이미 그보다 다섯 발은 앞서 있는 포사이스가 말했다. "장군을 행복하게 해서 계속 이야기하게 만들어. 장성은 다루기 힘들 수 있어. 섬세하게 균형을 맞춰야 해. 본부는 이 사건에 관심이 아주 커. 조사해보니 리릭의 신원은 다 맞는 걸로 확인됐어. 리릭은 진짜배기야. 대박인 거지. 그리고 그가 지금까지 준 정보로 공군은 몽정이라도 할 수준이고."

포사이스가 말을 할 때는 네이트도 잘 들었다. 그는 포사이스의 경력이 게이블만큼이나 화려하지만 본질적으로 그 성격이 다르다는 걸 알고 있었다. 게이블이 타이어를 떼어내는 지렛대로 뱀을 때려잡고 있을 때, 포사이스는 유명한 러시아 연극배우와 바르샤바에서 와인을 마시고 있었다. 그 여배우가 마침 소비에트 북부 함대 제독의 정부였다. 그녀는 그 후 1년 동안 남자친구의 사무실에 딸린 화장실에서 그 함대의 준비 태세와 배치 일정표를 카메라로 모두 찍었다. 포사이스가 그로부터 몇 달 전에 그녀에게 손바닥만 한 크기의 테시나 카메라를 줬고 그녀는 그 필름을 콘돔에 넣어서 오로지 그녀의 산부인과 의사나 볼 생각을 할 곳에 숨겨 세관을 통과해서 가져왔다. 포사이스는 아주 침착하게 그 콘돔을 받았다. 게이블과 포사이스는 타고난 작전 요원이자 프로였다.

네이트의 통찰력이 있는 눈으로 보기에 포사이스와 게이블의 관계는 다년간 같이 일하면서 맺어진 지극히 실용적인 동맹이었다. 포사이스가 상관이지만 게이블에게 뭔가를 지시한다는 생각은 추호도 하지 않았다. 게이블은 뭘 해야 할지 알고 있었고, 거기에 반대하면 그렇게 말하고 나서 포사이스의 지시를 따랐다. 포사이스가 가끔 게이블이 외교적이지 못하다고 생각한다는 걸 게이블도 인정했지만 둘 다 정보부의 총아인 포사이스가 조직에서 자신의 생각을 솔직하게 밝혔다가 심각한 위기에 빠진 적이 여러 번 있다는 걸 알고 있었다. 한번은 로마 지부에 있던 포사이스가 기나긴 하계 휴회 기간을 틈타 로마에 온 의원에게 그런 솔직한 말을 한 기억할 만한 사건도 있었다. 당시 의원들은 국민의 세금으로 소위 진상 조사 출장이라는 걸 왔었다. 그때 포사이스가 문제의 여자 의원이 지부 브리핑 시간에 무려 세 시간이나 지각한 걸 봤고, 그녀의 보좌관이 들고 있는 대여섯 개의 펜디, 구찌, 페라가모 쇼핑백들을 매섭게 노려봤다. 게이블이 그 자리에 없었던 게 그나마 다행이었지만 포사이스는 그때 그 여자 의원에게 한 말 때문에 무려 1년간이나 징계를 받았다.

네이트는 포사이스와 게이블이 서로 존경하고, 의리를 지키면서 상호 간에 동지적인 애정을 느끼고 있다는 짐작이 들었다. 두 사람은 서로 보호해주고, 상대방의 심중을 자연스럽게 알아차리고, 뭐가 제일 중요한지 알고 있었다. 그들이 해낸 작전을 보면 그들의 모든 걸 알 수 있었다. 모든 걸. 네이트는 모르지만 포사이스와 게이블은 네이트와 도미니카가 깊은 관계라는 문제를 두고 방첩 부서 부장인 시몬 벤포드와 논쟁을 벌였다. 이는 정보부에서 가장 심각한 규칙 위반이었다. 과거에 이렇게 정보원들과 잠을 잔 요원들은 모조리 해고됐다. 그것 때문에 포사이스가 네이트를 야단쳤고, 게이블은 협박했고, 벤포드는 펄펄 뛰었다. 하지만 포사이스는 벤포드에게 젊은 네이트를 한 번 봐주자고 설득했다. 네이트가 마블과 디바와 리릭을 완벽하게 다뤘기 때문에 그런 건 아니었다. 그들이 네이트에게 첩보원으로서 뛰어난 재능이 있는 걸 알아보고 그런 것도 아니었다. 결국 사소한 규칙 위반은 당분간 무시하는 것이 대의를 위해 좋다는 베테랑의 판단이었던 것이다. 하지만 그들은 절대로 네이트에게 그 점을 알려주지 않을 것이다.

리릭과의 접선 내용을 녹음한 탤론에서 갑자기 세 여자의 비명이 들렸다. 귀에 거슬리는 고음의 비명이 연달아 들리는 바람에 인터뷰가 중단됐다.

"이건 또 뭐야?" 게이블이 물었다. 리릭의 목소리 위로 비명이 계속 들렸다.

"공작새들이요. 갑자기 숲속에서 공작새 두 마리가 나와서 울더라고요. 우리 둘 다 깜짝 놀랐어요." 네이트가 설명했다.

"공작새들이라니! 예수님이 통곡을 하시겠네." 게이블이 말했다.

포사이스가 웃기 시작했다. "본부에 이 디지털 파일을 전송할 때 새들에 대해 꼭 말해. 거기 양복쟁이들이 네가 장군에게 상납하려고 브리핑 장소에 여자를 데려왔다고 생각할 거야."

"그것도 나쁜 아이디어는 아니지만 네이트가 도대체 어디서 여자를 찾겠어요?" 게이블이 말했다.

그들이 서류를 모아서 정리하고 있을 때 게이블이 네이트에게 다시 앉으라고 했다. 포사이스는 방음 처리가 된 문 옆에 서서, 걸쇠에 손을 대고 있었다. 그들은 일단 이 방에서 나가면 리릭에 대해 말하지 않을 것이고, 그나 그의 사건에 대한 언급도 하지 않을 것이며, 심지어 코드명도 언급해선 안 된다. 예외는 없다. 모스크바 규칙이었다. 이 건은 이미 특수 기밀 정보로 분류돼 본부에서도 극소수만 다루고 있다. 랭글리에서 리릭의 보고를 읽을 수 있는 사람은 오십 명도 채 안 된다.

"이걸 인정하려니 고통스럽기 짝이 없지만, 리릭이 제 발로 걸어왔을 때 네가 아주 잘했다는 건 말해줘야겠군." 게이블이 말했다.

네이트는 의자에서 자세를 바꿨다. 게이블은 결코 칭찬하는 타입이 아닌데.

"나라면 그 냄새 나는 노인네를 당장 쫓아버렸을 거야. 넌 네 본능을 따랐고, 네 육감이 맞는다는 걸 밝혀냈고, 덕분에 끝내주는 건수를 잡았지. 잘했어." 문 앞에 선 포사이스가 미소를 지었다.

"이제 정신 바짝 차리고 실수 없이 잘 해야 해. 비엔티안(라오스의 수도-옮긴이)의 술집 여종업원을 다룰 때처럼 그 정보원을 꽉 붙들어 매고 있어야 해."

"무슨 말인지 잘 이해가……"

"네 고등학교 졸업식 날 설명해줄게." 게이블이 말했다.

"무지하게 기대되네요." 네이트가 대꾸했다.

"그렇다고 다른 일은 대충 해도 된다는 뜻은 아니야. 특히 넌 이제 막 여기 근무를 시작했으니까. 여기 온 후로 아직 뭐 하나 제대로 한 게 없잖아. 내가 널 지켜볼 거야, 네이트."

포사이스가 싱긋 웃었다. "네이트, 내 생각에 마티는 널 좋아한다는 말을 하려고 하는 것 같아." 포사이스가 말했다. 그는 문의 걸쇠를 열었다.

"예수님이 통곡을 하시겠군요." 네이트가 말했다. 잠시 침묵이 흐른 후에 포사이스의 웃음소리가 복도에 쩌렁쩌렁 울렸다.

지난번에 헬싱키 근무에서 부지부장이었던 게이블은 젊은 네이트를 챙기면서, 필요할 땐 엉덩이도 걷어차가며, 중요한 교훈들을 가르쳤다. 항상 정보원을 보호하고, 절대로 본부의 물렁한 놈들은 믿지 말고, 작전상 결정을 할 때는 심사숙고하고, 절대로 빌어먹을 조직 내 정치는 걱정하지 말라고.

게이블은 다부진 체격의 오십 대로, 피부는 가죽 같고, 짧게 깎은 머리에 비앙키 벨트 권총집에 브라우닝 하이 파워 권총을 차고 다녔다. 그는 아프리카, 라틴 아메리카, 아시아의 벽지 수도에서 잔뼈가 굵은 이력을 가진 요원이었다. 그는 푹푹 찌는 랜드로버 안에서 땀을 흘리며 수다 떠는 적도의 장관들과 우간다 스카치 한 병을 주거니 받거니 하면서 그들을 포섭했다. 미얀마의 4성 장군이 버팔로 그래스(볏과의 목초 일종-옮긴이) 틈에 쪼그려 앉아 설사를 좍좍 쏟아내고 있을 때 화장지를 들고 서서 파란 비늘의 살무사들이 주위에 있지 않은지 지켜보며 장군의 보고를 받아낸 것도 게이블이었다. 페루의 좌익 게릴라 조직에 역사상 처음 침투했다가 작전이 실패했을 때, 안데스 정글에 열대성 폭우가 쏟아지는 와중에 정보원을 업고 그곳을 빠져나오기도 했다.

차분한 성격의 포사이스, 다혈질의 게이블과 결연한 의지를 품은 네이트. 이 셋은 계급도 다르고 기질도 달랐다. 하지만 전통적으로 계급에 대해선 초연한 CIA에서 한 팀이자 동료로, 과거에 같이 수행한 여러 작전에서 겪은 고초와 은밀한 세계에서 함께 일하는 암묵적인 동지애로 똘똘 뭉쳐 있었다. 그런데 이제 네이트가 아테네 지부로 발령받아 다시 뭉친 것이다. 도미니카만 빼고. 아직까지 생사 여부도 밝혀지지 않았고, 연락도 되지 않는 그녀만 빼고.

헬싱키에서 네이트가 도미니카를 포섭하는 동안 게이블이 그를 코치했다. 그것은 하급 CIA 요원으로서는 대단한 성공이었다. 하지만 게이블은 네이트와 그 정보원이 깊은 사이란 걸 금방 알아차렸다. "너 돌았어?" 게이블이 네이트에게 고래고래 소리 질렀다. "넌 지금 그녀의 목숨을 위태롭게 하고 있는 거야. 네 정보원의 목숨 말이야." 네이트는 부인하려고 했지만 게이블이 입을 다물게 했다. "아니라고 하지 마. 네가 해야 할 일은 그녀를 보호하는 거야. 그녀를 사랑해서 그런 게 아니라 그게 규칙이기 때문이야. 네가 빌어먹을 그 짓을 하기로 한 이유는 그녀가 널 위해 정보를 가져오고 자신의 목숨을 너에게 맡겼기 때문이야. 넌 모든 걸 희생해서 그녀가 살아 있게 해야 해. 그보다 더 중요한 건 하나도 없어." 지금도 모스크바 어딘가에 있을 도미니카를 생각할 때면 게이블의 말이 기억났다.

그때, 같은 오십 대로 키가 크고 날씬한 몸매에 항상 머리 위에 얹고 다니는 안경 때문에 반백의 머리가 헝클어져 있는 지부장 톰 포사이스도 게이블의 말에 동의했다. 하지만 인정사정없이 엉덩이를 걷어차주겠다던 게이블과 달리 포사이스는 헬싱키 지부의 목재 벽판을 두른 자신의 사무실로 네이트를 불러 장장 한 시간 동안 정보원을 다루는 요원이 지켜야 할 규칙에 대해 은근하면서도 매섭게 설교했다. 네이트는 꼼짝없이 앉아 그걸 다 들을 수밖에 없었다. 포사이스는 네이트에게 정보가 지속적으로 흘러 들어올 수 있게 하는 것이 그의 임무라고 말했다. 그래서 그가 담당 요원인 것이며, 개인적인 욕구나 충동을 통제할 수 없다면, 남은 생을 무슨 일을 하면서 살아갈지 의논하는 게 좋겠다고 말했다. 네이트는 감히 숨도 못 쉰 채 자신의 손만 내려다보고 있었다. 그러다 고개를 들어 말할 수 있게 허락해달라고 청했다. 포사이스는 고개를 끄덕였다.

"지부장님, 만약 제가 그녀와 같이 있는 게 그녀가 원하는 거라면요. 만약 그것 때문에 그녀가 더 나은 스파이가 된다면요?"

포사이스는 안경을 머리 위로 밀어 올렸다. "그런 선례가 없는 건 아니야. 정보원들이 원하는 것을 주는 것. 정보원들이 보고를 계속하도록 헤로인을 피우는 정보원들에게 그걸 대준 적도 있지. 포르노 중독인 중국 장관이 있었는데 그 장관은 안전 가옥에 왔을 때 그 망할 놈의 포르노를 틀어 놓지 않으면 미팅을 안 하려고 했던 게 기억 나. 그리고 신발에 환장한 그 인도네시아 대통령 마누라에게 구두를 대체 몇 박스나 갖다 줬는지 몰라. 맙소사, 그 여자는 그 신발을 다 신어보더군. 난 무릎을 꿇고 구둣주걱으로 그걸 일일이 신겨줬지. 하지만 우리가 지금 그런 이야기를 하는 건 아니잖아." 포사이스는 의자를 빙 돌렸다.

"아주 까마득한 옛날, 내 첫 해외 근무지인 로마에서 체코 대사관의 암호계 직원을 하나 포섭했어. 수줍음이 많아서 절대 혼자선 밖에 나가려고 하지 않았던 아주 귀여웠던 여자야. 이름은 시페린이었는데 항상 같이 다니던 여자가 있었어. 대사관 직원 마누라였는데 그녀보다 나이가 많았지.

우리에게 이탈리아 정보원이 하나 있었어. 스테레오를 파는 젊은 남자였는데 얼굴이 영화배우처럼 잘생겼었어. 6개월간 그 정보원이 그 대사관 직원 마누라를 유혹했어. 그래서 토요일 오후에 그 두 여자가 외출할 때마다 연상녀가 베네토 거리에 있는 로미오의 아파트로 달려가버리는 바람에, 우리의 작은 꽃은 혼자 남게 됐어. 그 자리에 내가 있었어. 그녀를 포섭하는 데 또 6개월이나 걸렸지만, 그녀는 대사관에 들어온 정보들, 첩보부 서류들, 방첩 부서 문건, 모스크바와 오간 통신 내용, 옛 동유럽 공산권에서 나오는 상당히 좋은 정보들을 가져오기 시작했어. 그때 본부에선 좋아서 미치려고 했지. 우린 망할 놈의 냉전 중이었으니까."

"그녀를 어떻게 포섭하신 겁니까? 이야기를 들어보니 그 아가씨는 겁에 질려 있었을 것 같은데요." 네이트가 물었다.

포사이스가 다시 의자를 빙그르르 돌렸다. "오랜 시간이 걸렸어. 공원에서 산책을 참 많이 했지. 군대에 있다는 그녀의 오빠에 대한 이야기를 백 번은 들었을 거야. 그러더니 자신의 인생과 꿈에 대해 이야기를 시작하더군. 그때 그녀는 스물네 살밖에 안 됐었어, 망할. 그녀가 대사관에서 자기가 하는 일, 자기가 다루는 전신 암호장에 대해 말했을 때 드디어 내 첫 번째 포섭이 성공한 거지. 하지만 그리 오래가지 못했어."

네이트는 기다렸다. 포사이스의 이야기는 끝난 게 아니었다. "우린 둘 다 어렸어. 우린 그때 자는 사이였어. 내가 그렇게 관계를 굳힌 거야." 포사이스가 차분하게 네이트를 보며 말했다. "그녀에 대한 내 감정은 진심이었어. 하지만 사랑의 열병에 걸린 여자는 날 위해 더 많은 일을 해낼 거라는 생각도 있었지. 일에 감정이 개입돼서 그만 실수한 거야. 그녀는 날 놀라게 해주려고 암호 처리된 테이프를 몰래 들고 나오다 대사관 앞문에서 걸렸어. 로미오 애인이 로미오에게 그 이야기를 다 해줬어. 그녀는 잡혀서 고국으로 돌아갔는데, 아마 감옥에 갔겠지. 어쩌면 그보다 더 심한 일을 당했을지도 몰라. 다시는 그녀 소식을 듣지 못했어."

네이트는 아무 말도 하지 않았다. 거리에서는 차들이 무언가에 경적을 울려대고 있었다.

"로마 지부장은 날 자르지 않았어. 그리고 20년이 지난 지금, 나도 자네를 해고하지 않을 거야…… 아직은." 둘은 10초 정도 서로를 빤히 바라봤고, 이내 포사이스가 문을 가리켰다. "밖에 나가서 비밀들을 훔쳐와. 디바를 보호해. 그녀를 전문가로 대우해. 그게 결국 자네가 내려야 할 결정이야."

리릭의 샤실릭 - 케밥

양고기를 네모 모양으로 작게 썰어서 레몬주스, 오레가노, 올리브 오일, 소금, 후추를 섞어 만든 양념에 재워둔다. 양념한 양고기를 꼬치에 꿰어 갈색으로 바삭바삭해질 때까지 굽는다. 고기에 진한 요구르트를 발라 양파와 오이 샐러드와 같이 낸다.

4

알렉세이 주가노프 대령은 예고로바의 충성을 받을 만한 교양도 없거니와 솔직히 그러고 싶은 마음도 없었다. 인간적인 관계는 그에게 의미가 없었다. 그의 초창기 내력에 대해 아는 사람은 하나도 없었고, 어렸을 때 어땠는지를 아는 사람도 없었다. 유명한 기관원이었던 그의 아버지는 흐루쇼프 숙청이 끝나갈 무렵인 1960년대 초반에 사라졌다. 그의 어머니인 에카테리나 주가노바는 KGB의 오래된 유명 인사다. 에카테리나는 과거에 구소련 공산당 중앙 위원회 사무국에 있다가 KGB 연락 담당 장교를 거쳐 KGB 최고 집행 위원회 위원이 됐고, 결국엔 KGB 협의회로 들어갔다. 코밑수염이 있고, 가슴이 크고, 머리를 환상적으로 틀어 올린 키 작은 에카테리나는 '전시나 평화로울 때나 항상 소련을 지키고 대중의 안전을 보장하는 데 큰 기여를 한 공'으로 붉은 별 훈장을 받아 이제 그런 훈장을 차고 다니는 건 촌스럽고 구식이라는 말이 나올 때까지 차고 다녔다.

알렉세이는 열아홉 살 때 어머니의 후광으로 정보부에 들어왔지만, 다양한 하급 업무에서 별다른 인상을 심어주지 못했다. 걸핏하면 화를 내고, 가끔 비이성적으로 행동하는 데다 지독한 편집증을 보이는 알렉세이는 관료 체제 안에서 아무런 성과도 내지 못했다. 모두 그 점을 알고 있었지만 자기 보호 본능 때문에 그를 징계면직시키라는 권고를 하는 관리는 없었다. 아무도 감히 주가노바 여사에게 반항하려 하지 않았다. 에카테리나는 결연한 의지를 가지고 아들을 보호했다. 그러다 주가노프가 본부에서 사라졌다. 마침내 아들이 할 수 있는 최적의 일을 엄마가 발견한 것이다.

주가노프의 직위는 루비안카 감옥을 책임진 네 명의 부사령관 중 하나로 적혀 있지만 그 자리는 공개적인 조사를 피하기 위해 온건하게 표현한 전 KGB 직함으로, 그 일에 서류 작업이나 기록은 필요하지 않았다. 실제로는 요즘으로 치면 루비안카에서 근무하는 몇 명 안 되는 심문자 그룹에 합류했다. 이들은 음성적인 일, 그러니까 살해, 고문, 처형 전문가였다. 이들은 스탈린이 가한 숙청 작업을 맡아서 백러시아(현 벨라루스-옮긴이) 망명자들, 늙은 볼셰비키(1917년 혁명 후 정권을 잡은 러시아 사회 민주 노동당 일원-옮긴이)들, 트로츠키파 사람들을 몰살했고, 1940년 봄에는 무려 28일 동안 러시아의 카틴 숲에서 7천 명의 폴란드 죄수들을 학살했던 NKVD의 코만다투라, 즉 '어두운 일'을 하는 부서의 후신이었다. 주가노프는 그곳에 들어간 지 4년 만에 루비안카의 제2 사형 집행인으로 승진했고, 그의 후원자이자 보호자였던 제1 사형 집행인이 영향력을 잃었을 때 상사의 오른쪽 귀 뒤에 총알을 날려 절정에 이른 자신의 경력을 한껏 즐겼다. 주가노프는 마침내 자신의 집을 찾은 것이다.

1991년 소비에트연방이 해체되면서 무제한적으로 시행되던 도살 작업도 막을 내렸다. KGB 일부가 현대적인 SVR로 변신했다. 루비안카 감옥들은 닫혔고 그 건물은 이제 연방보안국인 FSB 소유가 됐다. 주가노프는 SVR의 V 부서, 일명 암살 작업 부서로 통하는 곳에서 '암살자' 중 하나가 됐을 수도 있지만 머리 좋은 에카테리나는 아들의 그런 미래가 달갑지 않았다. 그때 그녀는 협의회에서 물러나 파리에서 별로 중요하진 않지만 수월한 업무인 레지던트의 정치 고문 자리를 맡기로 한 상태였다. 주가노프의 엄마로 영향력을 발휘해 본부에서 마지막으로 한 일은 주가노프를 방첩 부서인 라인 KR의 세 번째 부장으로 앉힌 것이었다. 알렉세이는 거기서 안전하게 위로 올라갈 수 있을 것이다. 그게 살인을 일삼는 난쟁이 아들을 위해 엄마가 할 수 있는 마지막 일이었다.

타인에게 동정심을 전혀 느끼지 못하고, 가학증 때문에 더 커진 공격성과 타인의 감정에 전혀 공감하지 못하는 면까지 더해진 사이코패스 주가노프는 지하 감방에서 시작한 역할에 적격이었다. 사형 집행인이 내키는 대로 실컷 일할 수 있었던 루비안카에서의 신입 시절이 지나가고, 소비에트 시대가 막을 내렸을 때 주가노프는 크게 실망했다. 하지만 푸틴 대통령이 취임하면서 상황은 다시 좋아졌다. 눈에 확 띄는 해외 작전들로(우크라이나의 유시첸코, 영국에서 리트비넨코와 베레조프스키) 시끄럽게 떠드는 망명자들을 요절내줬고, 국내에서 말썽을 부리는 기자들과 활동가들을(폴리트코프스카야, 에스테미로바, 마르켈로프, 바부로바) 제거했다. 하지만 이렇게 공개적으로 떠들썩하게 처리해야 할 적들이 있는 반면 조용히 밟아줘야 할 벌레들도 수십 명 있었다. 독립적인 지방 관료, 모스크바에 넉넉하게 십일조 세금을 상납하지 않는 군수 물류 매니저, 현재 러시아가 어떻게 돌아가고 있는지 일깨워줄 필요가 있는 거만한 올리가르히(러시아 신흥 재벌-옮긴이) 같은 벌레들. 이런 이들은 결국 레포르토보나 부티르카 지하 감옥의 의무실 신세를 지게 됐다.

피고들은 지방 검사 사무실에서 오랫동안 시달리면서 사기, 뇌물 수수, 혹은 탈세같이 무작위로 퍼부어대는 혐의를 부인한 후에 주가노프 대령이 담당하는 감옥으로 호송된다. 이때부터 문제가 시작된다. 야세네보에서 떠도는 소문에 따르면 한번은 주가노프 대령이 그가 변화시킨(글자 그대로도 그렇고 비유적으로도 그렇고) 끔찍한 지하 감방에 있는 축축한 배수관의 냄새를 들이마시고, 그가 아끼는 적군의 고전적인 튜닉(경찰관이나 군인이 제복으로 입는 몸에 딱 붙는 재킷-옮긴이) 단추를 다 잠근 후에 직접 심문을 하겠다고 고집했다고 한다. 그 코트는 사방에 갈색 얼룩이 져 있었고, 사람들이 흘린 피가 말라서 꾸덕꾸덕했고, 늑막이나 눈, 뇌에서 흘러나온 체액들의 악취가 풍겼는데 모두 국가의 적들이 고통스럽게 흘린 것이었다.

그들은 이미 모두 유죄였다. 주가노프는 어서 빨리 고통을 가하고 싶은 마음에 초조해서 벌써 그 고통의 맛을 볼 수 있을 것 같았다. 그리고 그는 자백을 끌어내라는 지시를 받았다. 횡령, 뇌물 수수, 폭력, 극히 부도덕한 행위든 뭐든 상관없었다. 1단계부터 3단계까지 점점 육체적 고통의 강도를 높여 자백만 받아내면 됐다. 가끔 사고가 일어날 때가 있었다(그의 말을 안 듣거나 협조를 거부하는 사람들이 있을 때). 그러다 잠시 시간이 흐른 후에 주가노프의 시야가 걷히면 간수들이 온몸이 부러진 시신들에 고무 덮개를 씌워 이동식 들것에 싣고 취조실을 빠져나갔다. 주가노프도 어쩔 수 없었다. 때때로 기구가 미끄러질 때도 있고, 동맥이 칼에 베일 때도 있고, 혈종이 생겨서 뇌가 부풀어 오를 때도 있는 법이다.

가끔 실제로 푸틴 대통령을 망신시키거나, 그에게 저항하거나, 협박하거나, 좌절시키거나 음모를 꾸밀 만한 잠재력이 있는 죄수들 혹은 그렇다고 푸틴 대통령이 상상하는 죄수들을 주가노프는 불편하게 만들었다. 주가노프 대령은 대통령의 인민위원회에서 직통으로 감옥 관리자에게 거는 'VMN'이라는 암호명의 전화를 받는다. VMN이란 최고 등급의 처벌을 의

미하는 것으로 스탈린 시대 형법전 제58조에서 나왔다. 이 말은 그 시민이 사라져야 한다는 뜻으로, 주가노프가 아주 즐겁게 할 수 있는 일이었다. 그는 묵직한 막대기로(잘 휘어지는 강철로 보강한 막대기가 최고다) 죄수의 다리뼈와 골반을 쪼갠 다음, 테이블 위쪽을 돌아 나와, 낮은 걸상에 걸터앉아, 누워 있는 죄수에게 얼굴을 바짝 들이대고, 덜덜 떠는 죄수의 신음을 들이마시면서, 그 돌아가는 눈동자를 지켜보며, 미끄러운 타일 바닥에 침방울이 떨어지는 소리를 듣는다.

1년 전에 공식적으로 문제가 발생해서 비난이 일었다. 체첸 블랙 위도우 자살 폭탄 테러범 두 명을 심문하다 일어난 일이었다. 그 여자들은 볼고그라드에서 버스를 탈 때 체포됐다. 그들이 배에 차고 있던 폭탄은 터지지 않았다. 크렘린 사무국에서 내려온 지시에(근본적으로 대통령이 직접 내린 지시라는 의미) 따라 원래 FSB 관할인 그 사건은 사무국에서 직접 호명한 SVR 소속 주가노프 대령, 루비안카 베테랑 심문자인 그가 그 여자들의 심문을 맡게 됐다. 늪에 고인 물 같은 주가노프의 더러운 심장은 자랑스러워서 터질 것 같았다. 그는 절대 대통령을 실망시키지 않을 것이다.

라인 KR의 책임자인 주가노프는 신속하게 방첩 정보를 빼내야 한다는 걸 알고 있었다. 그 체첸 여자들을 이용한 사람이나 단체, 폭탄을 만드는 공모자들과 도시에 있는 안가들을 모조리 알아내야 했다. 조국을 보호하고 지키려는 마음보다는 대통령을 기쁘게 하려는 마음이 더 컸던 그는 초조한 마음에 그렇지 않아도 거친 영혼이 더 날카로워졌다.

첫 번째 심문이 시작됐을 때 둘 중에 더 강한 여자가(그녀의 이름은 메드나였는데 피부색이 거무스름하고 날씬한 데다 활력이 넘쳤다) 주가노프의 낡은 적군 튜닉에 침을 뱉었다. 이것은 심각한 범죄이자 지독하게 무례한 짓이었다. 주가노프의 창자 속에 살고 있는 비늘에 덮인 격노가 포효를 지르며 뛰쳐나왔다. 그는 순간적으로 메드나가 묶여 있던 등받이가 높은 교수형 의자의 깔쭉깔쭉한 손잡이를 잡고 너무 세게 돌려버렸다. 기관이 뚝 소리를 내며 부러져서 기도를 막아 그녀는 30초 만에 얼굴이 파랗게 질려서 죽어버렸다. 서서히 질식시키려던 원래 계획은 어긋났다. '망할.' 주가노프는 생각했다. 핵심 정보를 짜낼 수 있는 정보원 하나가 뒈진 것이다. 저 빌어먹을 년이 그를 속였다.

두 번째 체첸 여죄수는 확실히 겁에 질려 있었다. 이름이 자레타인 그녀는 수도인 그로즈니에 있는 부모님 집에 한 중년 여자가 찾아왔던 날을 생각하고 있었다. 그 여자는 그녀의 엄마에게 조용히 이야기를 하고 나서, 자레타를 침실로 데려가서 한 시간 만에 그녀의 마음을 사로잡고, 압도하고, 최면을 거는 대화를 했다. '그날 오후에 포섭된 걸 시작으로 이제 끝이구나.' 그녀는 생각했다. 그녀의 머리 위에 씌워진 시큼한 냄새가 나는 두건을 통해 주위의 바닥 타일에서 신발이 스칠 때 나는 삐걱거리는 소리가 들렸고, 그녀의 손목을 등 뒤로 묶은 철사에 찰칵 소리를 내며 호크가 걸리는 소리가 들렸다. 겁이 난 그녀는 다리를 덜덜 떨면서 두건 속에서 깊게 숨을 들이마셨다. 톱니바퀴가 돌아가는 소리가 들리기 시작했고, 등 뒤에 묶인 두 팔이 점점 더 그녀의 허리보다 더 높이 올라가서 어쩔 수 없이 몸을 앞으로 구부렸고, 어깨의 힘줄이 무시무시하게 당겨져 비명을 지르기 시작했다. 만약 그들이 대화를 나누고 있었다면 주가노프는 스트라파도(팔을 잡아 매다는 고문 기구)는 일찍이 1513년 플로렌스의 메디치 가문에서 썼다고 자레타에게 말해줬을 수도 있을 것이다. 하지만 주가노프는 수다 떨 시간이 없었다.

자레타는 자신이 지금 어떤 고문을 당하고 있는지도 모르면서 두건 속에서 비명을 질렀다. 그저 자신의 몸이 아주 근본적이고, 날카로운 전기 충격 같은 고통에 빠져 있으며, 그녀의 피부 밑에서 생명을 유지하는 데 필수적인 부분까지 위태로워지고 있다는 것만 알고 있었다. 다리를 부들부들 떨던 그녀는 자신이 방금 지린 오줌이 발밑으로 흐르는 걸 느꼈다. 그다음에 러시아어로 질문이 시작됐다. 각 질문은 체첸 억양이 있는 여자 목소리로 반복됐다. 30분 만에 자레타는 더듬거리며 그녀를 포섭한 여자의 이름과 그녀를 훈련시킨 조직의 리더와 2인자의 이름뿐만 아니라 체첸에 있는 훈련 캠프 두 개의 위치까지 말했다. 하나는 수도의 남쪽에서 70킬로미터 떨어진 샤토이로 P305 도로 끝에 있고, 또 하나는 그로즈니 동쪽인 잘카의 M29번 도로 외곽에 있다.

아무것도 보이지 않는다는 사실은 그 자체로 무서울 뿐만 아니라 어떤 공격을 받게 될지 예상할 수 없어서 더 무서웠다. 그녀는 볼고그라드에서 자살 폭탄 조끼를 조립해준 젊은 남자의 이름을 소리쳤고, 그녀의 허리와 가슴 바로 밑에 테이프로 붙인 폭발성 소시지를 끈으로 묶어준 청년의 이름도 말했다. 그때 그 청년은 그녀에게 수염 사이로 미소를 지어 보였다. 그가 이미 죽지 않았다면 방금 그녀가 죽인 것이다.

질문하는 여자의 목소리가 다시 들렸다. 기이한 체첸 억양이 있는 그 목소리로 모스크바의 블랙 위도우 작전에 대해 물었다. 자레타는 이름 하나와 주소 하나를 알고 있었지만 절대로 이 마지막 동료들만은 배신하지 않겠다고 다짐하고 있었다. 그 체첸 목소리는 사라지고 귀에 거슬리는 고음에 냉혹한 러시아 목소리가 들렸다. 거의 인간 같지 않은 목소리였다. 자레타는 상체가 거의 절반으로 접힐 정도로 구부리고 있는 상태였지만 바로 옆에 있는 사람의 존재를 느낄 수 있었다. 누군가가 그녀의 뒤통수를 갈겼다. 그리고 두건을 더듬거리는 손가락이 느껴지더니 거칠게 두건이 벗겨졌다. 갑자기 눈을 찌르고 들어오는 실험실의 흰 불빛에 그녀는 얼굴을 찡그렸다. 그러나 그녀에게서 30센티미터 정도 앞에 있는 존재와 비교해보면 아무것도 아니었다. 자레타는 3분 동안 숨 한 번 쉬지 않고 계속 비명을 질렀다.

메드나의 시신이 등이 높은 의자에 똑바로 앉아 있었다. 그녀는 위풍당당하게 앉아 있었고, 두 손은 팔걸이에 묶여 있고, 머리는 목 주위를 묶은 끈 때문에 똑바로 들려 있었다. 얼굴에 보라색 멍자국들이 잔뜩 남아 있었다. 그녀는 반쯤 감은 눈꺼풀을 통해 자레타를 보고 있었고, 입은 살짝 벌어져 있었다. 입가 양쪽에 가늘게 흘러내린 마른 핏자국이 있었고 양쪽 콧구멍에는 출전할 때 바르는 물감이 묻어 있는 것처럼 보였다. 주가노프의 솜씨인 진짜 공포는 마치 극장에 있는 것처럼 우아하게 다리를 꼰 메드나의 두 발 중에서 자레타의 얼굴 가까이에 있는 발의 새끼발가락이 싹둑 잘린 것이었다. 주가노프는 자레타의 입을 손으로 꾁 쳐서 그녀가 발작적으로 지르는 비명을 막았다.

"저년을 봐. 저년이 너에게 살라고 말하고 있잖아." 주가노프가 말했다. 그는 자레타의 머리를 한 움큼 움켜쥐고 그녀의 머리를 흔들었다. "살아. 살아서 네 부모에게 돌아가. 넌 그 짐승들에게 속고 이용당했어. 내가 필요한 건 이름 하나와 주소 하나야. 그것만 말하면 우린 끝나는 거야." 그 말을 입증하는 것처럼 그는 자레타의 팔을 낮춰서 그녀가 흔들거리면서 똑바로 설 수 있도록 했다. 그는 그녀의 팔을 위로 끌어올린 밧줄도 자르고, 손목을 묶은 철사도 잘랐다. 그녀는 친구의 망가진 육신을 볼 수 없었고, 굴복하기도 싫어서 고개를 숙였다.

그녀는 고개를 들어 주가노프를 보고 망설이다가 모스크바 조직의 관리자 이름과 모스크바 남쪽 교외인 자야블리코보에 있는 고층 건물의 아파트 주소를 댔다. 주가노프는 고개를 끄덕이고 자레타의 얼굴을 손으로 감싸면서 '이래야 착한 아이지'라는 듯 그녀의 뺨을 쥐었다. 그리고 벽에 붙여놓은 스테인리스 테이블로 걸어갔다. 자레타와 체첸어를 할 줄 아는 가슴 큰 중년 여자와 감방 한쪽 구석에서 제복을 입고 서 있는 간수가 모두 지켜보는 가운데 주가노프는 수건 밑에서 커다란 회색 권총을 하나 꺼내 돌아서서, 그들에게 다시 걸어왔다. 주가노프는 그 피스톨(엄청난 파괴력이 있는 357구경 매그넘 탄창이 장전된 MP 412 REX 리볼버)을 들어서 이미 죽은 메드나의 왼쪽 관자놀이를 30센티미터 떨어진 곳에서 쐈다.

자레타는 충격을 받아 경악한 표정으로 주가노프를 봤다. 간수는 입을 손으로 막고 있었다. 중년 여자 간수는 돌아서서, 배를 움켜쥔 채 바닥에 토하고 있었다. 총알의 유체정역학적 충격이 메드나와 그녀의 의자를 넘어뜨렸다. 그녀의 몸에 남은 피가 흰 타일 위로 퍼져 고였다가 천천히 커다란 중앙 배수관을 향해 흘러가고 있었다. '딱 좋아.' 주가노프는 생각했다. 이런 게 바로 그가 좋아하는 식인 괴물들의 파티지.

"저년 어미는 저 머리에 신문을 집어넣고, 머리 가리개를 더 크게 만들면 되겠네." 주가노프는 갑자기 악마처럼 끔찍한 저음으로 말했다. 자레타는 덜덜 떨리는 손으로 자신의 속눈썹에 튄 피를 깜박여서 털어내면서 얼굴에 묻은 끈적거리는 피를 닦고, 뿔과 노란 염소의 눈과 갈라진 발굽들을 보며 생각했다. 환한 조명이 비추는 하얀 타일이 깔린 방에 대한 기억이나 더러운 재킷을 입은 이 검은 난쟁이 악마에 대한 기억을 어떻게 지울 수 있을지, 어떻게 목숨을 부지해서 체첸으로 돌아갈 수 있을지, 돌아가면 동족을 배신한 대가로 의회의 처벌을 받고 부모님은 수치스럽게 되겠지. 그들이 어떤 표정을 지을지 다 보였지만, 그녀는 살 것이고, 자신은 살고 싶다고 스스로에게 말했다.

주가노프는 간수에게(그 군인의 얼굴은 잿빛이었다) 자레타를 데려가라는 몸짓을 했다. 그녀가 문을 향해 돌아서서 발을 질질 끌면서 그의 옆을 지나갈 때 주가노프가 리볼버의 총구를 그녀의 왼쪽 귀 뒤에 대고 방아쇠를 당겼다. 자레타는 푹 쓰러져서 바닥에 그대로 얼굴을 찧었고, 입고 있던 헐렁한 죄수복 원피스가 그녀의 엉덩이 주위까지 올라갔다. '죽을 때도 품위 없이 죽는군. 시골 창녀 같으니라고.' 주가노프는 생각했다. 간수는 깜짝 놀라서 울부짖고 있었다. 그는 그 여자의 머리에서 튀어나온 뭔가를 온몸에 둘러쓰고 있었다. 그 중년 여자는 구석에서 다시 토하기 시작했다. 주가노프는 잠시 선홍색 피가 뚝뚝 떨어지는 방을 둘러보고 나서, 정보부에(하지만 사실은 푸틴을 위해) 올릴 심문 보고서를 쓰러 급히 나갔다. 그는 자신의 성공과 핵심적인 방첩 정보를 어서 보고하고 싶었다.

며칠 후 감옥 관리자들이 주가노프 대령의 고문과 살인을 포함한 지나치게 잔인한 행위에 대해 징계를 내릴 것을 요구하는 항의서를 제출했다. 하지만 그 항의서는 파란 눈이 한 번 깜박이자 그냥 허공에서 증발해버렸다. 대통령이 그에게 임무를 내렸고, 알렉세이는 그 임무를 완수했다. 불평하는 관리들에게 푸틴은 이렇게 말했다고 한다. 파리 한 마리 가지고 코끼리를 만들어내지 마.

젊은 알렉세이는 SVR 방첩 부서라는 의심으로 가득 찬 토탄 늪에서 스스로도 놀랄 정도로 일을 잘했고, 때가 됐을 때 부장으로 승진했다. 그의 편집증적인 기질은 그 일에 아주 잘 맞았다. 주가노프는 루비안카에서 그의 전반적인 됨됨이가 형성되던 시절에 아주 많이 배웠다. 살인 충동이라는 외피에 교활함을 덧씌우는 법을 알게 된 것이다. 하지만 그의 본능은 여전히 소비에트 쥐라기 지대에 단단히 뿌리내리고 있었다. 그는 정치를 잘 이해하고 있었다. 그는 모든 것이 지나칠 정도로 무절제했던 소비에트 시절을 그리워했다. 푸틴 대통령만이 과거 소비에트연방의 위엄과 힘을 다시 차지할 수 있고, 과거의 적들을 위축시켰던 붉은 이빨의 격노와 턱을 부셔버리는 잔인함을 복구할 수 있는 러시아 최고의 희망이었다.

라인 KR에서 일하는 장교 중에 주가노프 부장의 머릿속에 있는 벌레 농장을 임상학적인 용어로 표현할 수 있는 사람은 거의 없었다. SVR의 의료 부서에서 근무하는 전문적인 교육을 받은 심리학자라면 주가노프의 소름 끼치는 충동을 악성 자기도취증이라고 확실하게 분류하겠지만, 그건 드라큘라를 우울증에 걸린 루마니아 왕자라고 부르는 거나 마찬가지인 셈이다. 주가노프는 그보다 더 섬뜩한 존재였지만 그의 부하들이 알아야 할 건 그가 언제든 느닷없이 지네처럼 콱 찔러올 수 있다는 것이었다. 주가노프는 누가 그를 조금이라도 모욕했다고 느끼거나, 업무에서 뭔가 누락시켰거나, 4층에서 급한 임무가 내려온다거나, 특히 크렘린에서 불호령(붉은 벽 뒤에서 지배하는 또 다른 나르시시스트의 비난)이 떨어졌을 때 미친 듯이 화를 냈다. 라인 KR 직원들은 부장이 대통령에게 아주 조금이라도 무능해 보일 만한 실수를 저지르면 가차 없이 처벌을 받았다. 주가노프는 아즈텍족이 태양을 숭배하는 것처럼 푸틴을 숭배했다.

그 독기로 똘똘 뭉친 난쟁이가 라인 KR에 왔을 때 주가노프의 부관인 예브게니는 사람들의 주목을 받지 못한 채 3년째 일하고 있었다. 주가노프는 그를 주시했다. 그의 재능이나 주도적으로 일하는 능력을 찾으려고 그런 게 아니라 절대적이고 비굴할 정도의 충성심이 있는지 보려고 그런 것이었다. 지나치게 야심만만한 부관들은 위험했다. 사형 집행인들은 자기 뒤에 서 있는 사람들을 믿지 않는 경향이 있다. 주가노프는 자신이 부관으로 점찍어놓은 털북숭이 예브게니에게 초기에 다양한 선수들을 보내 시험했다. 그에게 SVR의 다른 부서에 일자리를 주겠다고 제안한 이들도 있었고, 그의 눈앞에 뇌물이나 커미션을 대롱대롱 흔들어대면서 유혹한 사람들도 있었다. 가장 중요한 시험은 주가노프가 보낸 작은 비둘기들로 그들은 예브게니에게 주가노프에 대한 비방을 속삭이거나, 주가노프를 배신하는 음모를 짜자고 제안했다. 예브게니는 그 모든 걸 신속하게 하나도 빼먹지 않고 주가노프에게 보고했다. 1년 동안 다각도로 시험하고, 올가미와 덫을 놓아본 후에야 만족한 주가노프는 예브게니를 부관으로 임명했다. 예브게니는 입을 꽉 다물고 열심히 일했고, 지하 감방과 끈과 주사기에 환장하는 보스의 취향에는 일절 상관하지 않았다.

주가노프는 라인 KR의 회의실에서 자기 자리에 털썩 주저앉아 파리에서 막 돌아온 도미니카가 잠쉬디에 대해 보고하는 걸 언짢은 표정으로 보고 있었다. 도미니카는 갈비뼈가 불에 타는 듯이 아팠지만 움직일 때 얼굴을 찡그리지 않으려고 엄청난 의지를 발휘했다. 그녀는 SVR의 매니저 4명, 그러니까 라인 X(기술 정보), T(기술 작전), R(작전 기획), KR(방첩) 부서의 부장들에게 브리핑을 했다. 라인 X가 비엔나에서 잠쉬디와 할 다음번 미팅에 대비해 이란의 원심분리기에 대해 요구할 정보들을 준비하기로 했다.

도미니카는 잠쉬디와 다음번에 만날 때 원자력 에너지 분석가를 데려가라는 라인 X의 제안을 부드럽게 거절했다. 잠쉬디는 아직 정보원으로 검증되지 않았고 겁이 너무 많아서 새로운 사람을 받아들이지 못할 거라고 주장했다. 그녀는 잠쉬디의 코를 꿰어 이 작전이 완전히 자리를 잡기 전까지 초기의 기술적인 세부 사항들은 그녀가 다룰 수 있을 거라고 부장들을 안심시켰다. 그들은 툴툴대면서도 작전상 기다리는 데 합의했다.

주가노프는 부장들을 지나 도미니카를 보면서 그녀를 평가하고, 저울질하고, 계산했다. 당연히 잠쉬디 작전을 독차지하고 싶겠지. 그녀는 이 건을 독점하다 때가 되면 그 정보를 가지고 크렘린에 냉큼 가서 푸틴의 총애를 얻으려 할 것이고, 반드시 그렇게 되게 만들 것이다. 그는 이 민감한 상황을 심사숙고했다. 도미니카는 근본적으로 건드릴 수 없는 존재다. 조심해야 했다. 저 조각같이 아름다운 대위를 파리에서 습격하라고 지시한 것은 계산기를 다 때려보고 한 결정이었지만 위험했고 결국 실패로 돌아갔다. 그녀는 겉보기에는 별로 많이 다친 것 같지 않았고(파리에서 보낸 미심쩍은 보고엔 크게 다쳤다고 하던데) 사실 그녀도 나름 발톱을 감추고 있다는 점이 입증됐다. 그는 이미 그 작전을 소독하라는 후속 명령을 내렸다. 장발 사내는 지금쯤 생마르탱 운하에서 볼기짝을 하늘로 쳐든 채 둥둥 떠다니고 있을 것이고, 그의 긴 머리카락은 하수구에 쫙 펼쳐져 있을 것이다.

도미니카는 주가노프의 머리 뒤로 갈고리 같은 발톱과 박쥐 날개 같은 검은 기운을 봤다. 그리고 그가 불안해하는 걸 감지했다. 그녀는 그가 그녀를 지켜보면서, 평가하고, 계산하고 있는 걸 알고 있었다. 그에게 충성을 맹세하며 안심시키려는 건 어리석은 짓이었다. 그는 그녀에게나 다른 사람에게나 그런 건 기대하지 않았고, 믿지도 않을 것이다. 그녀는 파리에서 강도를 만난 일이 그의 지시라는 걸 확신하고 있었지만 그를 적대적으로 대하지 않을 것이다. 그녀는 모스크바에 돌아와서 그 사건에 대한 말은 한마디도 하지 않았다. 그 사건으로 주가노프가 어디까지 갈 수 있는지 드러난 셈이었다. 1930년대와 1950년대에 대대적인 숙청을 한 후로 이곳은 변한 게 거의 없었다.

라인 KR에 공격적인 작전을(이란의 잠쉬디 건이 그런 예다) 전담하는 그룹이 없기 때문에 도미니카가 아주 쉽게 그 작전을 빼돌려서 자동적으로 그 책임을 맡았다. 주가노프는 그녀에게 시시한 일거리들을 몰아서 바쁘게 만들면서 이곳 사정에 깜깜하게 만들고 싶었다. 그녀는 이 부서에서 하는 다른 작전에는 끼지 못할 것이다. 그와 예브게니가 그렇게 조치할 것이다. 그녀를 가둬놓는 건 쉽지 않을 것이다. 결코 쉽지 않다. 송곳을 자루 속에 숨길 수는 없는 법이니까.

반사회적 인격 장애와 편집증을 가진 인간 특유의 음침한 본능으로 주가노프는 자신이 그녀에게 혐오감을 준다는 걸 알고 있었지만 개의치 않았다. 하지만 자신이 알파 늑대로 그녀보다 서열이 높다는 걸 확실히 깨우쳐주고 싶었다. 그래서 브리핑이 끝난 후에 주가노프는 도미니카에게 자기를 따라 레포르토보로 와서 심문하는 걸 잘 보라고 고집했다. "대위도 이런 일을 배워야 해." 그는 능글맞게 웃었다. "그래야 네가 자체적으로 조사할 때 이런 걸 할 수 있잖아."

"물론이죠." 도미니카는 레포르토보로 돌아가는 것으로 인해 공황 상태에 빠진 마음을 보여주지 않으려고 단호하게 대답했다. 그녀는 예전에 거기 갇혀서 심문을 받은 적이 있지만, 자백도, 굴복도 하지 않은 채 6주 동안 고통을 겪다가 풀려났다. 그녀는 냉장고 같은 감방, 전기 충격, 신경

촉진과 같은 다양한 고문들을 버텨내면서 결국 그녀를 심문하는 자들의 눈을 들여다보고, 그들의 색채를 읽고, 자신이 이겼다는 걸 알았다.

그녀는 주가노프의 검은 안개를 따라 레포르토보의 지하 복도를 종종걸음으로 걸어가는 그의 뒤에서 걸어갔다. 그녀 역시 그때 두 간수에게 팔을 붙잡힌 채 걸어갔는데 여전히 복도엔 갈라진 목재 벽장들이 있었다. 그 벽장은 복도에서 두 죄수가 마주칠 경우 한 죄수를 벽장에 밀어 넣고 문을 잠가 그들의 영혼을 말려 죽이고 일체 인간적인 접촉을 하지 못하게 하는 용도로 쓰인다. 도미니카는 계속 무표정한 얼굴로(주가노프가 몰래 그녀를 슬쩍슬쩍 훔쳐보고 있었다) 아무 감각이 없는 다리로 계속 걸어야 한다고 마음속으로 스스로를 다그치고 있었다. 그 난쟁이는 마치 축축한 들판에 나온 새 사냥개처럼 코를 허공으로 쳐들고 서둘러 가고 있었다. 그들은 페인트가 바스러진 낯익은 철문, 배수관, 고리, 공포를 감춘 그 문을 지나 모퉁이를 돌았다. 주가노프가 간수에게 또 다른 철문을 열라고 손짓하고 나서, 양쪽에 단단한 문들이 줄줄이 늘어선 복도를 걸어갔다. 이곳의 닫힌 문들 뒤에는 죄수들이 지르는 익숙하고 날카로운 소리와 고함 소리도 들리지 않았고, 식판을 넣어주는 좁은 틈으로 내다보는 짐승 같은 눈들도 보이지 않았다. 이곳은 완벽하게 고요했다.

그들은 복도 끝에 있는 문 앞에 멈춰 섰고, 주가노프가 주먹으로 그 문을 쾅쾅 두드렸다. 강철 판지가 쾅 소리를 내며 열리고, 그 사이로 두 눈이 나타나더니, 강철 빗장이 철컹 열리는 소리와 함께 문이 열렸다. 주가노프가 얼른 들어가서, 몸에 지나치게 꽉 끼는 제복 코트를 입은 통통한 중년 여간수에게 고개를 끄덕여 보였다. 도미니카는 주가노프를 따라 안으로 들어가면서 뒤에서 문이 쾅 닫히는 소리를 들었다. 그 방은 그녀가 지금까지 본 그 어떤 곳과도 달랐다. 취조실이라기보다 수술실 같았다. 방은 천장에 달린 가스 튜브에서 나오는 하얀 불빛에 환했고, 튜브에 그림자는 비치지 않았다. 8센티미터 정도 크기의 정사각형 모양 흰 타일이 바닥부터 시작해서 벽을 지나 천장까지 깔려 있었다. 공기는 그녀의 코와 목을 찌르는 연기로 자욱했다. 벽타일이 암모니아로 닦여 있었다. 주가노프가 돌아서서 그녀가 어떻게 반응하는지 보면서 마치 장미 정원에 있는 것처럼 즐겁게 공기를 들이마시고 있었다.

벽을 따라 줄줄이 늘어서 있는 스테인리스 테이블 위에는 도구와 장비들이 있었다. 방 한가운데 천장에 달린 비스듬하게 기울어진 수술 조명 아래에 다른 테이블보다 더 큰 테이블이 하나 있었다. 테이블 한쪽 끝에서 바닥으로 배수관이 설치돼 있었다. 주가노프가 양복 윗도리를 벗어서 의자 등에 걸쳤다. 그리고 벽의 고리에 걸려 있던 갈색 코트를 가져와서 입었다. 맨 아래쪽 단추는 채웠지만 제일 위에 달린 단추는 그냥 놔뒀다. 의기양양한 그에게서 농장 마당 같은 흙냄새가 났다. 그는 손목시계를 보더니 그 여간수 쪽으로 돌아섰다.

"시작하기 전에 벨을 울려서 쟁반을 가져와." 그가 말했다.

그녀가 벽으로 걸어가서 버튼을 하나 누르자, 1분 후에 문을 노크하는 소리가 들리더니 또 다른 중년 여간수가 천으로 된 냅킨을 덮은 쟁반을 하나 가져왔다. 그녀는 그 쟁반을 체액이 흘러갈 수 있게 설치한 배수관 위에 놓더니 냅킨을 획 벗겼다.

"대위, 우린 아직 점심 전이잖아." 주가노프가 말했다. 문 바로 안쪽에 서 있던 도미니카는 암모니아 살균제의 독한 냄새에 섞인 식초에 절인 청어와 양파 냄새를 맡을 수 있었다. 그녀는 고개를 흔들고 테이블에서 좀

89

떨어져 있는 의자에 앉았다. 주가노프는 신나게 먹어댔다.

"우리의 손님을 데려와." 그는 청어가 가득 든 입을 벌려 간수에게 말했다.

그들은 2분 동안 주가노프가 음식을 먹느라 쩝쩝거리는 소리를 들으며 조용히 기다렸다. 도미니카는 난쟁이의 작은 뒤통수를 보면서 그의 두개골 바로 밑에 움푹 들어간 곳이자 목등뼈가 시작되기 바로 윗부분, 사이드테이블 위에 펼쳐진 스테인리스 수술 나이프 중 하나를 들어서 푹 찌르고 싶은 바로 그 부분에 온 신경을 집중하고 있었다.

문이 열리고 여간수가 한 여자를 방으로 끌고 들어왔다. 그녀는 등 뒤로 수갑을 차고 있었고 더러운 죄수복 원피스를 입고 발에는 펠트 슬리퍼를 신고 있었다.

"마물로프 부인." 주가노프가 냅킨으로 입을 닦으면서 말했다. 여간수가 그 여자를 철제 의자에 앉혔다. 도미니카는 그 의자가 타일 바닥에 볼트로 고정돼 있는 걸 봤다. 간수는 마물로프 옆에 서서 아무렇지도 않게 그녀의 어깨에 두 손을 댔다. 주가노프가 손을 휘둘러서 간수들을 내보내고 도미니카에게 몸을 돌렸다.

"대위, 여기 와서 이 여자 어깨 좀 잡고 있어." 도미니카는 정신없이 거절할 핑계들을 찾으면서도 절대로 주가노프 앞에서 흔들리지 않기로 결심했다. 도미니카는 가녀린 체구의 여자가 덜덜 떨고 있는 것을 느낄 수 있었다. 한편으로는 그녀가 무슨 짓을 했는지가 궁금했다. 주가노프는 의자 하나를 끌어당겨서 그녀와 마주보고 앉았는데 둘의 무릎이 닿을락 말락 했다. 그는 몸을 점점 앞으로 숙여 그녀와 얼굴을 마주 대다시피 했다. 재킷에 말라붙은 핏덩어리가 떨어지는 소리가 희미하게 들렸다. 도미니카는 그 끔찍한 냄새를 맡지 않으려고 입으로 숨을 쉬면서 마물로프라는 이름을 어디서 들어봤는지 기억해보려고 애를 썼다. 이 여잔 누구지?

이리나 마물로프는 사실 러시아의 인쇄 매체와 방송국 지분들을 포함한 언론 제국을 소유한 미디어 재벌 보리스 마물로프의 아내다. 보리스는 크렘린에 적극적으로 저항했다. 그의 기자들은 러시아 정치 상황을 부지런히 보도했고, 반체제 인사들과 푸틴의 정치 라이벌들과 한 인터뷰도 시리즈로 실었는데 그중에는 TV에 자주 나오는 펑크 록 그룹 푸시 라이엇의 멤버들도 포함돼 있었다. 그들은 푸틴에게 정치적으로 항의하는 시위를 해서 감옥에 수감되었다가 풀려났다. 보리스 마물로프는 공개적으로 블라디미르 푸틴의 재선을 반대했기 때문에 선거가 끝나고 자연스럽게 그의 세금과 해외 계좌들에 대한 조사가 실시됐고 그 결과 모스크바 검찰청이 부패, 탈세와 절도 혐의로 그를 기소했다. 파란 눈의 전갈이 꼬리를 단단하게 앞으로 말면서 살을 찌르려고 기다리고 있는 것이다.

마물로프는 푸틴에게 저항한 사람들이 어떤 일을 당했는지(징역, 교통사고, 심장 정지, 강도를 만나 사망) 알고 있었기 때문에 파리로 출장을 간 후 모스크바로 돌아오지 않기로 했다. 그는 아내인 이리나에게 급히 전갈을 보내 흑담비 모피 코트와 보석들을 챙겨서 포슈 거리에 있는 골동품으로 가득 찬 아파트에서 만나자고 했다. 이리나는 오를리 공항(파리 교외 국제공항-옮긴이)으로 출발하기 30분 전 브누코보 국제공항에서 잡혀 폐쇄된 밴을 타고 레포르토보로 실려 왔다. 그녀가 정치범 감방으로 절차를 밟아 구금되는 동안 그녀가 가진 소지품 목록은 작성되지 않았다. 그녀의 모피 코트와 보석은 푸틴의 개인적인 적들이 그랬듯 흔적도 없이 사라져버렸다.

푸틴은 정색한 얼굴로 크렘린의 직통 전화인 크렘툡카로 주가노프에게 전화해서 마물로프에게 남편이 받고 있는 부패 혐의를 벗으려면 해외 계좌들을 포함한 해외 지분들을 모조리 친절하게 말해야 한다는 점을 설명해주라고 지시했다. 또한 이리나에게 남편인 보리스를 설득해서 최대한 빨리 모스크바로 돌아오게 하라는 지시를 내렸다. 푸틴은 그가 내린 지시 사항들을 주가노프가 신중하게 잘 이행할 수 있을 것이라 전적으로 믿는다고 말했다.

굳이 암호로 처리할 필요도 없이 푸틴의 교활한 요구가 의미하는 바는 분명했다. 이리나는 보리스를 조국 모스크바로 돌아오게 하려는 인질이자 미끼였다. 젊은 아내의 눈에 멍이 들거나, 이빨이 흔들거리거나, 살이 찢어지는 정도(1단계 부상)로도 보리스의 귀환을 앞당길 수 없다면, 2단계와 3단계를 고려해볼 것이다.

검은 머리를 어깨까지 기른 이리나 마물로프는 삼십 대 초반이었다. 그녀는 중키에 날씬하고 슬라브족 특유의 튀어나온 광대뼈에 갈색 눈은 큼지막했다. 그녀는 스물다섯 살 때 보리스가 소유한 여러 라디오 방송국 중 하나에서 일하다 그를 만났고, 개인 제트기와 요트와 펜트하우스들로 이뤄진 새 인생을 살아가고 있었다. 하지만 젊고 아름다운 마물로프 여사는 분별 있고 통찰력도 뛰어났다. 그녀는 레포르토브에 온 지 일주일이나 됐고 지금 상황이 어떻게 돌아가는지 잘 알고 있었다. 그녀는 절대로 협조하지 않겠다고 결심했다. 남편인 보리스는 러시아로 돌아와선 안 된다.

도미니카는 이리나의 머리 주위에 피어오른 초록색 구름 속에 서 있었다. 그녀는 겁에 질려 있었고, 이제 불편해질 거라는 걸 예상하고 있었다. 주가노프가 그녀에게 몸을 기울이자 그의 검은 날개가 그녀의 초록색 기운과 겹쳤다. 그는 절인 청어 냄새를 그녀의 얼굴에 대고 뿜어댔다.

"당신이 어떻게 지내는지 보러 오늘 오고 싶었어요. 당신 남편이 당신을 많이 걱정해서 법적인 문제들을 해결하러 모스크바로 돌아올 생각을 하고 있다는 말을 들었어요." 주가노프가 말했다. 이리나가 고개를 홱 치켜들고 주가노프의 표정을 뜯어봤다. 그녀는 그가 거짓말을 하고 있다는 걸 깨닫고 눈빛이 흐려졌다.

"무슈 마를로프가 돌아오면, 이 불쾌한 막간 촌극도 끝날 수 있어요." 주가노프가 말했다. 무슈라고? 막간 촌극이라고? 도미니카는 경이로워하면서 이 난쟁이의 머릿속은 대체 어떻게 생겼을지 상상해보려고 애썼다. 주가노프가 움직이자 둘의 무릎이 닿았고, 이리나가 몸을 움츠렸다. 주가노프는 표정 없는 얼굴로 고개를 들어 도미니카를 봤는데 마치 그녀가 아직 방에 있는지 확인하려는 것 같았다.

"어제 내가 들은 이야기가 하나 있어요." 주가노프는 마치 그녀와 대화를 하는 것처럼 말했다. "한 여자가 경찰서에 왔어요. '도와줘요, 제발. 제 남편이 실종됐어요. 여기 그이 사진과 개인적인 정보가 있어요. 남편을 찾으면 우리 엄마가 우리 집에 더 이상 오지 않기로 했다는 말을 전해주세요!'"

주가노프는 그녀가 그 농담을 좋아하는지 확인하려는 것처럼 다시 고개를 들어 도미니카의 표정을 봤다. 이리나는 꼼짝도 하지 않고 그를 빤히 보고 있었다. 러시아인들은 오랫동안 말귀를 알아먹게 프로그램 돼왔다. 다음번 올가미를 씌울 사람은 이리나의 어머니인 것이다.

"보리스에게 당신 어머니가 이제 안 오기로 했다는 말을 전해야겠어요. 그러면 보리스가 안심할 테니까." 주가노프가 속삭였다. 그리고 일어서서 사이드 테이블로 걸어갔다가, 짧은 가죽 몽둥이 하나를 들고 돌아왔다. 그것은 검은 가죽을 기워 붙인 납작한 몽둥이로 양쪽 끝에 뭔가 넣어 무거웠다. 이리나는 눈을 감았다. 그녀의 머리카락이 얼굴 옆으로 떨어졌고, 머리카락 끝이 흔들리고 있었다.

"눈을 떠." 주가노프가 말했고, 그녀가 맑은 눈을 크게 떴을 때 주가노프가 몽둥이로 그녀의 오른쪽 정강이를 세게 내리쳤다. 그녀는 고개를 뒤로 젖히며 고통에 신음했지만 비명은 지르지 않았다. '그녀는 이들과 싸우기로 한 거야.' 도미니카는 그녀의 들썩거리는 어깨를 잡으며 생각했다. "그리고 은행 계좌들, 그 숫자들이라는 작은 문제도 있지." 주가노프가 말했다.

주가노프는 그녀의 오른쪽 정강이를 다시 내리쳤고, 그다음에 반대쪽으로 손을 뻗어서 곧바로 왼쪽 정강이를 갈겼다. 이리나는 비명을 질렀다가 입술을 깨물고 참았다. 그녀는 고개를 푹 숙였고 도미니카가 잡고 있는 어깨가 사정없이 흔들렸다. 주가노프는 아무 말도 하지 않았다. 시간은 충분했다. 그는 손을 아래로 내려 이리나의 움츠린 발에서 펠트 슬리퍼를 잡아당겨 벗겼다.

난쟁이는 한쪽 눈썹을 추켜올리면서 두 손으로 곤봉을 우아하게 들어올렸다. "정강이와 발바닥이 효과 좋기로 유명하지." 그는 마치 대화를 나누는 것처럼 이야기를 계속했다. "하지만 나는 발뒤꿈치와 무릎 뒤 같은 곳이 가장 효과적이란 걸 알아냈어. 최근에 발가락 끝을 후려쳤더니 아주 환상적인 결과가 나오더라고. 의외의 수확이었다는 말을 덧붙여야겠군." 그는 몸을 숙이면서 곤봉을 바닥과 평행으로 휘둘러서 이리나의 발끝을 내리쳤다. 그녀의 발등은 이미 시퍼렇게 변해 있었다. 그녀는 비명을 지르면서 무의식중에 어깨를 구부렸다. 그리고 발작하듯 다리를 움직였다. 주가노프는 마치 향수 향을 들이마시는 것처럼 그녀의 신음을 들이마셨다.

도미니카는 속이 메슥거리는 걸 참으려고 애를 썼다. 그녀는 의자 옆으로 돌아가서, 들고 있는 그 끈적끈적한 가죽 곤봉을 빼앗아 그 프라이팬 같은 얼굴을 패서 곤죽으로 만들어줄까 생각했다. 이리나가 숙였던 고개를 들었다. 그녀의 뺨은 젖어 있었고, 멍하니 주가노프를 봤다. '이제 네이트에게 신호를 보낼 때가 됐어. 다시 CIA와 일을 시작할 때가 됐군.' 도미니카는 생각했다.

"대위." 주가노프가 그 곤봉을 내밀면서 말했다. 그는 도미니카가 그와 나란히 서서 이 여자를 때리길 바랐다. 이건 테스트였다. 그녀를 몰아붙이고 있는 것이다. 도미니카는 거부할 수 없다는 걸 알고 있었다. 그러면 그녀가 약하다는 걸, 이런 일을 역겨워한다는 걸 보여줘서 위험해지게 된다. 그녀는 의자를 돌아 나와 그의 손에서 가죽 곤봉을 받았다.

"대령님." 도미니카는 은밀하게 음모를 꾸미는 것처럼 그에게 바짝 다가섰다. "제가 대령님의 전문적인 테크닉을 그대로 따라할 순 없을 것 같습니다. 하지만 제게 아이디어가 하나 떠올랐습니다. 대령님이 먼저 쓰신 방법이 이 죄수에게 현실이 어떤 맛인지 보여줬으니 제 방법이 성과를 거둘지도 모릅니다."

주가노프는 뚱한 표정으로 그녀를 봤다. "무슨 아이디어?" 그가 말했다.

"제가 작은 실험을 해봐도 될까요?" 도미니카가 말했다. 그녀는 치미는 분노를 참고 목소리를 통제하려고 애를 쓰고 있었다. "5분만 이 여자와 단둘이 있게 해주실 수 있습니까?"

"규정상 이 방에는 항상 두 사람이 있어야 해." 주가노프가 말했다.

"이곳의 규칙들은 분명 대령님이 정하시는 거죠. 그런데 빠른 성과를 낼 수 있다면 실험을 해볼 만한 가치가 있지 않을까요?" 도미니카가 말했다.

주가노프는 도미니카를 보고는, 고개를 숙여 울고 있는 이리나에게 시선을 옮겼다.

"대령님, 5분만 주세요." 그녀는 이리나에게 가서, 그녀의 얼굴을 꽉 쥐고 가볍게 흔들었는데, 무엇보다 자신의 떨리는 손을 감추기 위해 그랬다. "우린 아주 잘 맞을 겁니다."

주가노프의 눈이 가늘어졌다. 그는 미심쩍은 동시에 일시적으로 관심이 가기도 했다. 그는 도미니카가 여자 대 여자로 어떤 달콤한 고통을 염두에 두고 있는지 궁금했다. 그는 계속 여기 있고 싶었지만 도미니카의 의중이 궁금하기도 했고, 간수실에서 모니터로 이들의 행동을 볼 수 있다는 걸 알고 있었다. 그래서 고개를 끄덕이고 방을 나갔다. 문이 딸각 소리를 내면서 닫혔고, 도미니카는 돌아서서 이리나에게 걸어갔다.

구석에서 그녀의 두 친구가 지켜보고 있었다. 금발의 우유 짜는 소녀 같은 마르테와 적갈색 눈의 헤라 여신처럼 아름답고 기품 있는 마르타, 베테랑 스패로우이자 헬싱키에서 그녀가 비밀을 털어놓을 수 있었던 친한 친구이자 이들에게 반항했다가 어느 겨울 밤 흔적도 없이 사라진 그녀. 친구들이 그녀가 감방을 가로질러 가는 걸 지켜보면서 서두르되 조심하라고 말하고 있었다.

도미니카가 이리나의 얼굴에 자신의 얼굴을 바짝 대고, 그녀의 머리카락을 잡고 머리를 뒤로 잡아당기면서 귀에 대고 속삭였다. 그녀는 다음 순간에 모든 걸 걸었다. "언니, 3분 동안 내 말 잘 들어요. 알겠어요?" 도미니카가 말했다. 이리나가 무슨 뜻인지 이해하지 못하고 그녀를 빤히 쳐다봤다. 비디오 모니터에서는 이리나를 때리는 것으로 보이길 바라며 도미니카는 채찍으로 의자 다리를 세게 후려쳤다. 이리나가 놀라서 그녀를 빤히 봤다.

도미니카가 의미심장한 눈빛으로 그녀를 보고, 다시 의자 다리를 후려쳤는데, 가죽이 철제 다리를 치는 소리가 마치 총소리 같았다. 도미니카는 다시 그녀에게 몸을 숙이고 한 손으로 이리나의 얼굴을 움켜잡았다.

"내 말 똑똑히 들어요." 그녀는 낮은 소리로 말했다. "저들이 당신을 불구로 만들어버린 후에 평생 정신병원에 처박아버릴 거예요. 당신 엄마는 냉동고 같은 감방에 갇힐 거고." 그녀는 이리나의 얼굴을 더 멀리 밀어내면서, 이리나의 귀에 입술을 갖다 댔다. "저들에게 계좌 번호를 말해줘요. 그건 그저 돈일뿐이잖아요. 그러면 놈들이 당신을 한동안 자유롭게 풀어줘서 남편에게 연락할 수 있게 해줄 거예요. 그 전화 통화를 엿들으려고 말이에요. 그들이 그 기회를 잡으려고 기다리는 사이에 탈출할 수 있을 거예요. 당신과 당신 엄마."

이리나는 빙글빙글 도는 초록색 안개를 통해 도미니카를 보면서 고개를 살짝 저었다. 그녀는 도미니카를 믿지 않았다. 도미니카는 그녀의 어깨를 치는 것처럼 곤봉을 옆으로 휘둘렀지만 곤봉은 대신 의자 등을 쳤다. 이리나가 움찔하면서 숨을 헉 들이켰다. 그만하면 주가노프가 속아 넘어갈 만한 반응이었다. 그렇게 곤봉을 휘두르는 동작에 도미니카의 멍든 갈비뼈에서 통증이 일면서 뜨거워졌지만, 그녀는 다시 이리나 옆에 서서 얼굴을 들이대고 속삭였다. "언젠가는 아이를 갖고 싶어요? 다시 보리스를 보고 싶어요? 놈들이 원하는 걸 줘요. 몽땅 다."

도미니카는 허리를 숙여 그녀에게 가까이 다가가면서 비디오 모니터로는 이 모습이 어떻게 보일지 머릿속으로 그려봤다.

"남편 장부들을 다 줘요. 해외 계좌 번호들이 있는 장부들, 해외 은행 박스들의 열쇠도 줘요. 집에 금고가 어디 있는지도 보여주고. 그리고 남편에게 더 받아오겠다고 약속해요. 그다음에 어머니와 같이 탈출하는 거예요. 그렇게 처리할 수 있겠어요?" 이리나는 망설이다가 고개를 한 번 끄덕였다. 놀랄 일도 아니었다. 그녀에겐 남편이 거액의 보수를 지불한 변호사들과 제2국의 여권과 비즈니스 전용기들이 있을 것이다. 이번에는 미리 시간을 들여 계획하면 러시아를 벗어나는 건 상대적으로 쉬운 일일 것이다.

"당신도 저들 편이잖아요. 그런데 왜?" 이리나가 의아해서 말했다.

감방문의 빗장이 열리는 소리에 도미니카가 벌떡 일어선 사이에 주가노프가 문 안으로 고개를 들이밀었다. 도미니카는 이리나의 뺨을 세게 때려서 그녀의 얼굴이 홱 돌아가면서 입술이 찢어지게 만들었다. 파리에 가서 바시트라신 좀 발라주면 금방 낫겠지.

'그리고 난 저들 편이 아니야.' 도미니카는 생각했다. 아마 언젠가 이들은 악어백과 스웨이드 장갑을 가지고 파리의 르 프로코프 카페에서 만나 테이블을 사이에 둔 채 차를 마실지도 모르고, 그때는 도미니카가 다 설명할 수 있을 것이다. 물론이지. 산에서 가재가 휘파람을 불면, 돼지들이 날아다니면 그럴 수도 있겠지.

"말해." 도미니카가 이리나의 머리를 주가노프 쪽으로 확 잡아당기면서 말했다. "말하란 말이야." 그녀는 두려움과 망설임의 소용돌이치는 후광 속에 있는 이리나를 바라봤다. 이 작은 멍청이가 자신을 구할 결심을 하게 될까? 주가노프는 도미니카를 보다가 다시 이리나를 봤다.

"계좌…… 번호들을 말할게요." 이리나는 눈을 내리깔고 말했다.

감명 받은 주가노프가 곤봉을 들고 마치 예술 작품을 감상하는 골동품 상인처럼 가냘픈 손가락으로 곤봉 가장자리를 쓸어내리는 도미니카를 봤다.

"여자가 가장 두려워하는 게 뭔지는 여자가 가장 잘 안다는 건 인정하시겠죠? 이리나는 더 이상 대령님의 인내심을 시험하고 싶지 않답니다. 축하드립니다, 대령님." 도미니카가 말했다.

이건 다 개수작이다. 아니, 그런가? 주가노프는 아마 여자를 고문할 때는 남자보다 여자가 더 잘할지도 모른다는 매우 흥미로운 통찰에 대해 생각해봤다. 상대가 무슨 생각을 하는지 알 수 있고, 여체에 대해 잘 알고 있으니까? 도미니카는 분명 이 광경을 보고도 역겨워하지 않았다. 와우, 주가노프는 어떻게 생각해야 할지 알 수 없었지만, 도미니카가 그에게 대통령에게 바칠 보리스를 상대로 한 승리를 선물로 줬다는 건 알았다. 보리스의 계좌는 한 시간 안에 사이버상에서 탈탈 털려서 다른 곳으로 이체될 것이다. 이렇게 되면 주가노프가 푸틴의 총애하는 일인자가 되겠지. 하지만 뭔가 함정이 있을 텐데. 도미니카가 준 선물은 독이다. 그녀는 그를 공격하는 데 그걸 써먹을 것이다. 그녀는 그걸 이용하고, 그를 당황하게 만들 방법을 찾아낼 것이다. 그리고 푸틴 대통령은 그걸 눈치 챌 거고.

이리나가 감방 밖으로 나가는 사이에 도미니카는 하얀 타일 벽들, 수술 조명들과 끈적끈적한 곤봉을 마음속에서 몰아내고, 식초에 절인 청어와 암모니아 살균제 냄새를 코와 입에서 몰아내기 위해 숨을 몰아쉬었다. 힘겹게 침을 삼키던 그녀는 며칠 후에 이란인 과학자와 만나기 위해 비엔나로 돌아가야 한다는 걸 깨달았다. 그리고 다시 네이트를 만날 것이다.

레포르토보 청어 피클

껍질을 벗기고 뼈를 발라낸 청어를 우묵한 접시에 줄줄이 놓고, 그 위에 식초, 올리브 오일, 설탕과 잘게 썬 딜(허브의 일종으로 피클을 만들 때 넣는다-옮긴이)을 올린다. 몇 시간 동안 식힌다. 정사각형의 갈색 빵 위에 그 청어를 올리고 그 위에 얇게 썬 양파를 얹는다.

5

시몬 벤포드는 방첩부 부장이다. 키가 작고, 배불뚝이에, 아래턱이 발달한 그는 움찔하는 부하들이나 FBI(미국 연방수사국-옮긴이)의 정보부나 국방정보국이나 국토안보부나 아무튼 이름에 '정보'가 들어간 정부 조직에 있으면서 스파이와 첩보 작전에 대해선 일자무식이고, 해외 첩보를 수집하거나 분석할 준비도 안 됐고 능력도 달리고, 좀 더 심오하게 표현하자면 오븐 장갑을 끼고 딸딸이를 쳐대는 인간들에게 버럭 소리를 지르면서 머리카락을 움켜쥐는 버릇 때문에 희끗희끗한 머리는 항상 헝클어져 있었다.

눈이 큰 벤포드는 인간을 싫어하는 악동이자, 전설적인 내부첩자 사냥꾼이자, 전략가이자, 스파이 세계의 제사장이자, 서번트(전반적으로는 정상인보다 지적 능력이 떨어지나 특정 분야에서는 비범한 능력을 보이는 사람-옮긴이)로 적국 첩보부에서는 재앙으로 간주되는 인물이다. 그는 러시아 SVR보다 더 믿을 수 없고, 중국 MSS(국가안전부-옮긴이)보다 더 의뭉하고, 쿠바 DI(총첩보국-옮긴이)보다 더 우아하게 기만적이고, 북한 RGB(정찰총국-옮긴이)보다 더 초조해한다. 벤포드와 가까이 지내는 CIA 요원들은 그에게 '반사회적 인격 장애 조짐이 살짝 풍기는 조울증'이 있다고 몰래 말하지만 그런 한편으로 그를 숭배하고 있다. 해외 첩보 기관들은 애정과 증오가 섞인 복잡한 심정으로 그의 말을 귀담아 들었다. 벤포드는 몇 년 전 모스크바가 15년간 영국 상원에서 운영해온 불법 네트워크를 영국인들이 찾을 수 있게 도와줬다. 벤포드는 합동 정보 위원회에서 설명했다. "영국 의회에 마지막 남은 이성애자를 미행했더니 바로 담당 러시아 요원에게 가던데요." 영국인들은 그 말이 재미있다고 생각하지 않았다.

벤포드는 아테네 지부장인 톰 포사이스에게 도청 방지된 전화선으로 전화를 걸어 리릭을 포섭한 걸 축하했다. 장군이 제공한 초기 정보에 대한 1차 평가가 긍정적으로 나왔고, 벤포드는 네이트가 지금까지 이 건을 잘 처리했다고 칭찬했다.

"디바에게서 연락이 오면 정말 좋겠는데." 벤포드는 전화에 대고 말했다.

"우리 모두 그래요, 시몬. 네이트는 디바가 신호를 보내자마자 곧바로 그녀에게 갈 준비가 돼 있어요. 가방까지 다 싸놨어요." 포사이스가 말했다.

"그녀의 지위에 대한 보고도 없고, 소문도 없고, 그녀를 봤다는 말도 없어. 신문에도 아무 발표가 안 났고, 『라시스카야 가제타』에도 기사가 없고." 벤포드는 과거 소비에트 관측통들이 오래된 『프라우다지』에서 정보를 수집한 것처럼 신문에 부고가 안 났다는 말을 한 것이다.

"디바는 지략이 풍부해요. 자신만만하고 늠름한 친구죠." 포사이스가 말했다. 그녀를 모스크바로 다시 돌려보내자는 결정은 벤포드가 내렸다. 포사이스는 내부로 돌아가 연락이 끊긴 정보원에게 연락이 오길 기다리는 게 어떤 기분인지 잘 알고 있었다. 그곳이 어딘지는 중요하지 않았다. 쿠바건, 시리아건, 미얀마건, 몰도바(루마니아 동부 공화국—옮긴이)건.

"우리가 할 수 있는 건 기다리는 것뿐이죠." 포사이스가 말했다.

"그래, 톰. 나도 그건 잘 알아. 빌어먹을, 너무 잘 안단 말이야." 벤포드가 말했다. 포사이스가 본부의 당직 요원이었다면 벤포드는 전화기에 대고 혈관이 터져라 고래고래 고함을 질렀겠지만 고위 요원에게 그럴 수는 없고, 더더군다나 톰 포사이스에게는 어림도 없다.

"디바의 깃털 하나만 보여도 네이트가 거기 있을 겁니다." 포사이스가 달래듯 말했다. "우린 오리죠. 겉으로 보기엔 침착하지만 물 밑에선 미친 듯이 물장구를 쳐야 하죠."

벤포드가 전화기에 대고 끙 소리를 냈다.

모스크바에서 돌아온 다음 날 아침 도미니카는 다뉴브 강 동쪽 둑에 있는 IAEA의 우아하게 굴곡진 고층 건물 그룹에서 0.4킬로미터 떨어진 슈투 베르 대로에 있는 아파트의 작은 거실에서 속옷만 입고 바닥에 누워 있었 다. 여름이라 바람이 들어오게 창문은 다 열어놨다. 안개 속에서 남쪽에 있는 프라터 공원의 거대한 페리스 대회전식 관람차가 어렴풋이 보였다. 밤이면 하얀 꼬마전구들로 장식된 바퀴 달린 상자 모양의 차들이 반짝반 짝 빛났다.

도미니카는 바닥에서 팔굽혀펴기를 하면서 매번 몸을 내릴 때마다 가 슴을 카펫에 찰싹 붙였다. 그녀는 식탁 의자에 두 다리를 걸친 채 천천히 동작을 하면서 숨을 내쉬었다. 가슴이 쪼개질 것처럼 아파서 악 소리가 나 오자 의자로 가서, 두 손을 대고 다리를 작은 소파에 올린 채 천천히 몸을 내렸다 올렸다 하면서 스무 개를 넘어 서른 개까지 하다가 더 이상 못하고 끝냈다. 작은 부엌에 있는 전화벨이 따르릉 울렸다. 그녀는 헉헉거리면서 뛰어가 전화를 받았다.

우드란카의 쉰 목소리가 들렸다. "안녕, 자기." 도미니카는 전화기에 대 고 헐떡이며 말했다. 이게 신호다.

"안녕, 걸레." 우드란카가 러시아어로 말했다. 이건 답이다. 모두 정상이

란 뜻이다. "왜 그렇게 헐떡거려? 뭐하고 있었던 거야? 이제 고작 아침 9
시라고." 시간을 말한다는 건 한 시간 후에 만나야 한다는 뜻이다.

이건 스패로우가 쓰는 스파이 기술로 시시하지만 빠르고 간단하다. 얼
른 샤워하고, 우반(오스트리아 도심 내 지하철-옮긴이)을 타고 하르데 거리
까지 여섯 정거장을 가서, 조용한 오스트리아 아파트의 티 하나 없이 깔
끔한 계단을 네 단만 올라가면 된다. 도미니카가 노크를 하기도 전에 우
드란카가 문을 열었다. 비좁은 아파트에 색이란 색은 총출동했다. 벽에 걸
린 거울들, 소파에 있는 환한 색깔의 베개들, 주름 장식과 전등갓의 가두
리 장식까지 모두 핑크 일색인 침실이 열린 문 사이로 보였다. 방마다 있
는 비디오와 오디오 시설까지 모두 SVR에서 제공했다. 우드란카가 알바트
로스 날개 같은 팔을 벌려 그녀를 환영했다. 그녀의 진홍색 아우라가 석탄
을 잔뜩 쌓아올린 불길처럼 활활 타오르고 있었다.

'전형적인 스패로우는 아니지.' 도미니카는 그녀를 껴안으며 생각했다.
우드란카는 눈의 여왕같이 차가운 슬라브 미녀가 아니었다. 그녀는 젖꼭
지에 루주를 칠하고 아랫도리에 왁스를 발라 제모하고 성 불감증이 있는
슬라브 미녀들과는 전혀 달랐다. 아니, 우드란카의 외모를 하나씩 따져보
면 성욕을 자극하는 그런 아름다움은 없었다. 키는 185센티미터에 비쩍
말라서 팔꿈치와 무릎과 엉덩이뼈가 앙상했다. 가슴은 납작했지만 확대
수술을 받을 생각은 전혀 없었다. 그녀의 왼쪽 입가에서 왼쪽 귀까지 연필
로 그린 것처럼 아주 가늘고 희미한 흉터가 있었다. 준군사조직 군인이 휘
두른 가축용 채찍에 맞은 어린 시절의 기념품이었다. 하비스쿠스처럼 빨
간 매니큐어를 칠한 짧은 손톱에 손가락이 긴 그녀의 손은 잠시도 가만히
있는 법이 없었다. 다리는 끝도 없이 길었고, 큰 발의 발톱에도 붉은 매니

큐어를 칠했다. 오늘 아침 그녀는 오렌지색 산호로 만든 작은 드롭 귀고리를 하고 허벅지 위쪽을 아슬아슬하게 가려주는 짧고 진한 핑크 기모노를 입고 있었다.

그녀의 타는 듯한 자홍색(이 색은 발칸의 적갈색이라고 불러야 할 듯) 머리는 아주 짧아서 머리에 찰싹 달라붙어 있었다. 그녀의 어마어마한 입은 (희고 큰 치아가 들어 있는 과자 그릇 같다) 끊임없이 움직이고 있었다. 그녀는 그 입으로 미소 짓고, 삐죽거리고, 혀로 도톰한 입술을 축이고, 그럼 안 된다고 혀를 쯧쯧 차다가 입을 벌리고 걷잡을 수 없이 웃어댔다. 옅은 초록색에 검은 점들이 있는 우드란카의 커다란 눈은 초콜릿 칩이 든 아이스크림 같았다. 시간이 흐르면 그 눈의 동공이 커지면서 거침없는 색기를 발산했다.

우드란카는 성에 탐닉하는 타고난 쾌락주의자였다. 스패로우 학교의 스카우트들은 그녀를 보고 대번에 알아차렸다. 스패로우들을 훈련시키는 강사는 그 날것의 본능을 세련되게 다듬는 방법을 알고 있었다. 도미니카 같은 작전 요원들은 그 대포를 목표에 겨냥하고, 도화선에 불을 붙인 후, 한 발 뒤로 물러나야 한다는 걸 알고 있었다. 도미니카도 이런 능력은 처음 봤다. 이 여자는 금방 눈에 띄긴 하지만 뚜렷한 매력은 별로 없는 외모를 이용해 사람들의 시선을 사로잡는 요부로 변신할 수 있었다. 그녀는 통나무배처럼 납작한 자신의 몸매를 이용해서 목표들의 마음을 사로잡고, 마비시키고, 집어삼켰다.

10년 전, 아기 기린처럼 키가 큰 이 세르비아 여자는 배낭이 미어터질 만큼 짐을 쑤셔 넣고 모스크바에 취직하러 온, 우렁차게 웃어대는 십 대 소녀였다. 그녀는 주로 신발과 액세서리 같은 저가 의상실의 모델 일을 시작했다. 그런 일에 자연스럽게 따라오는 광고회사 중역들과 정부 관료들, 그리고 음악가도 한 명 만났지만, 스물여섯 살이 되자 모델 일도 끊겼다. 그녀가 모스크바 레스토랑에 들어가면 사람들이 모두 쳐다봤는데 그중에 두상이 서양 배처럼 생긴 이탈리아 대사도(키가 작고 통통한 백작으로 팔레스트리나 바르베리니가의 후손이었다) 있었다. 그 대사는 이를 다 드러내고 활짝 웃는 그녀의 강렬한 미소에 애가 탔고 그 키에 경악해서 그만 얼어붙고 말았다. 그 키 작은 이탈리아 남자는 한 번도 그렇게 어마어마한 키다리 여자와 사랑을 나눠본 적이 없었고, 둘의 몸이 어떻게 맞을지 알고 싶어서 안달했다.

대사는 너그럽고 배려심이 깊은 수다쟁이로, 아내 몰래 우드란카를 만났다. FSB는 곧 백작이 만나는 다리 긴 불륜 상대의 정체를 알아냈다. 1년 후에 우드란카는 FSB의 정보원으로 포섭됐는데 그 후 SVR이 그녀를 납치해서 스패로우 학교에 보내버렸다. 그녀는 돈이 필요했다. 그들은 그녀를 다시 베오그라드로 보내버린다고 협박했고, 그들의 제안을 받아들이면 편하게 살 아파트를 얻고 사랑을 누릴 거라고 했다. 못할 것도 없잖아?

3년 후, 도미니카는 잠쉬디 작전에서 이란 과학자가 모든 규칙과 종교를 잊어버리고 그의 목을 걸만큼 대단한 미끼를 찾다가 우연히 우드란카의 서류를 봤다. 우드란카는 SVR에서 훈련받은 스패로우 중 최고 등급을 받았고, 스파이 기술과 정보를 끌어내는 기술이 탁월하고, 스패로우 학교에서 '유혹의 기술'이라고 하는 분야에서 뛰어난 기량을 지니고 있다는 평가를 받았다고 나와 있었다. 우드란카는 곧 파견 임무를 맡았다. 도미니카는 뺨이 쏙 들어간 그 세르비아 여자가 냉소적이고, 뚱하면서도, 지략이 풍부한 생존자라고 평가했다. 두 여자는 호흡이 잘 맞았고, 도미니카가 그녀에게 잘 대해준 후로 더 돈독한 사이가 됐다. 그녀는 스패로우의 삶이 얼마나 부담스럽고 힘든지 잘 알고 있었다.

도미니카는 잠쉬디 앞에 그녀를 미끼로 살짝 던지기만 하면 됐다. 비엔나 술집 밖에서 오토바이 소매치기가 우드란카의 핸드백을 낚아채 달아난다는 진부한 시나리오를 짰다. 마침 그 광경을 이란인 과학자가 봤다. 택시로 집까지 데려다주겠다는 잠쉬디의 제안을 우드란카가 고마워하며 받아들였고, 이어서 조신한 척 하는 우드란카가 2층에 있는 아파트에 올라가 커피나 한잔하고 가라고 권했다. 일단 그녀의 만화경 같은 아파트 안에 들어가자(라인 T의 렌즈들과 마이크를 통해 촬영되는) 잠쉬디는 내숭을 떠는 그녀를 밀어붙여서, 결국 그녀가 환희의 신음을 내며 굴복하자 정복의 기쁨을 누렸고, 절정에 이르러 전율하는(두 번은 가짜고, 한 번은 진짜였는데 오르가즘을 느끼면서 달아오른 그녀의 뺨에서 가는 흉터가 어둡게 보였다) 그녀의 맛을 실컷 봤다. 잠쉬디의 하수관 같은 마음이 2회전으로 넘어가 그는 튀니지의 목욕탕에서 일하는 소년들이나 아는 다양하고 변태적인 행위들을 시도했다. 잠쉬디는 이 수줍어하는 기린이 고통스러운 비명을 지르며 저항할 거라고 예상했다(어쨌든 그게 그 짓의 매력이니까). 하지만 그녀의 그런 반응은 정말 예상 밖이었고, 잠쉬디는 그녀가 예를 들면 73번, '니콜스카야 문을 통해 크렘린으로 들어가기 체위'로 남자의 혼을 빼는 훈련을 받았을 거란 건 생각도 못했다. 그날 밤부터 잠쉬디는 푸틴 대통령의 낚싯대에 미리 걸려 있다가 기록에 오른 볼가 강의 잉어처럼 확실하게 낚였다.

"빨리 와." 우드란카가 도미니카에게 햇빛에 담뿍 잠긴 부엌의 작은 식탁으로 오라고 손짓하며 말했다. 부엌 벽은 카나리아 빛인 밝은 황색 타일이 붙어 있었고, 스토브 위에는 라임빛 녹색 찻주전자가 있었다.

"이런 곳에 있으면 눈이 멀 것 같지 않아?" 도미니카가 물었다.

우드란카는 어깨를 으쓱했다. "베오그라드는 항상 회색이었어. 모스크바도 그랬고, 갈보집이 칙칙하면 쓰나." 그녀가 말했다. 그녀가 격렬하게 웃어대자 진홍색 후광이 커졌다. 도톰한 입술 사이로 언뜻 흰 치아가 비쳤다.

"당신의 그 뿔 달린 올빼미는 어떻게 지내?" 도미니카가 말했다.

"진척이 좀 있었어. 어쩌면 중요한 걸지도 몰라." 우드란카가 말했다. 그녀가 식탁에서 일어나서 부엌 위쪽에 있는 캐비닛을 열어 황금색 컵과 땅딸막한 병 하나를 아주 수월하게 꺼냈다. 그녀가 팔을 쭉 뻗자 기모노가 살짝 벌어지면서 매끄러운 가슴이 조금 보였다. '내 가슴이 더 커.' 도미니카는 그렇게 생각했다가 곧바로 어이없다고 느꼈다.

"이거 세르비아의 수마디야에서 만든 자두 브랜디야." 우드란카가 작은 잔 두 개에 따르면서 말했다.

'맙소사, 지금은 아침 10시인데.' 도미니카는 그렇게 생각하면서 우드란카와 잔을 부딪치고 홀짝홀짝 마셨다. 반면 우드란카는 머리를 뒤로 젖히고 단숨에 비워버리고 다시 자신의 잔을 채웠다.

"뭔데?" 도미니카가 물었다. 다채로운 색깔에 둘러싸인 이 작은 밀회의 장소에서 도미니카는 본능적으로 뭔가 찌르르한 걸 느꼈다. 그녀는 브랜디를 꿀꺽꿀꺽 마시는 우드란카의 눈을 들여다보면서 표정을 살폈다.

"그 남자가 어젯밤에 왔어. 평소처럼 굴더라고. 화가 난 것도 아니었어. 사랑을 나누고 싶어 하더군." 도미니카는 잠쉬디가 파리에서 도미니카에게 포섭된 게 우드란카가 놓은 덫 때문이라고 비난할지 모른다고 미리 우드란카에게 경고했다. 그건 문제없다고 우드란카가 그때 말했다. 스패로우들은 그들이 무고하다는 점을 주장하도록 수많은 방식으로 훈련받으니까.

"그자가 내가 접근해왔다는 이야기나, 아파트에 카메라가 있냐는 그런 이야길 했어?" 도미니카가 물었다.

"아무 말도 안 했어. 날 탓하는 것 같지도 않던데. 그 자식은 몸이 바짝 달아서 그새를 못 참아하더군. 내가 '벌새 날개' 체위를 펼쳐 보였더니 그 바보 같은 염소수염이 오르락내리락 하더라." 그녀는 기술자처럼 아무 감정 없이 심드렁하게 자신이 하는 일을 말했다.

"33번 체위." 도미니카는 아주 오래전에 외웠던 소비에트식의 투박한 성적 기교를 떠올리며 말했다. "계속 자극을 주면서 신경 말단을 흥분시켜라."

"맞아, 자기도 기억하네." 우드란카는 거기에 대해선 말하고 싶지 않은 것처럼 매가리 없이 대꾸했다. "예전 생활이 그리우면 우리 둘이 그 자식을 침대로 끌고 갈 수도 있어."

도미니카는 웃었다. 부엌 식탁에 비친 햇빛에 자두 브랜디 병이 황금불길에 휩싸여 있는 것 같았다.

우드란카도 웃음을 터뜨렸다가 이윽고 멈추고는 아랫입술을 깨물면서 도미니카를 가만히 바라보았다. 도미니카도 웃음을 멈추고 식탁 너머로 손을 뻗어서 그녀의 손을 잠시 꼭 쥐었다. 길고 앙상한 손가락과 빨간 손톱. 항상 밝게 고동치던 그녀의 색이 느려지면서 흐릿해지고 있었다.

"자기도 한번 그 자식하고 해봐야 해. 그 자식은 무는 걸 좋아해. 한 가지 방식으로만 하고 싶어 하지. 날 아프게 하면서 쾌감을 느껴. 내가 그런 고생을 할 가치가 있는 놈이면 좋겠어." 그녀는 기운 없이 말했다.

"그놈은 그럴 만한 가치가 있어." 도미니카는 그가 얼마나 중요한지는 우드란카에게 말하지 않을 작정으로 그렇게만 대꾸했다. 우드란카가 그녀를 빤히 보더니 툴툴거렸다. 그녀는 고개를 뒤로 젖히고 다시 자신의 잔에 술을 채웠다. 두 사람은 한동안 아무 말도 하지 않았다.

"중요한 건 그 자식이 이 아파트를 중요한 미팅 장소로 쓰고 싶다고 말한 거야. 이틀 후 밤에, 내 아파트에서. 짜증나는 새끼."

도미니카는 고개를 끄덕였다. 바로 그거다. 그는 도미니카에게 보고하러 나타날 작정인 것이다.

"아마 자길 만나러 오는 거겠지. 내가 그 자식을 아파트에 들이고 나갈게." 우드란카가 말했다.

"아니야. 그 자식이 입을 다물 경우에 대비해서 자기가 가까이 있어야해. 자길 보면 놈이 고분고분 처신해야 한다는 걸 깨닫게 될 거야."

"그럼 몸에 꼭 끼는 걸 입어야지." 그녀는 정색을 하고 농담했고, 진홍색 아우라가 다시 돌아와 활짝 피어오르고 있었다. "그 자식은 내 말을 안들을지도 모르지만, 목이 쭈글쭈글한 대머리 새끼는 내 말이라면 껌뻑 죽거든." 도미니카는 웃음이 나오려는 걸 애써 참았다. 그녀는 스패로우 학교를 나온 후로 그 표현을 들어본 적이 없었다. 우드란카가 다시 두 개의 잔에 술을 가득 채웠다.

"이 일이 끝나면 널 스패로우에서 빼낼 거야. 비엔나가 아니라 완전히." 도미니카가 말했다.

"물론 그러시겠지." 우드란카가 또 한 잔을 따랐다.

노란색 부엌에 햇살이 환하게 빛났고 불에 탄 캐러멜 같은 브랜디 향기가 고요하게 허공에 떠돌았다. 둘의 눈이 마주쳤다. "이제는 아무리 마셔도 취하지 않아." 그녀가 속삭였다.

도미니카는 의자에서 일어나 그녀의 스패로우, 기다란 다리에 피아노 건반 같은 미소로 남자를 파멸시키는 그녀의 어깨에 한 팔을 둘렀다. 미소를 지을 때면 온 방이 환해지는 것 같은 그녀가 조용히 흘리는 눈물이 담당 요원의 셔츠를 적셨다.

여름의 비엔나. 녹음이 우거진 공원들과 과거 제국들의 신중함이 깃든 겨자색 건물들, 사방에서 만나는 경사진 지붕들, 만났다가 헤어지는 전차 선로들, 윤이 나는 황동 문고리들, 끊임없이 풍기는 커피 향기, 황금색 글자가 붙어 있는 창가 쪽 쟁반 위로 사르륵 넘어가는 달콤한 케이크와 빵들이 보이는 곳. 문 밑으로 요한 스트라우스의 바이올린 소리가 새어나오지만, 문간마다 그보다 덜 행복했던 시절에 탱크들이 밟고 지나가는 소리의 기억이 희미하게 떠도는 곳. 비엔나.

도미니카는 센터에서 초안을 잡은 원자력 에너지 정보에 대한 요구 사항과 립스틱 권총 두 자루가 든 서류 가방 하나와 초조한 마음을 안고 비엔나로 돌아왔다. 곧 잠쉬디와 하게 될 브리핑 때문에 빨리 움직여야 했다. 이제 CIA 그리고 네이트와 연락을 재개할 때가 왔다. 그녀는 다시 네이트를 볼 생각에 가슴이 벅차 숨을 쉴 수 없을 정도였다. 네이트가 그녀를 예전과 다르게 대할지, 둘의 사이가 어떻게 될지 전혀 알 수 없었다. 러시아인 특유의 자부심과 완고한 성정 때문에 그녀가 먼저 다가가는 일은 없을 것이다. 그에게 몸을 던지지도 않을 것이고, 다시 그가 규정이나 보안 요건이나 죄책감 뒤로 물러나는 걸 보지도 않을 것이다. 도미니카는 센트리 교환원의 침착한 목소리를 들으면서 다시 그녀의 보안 코드를 말해주고, 거기서 지정해준 가명을 사용하고, 그녀가 있는 도시를 일러주고, 비엔나 공원의 시계탑을 짧은 만남의 장소로 정했다. 이제 일을 할 때가 됐다. 그녀의 일.

센트리 시스템에서 자동적으로 아테네 지부에 모스크바에서 활약하는 러시아 정보원 디바가 연락을 재개했다는 걸 알린 후 네이트가 비엔나에 도착하기까지 열두 시간이 걸렸다. 비엔나, 시민공원 시계탑, 내일부터 시작해서 매일 정오에 만나기로 했다. 네이트는 첫 비행기를 타고 뮌헨으로 가서 거기서 기차로 비엔나에 도착했다. 보안상의 이유로 여정에는 항상 기차 여행을 추가한다. 일단 침투하기 쉬운 공동의 국경이 있는 유럽연합에 들어가면 증거를 남길 서류도 없고, 가벼운 위장만으로도 터미널마다 있는 보안 카메라들을 속일 수 있다. 게이블이 프라하를 통해 따라왔다. 그는 도미니카가 믿는 담당 요원이기 때문에 네이트를 지원하기 위해서 왔다. 그들은 공원 가장자리에 있는 시크 호텔 암 파르크링에 스위트룸을 예약했다.

네이트는 스위트룸에 서서 프렌치 도어(두 짝으로 된 유리문-옮긴이) 밖으로 비엔나의 스카이라인을 바라봤다. 그는 그녀가 저 뾰족한 슬레이트 지붕 밑 어딘가에 있을 거란 사실을 알고 있었다. 도미니카가 전화했다. 그녀가 나온 것이다. 그녀가 러시아로 돌아가 생사도 모른 채 10년 정도 지난 것 같은 기분이 들었다. 네이트는 뛸 것 같은 마음을 누르고 차근차근 생각을 정리하려고 애썼다. 정보 요건들, 커뮤니케이션, 접근, 보안, 신호와 장소들. 그가 결정해야 할 일들의 리스트가 끝도 없이 늘어났다. 네이트는 이번에 도미니카와 연락을 재개하는 것이 극히 중요하다는 걸 알고 있었다. 그녀가 포섭된 후 다시 만나는 건 이번이 처음이다. 그녀가 먼저 연락을 하긴 했지만 계속 협조할 용의가 있을까? 담당 요원으로서 그는 이 작전에서 계속 공적인 관계를 유지해야 한다는 걸 알고 있었다. 그는 어떤 대가를 치르고라도 그렇게 할 것이다. 이건 첩보 작전이다.

도미니카는 첫날 그녀가 정한 곳에 오지 않았지만(조금 걱정스러웠다) 네이트는 담당 요원 모드로 돌아가 약속 장소를 지켜보면서 기다렸다. 다음 날, 그는 약속 장소가 잘 보이는 낮은 산울타리 뒤 벤치에서 보리수나무가 줄줄이 서 있는 자갈길을 살짝 다리를 절며 걸어오는 도미니카의 낯익은 모습을 봤다. 그녀는 그가 기억하는 그대로였다. 조금 나이 들어 보였고, 얼굴 윤곽이 더 날카로워졌지만 푸른 눈은 여전했고, 머리도 여전히 꼿꼿하게 들고 있었다. 그는 그녀가 가게 놔두고, 그녀를 따라붙은 미행이 없는지 확인한 후에, 그녀가 시계탑 아래 화려한 대리석 난간에서 기다리게 했다. 그녀는 차고 있던 손목시계를 슬쩍 봤다. 네이트는 계속 그 자리에서 지나가는 사람들을 관찰하며 멀리 떨어진 나무 그늘에서 누군가 지켜보지 않는지 계속 확인했다.

4분이 지난 후에(SVR 표준 대기 시간이다) 그녀는 걷기 시작했다. 눈에 띄게 미행을 찾는 건 아니었지만 그녀가 모든 걸 다 보고 있다는 사실을 알 수 있었다. 네이트는 한동안 그녀 뒤에서 어느 정도 거리를 두고 걸었다. 반복적으로 보이는 행인도 없고 안전하다는 판단이 들자 그는 핀을 꽂아 틀어 올린 그녀의 머리카락과 강인한 다리를 봤다. 그녀는 속도를 늦춰서 조각상 하나를 봤고 네이트는 그녀를 지나쳐 나무들 위로 보이는 하얀 호텔 건물을 향해 계속 걸어갔다. 그녀는 돌아서서 그를 따라갔다.

그들은 엘리베이터에 단둘이 타서 각각 반대쪽 구석에 선 채 층 번호가 나오는 화면만 보고 있었다. 네이트가 슬쩍 그녀를 건너다보자 그녀가 눈을 마주쳤다. 그의 보라색 후광은 여전히 강하고 변함이 없었다. 규정에 따르면 엘리베이터에서는 모르는 척해야 하지만 네이트는 뭔가 말해야 했다.

"만나서 기뻐요." CIA 요원이 러시아 정보원에게 말했다. 도미니카가 그를 봤지만 네이트는 그녀의 파란 눈에서 아무것도 읽을 수 없었다. 문이 열리는 동안 그녀는 아무 말도 하지 않았고 네이트는 그녀보다 먼저 그들의 방으로 걸어가서 작은 소리로 노크했다. 게이블이 문을 열고 도미니카를 방 한가운데로 끌어당겼다. 크림색 카펫과 진한 초록색 소파가 있고 멀리서 모래 빛 탑처럼 뾰족한 성 스테판 성당의 풍경이 한눈에 들어오는 방이었다.

"9개월 만이야. 진짜 오래 기다리게 했어." 게이블이 미소를 지으며 말했다. "괜찮아?" 그의 보라색 망토 역시 변함없이 활기차고 요란하게 빙빙 돌고 있었다.

"안녕하세요, 브라톡." 도미니카가 그렇게 인사하면서 그와 악수했다. 그녀는 헬싱키에서 포섭된 후 애정의 표시로 그를 브라톡, 즉 큰오빠라고 불렀다. 그리고 네이트에게 돌아섰다.

"안녕, 네잇." 하지만 손은 내밀지 않았다.

"만나서 반가워요, 도미." 네이트가 말했다.

"아, 그래, 우리 모두 모두 만나서 반가워. 내가 눈물을 흘리기 전에 그동안 어떻게 지냈는지 들어보자고. 시간이 얼마나 있어? 하루 종일 있다고? 알았어." 도미니카는 벨루어(실크나 면직물을 벨벳처럼 만든 것-옮긴이) 소파 위에 게이블과 같이 앉았다. 네이트는 의자 하나를 끌어왔다.

"먼저 뭘 좀 먹지." 게이블이 신이 나서 말했다. "네이트, 룸서비스 전화해. 아니야, 내가 할게." 그는 교환원이 전화를 받길 기다리는 동안 도미니카를 보면서 수화기에 손을 대고 말했다. "너무 말랐다. 아픈 거야, 아니면 그냥 우리가 그리웠던 거야?" 도미니카는 히죽히죽 웃으면서 다시 소파에 기대 긴장을 풀기 시작했다. 네이트에겐 눈길을 주지 않았다. 그녀는 이 CIA 요원들이 얼마나 능숙하고 유능한지, 그리고 그녀가 이들을 얼마나 좋아하는지 잊고 있었다. 그들의 기운은 보라색과 진홍색과 파란색, 강하고 믿을 수 있는 색이었다.

게이블이 음식을 너무 많이 주문해서 그걸 가져오는 데 카트를 두 개나 써야 했다. 훈제 송어와 연어, 비트 샐러드, 올리비에 샐러드(고기와 채소에 마요네즈를 버무린 전통적인 러시아 샐러드-옮긴이), 삶은 닭고기 요리, 신선한 마요네즈, 물기가 많은 브리 치즈, 하우다 치즈, 신선한 빵, 차가운 버터, 오이 샐러드, 얇게 썬 햄, 두 가지 종류의 겨자, 양고기 산적 요리, 요구르트 소스, 스트루들(과일 특히 사과를 얇은 밀가루에 싸서 오븐에 구운 것-옮긴이) 두 개, 브랜디 살구 잼을 곁들인 팔라트청켄(과일이나 고기를 싸서 구운 계란 과자-옮긴이), 오스트리아 초콜릿 한 접시, 차가운 생수, 화이트 와인, 황금색 아우스부르크 와인.

그들은 네 시간 동안 이야기했다. 그들은 그녀가 이야기하게 놔뒀다. 재촉할 필요도 없었다. 그녀는 뭐가 중요하고, 무엇을 넣고 빼야 할지 다 알고 있었다. 그녀는 영어로 말했다. 가끔 네이트가 러시아어 단어를 영어로 옮겨주기도 했지만 이야기는 그녀가 다 했다. 모스크바로 돌아간 이야기. 대위로 진급한 것. 라인 KR에서 알렉세이 주가노프라는 새 상관 밑으로 들어간 것. 푸틴과의 만남. 레포르토보에서 마물로프를 심문한 것. 그녀가 KR에서 수집한 얼마 안 되는 정보들. SVR 해외 첩보 작전, 내부첩자 단

115

서들은 나중에 다 이야기할 것이다.

"잠깐만, 푸틴을 보러 갔었다고?" 게이블이 물었다.

도미니카가 고개를 끄덕였다. "두 번이나요. 푸틴이 코르치노이 장군을 폭로한 공을 치하하더군요." 그녀는 자신의 손을 내려다보며 조용히 말했다. "그가 코르치노이는 죽었다고 했어요. 분명 그놈이 지시했겠죠. 그때 다리에서 뭔가 본 것 같긴 한데 확실하지 않아서. 그게 사실인가요?"

"놈들이 강 건너편 다리 끝에서 장군님을 쐈어. 자유의 몸이 되기 직전이었는데 쏜 거야." 네이트의 목소리는 아무 감정 없이 차분했다.

"난 절대 그분을 잊지 못할 거예요." 그녀가 말했다. 눈물에 젖은 그녀의 눈이 반짝거렸다. 그들은 한동안 말없이 앉아 있었고, 열린 프렌치 도어 밖으로 오가는 차 소리가 희미하게 들렸다.

"그래서 여러분에게 오라고 연락했어요. 다시 당신들과 같이 일을 할 수 있을지 확신은 없었어요. 하지만 나의 보스들은 하나도 변하지 않았더군요. 여전히 질이 안 좋아요. 전보다 더 악화됐죠." 마침내 그녀가 말했다.

"돌아와서 기뻐." 게이블이 접시로 손을 뻗으며 말했다. "돌아올 줄 알았어. 당신은 타고났어, 스위트피. 우린 다시 뭉쳤어."

'아, 망했다.' 네이트는 생각하면서 숨을 참았다.

"'스위트피'라는 게 뭐죠?" 도미니카가 와인 잔을 내려놓으면서 아무렇지 않게 물었다. 이럴 땐 '수류탄이다'라고 외치면서 모두 바닥으로 몸을 던져야 하는데.

"그건 바로벤이라고." 네이트가 다급하게 러시아어로 설명했다. "큰오빠가 동생에게 할 만한 말이야. '귀염둥이' 이런 비슷한 뜻." 도미니카가 눈을 깜박이면서 네이트가 하는 말을 반만 믿고, 반만 누그러진 상태로 있었다. 그런 사태를 전혀 눈치 못 챈 게이블은 햄에 겨자를 바르고 있었다.

다시 일로 돌아가야지. 네이트의 일. 내부 작전, 과학, 기술, 그리고 모스크바, 베이징, 아바나, 테헤란 같은 적대적인 환경에서 정보원들을 만나는 마법을 부리는 게 그의 일이다. 지상에서 가장 위험한 방첩 국가에서 정보원들을 관리하는 일. 그런 나라에서 정보원들을 만나는 것은 타닌처럼 검고 피라냐로 가득 찬 풀 안의 물살을 헤치고 걸어가면서 밑바닥을 휘젓지 않도록 극도로 조심하는 것과 같다. 헬싱키에서 네이트는 도미니카가 러시아에서 활동하면 위험에 빠질 거란 생각에 두려워져 반항했다. 이제 코르치노이가 죽은 후로 그들 모두 어떤 대가를 치르더라도 이 일을 해야 한다고 스스로에게 말했지만, 도미니카가 소파에 앉아, 다리를 꼬고, 습관적으로 발을 올렸다 내렸다 하는 모습을 보자 자신의 턱에서 맥박이 쿵쿵 뛰는 걸 느낄 수 있었다.

"도미니카, 우린 내부 작전에 대해 이야기해야 해요. 모스크바에서 우리와 소통할 방법에 대해. 당신이 해외 출장을 갈 기회가 생기면 곧바로 약속을 잡아서 밖에서 만납시다. 하지만 무슨 일이 일어나면, 급한 문제나, 비상사태가 생기거나, 여행을 금지당하거나 뭐든 일이 생기면 안에서 만날 방법이 필요해요." 네이트가 말했다.

도미니카는 고개를 끄덕였다.

"당신을 위해 코브콤을 준비했어요. 아주 빠르고 안전한 비밀 통신 장비예요. 당신은 우리에게 축약한 메시지를 보낼 수 있고, 우린 당신을 새로운 장소로 안내해서 직접 일대일 만남을 계획할 수 있어요. 당신도 이건 알고 있죠." 네이트가 말했다.

"첫 번째 위험은 코브콤을 당신에게 전달하는 것. 그걸 우리가 정한 장소에 갖다 놓을 거예요. 하지만 거기 오랫동안 놔두는 건 좋지 않아요. 우리가 거기 갖다 놓자마자 그날 안에 당신이 회수하는 게 가장 좋아요. 못해도 며칠을 넘기면 안 돼요."

네이트가 도미니카에게 말하지 않은 건 그녀의 목숨이 그 장소에 통신 장비를 갖다 놓는 모스크바 지부 요원의 스파이 기술과 그 요원의 작전 계획을 인가하고 승인하는 모스크바 지부장의 통찰력에 달려 있다는 점이었다. 만약 그 젊은 미국 스파이가 감시 탐지 루트를 달리면서 자신에게 미행이 붙는지 여부를 정확하게 판단하지 못하면, 또 만약 그가 황혼이 지는 모스크바의 어느 여름밤 배달을 하다가 실수한다면, 그걸로 끝이다. FSB 감시팀이 그가 그 현장에 물건을 놔두는 걸 보면 거기에 덫을 놓고 누가 오는지 보려고 몇 주, 몇 달, 1년이고 기다릴 것이다. 도미니카는 자신이 왜 죽는지도 모르고 죽게 되는 것이다.

"할 수 있어요. 라인 KR은 정보국의 모든 업무와 일정을 볼 수 있으니까. 모스크바 전역에 배치된 감시팀들, FSB, 밀리치야(소련의 지방자치 경찰 조직-옮긴이), 경찰, 우리 팀들 다 파악할 수 있을 거예요. 첫 번째 교환은 위험하겠지만 가능해요." 도미니카는 차분하게 말했다.

"이건 천천히 해야 해. 빌어먹을 모든 걸 천천히 해야 한다고. 안전하게 전달할 수 없다면 당신에게 그 통신 장비를 보내는 게 아무 소용이 없잖아." 게이블이 도미니카의 잔에 와인을 더 따르며 말했다.

"우리가 그리스에서 이야기했던 때 기억 나? 해변에 있는 작은 레스토랑에서? 내가 그때 당신에게 조직에서 자리 잡고, 천천히 명성을 쌓으면서 좋은 임무를 맡아 영향력을 발휘해보라고 했지."

도미니카가 그에게 미소를 지어 보였다.

"그런데 당신은 그 이상을 해냈군. 당신이 자랑스러워."

네이트는 게이블이 마치 차 시동 걸어놓고 자식을 사립 고등학교 기숙사 앞에 내려놓으면서 이야기하는 학부모 같다는 생각이 들었지만, 도미니카는 게이블의 마음을 잘 알고 있었다. 그녀는 그의 팔을 부드럽게 다독였다.

"흠, 브라톡, 여러분 둘 다 알아야 할 일을 내가 했어요." 도미니카가 와인 잔을 들면서 말했다. 그녀는 잔의 축축한 가장자리를 손가락으로 돌려서 쓸쓸한 음을 만들어냈다.

"내가 이란 핵 전문가에게 접근했어요. 완전히 새로운 건이죠. 그 사람 이름은 파비스 잠쉬디. 여기 비엔나의 IAEA에 있어요." CIA 요원들이 서로 마주봤다. 얼핏 들어선 잘 모르는 이름이지만 아주 중요한 목표가 될 것 같았다.

"내가 그 사람에게 좀 나쁜 소식을 전했어요, 이걸 뭐라고 표현하나, 위험에 빠뜨렸다고 해야 하나, 그리고 내게 협조하라고 설득했죠." 도미니카가 말했다. 전설적인 포섭 전문가이자, 반백이 다 된 사냥꾼인 게이블이 짧게 깎은 머리를 갸우뚱했다. 그는 도미니카의 이야기가 더 듣고 싶었다.

"어떻게 위험에 빠뜨렸다는 거지?" 게이블이 물었다. 도미니카는 담담한 표정으로 게이블을 봤다.

"스패로우를 제공해줬죠." 도미니카가 말했다. 그녀는 잔의 가장자리를 계속 손가락으로 돌려서 허공에 그 음이 떠돌아다니게 했다. 그녀는 수줍은 척하면서 그들을 놀리고 있었다.

"어떤 스패로우?" 게이블이 물었다.

"나의 스패로우. 여기서 10분 거리 아파트에, 그의 사무실과도 가까운 곳이고." 그녀는 와인을 한 모금 마셨다.

"그리고 어떻게 설득했는데?" 게이블이 물었다.

"그 사람이 이슬람 율법을 깨는 모습을 찍은 비디오를 보여줬죠." 그녀가 발을 통통 튀기면서 말했다.

"그 말은?"

"라모니." 도미니카가 프랑스어로 말했다. "시도 때도 없이 굴뚝 청소를 했다고요. 과다 섹스."

게이블이 미처 말을 잇지 못하고 웃기 시작했다.

"그래서 그 사람이 정확히 뭘 하기로 동의했어요?" 네이트가 물었다.

"자국의 원자력 프로그램에 대해 나와 만나 브리핑을 해주기로 했어요. 그 사람은 적대적이고, 물론 세세한 정보는 감추려고 애를 쓰겠지만 결국 협조할 거예요." 도미니카는 초콜릿을 하나 집어서 포장지를 벗기기 시작했다.

"어디서 브리핑 하는데요?" 네이트가 물었다. 두 미국인은 이제 둘 다 그녀에게 몸을 바짝 기울이고 있었다.

"내 스패로우 아파트에서." 그녀는 봉봉 초콜릿 하나를 입에 넣으면서 말했다.

"그 브리핑은 언제 하죠?" 네이트가 물었다.

"내일 밤." 도미니카가 대답했다.

"내일 밤?" 네이트가 말했다.

"맞아요. 당신도 거기 올 거예요." 도미니카가 말했다.

"예수님이 통곡을 하시겠군." 게이블이 말했다.

올리비에 샐러드

감자와 당근과 계란 몇 개를 삶는다. 채소와 계란을 깍둑썰기 하고, 딜 피클은 약 0.6센티미터 크기로 네모나게 썰어서 샐러드 그릇에 담는다. 비슷한 모양으로 썰어놓은 삶은 햄이나 새우 혹은 둘 다를 그릇에 넣는다. 거기다 스위트피(장미목 콩과 덩굴식물—옮긴이)를 넣는다. 간을 좀 하고 신선한 딜을 더 넣는다. 그리고 금방 만든 마요네즈를 넣어 섞는다.

6

게이블은 나중에 그런 작전상의 묘수는 처음 들어봤다고 말했다. CIA에 포섭된 러시아 정보원인 디바가 그녀를 담당한 CIA 요원 네이트에게 라인 KR에서 나온 러시아 핵 분석가로 가장해 디바의 이란 정보원과 같이 만나자고 제안한 것이다. 만약 둘이서 그걸 해낼 수 있다면 CIA는 사실상 모스크바 센터로 들어가는 이 작전의 모든 정보와 자료의 복사본을 그들 몰래 손에 넣고, 이란의 핵 프로그램을 들여다볼 수 있는 엄청난 기회를 잡게 되는 것이다.

"맙소사, 이건 내 인생 최고의 위장 작전이야." 게이블이 옷가지를 여행 가방에 던지면서 말했다. 그는 비엔나 지부에 도미니카의 제안을 요약한 내용을 랭글리로 전달해달라고 보냈고, 즉시 아테네로 돌아가 포사이스와 의논할 것이다. CIA 요원들이 아름다운 러시아 정보원에게 말하지 않은 것은 그들이 전 세계의 대량살상무기(WMD) 프로그램과 싸우기 위해 작전을 짜고, 개발하고, 실행하는 일류 요원들로 구성된 확산 부서(PROD)라고 하는 본부 내 극비 조직과 비밀 작전 가능성을 검토하기 시작할 것이란 점이었다. 그 부서는 물리학자, 책사, 엔지니어와 같이 기발하고 다양한 구성원들이 모인 조직으로 개중에는 상당히 정상적인 사람들도 있었다. 상대방의 눈이 아닌 신발을 보면서 이야기하는 사람들이 그나마 이 확산 부서에서 가장 사교적인 사람들이다. 나가는 길에 게이블은 문 앞에 멈춰서 네이트를 향해 돌아섰다.

"난 권한은 없지만, 본부의 승인 없이 이 작전을 허가하겠어. 위험을 피하지 말고, 정치도 잊고, 변호사들도 꺼지라고 해. 내일 포사이스와 비엔나 지부장이 내 말에 동의할 거야. 하지만 이 말은 내일 절대 망치면 안 된다는 소리야."

그리고 그는 불그레한 얼굴을 네이트에게 바짝 들이댔다. "내 말 똑바로 들어. 넌 정말 최선을 다해서 차질 없이 일을 진행해야 해. 내일 밤 말이야. 리허설은 없어. 네가 내일 도미니카와 같이 그 아파트에 들어갈 때 그 페르시아 얼간이는 네가 러시아인이라고 믿어야 한다고. 자칫 실수라도 하면 그 새끼가 자기 쪽 사람들에게 방에 있던 세 번째 남자, 그 분석가에 대해 꽥꽥거릴 거고, 그 뉴스가 5분 만에 센터에 들어가서 도미니카가 잡힌단 말이야. 내가 아테네에서 말한 거 기억나? 라오스 술집 여자처럼 단단히 붙들어 매라고 했던 말? 내가 방금 한 말 중에 말귀 못 알아먹은 거 있어?"

도미니카는 두 남자의 얼굴을 번갈아 바라봤다. "저 오빠는 항상 저런 식으로 말하나요? 라오스에 대한 말은 또 뭐고?" 그녀가 말했다.

게이블이 그녀에게 돌아섰다. "다시 만나서 얼마나 기쁜지는 이미 말했지. 당신은 우리에게 10년에 한 번 나올까 말까 한 건수를 물어다줬어. 당신이 지금까지 한 일 중에서 가장 잘한 일이지만 경솔해지면 안 돼. 난 앞으로도 5년간은 계속 당신과 룸서비스를 먹고 싶단 말이야."

"고마워요, 브라톡. 우리 조직에게 이 정도는 아무것도 아니에요. 이건 소소한 사기에 지나지 않아요. 우리 러시아인들이 아주 잘하는 거죠."

게이블은 네이트와 도미니카를 보고 고개를 젓더니 복도로 나갔고, 이

으고 문이 닫혔다.

도미니카와 네이트는 어질러진 스위트룸 한가운데 서 있었다. 방은 광란의 토요일 밤을 보내고 맞은 일요일 아침 같았다. 사방에 접시들이 흩어져 있었고, 바닥에 냅킨이 떨어져 있고, 얼음이 녹기 시작한 얼음 통에 와인 병들이 거꾸로 박혀 있었다.

"브라톡이 라오스에 대해 한 말은 무슨 뜻이죠?" 도미니카가 접시들을 쌓아 올리면서 아무렇지 않게 물었다.

"여기서 나가죠. 호텔 직원들이 치울 시간을 줍시다." 네이트가 말했다.

도미니카가 침착한 표정으로 그를 바라봤다. "라오스는?"

"그건 라오스에 대한 이야기가 아니에요. 모든 걸 신중하게 생각해서 실수하지 말고 작전을 운영하라는 이야기였죠."

"술집 여자들과?" 도미니카가 바퀴가 달린 카트에 더러운 접시들을 올려놓으면서 말했다.

"아니에요. 그건 그냥 여자를 껴안는 것처럼 아주 긴밀하게 공조하란 표현이었어요. 맙소사, 도미, 지금 그런 걸 설명할 때가 아니에요."

"당신은 참 무찔란 같아요. 그걸 영어로 뭐라고 하죠?" 도미니카가 냉정하게 말했다.

"미안해요, 그건 모르는 단어군요." 네이트가 말했다. '지금 나보고 촌뜨기라고 욕하는 거야?' 그는 생각했다.

"이렇게 어지르고 가다니 유감이지만 내일 밤 계획을 짜야 하니까. 당신에게 라인 X의 요구 사항을 보여주고 싶어요. 난 내일 이란 과학자에게 프랑스어로 말하겠지만 당신은 러시아어만 해야 해요. 그는 영어도 좀 할 거예요. 대부분의 과학자들이 영어를 하니까." 그녀가 말했다.

"봐야 할 서류가 몇 페이지나 되죠? 직접 가져왔어요?" 네이트가 물었다.

"다 해서 40페이지인데 도표가 있는 것들도 있어요. 물론 내가 직접 가져왔죠. 비엔나 레지덴투라를 통해 보내진 않아요. 이건 완벽하게 분리된 기밀 작전이에요."

네이트는 고개를 흔들었다. "그런 기밀 문건들을 직접 비행기에 싣고 왔다고요? 프로답지 못한데. 그러다 잃어버리기라도 하면 어쩌려고?"

네이트는 그녀를 비판하려는 건 아니었지만 그러다 소동이라도 일어날까 봐 걱정이 됐다. 조그만 사고라도 발생하면 랭글리의 기밀 작전은 물 건너가는 것이다. 그러다 그녀의 눈이 분노로 활활 타오르는 걸 봤다. 게이블이 전에 네이트에게 허술한 스파이 기술을 쓴다는 비난에 발끈하지 않을 첩보 요원은 이 세상에 하나도 없다는 말을 한 적이 있었다. 그 요원의 여동생이 난잡하다는 농은 칠 수 있어도, 절대로 그의 스파이 기술에 대해선 의문을 제기해선 안 된다는 말도 했다.

창유리에 서리가 언 것처럼 도미니카의 목소리가 쩍쩍 갈라졌다. "난 서류를 잃어버리지 않아요. 그리고 내 테크닉에 대해 훈계할 생각은 하지 말아요, 네잇 씨. 당신네 에이전시가 우리보다 실력이 뛰어난 것도 아니니까."

네이트는 '당신을 포섭한 게 누구죠?'라는 말을 하려다 꿀꺽 삼켜버렸다. 그건 공정하지 않다는 걸 알고 있으니까. 그리고 그러다 뺨을 맞을 가능성이 컸으니까. '이봐, 담당 요원, 정보원을 잘 다뤄야지. 이 문제는 이 정도로 접자.' 그는 생각했다.

도미니카의 말은 끝나지 않았다. "스파이를 발명한 건 러시아인들이에요." 그녀는 그에게 포크를 휘둘러대며 말했다. "당신이 콘스피라치아를 알아? 상대방에게 들키지 않고 몰래 작전을 펼치는 거, 당신네 미국인들이 스파이 기술이라고 하는 그걸 바로 우리가 발명했단 말이야."

스파이를 발명해냈다고? 그럼 기원전 6세기의 중국인들은 뭔데? 네이트는 항복한 척 두 손을 번쩍 들어올렸다. "알았어요. 난 그저 우리가 조심하길 바라는 것뿐이에요."

도미니카는 그를 흘겨봤지만 그의 차분하고 밝은 보라색 후광을 읽고는 그가 그녀를 폄하한 것이 아니며, 그녀가 정말 그를 사랑하고 있다고 판단했다. "그래서 그 노트들을 검토하고 싶어요?"

"그래요, 그 라인 X 서류들을 암기해야 할 것 같아요. 게이블은 내일 밤이 되기 전까지는 우리 요구 사항들을 보낼 시간이 없을 것 같아요." 네이트가 말했다. '러시아 센터에서 보낸 핵 관련 요구 사항 서류들만 해도 랭글리의 분석가들에겐 황금 같은 정보일 거야.' 그는 생각했다.

"우린 할 일이 많아요." 도미니카가 말했다. 그리고 잠시 입을 다물었다.

"그리고 우리가 거리에서 함께 있는 모습을 남들에게 보여도 안 되고." 네이트가 말했다. 또 침묵이 흘렀다.

"내 아파트를 써도 돼요. 그 작전 계획을 계속하려면." 도미니카가 말했다.

"이 호텔 방보다는 눈에 덜 띄겠죠. 당신이 먼저 가요. 내가 30분 있다 갈 테니까. 주소가 어떻게 되죠?"

"슈투베르 대로 35번지 아파트 6호. 한 시간 후에 와요."

"곧 봐요." 네이트가 그렇게 말하는데 목이 죄어 왔다.

"벨을 두 번 눌러요. 한 번은 짧게 한 번은 길게. 그러면 내가 버저를 눌러서 현관문을 열어줄 테니까." 도미니카는 그렇게 말하면서 자신이 뭐라고 하는지도 느낄 수 없었다.

"오바." 네이트가 얼간이처럼 파일럿 같은 소리를 했다.

도미니카는 문을 열면서 그를 바라봤다. "그리고 네잇, 당신은 촌뜨기 라도 괜찮다고 생각해요."

도미니카는 다섯 살이었을 때부터 여러 가지 색깔을 보기 시작했다. 책에 있는 단어들이 붉은색과 파란색으로 보이고, 엄마가 바이올린으로 연주하는 음악은 공중에서 적갈색과 보라색 막대로 굴러다녔고, 교수인 아빠가 잠에 들기 전에 러시아어, 프랑스어, 영어로 들려주는 이야기들은 파란색과 황금색 날개를 타고 날아다녔다. 여섯 살이 됐을 때 그녀는 아버지의 동료인 심리학자에게 공감각을 경험할 수 있는 능력이 있다는 진단을 (비밀리에) 받았다. 또한 도미니카는 사람들의 몸을 둘러싼 색깔을 띤 아우라를 통해 그들의 감정과 기분을 읽어낼 수 있는 희귀한 능력을 가지고 있다는 걸 알게 됐다.

그 공감각 능력 덕분에 그녀는 음악과 춤과 하나가 됐고, 모스크바 국립 무용 학교에 들어가 장차 볼쇼이 발레단에 들어갈 계획이었다. 그러나 어느 날 오후, 라이벌이 그녀의 오른발에 있는 작은 뼈들을 부러뜨리는 바람에 그녀의 발레리나 경력은 거기서 끝나고 말았다. 실의에 빠져 방황하던 그녀는 모사꾼이자 당시 첩보부 부국장이었던 삼촌을 통해 SVR에 들어가게 됐다. 삼촌은 그녀가 사랑하는 아버지의 장례식 경야에서 그녀를 설득해 첩보부에 들어오게 했다.

그즈음 불같이 화를 내는 성질이 폭발해서 그녀를 불법적으로 이용하고 그녀에게 무거운 짐을 지운 첩보부 동료들의 시기와 배신에 복수하기로 했다. 도미니카는 오래전 어렸을 때 품었던 애국적인 이상주의를 잃어버렸다. 그 분노에 오직 러시아인만이 아는 스텝 지대처럼 광활하고 어두운 슬픔과 비탄이 겹쳤다. 도미니카는 뻣뻣한 소련 공산당 중앙위원회 정치국 후계자들이(해고된 KGB 사기꾼들, 탐욕스러운 신흥 재벌들, 범죄 조직 두목들, 트레이드마크인 곁눈질을 하는 포커페이스의 대통령) 어떻게 러시아의 잠재력을 망치고, 러시아의 미래를 팔아먹고, 톨스토이, 차이콥스키, 푸시킨과 도미니카의 어린 시절 우상이자 가장 위대한 발레리나인 울라노바의 위대한 유산을 탕진했는지 지켜보면서 분노했다. 그것은 모두 정부이자 국가로 위장된 여러 겹의 크렘린 커튼 뒤에서 일어났다.

그녀의 부모님은 러시아의 영혼을 구현한 사람들이었다. 그녀의 아버지는 문학 교수였고, 어머니는 콘서트 바이올리니스트였다. 하지만 그들은 소비에트의 절구와 스탈린의 절굿공이에 바스러져서 어린 도미니카가 들을 수 없는 곳에서 오직 둘이서만 그런 이야기를 하면서 아주 조심스럽게 인생의 길을 걸어갔다. 현재 모스크바 시민들도 그처럼 조심스럽게 거리를 걸어 다니고, 과거와는 다르지만 또한 하나도 변한 것 없이, 삶에 지칠 대로 지쳐서 뇌물을 바치고 수도꼭지에서 흘러나오는 갈색 물을 끓여 마시며 살아간다. 모스크바 밖에서는 우유를 갈망하고, 고기가 오길 기다리면서, 겨울의 끝을 기념하는 축제인 마슬레니차(러시아만큼이나 오래된 명절)에 대비해 작은 캐비아 깡통을 비축해둔다. 마슬레니차는 봄이 오면 태양이 뜨고 날이 따뜻해지고, 음식과 변화가 올 거라고 약속하는 축제지만 그런 날은 결코 오지 않는다. 결코.

그녀는 SVA 아카데미의 시험들을 훌륭하게 통과하고, 스패로우 학교의 살균제 악취를 들이마신 후, 첫 해외 근무지인 헬싱키에 배치되자 기뻐 어쩔 줄 몰라 했다. 그때 도미니카의 공감각 능력은 작전상 중요한 자산이 됐다. 그녀는 자신이 근무하는 조직인 레지덴투라에서 기만과 의심을 읽을 수 있었다. 그녀가 어떤 곤경에도 흔들리지 않는 CIA 요원들, 그녀를 포섭한 후 그녀를 담당하게 된 그 요원들을 만났을 때 그들의 변하지 않는 후광을(그녀의 아버지처럼 위엄 있는 보라색) 읽었고, 네이트 내쉬의 경우에는 정열적이고 아주 선명한 보라색이 보였다. CIA와 그의 조국에 대한 정열, 그리고 아마도 그녀에 대한 정열.

그들은 일에 빠졌고, 도미니카가 스파이가 되면서 그녀의 안전을 걱정하는 네이트 때문에 둘 다 심하게 스트레스를 받았다. 이들은 모든 규칙을 어기고, 모든 양식과 안전 수칙을 무시하고 사랑을 나눴다. 도미니카는 이미 간첩 행위를 저지르는 상황에 주적과 잔다는 이유로 귀 뒤에 총을 한 방 더 맞는 건 별로 문제가 안 된다는 식으로 그 상황을 합리화했다. 네이트가 주저하면서 규정들 뒤로 물러났을 때, 직장을 잃게 될까 봐 걱정했을 때, 자존심이 강한 도미니카는 화가 나서 그를 용서하지 않으려 했다.

근 1년이 지난 후에 상황이 바뀌었다. 모스크바에 있는 짐승들에 대한 그녀의 혐오감이 다시 새로워졌다. 그녀는 주가노프가 금방이라도 그녀를 제거하려 들 거라는 사실을 알고 있었지만, 적어도 촉촉한 입술의 푸틴이 그녀의 후원자로 있는 한 주가노프가 접근하지 않을 거라는 걸 알고 있었다. 그녀는 주가노프가 그녀를 죽이기 전에 자기가 먼저 그를 죽여야 하는지 상당히 심각하게 고민했다. 그리고 자유를 불과 몇 미터 앞두고 저격당해 쓰러진 코르치노이를 생각하자 가슴속에서 걷잡을 수 없는 분노가 소용돌이쳤다. 그녀는 CIA 담당 요원들에게 끌리는 건 어쩔 수 없는 일이라고 생각했고, 미소 짓고 있는 프로들이 처음부터 그걸 알고 있었을 거란 의심이 들었다. 그녀는 CIA와 게이블과 다시 연락하게 돼서 만족스러웠다.

게이블의 말이 맞았다. 그녀는 이 게임이 그리웠다. 그리고 네이트에 대한 생각을 많이 했다. 그녀가 러시아로 돌아가기 전에 그가 마지막으로 한 말은 그녀를 아낀다는 말이었다. 좋아, 하지만 그녀는 다시는 그에게 먼저 다가가지 않을 것이다.

그녀는 욕실에서 한때 상트페테르부르크에 살았던 증조할머니 것이었던 거북딱지 소재의 자루가 긴 골동품 브러시로 머리를 빗었다. 그녀는 그 브러시를 아카데미에 가져갔고, 그다음엔 스패로우 학교에 가져갔고, 나중에 헬싱키에 갔을 때도 가져갔다. 그것은 몇 안 되는 소중한 물건 중 하나였다. 그녀는 들고 있는 브러시를 봤다. 우아하게 굴곡이 진 손잡이는 사춘기 시절 한밤에 찾아온 욕망을 아무 수치심 없이 풀어놓는 걸 도와줬다. 그녀는 그 후에 자신에게서 또 다른 면, '은밀한 면', 성적이고, 불안해하고, 탐구하는 면, 그녀의 몸속에 깊이 장벽을 둘러친 폭풍의 방문을 그녀가 열어젖히기 전까지 그 속에서 조용히 살고 있던 면이 있다는 걸 알게 됐다. 그녀는 그 브러시를 내려놓고 첩보원이란 금방이라도 추락할 것 같은 불안한 삶에서, 우드란카가 그녀의 손톱 끝을 잡고 대롱대롱 매달려 있는 상황에서, 솔직하지만 마음속으로 갈등을 겪고 있는 네이트와 그녀 자신에게서 뭘 바라느냐고 스스로에게 물었다.

그때 바깥 현관문을 열어달라는 벨 소리가 울렸다.

그들은 해질녘까지 서류를 보고 마무리했다. 테이블은 서류로 덮여 있었다. 라인 X가 요구하는 이란 원심분리기의 가스 로우터 속 열경사도의 온도에 관련된 정보들이 나온 페이지 위에 물잔 두 개의 동그라미가 찍혀 있었다. 도미니카는 테이블에서 일어나, 눈으로 흘러내린 머리카락을 쓸어 올리고, 방구석에 있는 작은 소파에 드러누우면서 신발을 발로 차서 벗어버렸다.

"우린 내일 성공할 것 같아요." 그녀가 말했다.

"잠쉬디가 마음을 바꾸지 않는다면." 네이트가 테이블에서 말했다.

"바꾸지 않을 거예요. 그는 스캔들을 감당할 수 없어요. 그리고 우드란 카에게도 저항하지 못하고, 두려움보다 정욕이 더 강하니까."

"그 사람이 협조하길 거부하면 협박한 대로 할 거요? 율법학자들에게 일러바칠 겁니까?" 네이트가 물었다.

"당연하죠. 내가 허세를 부리는 걸로 보일 수는 없어요." 그녀는 턱을 올려 네이트에게 턱짓을 했다. "당신은 안 그럴 것 같아요? 그 사람이 협조를 거부하면 당신은 어떻게 하겠어요?"

"나도 모르겠어요. 설득하려고 노력하고, 과학자로서 그의 이성에 호소해봐야죠."

"그래도 계속 거부하면?"

"그럼 시시한 혐의를 제기해서 IAEA에서 쫓겨나도록 손을 써보겠죠."

"고국으로 무사히 돌아가게 해서 그 파괴적인 일을 계속하게 놔둔다고요?" 도미니카는 발가락들을 꼼지락거리면서 다리를 스트레칭했다.

"도미니카, 우리 CIA는 포섭 대상이 설득되길 거부한다고 그 사람을 제거하진 않아요. 우린 기다리면서 지켜보다가, 한 달 혹은 1년 혹은 5년 뒤에 다시 찾아가죠. 게다가 결과를 거의 확신하기 전까지는 설득하지도 않고." 그녀가 발을 꼼지락대던 걸 멈췄다.

"당신은 나에 대해 확신했나요? 당신이 내게 물어보기 전에 내가 어떤 대답을 할지 알고 있었어요?"

"확신은 없었어요. 당신에게 같이 이야기하자고 말하기 시작했을 때 난 숨도 못 쉬고 있었어요. 난 당신이 어떻게 대답할지 알고 있다고 생각했죠. 아니, 알고 있기를 바랐죠." 네이트는 테이블 위에 있는 서류들을 정리하기 시작했다. "그러다 상황이 복잡해지기 시작하면서⋯⋯" '이제 입을 다물 때가 됐어. 맙소사.' 그녀는 다시 발가락을 꼼지락거리기 시작했다.

"그리고 다른 거. 그것도 내 포섭 작전의 일부였나요?" 도미니카가 물었다. 네이트의 윗입술이 조금 촉촉해졌고, 종이들이 그의 손에 들러붙고 있었다.

"다른 거라니 무슨 뜻이죠?" 네이트가 물었다.

"내가 뭘 물어본다고 생각해요? 우리가 사랑을 나눴을 때." 도미니카가 대꾸했다.

"무슨 생각해요, 도미? 그때 당신이 에스토니아에서 그 다리를 건너 러시아로 돌아가기 전에 내가 당신에게 했던 말 기억나요? 난⋯⋯"

"당신은 그때 당신이 내게 했던 말에 대해 사과할 시간이 없다고, 내가 당신에게 여자로서, 연인으로서, 파트너로서 어떤 의미가 있는지 말할 시간도 없고, 당신이 날 얼마나 그리워할지 말할 시간도 없다고 했죠." 거리에서 울리는 차 경적 소리만이 방 안에 흘렀다. 도미니카는 무릎에 놓은 자신의 두 손을 내려다보고 있었다.

"내가 맞게 기억한 건가요?" 그녀가 부드럽게 말했다.

"잠쉬디와 만나는 전날 밤 당신의 그 유명한 기억력이 건재한 걸 알았으니 우린 참 운이 좋군요." 네이트가 말했다. 그는 서류 모으는 걸 멈추고 그녀의 눈을 들여다봤다. "내가 그때 말한 건 진심이었어요."

그녀는 입을 씰룩였는데, 미소가 나오려는 걸 참으려고 한 건지, 아니면 다른 감정을 누른 건지 모르겠다. "흠, 이렇게 다시 같이 일하니 좋군요." 그녀가 재빨리 말했다. 둘 사이에 둥둥 떠다니던 거품이 터져버렸다. 둘 다 그걸 알고 있었다. 그것만이 유일한 길이었다.

"배고파요? 나가서 이곳의 끔찍한 소시지와 소금에 절인 양배추를 먹을래요?" 도미니카가 말했다.

"여기 소시지가 어때서요? 난 맛있던데." 네이트가 말했다.

"웩, 역겨워요." 도미니카가 말했다.

"그럼 당신네 살로가 더 낫다고 생각해요?" 도미니카가 일어나 앉아서 어깨를 폈다.

"살로는 별미예요." 그녀가 말했다.

"그건 돼지 옆구리 위쪽 비곗살이잖아요. 당신네 러시아인들은 그걸 또 생으로 차갑게 먹잖아요. 지방이 많을수록, 더 맛있다면서."

도미니카는 한숨을 쉬면서 고개를 흔들었다. "유치해. 당신은 정말 아이처럼 아는 게 하나도 없어요."

"아무래도 거리엔 나가지 않는 게 좋겠어요." 네이트가 말했다.

"내가 지붕 밑에 정원이 있는 레스토랑을 알아요. 굿 올드 웨일이라고 공원 안에 있어요. 시내에서 떨어진 곳이에요." 도미니카는 그가 주저하는 걸 봤다. "그러지 말아요, 자기. 내가 문제가 생기지 않게 잘 보고 당신을 보호해줄게요." 도미니카는 자신의 능력이 좋다는 걸 알고 있었지만 마찬가지로 거리의 네이트는 그녀보다 두 배나 더 뛰어나다는 걸 알고 있었다.

네이트가 아파트 현관문을 열었고 그들은 보도로 나갔다. 둘 다 동시에 거리 건너편에 있는 건물들을 훑어보며 프라터 공원을 향해 걸어갔다. 사람들로 북적거리는 아우스텔룽 대로를 건너서 다시 무의식적으로 미행이 있는지 확인했다. 그들은 차들이 다니는 도로를 벗어나서 보도로 내려가 나무들이 줄줄이 선 추파르트 대로를 지나 공원으로 들어갔다. 그들은 죽 늘어선 가게들, 유령의 집, 꼬마전구 장식을 지나, 수목 한계선 위로 보이는 페리스 대회전식 관람차를 지났다. 빵 상자 모양의 차들이 하얀 전등으로 장식돼 있었다. 도미니카는 네이트의 팔짱을 끼고 과자와 케이크와 구운 고기 냄새가 뒤섞인 거리를 천천히 걸어 다니면서 나중에 다시 마주쳤을 때 기억할 수 있도록 지나치는 사람들의 얼굴과 재킷, 신발을 머릿속으로 분류했다.

여름밤은 서늘하고 쾌적했다. 도미니카의 맨 팔은 느긋하고 따뜻했고, 네이트는 익숙하게 목을 죄어드는 느낌(욕망, 부드러움, 욕정)이 들었다. 그는 빙글빙글 돌아가는 백 개의 불빛에 반사된 그녀의 고전적인 옆얼굴을 봤다. 그녀는 네이트의 시선을 느끼고 딴생각하지 말라고 팔을 잡아당기면서 보리수나무 아래 있는 레스토랑 굿 올드 웨일의 테이블로 그를 끌어당겼다. 도미니카는 겨자를 곁들인 사우어크라프트와 사우어브라튼(식초 등에 절인 쇠고기를 볶은 독일 요리-옮긴이)과 붉은 양배추를 시켰고, 네이트는 뉘른베르거 로스트브라트부르스트(독일식 소시지-옮긴이)와 서양 고추냉이 크림과 그라우버건더(독일 와인-옮긴이)를 시켰지만 네이트가 잔을 들어 올렸을 때 도미니카는 고개를 흔들면서 건배를 거부했다.

네이트는 잔을 다시 내려놨다. "무슨 일이죠?"

도미니카는 손으로 테이블 위에 있는 접시들 위를 쓸어 보였다. "이거. 러시아에서 이렇게 먹는 사람들은 실로비키, 그러니까 거물들밖에 없어요. 그 비만 고양이들은 발톱을 갈으면서 우리의 친애하는 대통령이 귀 뒤를 살살 긁어줄 때면 기분이 좋아서 가르랑거리죠. 그들은 별장과 빌라와

해변의 리조트에 있어요. 흑해의 프라스코브카에 있는 푸틴 궁전에 대해 알아요? 그는 병원 기금을 훔쳐서 그걸 지었어요."

네이트가 다시 와인 잔을 들었다. "그렇다면 실로비키의 혼란을 위하여. 러시아 집에 사는 악마들처럼 도미니카 예고로바 때문에 밤에 잠도 못 자고 깨어 있기를. 그런데 그걸 뭐라고 부르죠? 마루 밑에 살면서 밤새 마루를 두드리는 그 악마들?"

도미니카가 잔을 들어 네이트의 잔 가장자리에 살짝 댔다. "바라바시키, 두드리는 자들, 도모브예, 나쁜 악마들."

네이트가 와인을 한 모금 마셨다. "그게 당신이에요. 푸틴의 궁전 마루 밑에 사는 도모브예. 다만 푸틴은 그게 당신인 걸 모르죠."

"무지하게 고맙군요. 도모브예는 몸에서 썩은 내가 나고 버릇도 없는데."

"당신에게는 분명 썩은 내는 안 나죠." 네이트가 말했다.

"웃겨라. 당신 식구들도 다 당신처럼 매력적이에요?" 도미니카가 말했다.

네이트가 손을 들어올렸다. "그 이야긴 하지 맙시다. 두들기는 자들과 노크하는 자들에 대한 이야기를 해요."

"뭐라고요?" 도미니카가 말했다.

"관둬요." 네이트가 대꾸했다.

도미니카가 몸을 앞으로 기울였다. "안 돼요. 당신은 거절할 수 없어요. 난 이제 궁금해졌어요."

"다른 이야길 하자니까요." 네이트가 말했다. 그리고 잔에 와인을 조금 더 따랐다.

그가 그녀의 눈을 피하는데도 도미니카는 계속 그를 쳐다봤다. "당신은 정보원을 기분 좋게 해주고 계속 동기 부여를 해줘야 하잖아요. 말해봐요."

네이트는 심호흡을 했다. "별로 대단한 이야기도 아니에요. 우린 삼 형제인데 내가 막내죠. 형들은 둘 다 우리 가문의 법률 회사에서 파트너로 일해요. 아버지는 변호사고, 할아버지는 판사세요. 증조할아버지가 그 회사를 버지니아의 주도인 리치먼드 근처 딘위디 카운티라는 곳에 세우셨죠. 올드 사우스(남북전쟁 전의 옛 남부―옮긴이)가 뭔지 알아요?"

도미니카는 고개를 끄덕였다. "당신네 남북전쟁이잖아요. 에이브러햄 링컨. 〈바람과 함께 사라지다〉라는 영화도 있고. 그래요, 나도 알아요."

"맞아요, 좋은 영화죠." 네이트는 도미니카의 손을 다독였다. "나는 아주 경쟁적인 환경에서 자랐어요. 학교도 그렇고, 스포츠도 그렇고, 특히 우리 형들이 그랬죠. 우린 항상 싸웠어요. 형들은 아버지와 할아버지처럼 이기는 걸 좋아했어요. 우리 가족 전부 언쟁을 즐기죠. 변호사들이란 참. 내가 형들보다 잘하는 유일한 게 수영이었어요. 어느 여름에 큰형의 요트가 뒤집어지는 바람에 내가 형을 호숫가까지 끌고 갔죠. 나는 형의 목숨을 구했다고 생각했지만, 해변에 도착했을 때 형이 내게 레슬링을 하기 시작했어요. 난 형보다 몸집이 더 작았죠. 형은 나를 다시 호수에 던지고 집까지 혼자 걸어가버렸어요. 내게 고맙다고 말하는 건 불가능한 것 같다는 짐작이 들더군요. 형은 무슨 일이 있어도 꼭 이겨야 했던 거죠.

우리 형들은 남부의 유서 깊은 가문의 요조숙녀들과 결혼했어요. 순종적이고 심하게 고상한 여자들이었죠. 그런 식으로 사 대가 살아왔어요. 항상 이겼죠. 삶에 지칠 대로 지친 내 형수들은 수면제와 버번위스키로 그럭저럭 살아가요. 난 큰형수가 형에게 복수하려고 리치먼드의 사교 클럽 남자들과 바람피우는 걸 알게 됐어요. 형의 면전에 대고 폭로해서, 그동안 날 때려눕혔던 걸 갚아줄 수도 있겠지만 그러면 지는 거잖아요. 우리 가족 전체가 지는 거죠. 그래서 그 길로 집을 떠나서 학교로 가버렸어요.

아버지는 나도 변호사가 되길 원하셨어요. 대신 내가 러시아 문학을 공부했을 때, 그리고 변호사가 아닌 다른 직업을 택했을 때 집에선 난리가 났죠. 가족들은 내가 2년 만에 실패해서 집으로 돌아올 거라고 내기를 했어요."

도미니카가 와인을 한 모금 마셨다. "대신 당신은 여기 있고, 당신에겐 나도 있고, 우린 용감하고, 필사적이고, 위험한 요원으로 전 세계를 구하고 악을 파괴할 계획을 짜고 있죠."

"바로 그렇습니다. 하나 남은 사우어크라프트 먹을 거예요? 내 얘기만 하는 것도 지겨운데." 네이트가 말했다.

"먹어요. 하지만 말해봐요, 네잇. 당신은 가족을 증오하진 않죠? 절대로 가족을 잊어선 안 돼요. 그들은 항상 옆에서 당신을 도와줄 거예요. 내게 우리 엄마가 필요했을 때처럼." 도미니카가 말했다.

"당신 어머님은 몇 년 전에 돌아가신 걸로 아는데요." 네이트가 말했다.

"그러셨죠. 하지만 엄마는 항상 내 옆에 있어요."

"어머니의 추억 말인가요? 물론 당신은 당신 부모님을 기억하고 있겠죠. 우리 모두 그러니까." 네이트가 말했다.

"그래요, 하지만 추억 이상이죠. 가끔 엄마가 보여요. 엄마가 내게 말을 해요."

네이트는 의자에 등을 기대고 앉았다. "유령 같은 거 말인가요?" 디바의 머리가 이상해지기 시작했다고 본부에 보낼 메시지를 써야 하나?

"그런 눈으로 보지 말아요. 난 미치지 않았으니까. 러시아인들은 조상들과 죽은 친구들이 가까이 있다고 느껴요. 우린 영적인 사람들이에요." 도미니카가 말했다.

"아하, 하루에 보드카 한 병씩 마시면 충분히 그럴 수 있죠. 다른 유령들도 보이나요?" 그는 최대한 아무렇지 않게 물었다.

"스패로우 학교에서 죽은 친구와 핀란드에서 실종된 친구." 도미니카는 자신의 손을 내려다보며 말했다.

"그 전직 스패로우 말인가요?" 네이트가 물었다.

도미니카가 고개를 끄덕였다. "센터에서 그녀를 제거한 걸 알아요."

"그들이 당신에게 그렇게 말했어요?"

도미니카는 손에 턱을 얹고 몸을 앞으로 기울였다. "걱정하지 말아요, 프로이트 박사님. 난 지금 헛소리를 하는 게 아니라니까. 난 그저 내 친구들을 기억하고 있는 거예요. 그들의 영혼이 나와 함께 있어요. 그리고 당신이 내 곁에 없던 날들을 버틸 수 있게 해줬고. 내게 그들은 강가에 앉아서 노래를 불러주는 인어들, 루살카 같은 존재예요."

"나도 슬라브족의 전설인 루살카에 대해서 읽어봤어요. 하지만 그 인어들은 노래를 불러서 남자들을 물가로 유인해 빠져 죽게 만들지 않나요?" 네이트가 말했다.

"그들은 위험한 것처럼 들리죠, 그렇죠?" 도미니카는 입가에 희미한 미소를 띠며 말했다. "하지만 그들은 오늘 밤 여기 없어요. 당신이 여기 있으니까." 그녀는 그의 손을 잡고 꼭 쥐었다.

전통적인 농부 스커트인 던들을 입은 금발의 웨이트리스가 테이블을 치우러 와서, 허리를 숙이고 접시들과 포크와 나이프를 치우면서 겨자 그

룻으로 손을 뻗으며 네이트를 봤다. 그녀가 입은 전통적인 보디스(원피스의 상체 부분-옮긴이)는 깊게 파여 있었고, 블라우스는 팽팽하게 조여 있었다. 그녀는 접시들을 한 팔로 들고 균형을 잡은 와중에 용케 다른 손으로 자신의 머리를 부풀리면서 네이트에게 뭐 또 필요한 게 없냐고 독일어로 물었다. 네이트는 미소를 지으면서 그냥 계산서를 달라는 전 세계적으로 통하는 제스처를 했다. 그리고 도미니카에게 고개를 돌렸을 때 미소가 흐려졌다. 그녀는 화가 나 있었다. 분노한 코사크인이라. 아아크 용접기에서 하얀 불꽃들이 막 쏟아지고 있었다.

"아, 이거 왜 이래요. 난 우리가 지구를 구하는 위험한 요원들이라고 생각했는데." 네이트가 말했다.

"날 사랑해요?" 도미니카가 러시아어로 바꿔서 말했다.

"엥? 그게 지금 이 상황과 무슨 관계가 있어요? 저 여자는 그냥 귀여운 웨이트리스일 뿐인데."

"다뉴브 강이 여기서 멀지 않은 건 알고 있죠? 내가 아는 루살카가 몇 명 있는데. 그 여자들이 당신을 끌고 들어갈······" 도미니카는 그러다 이야기를 멈추고 네이트의 어깨 너머를 봤다.

네이트는 뼛속까지 배인 훈련 지침대로 그곳을 봐선 안 된다는 걸 알고 있었다. 대신 그녀의 얼굴을 보면서 기다렸다.

"남자가 둘 있어요. 짧은 소매에, 하나는 키가 크고, 하나는 뚱뚱해요." 도미니카가 낮은 목소리로 말했다.

"키 작은 남자가 바보 같은 티롤리안 모자(보들보들한 펠트 재질의 모자로 머리 부분의 끝이 좁고 챙의 뒷부분이 말려 올라간 모자-옮긴이)를 썼나요?" 네이트가 말했다.

감명 받은 도미니카가 그의 얼굴을 찬찬히 훑어봤다. "끝내주는데요. 우리가 공원을 걸어왔을 때 앞에 있던 남자들이에요."

"그러다 음식 좌판 앞에 멈춰서 우리가 먼저 가게 했죠." 네이트가 말했다.

"그리고 우리가 여기 앉았을 때 우리를 지나쳐 갔어요." 도미니카가 말했다.

"그들이 지금 뭘 하고 있죠?"

도미니카가 어깨를 으쓱했다. "아이스크림을 먹으면서 다시 길을 걸어가고 있어요."

"세 번이나 마주쳤군. 공원을 한 바퀴 돌 시간이 됐어요." 네이트가 말했다.

그들은 돈을 내고 서두르지 않고 반대 방향으로 움직여서 메세 대로로 향했다. 메세 호텔 바에 들러서 술을 한잔하고, 호텔 정원으로 빠져나가, 길을 건너 문 닫기 직전인 메세첸트룸 아케이드로 들어가서 그곳 홀에서 시계 반대 방향으로 움직여 출구를 빠져나와 아우스텔룽 대로로 들어갔다가, 다시 불빛이 비치지 않는 도로를 전력 질주해서 건너 계단을 올라가 도미니카의 호텔이 있는 동네로 갔다. 그들의 도발적이고 공격적인 행동에 특별히 반응을 보이는 사람도 없었고, 걸어가는 사람이건 차건 그들에게 맞춰 속도를 내거나 나란히 옆에서 따라오는 이들도 없었다. 그리고 뚱뚱이와 모자 쓴 작다리 2인조도 보이지 않았다. 그들은 아르네츠호페르 대로에 있는 슈냅스 바에 다시 들어가서 자리를 잡고 판유리 밖을 내다봤다. 그들은 지치고 조금 숨이 찼지만, 거리의 맥박, 소리, 움직임, 배기가스 같은 최음제에 취해 흥분했다. 어둠 속에서 보이지 않는 적이 숨어 있을 가능성에 마구 치솟았던 아드레날린이 서서히 빠져나가고 있었다. 미행이 있다는 느낌도 없었고, 거리에서 그들에게 관심을 보이는 이들도 없었다. 도미니카는 네이트도 그녀처럼 '동요됐는지' 궁금했고, 그가 그녀를 침대로 데려가려고 할 것인지 궁금했다. 그녀는 그를 간절히 원했지만, 먼저 나서지는 않을 것이다.

"내일 일이 긴장돼요?" 그녀가 말했다. 그들의 어깨는 닿을락 말락 했고, 그녀의 셔츠를 통해 그의 몸에서 나오는 열기를 느낄 수 있었다.

"아뇨, 우린 잘해낼 것 같은데. 당신은?" 네이트가 말했다. 그의 머리를 둘러싼 보라색 후광이 고동쳤다.

"그 이란인이 좀 변죽을 울릴 것 같지만 우릴 거절할 길은 없으니까. 아파트에 내 스패로우도 대기시킬 거예요. 그녀가 나와서 과학자 잠쉬디가 얼마나 나쁜 아이였는지 일깨워줄 거예요." 도미니카가 말했다.

"우리 작전에 문제가 생기면, 잠쉬디가 꽥꽥거리기 시작하면, 센터가 결국 당신의 스패로우 역시 이 위장 작전에 가담했는지, 그녀가 얼마나 알고 있는지 궁금해할 가능성에 대해서 생각해봤어요? 이 작전이 어그러지면 놈들이 그녀를 포 뜰 텐데." 네이트가 말했다.

도미니카는 185센티미터의 다리 긴 우드란카에게서 그들이 과연 몇 조각이나 떼어낼지 궁금했다. "그녀는 갈 곳이 없어요. 아무도 없고." 도미니카가 말했다.

"만약 우리가 도망쳐야 한다면 그녀도 우리의 비상 탈출 계획에 포함시켜야겠어요." 네이트가 말했다.

도미니카는 어두운 바에서 그를 바라봤다. "그렇게 해줄래요?"

"그녀는 이제 이 작전의 일부예요." 네이트가 말했다. '생면부지의 여자가 걱정돼서 이러는 건 아냐.' 네이트는 생각했다. 그들이 철수해야 한다면 그 스패로우를 안전한 곳으로 보내야 만일에 일어날 소란을 미연에 방지할 수 있다. 그래도 도미니카는 크게 감동받은 눈치였다. 그녀는 그에게 미소를 지어 보였다.

바 뒤에 있는 조명이 그들의 얼굴을 반쯤 비추는 가운데 그들은 작은 플라스틱 테이블을 사이에 두고 서로 바라봤다. 그들은 서로 만지지도 않았고, 말도 하지 않았다. 도미니카는 그들 사이에 전기가 흐르는 걸 느낄 수 있었고, 그녀의 빨라진 심장박동을 느낄 수 있었다. 그녀의 시선이 그의 얼굴 위를 획획 돌아다녔다. 그의 입, 그의 눈, 이마에 흘러내린 머리카락. 네이트는 그녀를 보고 있었고, 그녀는 그의 살의 감촉을 상상했다. 그가 필요했지만 절대로(절대로) 먼저 시작하지 말라고 스스로에게 말했다. 그녀는 내부첩자, 조국의 배신자로 사형대에서 한 발짝 떨어져 있는 자신의 새 인생에 딸려오는 짐을 그가 덜어주길 원했다. 하지만 먼저 나서진 않을 것이다.

네이트는 그녀를 보고, 그녀의 입술이 떨리는 걸 봤다. 여기가 헬싱키였다면 그녀를 덥석 안고 침대로 갔을 것이다. 지금은 안 된다. 그녀는 모스크바에서 다시 나왔고, 그들을(그를) 위해 적진에 침투한 정보원으로 일을 재개할 용의가 있었다. 네이트는 그걸 위태롭게 하지 않을 것이고, 마블의 추억에 무례를 범하지 않을 것이다. 조명을 받고 있는 도미니카의 머리를 보며 그는 뭘 해야 할지 생각했다.

평소에는 차분하고 침착하던 보라색 기운이 갑자기 허공에서 불안하게 흔들리기 시작했다. 순간 도미니카는 놀라운 본능으로 그가 아직도 직업상의 규칙들과 씨름을 하고 있다는 걸 알았다. 그의 눈에 비치는 정열과도 힘겹게 싸우고 있었다. 그녀는 그와 같이 침대에 누웠다가 다시 그의 눈에서 빛이 스러지는 모습을 볼 수는 없다는 걸 알았다.

"내 스패로우를 챙기는 건 나중에 해요. 지금은 우리 둘 다 잠을 좀 자둬야 해요." 도미니카가 말했다.

"내가 오늘 밤 당신 아파트에서 같이 있길 원해요?" 네이트가 작전에 도움이 되는 쪽으로 생각하면서 말했다. 도미니카는 그가 무슨 의미로 그런 말을 했는지 알았다. 오늘 밤의 열기는 사라져버렸다.

"아니요, 네잇." 도미니카가 말했다.

그들은 계산을 하고 조용한 거리를 걸어 도미니카의 아파트 앞까지 왔다. 네이트가 그녀를 바라봤고 담당 요원으로서 그는 도미니카가 어떤 결정을 내렸고 왜 그랬는지 알았다. 맞다. 신중해야 한다. 안전에 신경 써야 하고. 도미니카는 그의 뺨에 가볍게 키스하고, 돌아서서, 뒤돌아보지 않고 안으로 들어가버렸다.

아파트에서 도미니카는 눈을 감은 채 침실 문에 등을 기대고 두 팔로 몸을 감싼 채 서 있었다. 그녀는 거리에서 나는 소리, 그가 문을 열어달라고 버저를 울리는 소리를 기다리며 듣고 있었다. 그러면 문을 활짝 열어젖히고 그가 계단을 뛰어올라와 그녀의 품으로 뛰어드는 걸 기다릴 텐데.

그녀는 신발을 벗고, 원피스를 머리 위로 잡아당겨서 벗고, 침대에 털썩 드러누워, 플러시 천 이불로 파고들어가 네이트나 센터의 그 개자식들이나, 내일 잠쉬디와 할 아주 위험한 작전이나 그녀의 가려운 두피와 젖어 있는 가랑이 사이에 대해선 생각하지 않으려고 했다. 도미니카는 신음을 내며 돌아누워서, 망설이다가, 침대 옆 스탠드 위에 놔둔 할머니의 브러시를 집었다. 증조할머니의 브러시. 그녀는 그걸 손에 쥐었다. 익숙하지만 금지된 물건. 그녀는 3분 뒤면 떨리는 눈꺼풀 밑으로 눈이 돌아갈 것이고, 그로부터 2분 후에는 잠들 거라는 걸 알고 있었다. 그녀는 어두운 구석에 친구들이 있는지 찾아봤지만 오늘 밤 인어들은 하나도 오지 않았다. 그저 네이트의 기억과 자신에 대해 이야기할 때 보였던 그의 솔직하고 고통에 찬 표정과 함께 어두운 거리를 걸어갈 때 사방을 보던 그의 눈과 그녀를 보던 그의 표정만 떠올랐다.

그녀는 또다시 신음을 내면서 헤어브러시를 방구석으로 던져버리고, 엎드린 채 오늘 밤 잠은 다 잤다고 생각했다.

프라터 공원의 사우어크라프트 볼

양파와 다진 마늘을 버터에 재빨리 튀겨내고, 거기에 밀가루와 햄을 갈아 넣고 노릇노릇해질 때까지 굽는다. 우묵한 그릇에 물기를 뺀 사우어크라프트, 달걀, 파슬리, 소고기 육수를 넣고 섞은 후에, 스튜용 냄비에 넣고 반죽이 되직해질 때까지 익힌다. 그리고 식힌다. 그다음에 돌돌 굴려서 공처럼 만들어, 밀가루에 담갔다가, 계란 물을 입히고, 빵가루를 묻혀서 바삭바삭해질 때까지 튀긴다.

7

네이트는 SVR 라인 X 핵 분석가로 위장하는 데 공을 들였다. 바로 가까이에서 보는 얼굴을 위장하는 건 과학이 아니라 예술이다. 가짜 콧수염이나 컬러 콘택트렌즈보다는 더 사소하고 세부적인 몇 가지를 조합해 사람을 현혹시키는 인상을 만들어내는 게 중요하다. 그들은 황혼녘에 약속 장소에서 만났다. 도미니카는 완성된 변장을 꼼꼼하게 살펴봤다.

오늘 아침 뒷머리를 짧게 자르고 옆을 높게 친 네이트의 헤어스타일은 마음에 들었다. 평범한 쓰리버튼 재킷은 요즘 알프스에서 우랄산맥까지 유행이다. 그가 고른 넥타이는 대실패였다. "모스크바 사람들은 그런 넥타이는 매지 않아요." 그래서 그냥 옅은 파란색 셔츠에 롱 포인트 칼라 단추는 채우지 않기로 했다. 구두는 납작한 사각 폴란드제로 할인점에서 샀다. "흉측하네요. 그 남자가 꼭 이 구두를 보게 해요." 도미니카가 말했다. 그리고 싸구려 금테에 투명 렌즈를 끼운 안경을 썼다. 그녀는 네이트의 변장에 만족했다.

그날 오후 네이트는 비엔나 지부 요원과 30초간 스쳐 지나가면서 거리에서 쉽게 할 수 있는 분장 세트를 기술 부서로부터 전달받았다. 거기에 금니를 덮어씌운 치관, 광대뼈를 올릴 수 있는 실리콘, 절름거릴 수 있게 신발 속에 집어넣는 쐐기, 머리 염색에 쓰는 막대, 여러 개의 콧수염과 액체 풀, 얼굴에 바로 붙일 수 있는 사마귀와 손등이나 목 뒤에 일시적으로 포트와인 얼룩을 만들어낼 수 있는 화학물질이(바르는 도구도 같이) 든 작은 병이 있었다. 네이트는 마지막 것만 쓰기로 결심했다.

"사람들의 주위를 분산시킬 때는 작고 사소한 것이 가장 강력하죠." 네이트가 회의적인 도미니카에게 말했다. 그녀는 네이트의 왼손 등에 거미 모양의 보라색 점이 있는 걸 봤다. "당신들은 3년 동안 고르바초프의 뒤통수에 있는 점만 보느라 글라스노스트(개방 또는 공개라는 뜻의 러시아어로, 소련의 고르바초프가 실시한 개방 정책—옮긴이)가 일어난 것도 몰랐던 거라고요."

"어이없는 소리." 도미니카는 코웃음을 치면서 네이트와 같이 우드란카의 아파트로 향했다. 둘 다 자동적으로, 한마디도 없이, 고리 모양의 감시 탐지 루트를 따라 걸으면서, 도로를 건널 때마다 위아래를 살펴보고, 모퉁이가 나오면 반응이 나올지 기다렸다가 마침내 서로 고개를 끄덕여 미행이 없다는 걸 확인했다. 거리에서 도미니카는 열심히 노력했지만 시종일관 물 흐르듯 자연스럽고 완벽하게 움직이는 네이트를 보며 조금 부러워했다.

둘이 말없이 우드란카 아파트의 어두운 계단을 올라가고 있을 때 네이트가 손을 뻗어서 도미니카의 손목을 잡았다. 그는 구불구불한 계단을 반쯤 올라간 곳에서 그녀를 끌어당겨 그녀와 마주봤다. 닫힌 아파트 문들에서 새어나온 희미한 소음이 층계 위를 떠돌았다.

"들어가기 전에 당신과 다시 같이 일하게 된 게 얼마나 기쁜지 말하고 싶었어요." 네이트가 속삭였다. 그는 아직도 그녀의 손목을 잡고 있었다. 그녀는 아무 말도 하지 않았다. 뭐라고 해야 할지도 모르겠고, 이게 무슨 뜻인지도 알 수 없었다. "이란인과 하는 이 작전은 대단해요. 이게 성공하면 우리가 이 판 자체를 통째로 바꿀 수 있어요." 그는 남학생 같은 미소를 지어 보였고, 어깨 주위에 보라색 후광이 피어올랐다. '이 분위기를 키스로 마무리할까?' 그녀는 생각했다. 아니, 더 이상 자존심이 상할 만한 짓은 안 할 것이다.

"나도 당신과 같이 일하는 게 좋아요." 도미니카는 그의 손을 들어 올려 그 색깔이 있는 점을 바라봤다. "당신이 다리 밑에 사는 트롤처럼 보여도." 그녀는 부드럽게 그의 손에서 자신의 손을 뺐다. "어서 갑시다. 우리의 뿔 달린 올빼미가 30분 후에 도착해요."

아파트에서 우드란카는 말없이 지렁이를 이모저모 평가하는 스패로우('참새'란 뜻이 있다—옮긴이)처럼 네이트의 날씬한 체격, 그의 손, 턱선을 뜯어봤다. 그리고 마치 이런 말을 하는 것 같은 의미심장한 표정으로 도미니카를 봤다. '이 남자 잠자리에선 어때?' 가슴과 엉덩이 부분이 찰싹 달라붙는 적갈색 미니 원피스를 입은 우드란카는 검은 하이힐을 신고 있어서 그렇지 않아도 큰 키가 더 커 보였다. 도미니카가 센터에서 설치한 비디오와 오디오 장비를 감춰놓은 캐비닛에서 씨름을 하는 동안 우드란카는 소파에 앉아 있는 네이트 옆에 앉았다.

"당신은 모스크바에서 왔나요?" 그녀가 러시아어로 물었다.

"네, 어젯밤 도착했어요." 네이트가 말했다. 그는 잠쉬디가 같은 질문을 할 거라고 예상하고 그날 아침 에어로플로트 항공 스케줄을 다 외워 놨다.

"전에도 예고로바랑 일해본 적 있어요?" 그녀가 물었다. 우드란카는 네이트가 미국 요원이란 걸 모르고 있었다. 그녀가 절대 모르게 하는 게 더 안전했다.

"아뇨, 처음입니다." 네이트는 우드란카에게 그 이란인 작전을 아주 잘

해냈다고 칭찬하려다 그만뒀다. 좀 있으면 하게 될 브리핑에 온 신경을 집중하고 있는 평범한 SVR 분석가가 그런 세세한 이야기까지 하진 않을 테니까.

우드란카는 소파에서 넌지시 네이트를 봤다. 그리고 다리를 꼬자 허벅지 근육이 움직이면서, 원피스 밑으로 매혹적으로 부푼 엉덩이 선이 시작되는 곳이 살짝 보였다. "난 둘이 아는 사이인 줄 알았는데." 그녀는 그때 막 방으로 들어온 도미니카를 올려다보며 말했다. "둘이 같이 들어오는 분위기가 왠지."

"그 찍기 게임은 이따가 해, 친구." 도미니카가 미소를 지으며 말했다.

"흠, 이 남자 마음에 드는데. 인상 좋아." 우드란카가 말했다.

"그렇게 생각해?" 도미니카가 말했다.

"그럼, 넌 그렇게 생각 안 해?" 우드란카가 말했다. 네이트는 손가방의 지퍼를 풀면서, 그녀의 눈을 피했다.

"하지만 모스크바에서 온 공부벌레 분석가라고?" 우드란카가 곁눈질로 그를 보면서 말했다. "그건 아닌 것 같은데."

"수다는 그만 떨고 쟁반이나 가져와." 도미니카가 말했다.

우드란카는 미소를 짓고 부엌으로 들어갔다. 그녀는 유리잔들과 스카치 한 병이 놓인 쟁반을 가지고 돌아왔다. 그녀는 쟁반을 소파 앞에 있는 낮은 테이블에 놓으면서 몸을 깊숙이 숙여서 네이트에게 끝내주는 풍경을 선사했다. 네이트는 갑자기 고대 로마의 콜로세움에서 사자들이 나오길 기다리며 서 있는 기독교인이 어떤 심정이었을지 이해가 됐다. 도미니카도 그걸 보고, 같은 스패로우로 무슨 상황인지 이해하고, 네이트를 봤다.

"한 번 스패로우는 영원한 스패로우라니까." 도미니카가 말하자, 우드란카가 웃으면서, 자세를 바로 하고, 다시 침실로 걸어가, 조용히 문을 닫았다. '이 러시아 사람들은 뭘 해야 하는지 잘 알고 있어. 인간의 본능을 최대한 이용해서 말이야.' 네이트는 생각했다. 곧 작전이 시작된다는 게 감사할 뿐이었다. 바로 그때 조용히 문을 노크하는 소리가 들렸다.

"고토브?" 도미니카가 속삭였다. 준비됐어요? 네이트가 고개를 끄덕이고 테이블 위에 펼쳐놓은 노트들을 열심히 들여다보기 시작했다.

그들은 두 시간 동안 그 일에 매달렸다. 파비스 잠쉬디 박사는 셔츠 칼라 단추를 풀고 소파에 앉아 몸을 앞으로 기울인 채 열심이었다. 쿠션 옆에 그의 서류 가방이 있었다. 그는 화가 나고, 심술도 나고 성이 나 있었다. 네이트가 있는 걸 보고 신경질을 내려고 했지만 도미니카가 러시아에서 분석가를 보낸 건 대단한 찬사고, 모스크바가 그의 탁월한 재능을 인정한다는 뜻으로 부드럽게 말하자 아무렇지 않게 그 빈말을 받아들였다.

그럼에도 잠쉬디가 두려운 마음에 뻣뻣하게 나오자 옆 소파에 앉아 있던 도미니카가 매섭게 상황을 통제하기 시작했다.

네이트의 프랑스어 실력은 아주 기초적인 수준이었지만, 도미니카가 잠쉬디의 직업적인 자존심을 살살 달래가면서 이 상황을 마지못해 받아들이게 하고 있음은 어렴풋이 알 수 있었다. 잠쉬디는 과학적인 이야기를 하면서 원자력 프로그램에서 이란이 성공할 수밖에 없다는 말을 하면서 신나했고 잘난 척하는 기세가 하늘을 찔렀다. 도미니카는 그런 그의 마음을 잘 이해하고, 주도면밀하게 대화를 이끌어가면서, 고삐를 바짝 조이고 있었다.

대화를 시작하고 15분 동안 프랑스어로 핵 기술 용어를 설명하느라 씨름하던 잠쉬디가 소파에 등을 기대고 앉아 도미니카를 봤다.

"영어 할줄 알아요?" 그가 물었다.

"그럼요. 물론이죠." 도미니카가 말했다.

"당신은 어때요?" 잠쉬디가 네이트를 보며 물었다. 커피 테이블 맞은편 의자에 앉아 있던 네이트는 그 말에 아무 반응도 보이지 않고 계속 노트 필기를 했다.

"유감스럽게도 제 동료는 러시아어밖에 못해요." 도미니카가 말했다. '조심해야겠어.' 네이트는 생각했다.

"그럴 줄 알았어요." 잠쉬디가 다시 도미니카를 보며 말했다. "저 사람 손의 저 보기 싫은 거 없애줄 수 있는 사람을 내가 아는데." 그는 그렇게 말하면서 네이트를 힐끗 봤다. 네이트는 손을 떨지 않으려고 애를 쓰면서 필기를 계속했다.

"어서 하던 일이나 계속합시다. 당신은 나탄즈의 원심분리기 홀들에 대해 말하고 있었죠."

"개별적인 홀이 세 개 있어요. A, B, C 이렇게. 홀 하나가 2만 5천 제곱미터죠. 지붕은 강화돼 있고 바닥 깊이가 22미터요." 도미니카가 통역했다. '이건 백과사전에 다 나오는 개소리잖아.' 네이트가 생각하면서 라인 X의 요구 사항들을 확인하며 그에게 확산 부서 서류가 있었더라면 좋았을 거란 생각을 했다. 잠쉬디의 염소수염을 잡아당길 때가 됐다. 그는 도미니카에게 러시아어로 말했다.

"이란의 연료 농축 시설의 구조에 대해선 우리도 알고 있어요." 그는 조금 빨리 말했는데 목소리에서 초조한 기색이 조금 풍겼다. "하지만 우리가 알기론 홀이 두 개인데. 세 번째 홀에 대해 물어봐요. 그건 새로운 정보인데."

도미니카가 물었다. 잠쉬디는 몸을 뒤로 기울이고 미소를 지었다. "A홀과 B홀은 각각 대략 5천 개의 기계가 있어요. 그 기계들로 조립한 대형 캐스케이드(액체를 내려보내는 계단처럼 된 그릇-옮긴이)들 중에 극히 일부만 규칙적으로 작동되죠."

네이트는 도미니카의 통역이 끝날 때까지 노트를 보며 기다렸다.

"그 대형 캐스케이드들의 문제가 뭐죠?" 네이트가 물었다.

잠쉬디는 어깨를 으쓱했다. "우리는 파키스탄인들이 초기에 쓰던 기계인 P-1S와 P-2S를 개조해서 쓰고 있어요. 일을 하면서 배우는 중이죠. 우리가 자체 제작한 IR-I는 아주 뛰어나지만, 장기간 캐스케이드들을 작동시키다 보니 몇 가지 문제가 발생했어요." 네이트는 통역을 기다리고 나서 조금 더 기다렸다.

"작년에 어떤 기술자가 소독한 장갑을 안 끼고 기계를 조립해서 캐스케이드 1대가 고장 났어요." 그는 도미니카를 봤다. "그 기술자의 손에 있던 박테리아가 내부 튜브로 들어가 버리는 바람에 그 메커니즘의 균형이 깨졌죠. 그 튜브는 눈 깜짝할 사이에 고장나버렸어요. 캐스케이드 사건의 도미노 효과에 대해선 내가 따로 설명할 필요가 없겠죠. 다른 문제들도 있었어요. 우라늄 헥사플로라이드 원료 공급이 일정하지 않았고, 운영상의 문제들도 있고." 잠쉬디가 말했다.

"예를 들면?" 도미니카가 말했다.

"외부적인 문제들도 많죠. 전략 물자 금수 조치. 시온주의자들과 거대한 악마(과격한 이슬람교도들은 미국을 이렇게 부른다-옮긴이)가 심은 컴퓨터 바이러스들." 잠쉬디는 마치 뭔가 의심하는 것처럼 네이트를 힐끗 봤다. "3개월 전에 정체를 알 수 없는 방해 공작원들이 발전소 밖 사막에 있는 고압선 설치용 철탑을 파괴했어요."

"세 번째 캐스케이드 홀은 뭐죠?" 도미니카가 물었다.

잠쉬디가 똑바로 앉았다. "그건 내 개인적인 프로젝트요. 내가 고안한 거지. 그 홀은 정확한 규격에 맞춰 극비리에 지어졌어요. 그 홀은 다른 두 개의 홀과 터널로 연결돼 있고 방폭 문이 세 개가 달려 있어요. 우린 거기에다 지진에 반응하는 내진 바닥재를 설치하고 있습니다. 필터도 달고 공기도 조절돼 있죠. 한마디로 난공불락인 곳인데 아직 IAEA 조사관들은 모르고 있지." 잠쉬디는 자랑스럽게 턱을 내밀었다. 네이트는 도미니카가 통역을 끝낸 후에도 아무 반응을 보이지 않았다. '이건 중요한 정보야. 슬슬 달아오르고 있군.'

"계속해요. 그 홀의 기능을 설명해봐요." 네이트가 말했다.

잠쉬디는 그들을 보고, 미소를 짓더니, 아주 살짝 고개를 저었다. "이건 내 프로젝트요. 이미 너무 많이 말했어." 네이트는 도미니카의 파란 눈이 순간 번쩍이는 걸 봤다. 꿀이 뚝뚝 떨어지는 것 같던 그녀의 목소리가 사나워졌다.

"박사, 우린 이미 이 문제를 논의했는데요. 이제 와서 멈출 순 없어요. 지금까지 잘하고 있었잖아요. 우린 당신의 동지고, 당신이 묘사한 그 외부의 적들, 당신의 일을 방해하는 그들로부터 이란을 보호하고 싶어요." 도미니카는 주머니에 손을 넣어서 핸드폰을 엄지손가락으로 만졌다.

잠쉬디는 미소를 지으면서 이야기를 계속했다. "당신이 우리나라를 돕고 싶다면 이 코미디는 그만 끝내야지. 당신은 지금 불가능한 걸 하라고 요구하고 있잖아." 그가 말했다.

"당신의 마음을 바꾸기 위해 내가 뭘 할 수 있을까요? 우리 두 나라의 유대 관계는 역사가 깊잖아요." 그녀가 말했다.

"물론 그렇지. 러시아인들이 수세기 동안 이란이 하는 일을 참견해왔으니까." 그가 콧방귀를 뀌었다.

네이트는 전에도 말 안 듣는 정보원들을 강압적으로 다루는 브리핑을 해봤다. 게이블이 키 작은 중국 관리의 멱살을 잡고 들어 올려서 벽난로 선반에 앉혀 다리가 대롱대롱 흔들리게 하면서 다시 협조하기 전까지는 내려주지 않겠다고 한 것도 봤다. 공인된 테크닉은 아니지만 그 중국 남자는 창피해서 그랬는지 아니면 체면을 차리려고 그랬는지 몰라도 2분 후에 다시 의자에 앉아 게이블과 같이 마오타이주 병을 테이블에 대고 쾅쾅 두드려가며 소프라노처럼 노래를 불렀다.

하지만 이번 경우는 달랐다. 모든 정보원들에게는 각기 다른 심적 장벽이 있고, 잠쉬디도 보아하니 그런 벽에 다다른 게 분명했다. 그는 더 큰 프로그램은 누설할 각오가 섰지만, 그 프로그램 내부에 있는 자신의 개인적인 프로젝트에 대해선 말하지 않을 작정이었다. 그 프로그램이 바로 자신이니까. 그때 침실 문이 열리더니 우드란카가 거실로 나왔다. 적갈색 머리에 환한 얼굴의 그녀가 입은 짧은 원피스가 뱀 가죽처럼 그녀의 몸 위에서 움직였다. 네이트는 그녀의 머리 위에서 열기가 아른거리는 게 보일 것 같다는 생각이 들었다. 우드란카가 그의 옆을 지나갈 때 유럽에서는 모스크바 루주로 알려져 있는 크라스나야 모스크바 향수의 향이 풍겼다. 그 향수는 스탈린의 구소련 국가 비밀경찰이 양민들을 수용소에 처음 보냈던 해인 1925년 제조된 악명 높은 레드 모스크바 향수다.

잠쉬디는 죄책감이 어린 눈빛으로 그녀를 흘끗 보더니 고개를 돌렸다.

'이자는 허세를 부려서 이 순간을 모면할 생각이군.' 네이트는 생각했다. 우드란카는 소파 앞을 지나 잠쉬디 앞을 걸어갔지만 잠쉬디는 고개를 들어 그녀를 보려하지 않았다. 그녀는 고수와 재스민 향기를 남기고 부엌으로 들어갔다. 잠쉬디는 계속 도미니카만 보고 있었다.

"박사, 우린 모두 인간이고, 욕망과 욕구가 있죠." 도미니카는 굳은 표정으로 말했다. "난 뭐가 옳다, 그르다 판단하지 않아요. 하지만 당신의 동족들은 그렇게 선뜻 당신의 행동을 지지하지 않을 것 같은데요. 그렇게 생각하지 않나요?"

잠쉬디는 계속 그녀에게서 눈을 떼지 않았다.

"특히 그 최고 위원회의 꽉 막힌 노인들은 더 안 그럴 것이고. 뭐 내가 무례를 범하자는 건 아니고. 그리고 아야톨라(이란 회교 시아파의 종교 지도자—옮긴이)가 얼마나 실망할지 생각해봐요. 그리고 그가 당신에게 어떤 벌을 내릴지. 당신이 뭘 박탈당할지." 도미니카가 말했다.

잠쉬디의 안색이 창백해졌다.

때맞추어 우드란카가 새 잔들을 가지고 돌아와서 허리를 숙여 쾅 소리를 내며 테이블에 쟁반을 내려놨다. 스카치 옆에는 어울리지 않게 건포도들이 점점이 뿌려진 황금색 케이크가 담긴 접시가 있었다. 도미니카가 우드란카에게 시내에 있는 이란 제과점에서 사오라고 지시한 케이크였다. 잠쉬디는 눈을 휘둥그레 뜨고 케이크를 봤다. 여기서 그는 자신을 협박하는 러시아 정보 대위와 같이 앉아 국가 기밀을 누설하고 있는데, 이 창녀는 그가 어렸을 때 좋아한 케이크를 내놨다.

우드란카는 잠쉬디와 정확히 마주보는 의자에 앉아 다리를 꼬았다. 이란 과학자는 움찔해서 그녀를 보지 않으려고 노력하면서도 죄책감이 어

린 눈으로 흘긋거렸다. 네이트는 잠쉬디가 앉은 자리에서 정면으로 우드
란카를 보면 뭐가 보일지 궁금했다.

"만약 우드란카가 당신이 그리워져서, 바보같이 IAEA에 있는 당신 사무
실로 찾아가 거기 사람들에게 당신 이름을 대면서 물어보면 어떤 소란이
일어날지 생각해봐요. 이런 일은 이 작은 아파트처럼 눈에 안 띄는 곳에서
처리하는 게 훨씬 낫죠." 도미니카가 말했다.

우드란카는 몸을 기울여서 잠쉬디의 잔을 들고 손가락 두 마디 만큼 스
카치를 따랐다. 그리고 그 잔으로 한 모금 마시고 그에게 건넸다. 그는 잔
가장자리에 묻은 오렌지색 립스틱을 보고 눈을 질끈 감았다. 도미니카는
그의 노란색 기운이 희미하게 옅어지는 걸 봤다.

'스패로우 매뉴얼. 어울리지 않는 시각적, 청각적, 후각적 충격을 가해
음탕한 효과를 최고로 끌어올려라. 44번 수칙이군.' 도미니카는 우드란카
가 소파 뒤로 걸어가면서 한 손으로 잠쉬디의 어깨를 쓸고 가는 모습을 보
며 생각했다. 연기를 뿌리고 가는 호위 구축함처럼 그녀는 향기를 남기면
서 또각거리는 하이힐 소리를 내며 침실로 다시 사라졌다. 네이트는 의자
에서 자세를 바꾸면서 열심히 노트만 들여다봤다. '와우, 정말 막강한 미
인계군.' 그는 생각했다.

방에 침묵이 흘렀다. 잠쉬디는 네이트를 보고 다시 도미니카를 봤다. 화
가 잔뜩 난 잠쉬디는 그녀를 노려보면서도 두려워하고 있었다. 도미니카
의 암청색 눈은 깜박이지도 않고 그를 또렷이 응시하고 있었다.

"원심분리기 C홀의 기능은……" 도미니카는 잠쉬디의 얼굴에 지난 30
초간 키 185센티미터 SVR 스패로우의 야성적인 매력이 비치지 않은 것처
럼 말을 이어갔다.

'이자는 뭘 가장 두려워하고 있을까? 회교 지도자들에게 폭로되는 거? 아니면 우드란카와 뒹굴 권리를 박탈당하는 거?' 네이트는 궁금했다. 게이블은 한때 그에게 FEAR, 즉 두려움이란 '돼지게 섹스해보고 도망치는 것'이라고 말한 적이 있었다. 잠쉬디가 지금 느끼는 감정이 그럴지도 모르겠다.

"농축 생산량은 대개 2퍼센트에서 5퍼센트 수준에서 정체되곤 해요." 잠쉬디는 무표정하게 말했다. "지금까지 우리는 대략 저농축 우라늄 235를 6천 킬로그램 정도 생산했어요. 난 농축의 다음 단계에서 우리가 가진 모든 자원을 쏟아부어서 생산량을 20퍼센트로 확대하려고 지난 4년간 노력해왔어요. 하지만 기술 문제가 발생했습니다. 이 프로그램에 주축이 되는 과학자들이 시온주의자들에게 암살돼서 지연된 거요. 우리는 지금까지 우라늄 235를 110킬로그램밖에 생산하지 못했소." 잠쉬디는 스카치 잔을 집어서 잠시 우드란카의 립스틱 자국을 보더니 한 모금 마셨다. 그는 스카치 잔에 대고 한숨을 쉬었는데 몹시 지친 기색이었다.

네이트는 그녀도 같은 생각인지 보려고 도미니카를 봤다.

"그런데 그 C홀이 그것과 무슨 상관이 있죠?" 도미니카는 가차 없이 몰아붙였다.

"난 최고 위원회에게서 또 다른 홀에 캐스케이드 열 개, 그러니까 기계 1,700대를 조립해도 된다는 허가를 받았어요. C홀은 기술적인 경이로 고도로 정밀하게 설계됐어요. 거기로 새 기계들을 들여왔어요. 최고의 성능을 가진 기계들과 일류 기술자들을 모아서 생산량이 꾸준한 캐스케이드를 만들어서 관리하는 게 목표죠." 도미니카는 그 말을 네이트에게 다시 전했다.

"그 이유를 물어봐요." 네이트가 도미니카에게 러시아어로 말했다.

잠쉬디는 스카치를 또 한 모금 마셨다. "우리는 우리가 만든 농축 우라늄 20퍼센트에다 지금까지 비축한 양을 포함해서 90퍼센트로 늘려보려고 시도 중이요. 그걸로 무기를 한 개밖에 못 만들더라도. C홀이 완공되면 생산에 박차를 가할 겁니다. 업계 용어로 말하자면, 무기급 우라늄을 만들 수 있게 생산 경주를 시작하는 거요." 그는 고개를 들어 염소수염이 난 턱으로 도미니카에게 턱짓을 했다. "온 세계가 우리 시설들을 사찰하고, 텔아비브와 워싱턴과 런던에서 이란이 핵무기 프로그램에서 성공하는 데 몇 달 몇 년이 걸릴지 계산하는 동안, 나 잠쉬디가 C홀에서 단시간에 무기 하나, 어쩌면 두 개를 만들기에 충분한 원료를 만들어 낼 거란 말이요. 알라신이 허락하신다면." 도미니카는 네이트를 위해 통역했다. 그녀의 목소리에서 불안해하면서 자제력을 잃지 않으려고 하는 느낌이 풍겼다.

"그 경주란 건 언제 시작한대요?" 네이트가 도미니카에게 물었다.

'이 정보는 정보부를 뒤흔들어 놓을 거야. 백악관과 의회 정치가들은 오줌을 지리면서 미친 듯이 그 결과를 계산하게 되겠지.' 네이트는 생각했다.

"그 캐스케이드 제작 경주는 여러 단계로 나눠서 테스트할 거요. 1단계, 2단계, 3단계로. 우리는 새 기계들이 온라인으로 작동되는 동안 개별적인 성능과 특징들을 평가하고 일정 기간 동안 피크 시간대에도 모두 최대한 효율적으로 작동할 수 있는지 여부도 판단할 겁니다. 홀이 완공된 후 테스트하는 데 한두 달 정도 소요되겠죠."

"지금 각 기계의 성능 테스트 수치를 가지고 있는지 물어봐요." 네이트가 말했다. 그는 라인 X의 요구 사항들이 적힌 리스트를 밑에까지 죽 훑어봤다. "여기에는 분리 작업 단위, 다시 말해 SWUs로 분류해놨는데."

"지금 당장은 기억나는 게 없어요." 잠쉬디가 말했다. '웬 개소리냐, 과학자(이란인이건 미국인이건)가 숫자를 기억할 수 없다는 게 말이 돼?' 네이트는 생각했다.

"박사." 도미니카는 독기가 뚝뚝 떨어지는 목소리로 말했다. "대략 추정치를 말해볼 수 있나요?"

잠쉬디는 도미니카와 네이트를 모두 바라봤다. 잠쉬디의 얼굴이 어둡고 얼룩덜룩했다. 그는 자신의 서류 가방을 열고 얇은 노트북을 꺼내서 테이블 위에 올려놓고 노트북을 열었다. "내 파일에 수치가 몇 개 있을지도 몰라요." 노트북의 전원이 켜지면서 희미하게 윙 소리가 났다.

'저 하드 드라이브에 또 뭐가 있을지 궁금하군. 분명 저기에 알짜배기가 잔뜩 들어 있을 텐데. 좀 까다로운 묘기를 시도해볼 때가 됐군.' 네이트는 생각했다. 도미니카도 모르지만 그가 앉아 있는 의자 등에 걸린 택배 기사들이 들고 다니는 스타일의 숄더백 속에서 탤론이 이 브리핑 장면 전체를 녹화하고 있었다. 랭글리는 그 정보, 목소리, 러시아의 요구 사항, 스패로우, 심지어 정보원인 디바가 얼마나 정보원을 잘 다루는지까지 죄다 알고 싶어 했다. 네이트는 도미니카를 속인다는 것에 살짝 죄책감을 느꼈다. 특히 이 위장 브리핑은 그녀가 처음 낸 아이디어였기 때문에 더 그랬다. 하지만 이건 뭐, 일이니까.

네이트는 마치 펜을 찾는 것처럼 가방에 손을 넣어서 탤론의 기능 버튼을 누르고, 가방 끝부분이 잠쉬디의 노트북 쪽으로 향하도록 신경 써서 테이블 위에 놨다. 제대로만 해내면, 탤론이 가방 끝부분에 있는 IR 투명 아크릴 띠를 통해 적외선 링크로 그 노트북의 하드 드라이브에서 정보를 검색해 다운로드할 것이다. 아무것도 모르는 잠쉬디는 화면을 읽으면서 뭐라고 웅얼거리고 있었다.

"분리 작업 단위 값을 모아야 하는데. 이 파일에는 그 수치들이 요약된 게 없네요." 잠쉬디는 재빨리 말했는데 별로 미덥지 않은 말이었다. '괜찮아, 친구. 우리가 이미 챙겼어.' 네이트는 생각했다.

"그럼 다음에 줘요. 잊어버리는 건 아니겠죠, 박사?" 도미니카가 말했다.

잠쉬디는 고개를 흔들었다.

"물론 안 잊겠죠. 하지만 내가 다시 물어볼게요. C홀의 온라인은 언제 작동되죠?" 도미니카가 물었다. 잠쉬디의 노란색 후광이 약해졌다 강해졌다 하고 있었다. '이 사람은 지금 갈등하고 있어. 정보를 하나씩 내놓을 때마다 육체적인 고통을 느끼고 있군.' 도미니카는 생각했다. 그들은 더 이상 그에게서 짜낼 수 없었다. 그는 지쳐가고 있었다. 그녀는 두 번째 브리핑에 대해 생각하기 시작했다.

"우리가 캐스케이드를 다 조립해서 테스트가 끝나지 않는 한 C홀은 운영하지 않을 거요. 그 1,700개의 기계들은 너무 중요하니까. 우리가 가진 최고의 조립품이요. 그리고 내진 바닥재를 만들 특화된 바닥 구조 장비도 구입해야 하고." 잠쉬디가 말했다. 도미니카가 통역했다.

"자세한 내용을 물어봐요." 네이트가 도미니카에게 말했다.

"우린 이제 고작 1단계에 들어갔어요. 우리 AEOI(이란 원자력에너지기구-옮긴이) 조달 에이전트가 업계 공급자들을 알아보고 있어요." 네이트가 그때 도미니카를 쳐다볼 뻔했는데 도미니카가 그를 힐끗 봤다.

"그 AEOI 에이전트들이 누구죠? 업계 공급업자들은 어떤 나라들이고? 얼마나 걸리고?" 도미니카가 물었다. 잠쉬디는 갑자기 노트북을 탁 닫아 버렸다.

"오늘 밤은 그만합시다. 당신이 요구한 정보를 수집하려면 노트들도 더 모아야 하고." 잠쉬디가 말했다. '대답은 안 하고 시간을 끌어보겠다 이건데, 오늘은 이 정도로 봐주지.' 도미니카는 생각했다. 그녀는 네이트를 보고 고개를 끄덕였다. 정보원과 타협해가면서 작전을 운영하는 일은 극히 민감한 데다 와해되기 쉬운데 특히 초기 단계가 그렇다. 오늘 밤은 더 이상 그를 혼내지 않을 것이다. 네이트도 고개를 끄덕였다. 이만하면 정보는 많이 확보했다.

"좋아요, 박사. 앞으로 바닥재 장비를 조달하는 정보를 구체적으로 부탁드립니다. 이 아파트에서 같은 시간에 일주일 후에 봐요. 그게 편하시겠어요?" 도미니카가 말했다.

잠쉬디는 얼굴을 찌푸리더니 중얼거렸다. "그런 것 같군." 그러더니 서류 가방에 노트북을 쑤셔 넣고 소파에서 일어섰다. 그가 문으로 가는 동안 네이트와 도미니카는 계속 앉아 있었다. 경의나 존경을 표하지 않고 계속 그의 기를 죽여 놔야 한다.

때맞춰 우드란카가 침실에서 나와서 잠쉬디가 코트를 입는 걸 도와줬다. 문간에서 네이트와 도미니카는 그녀의 낮은 음색과 섹시한 벨벳 같은 웃음소리를 들었다. 그녀는 그에게 달콤한 프랑스어로 내일 밤에 보자고 하면서 이 끔찍한 일은 다 잊어버리게 해주겠다고 말하고 있었다. 내일 그가 좋아하는 게임을 해보자고, 좋죠? 더 큰 웃음소리가 나더니 속삭이는 소리가 들렸다. 잠쉬디가 잘 자라는 인사를 하고 아파트 문이 닫히는 소리가 들렸다. 우드란카가 하이힐을 딸각거리며 거실로 다시 돌아왔다. 그녀는 스카치를 잔뜩 따르더니 오랫동안 입을 떼지 않고 단숨에 비웠다. 그리고 구두 한 짝을 벗고, 나머진 벗어서 던져버리고 맨발로 무표정하게 그들 앞에 섰다. 모델처럼 한쪽 엉덩이를 낮춘 채 길고 날씬한 다리를 보이며 말이다. 그녀가 굴뚝이었다면 지금 거기서 연기가 펄펄 솟아나고 있었을 것이다.

"맞혀 봐." 우드란카가 네이트와 도미니카에게 말했다. 둘이 고개를 들어 그녀를 봤다.

"저 자식이 오늘 밤에 다시 오고 싶대, 밤늦게. 이게 상상이나 돼?"

"우라늄 농축하는 이야기에 흥분했나 봐." 도미니카가 말했다.

이란의 건포도 케이크

밀가루와 설탕과 녹인 버터와 식물성 기름과 계란 몇 개를 잘 섞는다. 거기에 따뜻한 물에 희석시킨 사프란(사프란 꽃으로 만든 식품 착색용 약물—옮긴이)과 건포도와 바닐라 에센스를 넣어 다시 잘 섞는다. 모조 양피지 위에 반죽을 한 덩어리씩 놓는다. 팬에 올려서 중온으로 맞춘 오븐에 넣고 갈색빛을 띨 때까지 굽는다.

8

도미니카는 다음 날 아침 모스크바로 갔고, 네이트는 같은 날 오후에 아테네로 날아갔다. 그다음 날 아테네 지부에 온 확산 부서 소속 세 명의 분석가가(27살이 최고령이었다) 잠쉬디의 노트북에서 성공적으로 내려받은 자료와 통역된 브리핑 기록을 검토했다. 게이블과 포사이스와 네이트는 방음실에 있는 테이블 한쪽에 앉아 그들이 1차 판독한 자료 내용을 들었다.

"이 자료 중 일부는 곧바로 대통령의 일일 보고에 들어갑니다." 웨스트폴이란 분석가가 말했다. 그는 정확히 3초에 한 번씩 침을 삼켰는데 그때마다 그의 후골이 깐닥거렸다. "여기 정보가 아주 많네요. 완성도, 농축률, 공급 원료 번호 등등. 분명 대통령 일일 보고에 제일 먼저 들어가겠어요. 그 사람 노트북에서 내려받은 자료가 끝내줘요."

"C홀의 생산 경주에 대한 정보는 워싱턴에서 텔아비브까지 지금껏 내린 평가 내용을 대대적으로 흔들어놓을 겁니다. 이스라엘인들은 기뻐할 거예요. 이걸로 자신들의 추정이 맞다는 게 입증됐으니까." 반즈라는 이름의 또 다른 분석가가 말했다. 그의 셔츠 주머니 밖으로 초코 바 포장지가 튀어나와 있었다. 그는 안경을 코 위로 밀어 올렸다.

"다음 주 미팅에 대비해 후속 정보 요구 사항들을 정리했어요." 세 번째 여자 분석가가 끊임없이 볼펜 꽁지를 찰칵찰칵 누르면서 말했다. 이름이 브롬리인 그녀는 빨간 머리에 눈은 초록색이었다. '저 성인용 치아 교정기만 없었으면 예쁜 얼굴인데.' 네이트는 생각했다. 그녀의 얼굴에 땀이 흘러 반짝거렸다. 게이블이 그녀를 노려봤다.

"제발 그 펜 좀 그만 찰각거릴 수 없어? 그러다 펜 폭발하겠어." 게이블이 말했다.

"죄송해요." 얼굴이 빨개진 브롬리가 말했다.

그녀 옆에서 웨스트폴이 침을 꿀깍 삼키더니 말했다. "밀실 공포증."

"뭐라고?" 게이블이 말했다.

"밀폐된 공간에 있는 게 두려운 거요." 반즈가 대답했다.

"밀실 공포증이 뭔지 나도 알아." 게이블이 말했다.

"브롬리는 닫힌 방에 있는 걸 좋아하지 않아요." 웨스트폴이 방음실의 투명 합성수지 벽을 보면서 말했다. "이 방에 있으니까 불안해서 그러는 거예요." 브롬리는 다시 펜을 잡았지만 게이블의 눈빛을 보고 멈췄다.

"비행기 화장실은 어떤데?" 게이블이 브롬리를 보면서 말했다.

분석가 셋 모두 고개를 흔들었다. "절대 안 돼요." 브롬리가 말했다.

"그럼 비행기 마일리지는 포기해야겠군." 게이블이 말했다. 세 분석가가 서로 얼굴을 봤다.

"신경 쓰지 마." 게이블이 말했다.

포사이스가 종이를 바스락거렸다. "네이트가 물어볼 공급자에 대한 가장 중요한 질문들에다 강조 표시를 좀 해주겠어? 여기서 빠진 건 없나?"

"캐스케이드에 들어 있는 1,700개의 기계들의 신뢰도. 그게 관건입니다. 성능 테스트 결과들도요." 반즈가 말했다.

"일단 캐스케이드 가동이 시작되면 농축률 그래프도 필요하겠죠." 웨스트폴이 말했다.

"그럴 수 있지." 반즈가 동의했다. "하지만 분리 작업 단위 값도 잊으면 안 됩니다." 네이트는 옆에 앉아 있는 게이블이 금방이라도 폭발할 듯한 분위기를 감지했다.

"젠장, 좀 알아듣게 말을 해봐." 게이블이 말했다.

웨스트폴이 똑바로 앉아서 침을 꿀꺽 삼켰다. "원심분리기 캐스케이드를 1.8미터 높이의 튜브들이 빽빽이 찬 숲이라고 생각해보세요. 거기 수천 개의 튜브가 있어요. 각각의 원심분리기는 케이스에 들어 있는데, 그 안에서 1분당 1만 7천 번 회전합니다. 완벽한 균형 상태에서 돌아가는 거죠. 거기에 기체 상태의 방사성 공급 원료를 펌프로 주입합니다. 그러면 원심력에 의해 더 가벼운 우라늄 235가 분리되는데, 그걸 뽑아내서 그다음 라인에 있는 원심분리기로 보냅니다. 그 공정을 계속해서 정제하는 겁니다. 우라늄 235의 순도가 높을수록 농축률이 높아집니다. 커다란 캐스케이드 안에서 우라늄 농축 비율이 2퍼센트, 20퍼센트, 80퍼센트 이렇게 계속 올라갑니다. 90퍼센트 농축된 것이 무기급으로, 장치에 넣어서 사용될 수 있는 물질이 되는 겁니다."

"장치라니. 핵무기 같은 거 말이야?" 게이블이 말했다.

반즈가 고개를 끄덕였다. "이 공정은 전체적으로는 조금 더 복잡해요. 거기에 우라늄 헥사플로라이드와 우라늄 238과 그리고……"

게이블이 손을 들어 올렸다. "그만. 필요한 건 다 알았어."

"그러니까 이 신개발, 잠쉬디가 개발한 이 은밀한 C홀의 중요한 점은 그 캐스케이드가 감당할 수 있는 농축 비율이라 이거지?" 포사이스가 말했다.

"아니요." 브롬리가 몸을 앞으로 기울이면서 말했다. 그녀는 밀실 공포증은 잊은 것처럼 보였다. "거기에 특별한 게 있어요. 그들은 그 C홀을 다른 홀들과 다르게 짓고 있어요." 다른 두 분석가가 그녀를 보고 고개를 끄덕였다.

"그 사람이 설계를 아주 잘했다는 말을 했어요." 반즈가 말했다.

"그 사람은 C홀이 믿을 수 있고, 생산과정에 차질이 없기를 바라고 있어요. 브리핑 과정에서 나온 말을 보면 거기에 지진에 반응하는 내진 바닥재도 들어가 있었어요."

"그게 뭡니까?" 네이트가 물었다.

분석가들은 네이트가 마치 비디오 게임이 뭐냐고 물어본 것처럼 빙그레 미소를 지으며 서로 얼굴을 봤다.

"캐스케이드 홀 바닥은 완벽하게 수평을 이뤄 평평해야 해요. 그리고 캐스케이드는 지진이 일어날 때 발생하는 진동으로부터 격리돼야 하고요." 브롬리가 말했다.

"나탄즈는 지진대에 있어요." 반즈가 말했다.

"카제룬 단층 지대죠. 우리가 조사했어요." 웨스트폴이 말했다.

"거긴 주향 이동 단층 지대예요. 그 말은……" 브롬리가 말했다.

게이블이 손을 들어올렸다. "자네들 체리 파이 조리법 알아?" 세 분석가는 서로 얼굴을 보며 확인하고 나서 모두 고개를 저었다.

"계속해." 게이블이 말했다.

"잠쉬디의 노트북에서 내려받은 데이터를 읽고 우리는 내구성이 강하고 진동에 잘 반응하는 바닥재를 찾아봤어요." 브롬리가 네이트를 보며 말했다. "그건 아주 정교한 자재인데 주로 실험실이나 미사일 격납고, 정밀 기계 공장에서 사용해요."

"말해봐요." 네이트가 말했다.

"간단하게 말하면." 웨스트폴이 게이블을 곁눈질하면서 말했다.

"벌집 모양의 바다 밑에 압전기 변형 게이지로 조절하는 알루미늄 빔으로 제작한 뼈대를 깔아서 거기에다……"

게이블이 손가락으로 짧게 깎은 머리를 쓸어내렸다. "체리 파이, 여러분, 제발 좀 단순하게." 게이블이 말했다.

"컴퓨터된 센서들이 지면의 변동을 감지해서 1분 간격으로 그 알루미늄 빔들과 접합 부위들을 움직여서 바다을 수평으로 유지합니다. 서리 때문에 땅이 위로 올라가거나, 미세하게 땅이 흔들리거나 큰 지진이 발생하더라도 자동적으로 바다이 조절돼서 수평을 유지하는 거죠. C홀의 캐스케이드들은 계속 돌아가고요." 반즈가 설명했다.

"이란이 그런 바닥재를 구해서 설치하기까지 얼마나 걸릴까?" 포사이스가 물었다.

"운에 달렸죠. 그 이란인들이 어디서 쇼핑하고 있는지 알아내야 합니다. 그들은 조달하러 다니는 걸 아주 능숙하게 숨기죠. 그리고 그들이 바닥재를 구입하는 회사를 알아내야 합니다." 브롬리는 펜을 찰칵거리면서 생각에 잠겼다. "아마 그걸 만드는 공장에서 먼저 조립해서 테스트한 다음에 다시 분해해서 포장해 선적하겠죠."

네이트는 디바가 그들이 필요한 걸 알아내야 할 거란 생각을 하면서 게이블을 봤다. "그 적하물 크기가 얼마나 되지?"

"그건 배로 보내야 해요. C홀은 7,400제곱미터예요. 테니스 코트를 스물다섯 개 합친 정도의 크기죠. 바닥재, 빔, 센서, 배선. 그걸 다 포장하려

면 어마어마할걸요. 근데 부피는 크지만 그렇게 무겁지는 않아요." 브롬리
가 말했다.

"좋아, 그러니까 이란인들을 위해 바닥재를 만드는 회사를 찾아야겠군.
그다음엔 뭘 하지?" 포사이스가 말했다.

"우리가 그걸 쿡쿡 찌르는 거죠." 브롬리는 즐거운 표정으로 동료들을
보며 말했다. 반즈에게서 소리를 죽인 웃음소리가 튀어나왔다.

"지금 대체 무슨 소리를 하고 있는 거야?" 게이블이 말했다.

"우리가 그것들을 찌른다고요." 브롬리가 킬킬 웃으며 말했다. "찌른다
는 게 뭐냐고요. 그러니까 확산 부서? 아니면 총괄 부서?"

"이건 우리 부서에서 하는 농담이에요." 웨스트폴이 말했다. 그의 얼굴
이 빨개져 있었다.

게이블이 오만상을 찡그렸다.

"그게 무슨 말이냐 하면 우리가 공장이나 창고에 포장해놓은 화물에
가서 그게 이란에 도착하기 전에 바꿔놓는 겁니다. 그걸 찌른다고 하는 거
죠." 브롬리가 씩 웃었다. 그녀는 활짝 미소 지었다.

"바꾼다는 게 정확히 무슨 뜻이지?" 포사이스가 말했다.

"그건 상당히 기술적인 건데요. 우린 좀 복잡한 방법을 생각 중이에요."
브롬리가 말했다.

게이블이 몸을 앞으로 기울였다. "이봐, 세상엔 세 종류의 사람이 있어.
수학을 잘하는 사람과 그렇지 못한 사람. 그러니까 간단하게 말해." 네이
트는 이 전문가들이 게이블에게 나머지 한 사람은 뭐냐고 물어보고 싶어
죽겠는 표정을 짓는 걸 지켜봤다. 게이블은 대화하는 상대가 얼마나 머리
가 좋은지 보려고 요원들이 쓰는 오래된 속임수를 쓰고 있었다.

"세 번째는 어떤 사람들인데요?" 반즈가 물었다. 브롬리가 그의 팔에 한 손을 대면서 고개를 흔들었다.

"있죠. 이란인들은 1980년대 후반 이후로 영리해졌어요. 그들은 서구에서 컴퓨터를 구입하던 걸 중단했죠. 그리고 밖에서 수입한 물건은 몽땅 검사합니다. 자기들이 국내에서 만들 수 없는 건 몰래 구해오죠." 브롬리가 말했다. 그녀는 게이블이 째려보는 것도 모르고 다시 볼펜을 찰각거리고 있었다.

게이블의 머리 위쪽 벽에 시선을 고정시킨 브롬리의 눈빛이 게슴츠레해졌다. "그들은 모든 걸 아주 깊은 곳에 보관하고 있어요. 폭탄이 터져도 끄떡없고, 위성이나 다른 무선 지령에도 아무 영향을 받지 않게 말이죠. C홀은 그 방폭 문 뒤에 있고, 그 홀 안의 공기는 필터를 거쳐서 여과되고 온도도 조절되고 있어요. 1,700개의 원심분리기가 윙 소리를 내며 돌아가고 있고, 농축된 우라늄이 파이프들을 통해 흘러가죠. 이 모든 게 알루미늄 바닥 위에 있는데 그 바닥은 살아 있는 생물처럼 아주 미세하게 움직이면서 자리를 계속 바꿔서 캐스케이드를 수평으로 유지하고 있어요. 그들은 핵무기를 제작하고 있죠." 그녀는 그렇게 말하다 살짝 몸을 떨더니 게이블을 보고 눈을 깜박거렸다. "그들은 핵무기를 만들고 있다고요."

게이블의 눈이 가늘어졌다. "현실로 돌아온 걸 환영해. 잘 다녀왔어?" 그가 말했다. 브롬리가 그를 빤히 바라봤다.

"무슨 소린지 알았어. 하지만 자네들이 염두에 둔 건 뭐야?" 포사이스가 말했다.

웨스트폴이 또 두어 번 침을 삼켰다. "아직 논의 중이긴 하지만 우린 그 바닥 밑에 까는 알루미늄 몇 개를 우리 것과 바꿀 생각을 하고 있어요. 포장이 다 끝나기 전에 공장에서 바꾸고 싶어요."

"빔을 몇 개나 바꾼다는 거지?" 네이트가 그 창고로 들어갈 방법을 궁리하면서 물었다.

"계산을 해봐야 해요. 아마 수천 개 중에 100개 정도. 그런 바닥이면 빔한 개 길이가 1.2미터 정도 되고 아주 가벼워요." 웨스트폴이 말했다.

"그러니까 우리가 그 빔 가운데를 톱으로 살짝 썰어서 보내면, 그 빔들이 이란으로 가서 휘어져서 바닥을 망가뜨린다는 거야?" 게이블이 말했다.

웨스트폴이 고개를 흔들었다. "이란인들은 모든 부품, 모든 부속품, 모든 센서를 다 검사할 거예요. 엑스레이로도 보고, 분광기로도 검사하고, 무게도 비교해볼 거고. 우리가 바꿀 빔들은 정확히 똑같아야 해요." 그의 표정은 빔을 톱질하는 건 솔직히 말해서 상당히 원시적이라고, 그러니까 게이블처럼 원시적이란 표정이었다.

"자네들하고 이야기하는 건 유르트(몽골, 시베리아 유목민들의 전통 천막-옮긴이)에서 위구르족과 면담하는 것 같군." 게이블이 말했다. 그는 실제로 유르트에서 위구르족과 면담한 적이 있었다. "바꿔치기할 빔에 대해 앞으로 40분 안에 이야기할 수 있어?"

반즈는 종이 위에 뭔가 끼적거리고 있었다. "우린 그 대체 빔을 혼합물로 만들 생각이에요. 알루미늄과 스칸듐과 백린을 섞어서 공장에서 제조되는 빔과 같은 무게로 만드는 거죠. 스칸듐은 원래 빔과 똑같은 밀도가 나오게 하는 역할을 하고, 백린으로는 불을 내는 거죠."

"윌리 피트(백린과 같은 말-옮긴이)?" 게이블이 조용히 말했다. 그는 라오스에서 백린을 쓰는 걸 본 적이 있었다.

반즈는 계속 끼적거렸다. "백린은 발화점이 아주 낮아요. 섭씨 30도 정도에서 불이 붙지만 5,000도로 타오르죠." 그는 테이블 주위를 둘러봤다. "알루미늄은 4,500도까지 타고. 그게 백린을 연소시키는 연료가 될 겁니다."

"그러려면 아주 긴 퓨즈가 있어야 할 것 같은데." 게이블이 말했다.

"스칸듐이 백린의 발화점을 더 안전한 수준으로 올릴 거예요, 약 200도 정도. 하지만 그 빔들은 외부 지시 없이 연소될 겁니다. 타이머도 없고, 소프트웨어도 없고, TOW 스위치도 없고."

"TOW 스위치?" 네이트가 물었다.

"전시(Time of War) 스위치 말이야, 이 바보야." 게이블이 말했다. 그게 그가 아는 유일한 것이었다.

"그래서 이란인들이 그걸 검사한 후에 바닥을 깔면 불이 붙는 거야?" 포사이스가 물었다.

"S파 지진. 그게 신의 기폭 장치죠." 반즈가 말했다.

"더 간단하게." 게이블이 말했다.

웨스트폴의 미소가 찌그러졌다. "우린 그동안 지진에 대한 자료들도 읽었어요. 지진의 충격파는 깊은 곳에서 일어나는 P파이거나 표면에서 일어나는 S파예요. 둘 다 지진이 발생할 때 일어나지만 진짜 땅을 크게 흔드는 건 S파예요." 그는 종이 위에 구불구불한 선을 그리고 있는 반즈를 봤다. "지각 운동을 감지하는 스트레인 게이지는 기본적으로 전기 변환기예요. S파가 오면 그 기기들에 불꽃이 튀게 되고 평소에는 땅의 움직임에 반응을 보이는 바닥재 일부에 전기를 발생시키죠. 하지만 우리가 바꿔치기할 혼합물 빔들, 바로 거기서 불꽃들이 백린을 발화시키게 됩니다. 그때 다른 알루미늄 빔들이 다 연료로 변하는데 거기에 원심분리기 회전자와 회전

170

부를 보호하는 케이싱까지 다 연료가 되는 거죠."

"구조물에 들어가는 철, 배선, 파이프, 콘크리트, 책상, 의자…… 그리고 거기 있는 사람들 모두 연료가 되는 거죠." 반즈가 펜을 내려놓고 말했다.

한동안 아무도 입을 열지 않았다. "자네들은 어떻게 이런 아이디어를 생각해냈지?" 포사이스가 말했다.

분석가들이 서로 얼굴을 마주봤다. "기본적으로 쟤 아이디어예요." 웨스트폴이 브롬리를 보면서 말했다.

"결론은 C홀 내부가 잭슨 폴락(미국의 추상표현주의 화가—옮긴이)처럼 된다는 거네요." 네이트가 말했다.

"잭슨 누구요?" 브롬리가 말했다.

"아, 왜 있잖아. 에너지 부서의 핵무기 담당자." 반즈가 말했다.

"그건 존슨이지. 잭슨이 아니라." 브롬리가 말했다.

"그건 상관없어, 여러분." 포사이스가 미소를 지으며 말했다.

"난 나탄즈의 울타리 안에 너희들 셋을 떨어뜨리는 데 한 표 던지겠어. 이란은 3분 만에 항복할 거야." 게이블이 말했다. 분석가들은 이 걸걸한 현장 요원의 칭찬에 기뻐하는 표정이었다.

게이블이 네이트를 봤다. "이게 얼마나 중요한 일인지 알겠지? 이란의 핵 프로그램이란 말이야. 1년 안에 폭탄을 만들 고농축 우라늄이 생길 수 있단 말이야. 그 염소수염 인간에게 이 장비를 어디서 살 건지 꼭 알아내. 바로 그 정보가 필요해."

네이트는 고개를 끄덕였다.

반즈는 주머니에서 초코 바를 꺼내서, 포장지를 벗겨 한입 물었다. 게이블이 테이블 맞은편에서 그를 봤다.

"셋 다 아주 잘했어. 그거 한 조각 줘."

본부에서 시몬 벤포드가 그 특유의 문체로 초안을 잡은 메시지가 아테네 지부로 왔다. 정보부의 한 분석가가 '빅토리아 여왕 시대 분위기가 물씬 풍기는 소설'이라고 묘사한 스타일의 메시지는 확산 부서 분석가들이 워싱턴으로 돌아온 며칠 후에 도착했다.

1. 이란 과학자 잠쉬디의 중대한 최초 브리핑을 마친 아테네 지부와 네이트 요원에게 찬사를 보냄. 나탄즈 핵 시설과 신속한 원심분리기 프로젝트에 대한 AEOI 계획에 대한 정보는 고위급 정책 입안자들에게 브리핑함.

2. 이란 핵 시설 공장 건설 시간표를 알아내고 미정인 내진 바닥재의 구매 정보가 들어오는 대로 보고할 것. 비밀 작전 수행 가능성을 조사 중이며, 거기 쓸 수 있는 기술도 검토 중임. 비밀 작전 프로젝트 암호명은 불카누스이며 기밀 관리 채널로 이관.

3. 본부는 디바 요원의 연락 재개에 매우 기쁨. 디바 요원의 조심성과 주도적으로 불카누스 작전 가능성을 인식한 점은 탁월했음. 디바 요원이 러시아의 고위급 정치가들의 계획과 의도를 보고하는 것은 극히 중요한 사안이므로 그 요원의 신변 안위에 각별히 노력할 것.

4. 디바가 입수하게 될 러시아 거물들의 결정과 행동 같은 촌각을 다투는 정보를 주고받을 정보원을 모스크바 내부에서 관리할 필요가 있음. 디바 요원이 다음 한 주간 유럽에 계속 머무르는 점을 감안, 아테네 지부는 비엔나의 안가에서 정보원과 담당 요원들의 만남을 이틀 내로 요청할 것. 비엔나 지부에 지원 요청할 것.

비엔나에서 모스크바로 돌아오고 사흘 뒤에 도미니카는 루블레보 우스펜스코예 고속도로를 세차게 달려 모스크바를 벗어나는 관용 메르세데스에 타고 있었다. 주가노프가 뒷좌석의 플러시 천 좌석에 그녀와 나란히 앉아서 분노와 증오에서 나오는 그을음처럼 검은 구름으로 차 실내를 가득 채우고 있었다. 그가 그렇게 작지만 않았어도 의자 덮개를 불태울 것처럼 뭉게뭉게 피어오르는 그 검은 구름이 차창 밖으로 소용돌이치고 있었을 것이다.

잠쉬디와의 미팅에 대해 도미니카가 제출한 1차 보고서를 과학 부서인 라인 X가 열광적으로 받은 후에, 중요한 부분은 강조 표시를 해서 크렘린, 국방부, 로스아톰(러시아 국영 원자력공사-옮긴이)으로 보냈다. 그 브리핑에 대한 녹음은 하지 않았다. 노련한 현장 요원은 새 정보원에게 녹음기를(그게 숨겨진 것이든 아니든) 들이대서 겁을 주지 않는 법이다. 도미니카가 직접 그 결과를 제출해야 했다. 크렘린의 거물들(장관들, 장군들, 관료들)은 모두 파란 눈의 스파이에게 홀딱 반해버렸다. 그녀는 화제의 인물이 되었다.

주가노프 혼자 속을 부글부글 끓이는 동안 도미니카는 국장의 사무실에 여러 번 불려갔는데 한번은 그녀만 혼자 가기도 했다. 그러더니 이렇게 대통령 비서실에서 호출이 온 것이다. '주가노프도 불러서 다행이야.' 도미니카는 생각했다. 그녀는 난쟁이의 분노가 마치 양털에 싼 뜨거운 벽돌처럼 연기를 모락모락 피우고 있는 걸 느낄 수 있었다.

귀가 빨갛고 농장에서 일하는 일꾼처럼 생긴 운전기사가 모는 차는 바르비카란 마을에서 루블툡카를 빠져나와, 유명한 요양원의 철문을 지나 먼지를 일으키며 호숫가 옆에 있는 시골 도로를 달렸다. 나무들 사이에 있는 수많은 목재 다차(러시아의 도시 근교에 있는 텃밭이 딸린 별장-옮긴이)들을 지나, 마침내 대통령의 여름 별장 중 하나인 바르비카 성의 정문 관리실을 향해 가며 속도를 줄였다.

좀 더 나무가 무성한 길을 천천히 달려가자 핑크색 돌로 포장한 도로가 숲에서 나왔다. 거기서 분수가 하나 있는 작은 정원의 가장자리를 둘러 갔다. 가는 안개비에 젖은 원뿔 모양의 회색 탑들로 이뤄진 성은 어두워 보였다. 성이라기보다는 대저택 같다고 도미니카가 생각하는 사이에 차가 한 탑의 입구에 멈췄다. 흰 코트를 입은 집사가 계단 맨 위에서 기다리고 있었다. 앞쪽 진입로에 검은 차들이 대여섯 대 정도 서 있었다. 메르세데스들, BMW들, 상어 코처럼 생긴 페라리 한 대. 주가노프는 호들갑을 떨면서 차에서 나와 도미니카에게 서두르라고 괜히 성질을 부리며 계단을 올라갔다. 그의 검은 거품이 흥분해서 고동치고 있었다.

그 난쟁이는 곱사등을 숨기려고 맞춘 것처럼 보이는, 몸에 잘 맞지도 않는 갈색 양복을 입고 있었다. 크림색 셔츠에 대충 맨 갈색 넥타이, 갈색 구두까지 신으니 고슴도치 같은 패션이 완성됐다. 도미니카는 갈색 옷을 입고 오지 않아서 다행이라고 생각했다. 그녀는 짙은 파란색 정장에 안전하게 낮은 굽을 신었다. '설마 크로케(잔디 구장 위에서 나무망치로 나무 공을 치며 하는 구기 종목―옮긴이)를 하자고 하진 않겠지.' 그녀는 생각했다. 평소 하던 대로 머리는 올렸다. 그녀가 찬 유일한 장신구는 가느다란 검은색 밴드가 달린 손목시계였다.

그들은 걸을 때마다 삐걱삐걱 소리가 나는 고풍스러운 쪽모이 세공 마루를 지나, 환한 조명이 비치는 홀을 통해 작은 응접실로 들어갔다. 환상적인 카샨 카펫, 크리스털 샹들리에, 목재 벽 패널과 크고 둥그런 팔걸이가 달리고 금실이 들어간 진한 초록색 양단으로 덮개를 씌운 묵직한 안락의자들이 있는 극히 호화로운 방이었다. '나쁜 새끼들, 현대 러시아를 물려받은 인간들이 여전히 황제처럼 해놓고 사는구나.' 도미니카는 생각했다. 보좌관은 복도로 통하는 문을 열어놓고 둘만 놔두고 나갔다. 근처에서 또 다른 문이 열리는 소리가 났고, 남자들의 웅성거리는 목소리가 흘러들어왔고, 복도를 가득 채운 발소리도 들렸다. 그때 푸틴 대통령이 방에 들어왔고 이어서 명주실로 짠 비단 양복을 입은 키 작은 남자가 따라 들어왔다. 대통령은 평소대로 검은 양복에, 눈이 부시게 흰 셔츠 위에 초록빛이 도는 청색 넥타이를 맨 차림이었다.

"주가노프 대령, 예고로바 대위." 대통령이 그들과 악수를 하며 말했다. 여전히 얼음처럼 차갑고 파란 아우라가 감돌았다. 차분하면서도 극적인 성격이었다. 옆에 있는 남자는 소개하지 않았다. 그는 아래턱이 발달했고, 매부리코에, 검은 눈썹에, 회색 머리는 구불구불했다. 예순 살 정도로 보였고, 완벽하게 재단한 크림색 양복이 툭 튀어나온 배를 거의 다 가려주고 있었다. 그는 머리와 어깨 주위에 얇은 노란색 망토를 두른 채 대통령 옆에 조용히 서서 뒷짐을 지고 있었다. 거짓, 탐욕, 폭식.

"이란인과 한 브리핑에 대한 당신의 보고서는 읽었어요. 첫 미팅치고 아주 좋았어요." 푸틴이 도미니카에게 말했다. 도미니카는 주가노프가 뒤에서 발끈하는 걸 느낄 수 있었다.

"고맙습니다, 대통령 각하. 그 과학자에게서 정보를 빼내는 데 주가노프 대령님의 작전 지도가 아주 큰 역할을 했습니다." 그녀는 주가노프를 보지 않았다.

"분명 그랬겠죠." 대통령은 주가노프가 있는 쪽을 흘깃 보며 말했다.

"이란인들의 원심분리기 홀에 쓸 특수 바닥재 문제에 대해 그 과학자와 계속 논의해주기 바랍니다."

"오늘 현재 그 작전이 최고 우선순위에 있습니다. 대통령 각하." 주가노프가 한 발 앞으로 나오면서 말했다. 도미니카는 대통령이 왜 순수한 첩보작전에 이렇게 직접 개입하는지 궁금했고, 무엇보다 왜 낯선 사람 앞에서 이렇게 작전의 세부적인 내용을 이야기하는지 그게 더 궁금했다. 하지만 대통령에게 질문을 한다는 건 상상할 수도 없는 일이다. 보아하니 주가노프는 외부인 앞에서 그런 이야기를 하는 것에 전혀 거리낌이 없어 보이지만.

"라인 KR에서 이란인들이 어떤 종류의 장비를 원하는지, 그들이 누구와 협상하고 있는지 알아내겠습니다." 난쟁이가 말했다.

"물론 그래야죠. 우린 그 조달 활동을 면밀히 검토하고 싶군요. 이란의 의도를 알아낼 수 있다면 아마도 러시아에 사업적인 기회가 있지 않을까요." 푸틴이 말했다.

'그런 속셈이었군.' 도미니카는 대번에 이해했다. 푸틴은 SVR 정보를 이용해서 그의 패거리들에게 대형 장비 거래를 따줄 속셈인 것이다. 그 거래액의 상당 액수가 십일조로 푸틴의 막대한 해외 계좌 중 하나로 흘러들어가겠지. 그의 파란 후광은 변함이 없었다. 그의 계산에 죄책감이란 요소는 들어오지 않는다.

"고보르마렌코 씨를 소개합니다." 푸틴이 키 작은 남자를 향해 반쯤 돌아서면서 말했다. "이분은 이스크라 에네르게티카 경영자입니다. 대령, 이분이 AEOI 대표들과 연락할 수 있도록 지원해드려요." 도미니카가 아는 이름이었다. 과거 레닌그라드 정당의 당수였고, 푸틴의 동지로, 지금은 그의 개인 자산 가치가 900억 루블에 달한다. 파리 양복, 런던 구두, 그리고 물론 얼룩진 팬티를 입고 있겠지. 그의 주위로 밀폐된 방에서 떠도는 담배 연기처럼 노란 안개가 떠다니고 있었다.

"물론입니다, 대통령 각하." 주가노프는 고보르마렌코를 향해 고개를 끄덕여 보이며 말했다. "모스크바에 있는 이란 정보부 대표를 통해 신속하게 연락할 수 있습니다. 거기에 제 개인적인 연줄이 있습니다."

"대령이 원하는 방식대로 처리하세요. 하지만 신속한 조치가 필요합니다." 푸틴이 말했다.

"죄송하지만, 대통령 각하. 고보르마렌코 씨가 정교한 건축 자재를 원하는 이란인들의 요구 조건을 충족시킬 시간은 별로 없을 것 같습니다. 그들은 지금 몹시 서두르고 있습니다." 도미니카가 말했다.

"고마워, 대위." 주가노프는 그렇게 말하면서 그녀와 대통령 사이에 들어와서 그녀를 가렸다. "분명 그런 판단은 모스크바에서 할 수 있을 거야."

"만약 그 이란인들을 만족시킬 시간이 없다면." 고보르마렌코가 도미니카를 보면서 말했다. "당신이라면 어떤 제안을 하겠습니까?" 그의 목소리는 걸걸하면서 뭔가 긁는 소리 같았다. 마치 보드카로 가득 찬 욕조에 수십 년간 퓨젤유를 부어 새긴 것 같은 목소리였다. 그녀 옆에 서 있던 주가노프의 몸이 뻣뻣해졌다. 이 사람은 그의 의뢰인인데. 그녀는 그의 검은 박쥐 날개가 펄럭거리는 걸 느낄 수 있었다.

그녀는 여자의 발가락 끝을 후려치면 더 많은 고통을 자아낼 수 있다는 걸 알아낸 이 작은 남자를 힐끗 봤다. 그의 얼굴은 이제 아첨꾼 특유의 절박함이 치밀어 땀에 젖어 있었다. 그녀는 코르치노이 암살에 그도 개입했다는 걸 알아챘다. 순간 도미니카는 그들을 봐주지 않기로 결심했다. 목에 차가운 기운이 솟구치는 걸 느끼면서 푸틴을 보며, 농노들끼리 하던 말을 해주던 할머니의 이야기가 기억났다. '아, 깜박 잊고 말을 안 했는데, 자네

아내가 지난봄에 죽었어. 너희들에게 재앙이 닥쳤어. 단지 너희들은 그걸 아직 모를 뿐이야.'

그녀는 숨을 한 번 들이쉬었다. "전 그저 이란인들이 러시아에서 그 장비가 제조되는 걸 기다리지 않을 거라는 말을 하는 겁니다. 만약 제가 이란인들이 어디서 그 장비를 조달하는지에 대한 정보를 빼낼 수 있다면, 러시아가 그들을 대신해 그 외국 장비를 사서 테헤란으로 이송할 수 있을 겁니다." 도미니카가 말했다. 그녀는 '이윤을 남기고'란 말은 덧붙이지 않았다. 주가노프는 그녀의 건방진 말에 화가 났다. 푸틴은 그가 동요하는 걸 보고 본능적으로 쐐기를 박으려고 했다.

"이란이 직접 사지 않고, 흠, 예를 들면 러시아를 통해 독일 장비를 산다면 그들에게 무슨 이득이 있지?" 그는 주가노프에게 돌아섰지만 주가노프가 대답을 주저하는 틈에 도미니카가 냉큼 나섰다.

"대통령 각하." 그녀가 즉석에서 생각나는 대로 말했다. "그 조달 거래 자체는 비밀에 붙일 수 있는데 이란인들은 그 점에 구미가 당길 겁니다. 그 장비는 이란에 대한 국제적인 제재와 금수 조치를 피해서 조용히 우회해서 보낼 수 있는데 이란인들로서는 비용을 두 배로 치르더라도 그게 가장 매력적인 요소죠. 그리고 러시아는, 그러니까 대통령 각하는, 이란에서 영향력을 얻게 되고 결과적으로 그 지역으로 영향력을 확장시킬 수 있습니다." 도미니카는 푸틴의 파란 후광이 바람개비처럼 돌아가는 걸 봤다. 러시아의 황제, 도전할 자 없는 군주, 그림자들의 토너먼트, 위대한 게임.

"있지, 바샤." 푸틴이 고보르마렌코에게 돌아서며 성이 아닌 그에게 친숙한 이름을 불렀다. "정보가 갖는 힘과 유용성은 정말 의심할 여지가 없다니까. 우리 첩보부는 독보적이야." 그는 돌아서서 그의 두 스파이를 봤다. "이제 어떤 접근 방법이 성과를 낼지 두고 봐야겠군. 주가노프와 당신이 공식적인 채널을 통해서 확보하느냐, 아니면 예고로바 대위가 은밀한 수단을 통해서 해낼 것이냐." 그는 도미니카에게 얼굴을 돌렸다. 그의 입가가 살짝 올라가면서 고개를 끄덕였다. 이 정도면 대통령으로서는 큰 칭찬이었다. 그녀는 주가노프의 숨소리가 거칠어지는 걸 들을 수 있었다.

이야기하는 내내 계속 서 있었는데 이제 푸틴이 화려한 테이블 주위에 있는 거대한 안락의자에 앉으라고 손짓했다. 종업원 하나가 크리스털 얼음 그릇과 잔 네 개와 보드카 한 병을 가져왔다. 반짝거리는 타프나드(블랙 올리브, 케이퍼, 엔초비에 올리브 오일을 넣고 갈아 만든 소스-옮긴이)를 위에 올린 토스트 쟁반도 옆에 뒀다. 고보르마렌코의 눈이 번쩍 빛나더니 재빨리 네 개의 잔에 보드카를 따르고 미래의 성공을 위해 건배하자고 제안했다. 보드카는 도미니카의 가슴속에서 타들어갔다. 고보르마렌코는 입속에 토스트를 사정없이 밀어 넣고 정력적으로 씹어댔다. 그는 도미니카에게 고개를 끄덕이면서, 빙그레 웃으며, 전체를 먹어보라고 권했다. 그래야 그가 또 먹을 수 있으니까 그랬겠지. 그의 치아 사이에 음식이 끼어 있었다. 진흙 바닥에 굴러다니던 촌놈이 신사인 척 하기는. 그녀는 손을 뻗어서, 토스트를 한 조각 집어 맛을 봤다. 진하면서 풍미가 있고 살짝 달콤한 맛도 나는 가지에 향신료도 조금 섞여 있었다.

그녀는 목재 패널을 두른 방의 크리스털 샹들리에 밑에 있는 이 남자들을 봤다. 이 순간 이 성은 푸틴의 패거리들, 러시아의 유산을 찬탈한 인간들로 가득 차 있었다. 대통령의 기준에 따라 선별된 그들은 자기들의 주머니와 뱃속을 채울 새로운 꿍꿍이들을 도모하기 위해 여기 모여 있는 반면 잘 상하는 음식들은(계란, 우유, 고기) 모스크바 밖으로 나가면 구하기도 힘들다. 서구에서는 어떤 생활을 할 수 있는지 그녀는 봤다.

대단한 모임이다. 고보르마렌코는 오줌처럼 노란 안개에 휩싸여 보드카를 꿀꺽꿀꺽 마시고 있고, 여자를 때리는 놈인 주가노프는 펄쩍펄쩍 뛰는 검은 베일을 쓰고 휘파람 소리를 기다리는 사냥개처럼 대통령만 빤히 보고 있다. 그리고 대통령은 안락의자에 느긋하게 앉아, 술은 손에도 안 대고, 눈꺼풀이 반쯤 감긴 눈으로 도미니카를 뚫어져라 보고 있었다. 파랗고 냉정한 그의 기운은 그 앞에 놓인 작은 유리잔에 든 보드카 같았다. 둘의 눈이 마주치자 또다시 그의 입가가 씰룩거렸다.

'그는 내가 이들을 어떻게 생각하는지 알고 있어.' 도미니카는 생각했다. '능력을 인정해주겠다는 약속을 대롱대롱 흔들어서 주가노프를 돌게 만드는 방법을 알고 있고, 자기가 지금 나와 내 상관에게 경쟁을 붙였다는 것도 알고 있고.' 혼란, 질투, 배신은 그가 애용하는 도구다.

찰나의 순간 크렘린의 커튼이 열렸다. 도미니카는 불현듯 맞은편 테이블 앞에 구부정하게 앉아 있는 금발에 파란 눈의 대통령이 포식자라는 걸 깨달았다. 그는 작고 털이 복슬복슬한 동물에게 독을 넣으려고 똬리를 틀고 도사리는 뱀과 같다. 그때 그 깨달음 위에 또 다른 깨달음이 겹쳐졌다. 푸틴은 샘이 많았다. 그는 다른 사람들이 가지고 있는 걸 원한다. 그리고 누군가에게서 뭔가를 뺏는 데서 큰 즐거움을 느낀다.

그녀가 CIA 정보원이 된 데는 여러 가지 이유가 있었다. 개인적인 선택이기도 하고, 복수도 하고, 가슴속에 품은 얼음 같은 비밀도 있고, 미국인들을 존경하고, 네이트에 대한 사랑도 있다. 그녀는 그러다 깜짝 놀라 생각을 멈췄다. '네이트에 대한 사랑?' 아무래도 그런 것 같았다. 하지만 이제 거기에다가 이 타락한 인간들의 계획을 좌절시키고, 굴러가는 수레의 바퀴를 빼버리겠다는 새로운 결심을 보탰다. 그녀는 다시 대통령을 봤다. 그는 아직도 그녀를 물끄러미 보고 있었고 그걸 보자 등에 소름이 끼쳤다. 그가 알아볼 수 있을까? 그가 그녀의 비밀을 직감으로 알 수 있을까? 새 러시아연방의 SVR에 다시 침투한 CIA 정보원(암호명 디바)은 무의식중에 테이블 밑에서 발을 올렸다 내렸다 하면서 대통령에게 그 비밀에 대해 뭔가 할 테면 해보라고 을러대고 있었다.

가지 전채 요리

가지가 시커멓게 변하면서 물렁해질 때까지 삶는다. 가지의 살을 파내고 아주 가늘게 다진다. 깍둑썰기를 한 양파와 고추에 올리브 오일과 토마토 페이스트를 넣어서 볶고 식초와 설탕을 넣어 양념한다. 거기에 다진 가지를 넣고, 올리브 오일을 넣어 촉촉하게 한 다음, 불의 온도를 낮추고, 반짝반짝 윤이 나면서 걸쭉해질 때까지 졸인다. 식혔다가 버터를 바른 토스트와 같이 내고 그 위에 다진 생 양파를 뿌린다.

9

직장에 들어온 후 주가노프는 업무상 줄을 대어놓은 사람들과 관계를
발전시키려는 목적으로 점심을 먹는 일도 없었고, 연락책들 그러니까 공
통의 목표를 이루기 위해 SVR과 공조하는 연합 첩보부들과 합동 작전을
수행한다는 개념에도 익숙해지지 못했다. 하지만 이번에는 그가 맡은 임
무의 절박함을 느꼈다. 대통령은 사실상 이란 장비 문제에서 그와 예고로
바 사이의 경주를 알리는 출발 신호탄을 쏜 거나 마찬가지였다. 그는 뚱보
올리가르히 고보르마렌코를 AEOI 판매 대리인과 최대한 빨리 만나게 해
서 요구 사항들을 조정한 후 거래를 성사시켜야 했다. 오늘 점심 식사는
그 목적을 이루기 위한 중요한 첫 단추였다.

주가노프는 흥분했다. 이 경쟁의 승자가 대통령의 귀와 총애를 독차지
할 것이다. 그것은 승진 가능성보다 훨씬 더 큰 포상이었다. 그는 권력의
핵심에 있는 푸틴의 측근 그룹에 들어가 영향력을 행사하고, 존경받게 될
것이다. 주가노프는 격렬한 욕망에 사로잡혔다. 그는 이겨야 했다. 그리고
그렇게 할 방법도 알고 있었다. 그 뻔뻔스러운 계획이 벌레 같은 두뇌 속
에서 꿈틀거렸다.

다른 흑심도 있었다. 고보르마렌코 역시 여러모로 쓸모가 많은 후원자
가 될 것이다. 그 올리가르히와 손을 잡으면 보상이 따를 것이다. 대부분
의 사람들이 새로 알게 된 사람들을 성격이나, 용모나, 성적 매력이란 기

준에서 평가하는 반면 주가노프는 그와는 다른 잣대를 사용해 은밀하게 사람들을 분류했다. '고보르마렌코를 지하 감방의 취조실에 데려다 놓으면 엉엉 울면서 몸을 움츠릴 거야. 고통을 참는 능력도 별로 없을 거고, 변태라 자기 거시기가 훼손되는 것도 무지하게 무서워하겠지.' 주가노프는 그 생각을 하며 빵을 한 조각 뜯어서 씹기 시작했다.

주가노프는 울리챠 마로세이카 거리에 있는 작은 레스토랑인 다마스의 조용하고 구석진 테이블 앞에 앉아 있었다. 그곳은 루비얀카 광장에서 세 블록 떨어진 곳에 있었다. 레스토랑 안쪽 방은 다마스크 무늬가 있는 하얀 벽에 천장 아래쪽은 기하학적으로 처리됐고, 등이 각진 의자에는 자개 무늬가 새겨져 있었다. 레스토랑은 한가했다. 주가노프는 모스크바에 있는 MOIS(이란 정보보안부—옮긴이) 부장인 메흐디 나그디가 타일이 깔린 바닥을 걸어오는 걸 보며 생각을 정리했다. 그가 다가오자 주가노프가 일어섰다.

"살람, 당신에게 평화가 있기를." 나그디가 거의 완벽한 러시아어로 말했다. 주가노프는 그를 마지막으로 본 후로 하나도 안 변했다는 생각이 들었다. 중키에, 뻣뻣한 검은 머리는 짧게 깎고, 턱 언저리에 수염이 조금 나고, 시커멓고 짙은 눈썹 밑으로 사람을 꿰뚫어 보는 것 같은 눈이 보였다. 그는 검은 양복에 목까지 단추를 채운 평범한 흰색 셔츠를 입고 있었다. 나그디는 항상 격노를 터뜨릴 것 같은 표정이었고 현무암 같은 그 눈은 욕을 하거나 불경스러운 소리를 퍼부을 구실을 찾고 있는 것 같았다. 주가노프는 전에 단 두 번 만났지만 성질이 불같은 이 남자가 싫었다.

"오랜만에 보는군요." 주가노프가 그를 경멸하는 마음을 누르고 말했다. "잘 지냈겠지요?"

나그디는 눈 하나 깜박이지 않고 도무지 속내를 알 수 없는 표정으로,

그를 봤다. "네, 그만하면 잘 지냈죠." 나그디가 대답했다. '이 새끼는 내 말에 코딱지만큼도 관심이 없군. 좋아, 이 얼간아.' 주가노프는 생각했다.

"우리 정부의 최고위급에서 러시아와 이란 양국에 전략적으로 극히 중요한 논의를 시작하라는 지시를 받고 당신에게 연락했습니다. 이게 좀 긴급한 사안인데. 우리 두 정부는 사업상 큰 이익을 볼 수 있습니다." 주가노프가 말했다.

"경청하겠습니다." 나그디가 쏘아보는 눈초리로 말했다. '이 새끼의 입에서 비명이 터져 나오려면 일주일은 족히 걸리겠는걸. 정말 만만치 않겠어. 저 화난 눈에 타오르는 불을 끄려면 전기 고문부터 시작하는 게 좋겠지.' 주가노프는 생각했다.

주가노프는 재빨리 자신의 제안을 간략하게 설명했다. 고보르마렌코와 모스크바 AEOI 대표부의 미팅을 로스아톰에서 진행하되 이란과 러시아 핵에너지 부서 관리들도 참여하는 게 좋을 것 같다는 이야기였다. 나그디는 한마디도 하지 않은 채 다 듣고 나서 동요했다.

"양국의 핵에너지 전문가들을 한데 모으는 이유가 뭐죠?" 나그디가 물었다.

"관련된 사안의 전문가들이 특수 장비를 구매하는 문제를 논의하기 위해서죠. 이란의 국제 제재를 피하기 위해 러시아를 통해 이란으로 금지된 기계를 들여오는 방법을 의논해보자는 겁니다." 주가노프가 말했다.

"물론 당신 주인들에게 이로운 조건이겠죠." 나그디가 말했다.

'제 엄마와 붙어먹는 개새끼.' 주가노프는 생각했다. "양국에 이로울 겁니다." 주가노프는 매우 섬세하게 접근해야 할 이 대화에 벌써 지쳐서 말했다. 이란인들을 상대하는 건 아주 성가신 일이다.

"그리고 어떻게 러시아 정부와 SVR이 이란이 그런 장비를 구매하려고 한다고 믿게 됐는지 말해주시겠습니까?" 나그디가 말했다. '마침 알아서 기다리고 있던 질문을 해주네. 이제 시계 장치의 기어를 작동시킬 때가 됐군.' 주가노프는 생각했다.

주가노프는 바르비카 성에서 푸틴과 고보르마렌코를 만난 후에 계획을 세웠다. 그는 냉정하고 유능한 예고로바에게 지지 않을 것이다. 절대로 그렇게 놔두지 않을 것이다. 하지만 그녀는 너무 실력이 좋고, 너무 영리했다. 잠쉬디에게 정보를 빼내는 것은 추가로 브리핑만 하면 해낼 수 있는 간단한 일이었다. 반면 그는 이 수염을 기른 올빼미들과 탐욕스럽고 고집 센 러시아인들을 불러 모아 오랫동안 왈츠를 추게 엮어야 하는데 문제는 양쪽의 이해관계가 상충된다. 시간은 예고로바의 편이었다.

아니, 예고로바는 앞으로 좌절을 겪게 될 것이다. 작전에 실패할 것이다. 그리고 지금 그의 앞에 있는, 짐승과 붙어먹는 이 새끼가 도화선이 될 것이다.

"형제 같은 동맹의 이익을 위해 기쁜 마음으로 알려드리죠." 주가노프는 천막을 고정시키는 말뚝 같은 이를 드러내며 말했다. 웨이터가 쿠민(미나리과에 속하는 향신료-옮긴이)과 마늘 향이 풍기는 튀긴 병아리콩 요리를 갖다 놓고 주위를 맴돌았다. 주가노프가 손을 휘둘러서 물러가게 했다. 지금은 누구도 방해해선 안 되는 극히 미묘한 순간이다.

"우리는 이란이 금수 조치된 장비를 찾고 있는 걸 알고 있습니다. 당신의 핵 프로그램에 쓸 장비죠."

"왜 그런 게 있다고 믿고 있죠?" 나그디가 물었다. '아마추어 같으니라고. 이러면 너무 쉽잖아. 이제 커튼을 찢어버릴 때가 됐어.' 주가노프는 생각했다. 나그디는 꿈쩍도 하지 않았다.

"당신 나라에 문제가 있다는 생각이 드는데요. 우리에겐 당분간 신원을 밝히지 말아야 할 정보원이 있는데 그 정보원 말에 따르면 이란 핵 프로그램의 고위급 위원이 적국의 첩보부 손으로 넘어갔다고 하더군요." 주가노프는 두 손을 들어 올리며 미소를 지었다. "네, 제 말이 당신에게 어떻게 들릴지 압니다. 당신네 정부 내부에 배신자가 있다는 걸 알게 되면 얼마나 갑작스럽고 걱정이 되겠어요. 우리 모두 가끔 그런 문제를 겪잖아요."

나그디는 주가노프의 얼굴에서 눈을 떼지 않았다. "그게 당신이 내게 말할 수 있는 전부입니까? 이건 아무 가치 없는 정보요. 아니, 그것보다 더 못한 정보지." 그가 말했다.

주가노프는 다시 미소 지었다. "당신이 낙담한 건 이해합니다." 그는 마치 자신의 생각을 재고하는 것처럼 말했다. "이건 순전히 비공식적인 걸로 우리끼리만 하는 이야기입니다. 우리가 가로챈 정보에 따르면 곧, 그러니까 사흘 뒤에 적국 첩보부와 당신 관리가 만나게 될 겁니다."

"여전히 아무 짝에도 쓸모없는 정보요." 나그디는 격노를 감출 생각조차 하지 않고 말했다. 이 쪼그만 러시아 난쟁이가 지금 그를 가지고 놀고 있었다.

주가노프는 마치 지금 규정들을 위반하고 비밀을 넘겨줘야 하는지 고민하는 것처럼 자신의 손을 내려다봤다. 그러다 고개를 들었다. 그는 결심했다. "순전히 우리끼리만 하는 이야기인 건 동의하시죠?" 그들 둘 사이에 신뢰라는 건 눈곱만큼도 없는 걸 알고 있지만 나그디는 이글이글 타오르는 눈빛으로 그를 보며 고개를 끄덕였다. "그리고 우리 관리들끼리의 만남을 주선할 수 있겠죠?"

나그디는 다시 고개를 끄덕였다. 그의 입술은 파르르 떨리고 있었다. 주가노프는 조금 더 애를 태워볼까 생각하다 그만뒀다. "비엔나에서 찾아보시는 게 좋을 것 같습니다. 당신의 존경받는 핵 관리 하나가 다소 정도를 벗어난 것 같던데. 상대편 첩보부가 점잖은 사람들의 체면을 손상시키는 데 능숙하거든요. 제가 무슨 말을 하는지 아실 겁니다."

"이스라엘." 나그디가 말을 뱉어냈다. 주가노프는 아무 대꾸도 하지 않았다. 이란인들이 이스라엘에 원한을 품고 싶다면 쌍수를 들고 환영이지.

"은밀하게 방첩 작전을 시작하는 게 좋을 것 같군요. 상대편 첩보부가 보안 문제와 위험을 감지하는 실력이 상당히 좋은데." 주가노프가 말했다. 그는 날이 뾰족뾰족한 집게로 나그디의 집게손가락 두 번째 마디를 으스러뜨리는 몽상에 잠겼다.

"우리 스파이 기술에 대해선 신경 쓸 필요 없습니다." 나그디가 말했다. 점심도 안 먹고 당장 나가고 싶은 표정이었다.

"물론 방법은 당신이 가장 잘 알겠죠." 주가노프가 말했다. 나그디는 테이블을 밀면서 벌떡 일어나, 고개를 끄덕여 보이고, 레스토랑에서 나가버렸다.

주가노프는 의자에 등을 기대고 앉았다. 나그디는 미친놈이니 미친 듯이 이 단서를 추적하겠지. 주가노프는 MOIS가 이 작전을 SVR이 적극적으로 주도했다는 결론을 내리지 못하게 정보를 가로챘다는 말을 해야겠다는 생각을 했다. 무슨 문제만 생기면 모사드가 개입됐을 거라고 자동적으로 추측하길 좋아하는 이란인의 성향 때문에 이 문제는 더 혼란스러워질 것이다. 결국 예고로바는 안가에서 잠쉬디를 아주 오랫동안 기다리게 될 것이다. 그 과학자는 예고로바와 만나기 오래전에 비행기를 타고 테헤란으로 가고 있을 것이고, 예고로바의 작전은 실패하고, 정보의 흐름은 끊길 것이다. 예고로바가 대통령 앞에 서서 어떻게 정보원이 나타나지 않았고 작전이 실패했는지 설명하는 장면이 참 볼 만할 텐데. 그다음 작전은 그가 접수할 것이다.

 네이트와 도미니카는 같은 날 비엔나로 돌아왔다. 해질녘에 네이트가 계획을 검토하고 다음 날 밤에 할 브리핑에 대비해 같이 필요한 정보를 정리하려고 도미니카의 아파트에 몰래 찾아왔다. 그들은 작은 거실의 소파에 나란히 앉아 있었고, 앞에 있는 테이블 위에 서류들이 펼쳐져 있었다. 네이트는 센터의 라인 X에서 보낸 새로운 요건들을 검토하고, 탤론으로 복사했다. 도미니카는 소파에 등을 기대고 앉아 그가 작업하는 모습을 지켜보고 있었다. 그는 깊이 몰두한 듯한 표정을 짓고 있었다.
 "이번에는 랭글리에서 필요한 요구 사항도 가져왔겠군요." 도미니카가 말했다. 네이트가 고개를 들어 끄덕였다. 민감한 순간이었다. 엄밀히 말하면 디바는 미국 정보 요구 사항에 대해 알아선 안 된다. 그녀는 정보를 제공하는 정보원이니까. 정보의 흐름은 일방통행이어야 한다. 네이트는 망설이다가, 탤론의 화면을 톡톡 치고 살짝 돌려서 그녀도 읽을 수 있게 했다. 그는 정보 보안 규정을 고수한답시고 그녀의 기분을 상하게 해서 이 작전을 망치지 않을 작정이었다. 정보원이건 아니건 그녀는 다가올 위장 브리핑 작전의 파트너. 이란으로 갈 내지 바닥재를 바꾸는 기밀 작전만 그녀가 모르면 된다.
 '게다가 이걸 알았다고 그녀가 어쩌겠어? 모스크바로 돌아가서 미국의 정보 요구 사항을 손에 넣었다고 할 거야? 누구에게 받았다고 할 건데? 센터에서 물어볼 거 아니야?' 네이트는 생각했다.

그녀는 네이트 옆으로 좀 더 바싹 다가와 그 화면을 읽었다. "랭글리의 정보를 공유해줘서 고마워요." 그녀가 그의 얼굴을 보지 않고 조용히 말했다. "이게 규정 위반이란 건 나도 알고 있어요. 내 담당 요원으로서 윤리적으로 큰 용기를 내야 한다는 거 알아요. 당신이 그 모든 걸 걸고 이렇게 해줘서 고마워요. 이 일 때문에 당신이 잘릴 수도 있지만 이란인들과 이야기할 때 이 정보가 도움이 될 거예요." 그녀는 슬쩍 곁눈질로 그를 봤다. "난 믿어도 돼요. 누구에게도 말하지 않을 거니까."

"당신을 믿어요." 네이트가 말했다. 그는 그녀가 지금 비꼬는 걸 알고 있었다.

"날 전적으로 믿어요?" 도미니카가 말했다. 그들은 아직도 소파에 딱 붙어 있었다. 네이트의 보라색 기운이 두 사람을 감싸고 있었다.

"당신이 짜증낼 때도 전적으로 믿어요." 네이트가 말했다.

"짜증이 뭐죠?" 도미니카가 그를 곁눈질로 보면서 말했다.

"완벽한 통제 불능." 네이트가 말했다.

"내가 진짜 짜증내는 거 보고 싶어요?" 도미니카가 말했다. 그녀는 지금 이 상황을 즐기고 있었다. 그녀는 둘이 싸우는 척하면서, 서로 움켜쥐고, 바닥으로 굴러다니고, 그녀의 스커트가 엉덩이까지 올라가고, 두 사람의 입이 부딪치면서, 재빨리 달콤하게 항복하는 모습이 갑자기 떠올랐다. '그만.' 그녀는 속으로 말했다.

"아, 그래요. 내겐 너무나도 익숙한 당신의 이성 상실. 조만간 흉포한 그 성격이 나오겠죠." 네이트가 한숨을 쉬며 말했다. 그리고 정색한 표정으로 그녀의 입을 봤다. 그녀는 웃지 않으려고 무척 애를 썼다.

그들은 옆에 붙어 앉아, 조용히 숨을 내쉬었고, 두 손은 축축해지고, 맥이 점점 더 빨라지고 있었다. 그녀는 그의 후광을 보고 있었고, 그는 그녀의 파란 눈을 보고 있었지만, 둘은 이제 달라졌다. 둘 다 그걸 알고 있었다. 진정하자. 그들에겐 내일 해야 할 일이 있고, 어쩌면 모레도 해야 할지 모른다. 그다음에 도미니카는 모스크바로 돌아가 다시 염탐을 계속할 것이고, 네이트는 아테네 지부로 돌아가 센터와 개인적인 전투를 계속하면서, 리릭을 관리할 것이다. 그리고 디바는 1년에 한 번, 어쩌면 두 번 볼 것이고, 모스크바 지부가 그녀를 직접 관리할 것이다. 네이트는 몸을 돌려서 탤론을 닫기 시작했다. 도미니카가 허리를 펴고 똑바로 앉았다.

"잠깐, 뭔가 말하는 걸 깜박했어요. 중요한 문제예요. 그걸 녹음하는 게 좋을 거예요." 도미니카가 탤론을 향해 고개를 끄덕였다. "이란이 특수 장비를 사는 데 관심을 가진 게 당신들만이 아니에요." 그녀는 네이트에게 푸틴과 고보르마렌코와 주가노프에 대해 말했다. "그들은 그 거래에서 한 몫 차지하고 싶어 해요. 그 돼지들은 자신들의 은행 계좌만 생각하는 중이에요."

'맙소사. 확산 부서와 본부의 대장들이 또 머리 터지겠군.' 네이트는 생각했다. 아무것도 모르는 러시아인들이 확산 부서에서 개조한 기계를 사서 국제적인 금수 조치를 피해 이란에 터무니없는 바가지를 씌워 제공한다. 러시아를 통해 그 내진 바닥재(푸틴 대통령이 물라들에게 보내는 비싼 선물)가 배달되고 12개월 후 그게 내부에서 발화돼서 C홀에 있는 1,700개의 원심분리기들은 향후 2,500년 동안 방사능 찌꺼기로 남아 있게 될 것이다. 이란은 모스크바에게 어떻게 된 일이냐고 추궁할 것이고, 푸틴은 망신을 당할 것이고, 주가노프는 시베리아의 늑대 먹이가 될 것이다. '죽이는데.'

네이트는 다시 생각했다. 도미니카가 그의 생각을 읽었다.

"주가노프가 고보르마렌코와 같이 AEOI에게 거래를 제안하고 있는 중이에요. 그들이 이란인들과 협상 테이블에 앉아 있는 것보다 우리가 더 빨리 호색한에게 정보를 빼낼 수 있어요." 그녀가 말했다.

'그게 문제야. 확산 부서는 부품을 대체할 시간이 필요할 텐데. 도미니카가 이틀 후에 잠쉬디의 정보를 모스크바로 가지고 가면, 우리가 그 비밀 작전을 준비할 시간이 부족해져.' 네이트는 생각했다.

"우린 잠쉬디에게서 그 정보를 짜내지 않을 거예요. 아니면 적어도 당신이 그 정보를 센터에 보고하지 말든지." 네이트는 그녀의 눈을 들여다보면서 천천히 말했다.

그 이유도 모르고, 비밀 작전에 대해 아무것도 모르는 그녀를 모스크바로 돌려보내 3중으로 배신할 수는 없었다. 하지만 그녀에게 이 사실을 알려주는 건 신성모독과 같은 행위였다. 금지된 행위고, 해고 사유에 해당된다. 하지만 본부에 메시지를 보낼 시간이 없었다. 아테네에 있는 게이블과 포사이스에게 전화하는 건 안전하지 않다. 게다가 게이블은 알아서 결정하고 행동하라고 할 것이다. 망할, 그리고 그 책임도 네이트 혼자 다 지라고 하겠지. "인생이란 정말 골치 아프지. 그리고 그런 일들의 연속이기도 해." 게이블이 전에 그런 말을 한 적이 있었다.

"그 이유를 말해줘요, 제발." 도미니카가 말했다. 그녀의 말투는 마치 위로 치솟는 온도계 같았다. 이번에는 정말 대노할 것이다.

그래서 네이트는 대여섯 개는 족히 넘는 규정을 위반하고 선을 넘었다. 도미니카는 내내 아무 말 없이 집중해서 들었다. 망할, 내가 지금 SVR 첩보요원인 정보원에게 미국의 기밀 작전에 대해 말해줬어. 그는 이미 본부의 보안 부서와 면담하게 될 장면을 상상하고 있었다.

"내가 할게요." 도미니카가 말했다.

"뭘요?" 네이트가 물었다.

"당신의 계획, 그거 정말 독창적인데요. 이슬람 최고 지도자의 분노를 생각해봐요. 그리고 블라디미르 푸틴이 어떤 망신을 당하게 될지도 말이에요. 불쌍한 주가노프, 그 인간은 자신이 그토록 아끼는 가죽 방망이 맛을 보겠죠."

튀긴 병아리콩 요리

통조림에 든 병아리콩의 물을 다 따라서 버리고 톡톡 두드려서 물기를 없앤다. 뜨거운 기름(기름이 튈지도 모른다)에 껍질을 까지 않은 마늘 몇 쪽과 샐비어 잎을 넣고 병아리콩이 바삭해지고 마늘이 노릇하게 변할 때까지 튀긴다. 그리고 종이 타월에 받쳐 기름을 뺀 후에 고추와 파프리카를 넣어 뒤섞는다. 그리고 상온에 보관했다가 낸다.

10

해가 졌다. 네이트와 도미니카는 잠쉬디와 하는 미팅에 따로 떨어져 걸어갔다. 그들은 다른 방향에서 와서, 거리에서 점점 길어지는 그림자들을 이용하고, 반복적으로 보이는 행인과 그곳에 어울리지 않는 차들이 있는지 보면서 각자 미행이 있는지 확인했다. 네이트는 랑고바르덴 거리 끝에서 어정거리면서 도미니카를 기다렸다. 그녀는 혹시 있을지 모르는 미행을 털어내려고 한 바퀴 더 도느라 30분이 더 걸렸다. 네이트는 탤론이 들어 있는 가방을 한쪽 어깨에 멘 채 도미니카가 다가오는 모습을 지켜봤다.

그는 그녀의 활기차고 우아한 걸음걸이, 눈치채지 못할 만큼 살짝 저는 다리, 핀으로 틀어 올린 머리 모양을 잘 알고 있었다. 그녀는 주위를 둘러보지 않았지만 그 푸른 눈은 거리에서 놓치는 게 별로 없다는 걸 알고 있었다. 네이트는 전처럼 아무 특징 없는 중간색의 옷을 입고 있었지만 그녀는 주름이 잡힌 검은 모직 스커트와 파란 블라우스 위에 벨트가 달린 트위드 재킷을 입고 있었다. 그리고 평소와 달리 발목까지 오는 굽이 낮은 검은색 스웨이드 부츠를 신고 있었다. 그 부츠를 바라보는 사이에 그녀가 다가왔다.

"뭐죠?" 네이트의 시선을 눈치채고 그녀가 물었다.

"아무것도 아니에요." 네이트가 말했다.

"내 신발을 보고 있잖아요." 그녀가 말했다. 도미니카는 통찰력이 뛰어나고 공감각 능력이 있는 스파이지만 신발도 좋아했다.

"신발이 근사해서." 네이트가 말했다.

"'근사하다'니 무슨 뜻이에요? 내 신발이 어때서?" 도미니카가 말했다.

"아주 세련됐다고요." 네이트가 말했다. 이건 정신 나간 짓이다. 스파이두 명이 적의를 품은 정보원에게 강압적인 브리핑을 하러 가는 도중에 길가에 서서 신발에 대한 논쟁을 벌이고 있다니.

"당신은 이 방면에 전문가인가 보죠. 이 신발은 요즘 유행하는 거라고요. 그리고 라인 T에서 개조한 신발이라는 것도 알려드리죠." 도미니카가말했다. "그 신발로 TV 전파도 수신되나 봐요?" 네이트가 말했다.

"무식하긴. 앞부리가 강철이에요. 호신용이란 말이에요. 맛 좀 보여줄까요?" 도미니카가 말했다.

"있죠, 신발 멋져요. 당신도 아주 근사해 보이고. 미행은 없었는지 확인했냐고 물어보면 기분이 나쁠까요?" 도미니카가 자신의 신발을 내려다보더니, 네이트를 보고 고개를 끄덕였다. 네이트는 손목에 차고 있던 시계를봤다. "늦었어요. 어서 갑시다. 그 남자는 벌써 왔겠어요." 도미니카는 그의 뒤에서 걸어왔다.

"좀 늦어도 괜찮아요. 우리가 도착하기 전에 우드란카가 긴장을 풀어주겠죠."

그들은 아파트로 들어가서 구불구불한 층계의 바깥쪽으로 돌아 층계참이 나오면 바닥에 발굽을 먼저 디딘 후에 발가락을 딛는 방식으로 아파트의 닫힌 문 앞을 아무 소리도 내지 않고 걸어갔다. 2층을 지나 3층으로 갔다. 계단 벽에 있는 돌출 촛대 속 작은 전구들의 불빛이 대리석 벽에 그림자를 드리우고 있었다.

"이 부츠가 맘에 안 든다니 정말 믿을 수 없어." 계단의 마지막 단을 올라가면서 도미니카는 네이트를 향해 반쯤 몸을 돌리며 속삭였다.

그녀는 자물쇠에 열쇠를 꽂아 돌렸다. 두 사람이 함께 아파트에 들어섰다. 램프는 이미 켜져 있었고, 침실에서 조용한 음악이 흘러나오고 있었다. 그들은 우드란카와 잠쉬디가 나올 거라고 짐작했지만 벽에 달라붙은 파리들을 본 순간 그 생각은 사라졌다. 벽은 온통 파리 떼가 붙어서 시커멨고, 부엌 바닥의 피 웅덩이가 점점 커지고 있었다. 도미니카는 네이트의 팔을 움켜쥐고 가만가만 부엌 문가로 다가가서 안을 들여다봤다. 잠쉬디는 바닥에 누워 있었는데 몸의 절반은 테이블 밑에, 머리는 벽에 기대고 있었다. 피바다가 된 얼굴은 파이처럼 납작해져서 두개골 절반이 사라졌고, 움푹 꺼진 머리 주위에 피투성이 머리카락이 붙어 있었다. 반대쪽 얼굴은 남아 있었지만 남은 한쪽 눈은 8이라고 써진 당구공처럼 피가 가득 차 있었다. 입에서 피가 쏟아져 나와 턱 밑으로 흘러내려 염소수염과 셔츠 앞쪽을 다 적셔놨다. 검은 피에 잠긴 그의 몸 주위에 파리 떼가 몰려서 배가 불러 쓰러질 때까지 그 피를 마시고 있었다.

네이트는 허리를 숙여서 잠쉬디를 봤다. 맥을 짚어볼 필요도 없었다. 그는 잠쉬디의 양복을 벌려서 주머니들을 두드려봤다. 그리고 도미니카를 보며 고개를 저었다. 아무것도 없었다.

"무기." 그가 속삭이자 도미니카가 재빨리 부엌 서랍을 잡아당겨 열어서 가장자리가 깔쭉깔쭉하고 자루가 가벼운 스테이크 나이프 두 개를 꺼냈다. 그녀는 하나를 재킷 벨트에 쑤셔 넣고(네이트는 그녀가 마치 푸른 눈의 해적 같다고 생각했다) 나머지 하나를 네이트에게 건넸다. 그들이 허리를 펴고 일어섰을 때 도미니카가 그의 팔을 톡톡 치면서 스토브가 있는 쪽을 가리켰다. 스토브 밑에 어떤 물건의 플라스틱 가장자리가 툭 튀어나와 있었다. 도미니카는 피 웅덩이를 넘어 가서 그걸 빼냈다. 잠쉬디의 노트북 케이스였다. 그가 총을 맞았을 때 스토브 밑으로 밀려 들어간 걸까? 그들은 서로 마주봤다. 안에 노트북이 있었다. 그들이 요청한 걸 그가 가져왔을까? C홀 캐스케이드에 대한 데이터들? 내진 바닥재에 대한 조달 계획들? 지금은 확인할 시간이 없었다. 도미니카는 노트북 가방끈을 가슴에 대각선으로 걸쳤다.

음악 소리 말고는 다른 소리는 들리지 않았다. 도미니카가 거실과 그 너머에 있는 침실을 향해 고개를 끄덕였다. "우드란카." 그녀가 눈을 크게 뜬 채 최악의 사태를 두려워하며 속삭였다. 네이트가 손바닥을 밑으로 하고(천천히 가요) 둘이 거실 벽에 붙어 살금살금 걸어서 그 요란한 핑크색 침실 모퉁이를 들여다봤다. 그러다 둘 다 우뚝 멈춰 서버렸다. 도미니카는 자신의 입을 손으로 틀어막았다.

〈멋진 연인들을 위한 노래!〉(프랭크 시나트라의 노래-옮긴이)가 침실 구석에 있는 플레이어에서 흘러나오고 있었다. 역시 핑크색인 작은 선풍기가 돌아가면서 램프 두 개의 핑크색 가장자리 장식을 흔들고 있었다. 그 램프들 역시 침대와 그 위에 있는 우드란카의 벌거벗은 몸에 핑크색 불빛을 비추고 있었다. 천장을 보고 누워 있는 그녀의 상체는 침대 끝에 걸려, 고개를 밑으로 떨어뜨린 채, 두 팔은 바닥에 대고, 눈은 저쪽 벽을 보고 있었다. 그녀의 우아한 목은 매듭을 지은 끈에 졸려 망가져 있었다. 도미니카는 그것이 우드란카의 우스꽝스러운 핑크 기모노 끈이란 걸 알아봤다. 그 끈에 사정없이 목이 졸려 혈관들이 튀어나왔고 얼굴은 보라색으로 변했고 흉터는 하얗게 변했다. 그녀는 입을 살짝 벌리고 있었는데 그 사이로 아름다운 치아가 조금 보였다. 작은 선풍기가 그녀를 향해 돌아갔을 때 늘어져 있는 파프리카색 곱슬머리 몇 가닥이 조금 움직였다. 그녀의 젖가슴과 배에는 붉게 부풀어 오른 자국들이 교차돼 있었다. 얼핏 보면 화상 자국 같았지만 네이트는 양탄자 위에 철사 옷걸이를 펴서 자동차 안테나처럼 만든 막대기가 팽개쳐져 있는 걸 봤다.

도미니카는 우드란카의 쫙 벌린 다리 사이에 와인 병 밑부분이 튀어나온 걸 보고 숨을 헉 들이켰다. 그녀는 허리를 숙여서 그 병을 빼냈다. 그녀는 핏기가 빠져나가 하얗게 질린 입술을 꽉 물고 그 병을 방구석에 던졌다. 병은 벽에 부딪쳤다가 떨어져서 바닥으로 데구루루 굴러갔다. 그녀는 우드란카의 목에 묶인 끈을 느슨하게 풀고, 얼룩진 이마 위에 흘러내린 머리카락을 쓸어내렸지만, 손이 덜덜 떨렸다. 매듭이 단단하게 지어져 끈은 좀처럼 풀리지 않았다. 그녀는 스패로우의 길게 뻗은 손목 하나를 잡았다.

"네이트, 그녀를 침대 위로 옮기게 도와줘요." 그녀가 속삭였다.

'이건 상태가 안 좋아. 우린 지금 레드 존(위험 구역-옮긴이)에 있어.' 네이트는 생각했다. 그들은 잠쉬디를 날려버리고, 침실로 들어가 우드란카를 고문하고, 와인 병으로 강간하고, 침대 위에서 그녀를 목 졸라 죽였다. 러시아인들일까? 아니야. 이란인들? 또 누가 있겠어? 그들이 우드란카와 잠쉬디를 얼마 동안이나 작업했을까? 어떤 질문들을 했고 어떤 대답들을 들었을까?

"네잇! 도와달라니까!" 도미니카가 화난 소리로 말했다.

'가장 중요한 건, 대체 놈들이 이제 뭘 알게 됐냐는 거야.' 네이트는 생각했다. 놈들이 그냥 떠났을까? 놈들이 노트북이 없는 걸 알았을까? 이 혼란에 첩보 요원 두 명이 관련됐다는 걸 알까?

"네잇! 그녀를 침대로 올려요!" 도미니카가 말했다. 네이트가 차가운 손목 하나를 잡아 둘이 같이 우드란카를 들어 침대 위에 눕혔다. 우드란카가 마치 다음은 뭐냐고 묻는 것처럼 도미니카 쪽으로 털썩 떨어졌다. 도미니카는 떨리는 손으로 그녀의 목에 감긴 끈을 풀었다. 그리고 담요로 덮어줬다. 우드란카의 붉은 발톱과 적갈색 머리 끝부분이 담요 양쪽으로 삐져나왔다. 네이트는 도미니카가 붉은 눈으로 침실에서 나올 때까지 문간에서 기다렸다. 그는 그녀를 잠시 안은 채 한쪽 귀는 문과 계단을 향해 쫑긋 세우고 있었다. 시간이 얼마나 있을지 알 수 없었다. 그는 그녀의 어깨에 두 손을 댔다.

"내 말 들어요. 여기서 당장 빠져나가야 해요." 그가 말했다.

도미니카는 멍한 표정으로 그를 봤다. "여기서 그들을 기다려요." 그녀가 말했다. 그녀의 목소리는 마치 금이 간 피스톤처럼 서걱거렸다.

"스테이크 나이프만 들고 놈들을 기다리자고요?" 네이트는 그녀가 지금 진심으로 하는 말이라는 걸 알고 말했다.

"놈들이 돌아올 거예요. 이것 때문에." 그녀는 잠쉬디의 노트북 가방끈을 건드리며 말했다.

"그걸 넘겨줍시다. 거기 하드 드라이브에 있는 걸 복사하고, 노트북은 원래 있었던 곳에 놔두고 가요. 이란인들이 아무도 자기 계획을 보지 못했다고 생각하게. 우린 비밀 작전을 할 시간을 벌어야 해요. 당신은 빈손으로 돌아가야 하고. 이 건은 주가노프가 이기게 놔둬야 한다고요." 네이트가 말했다.

"주가노프. 이건 그 자식 작품이에요. 그 새끼가 우드란카를 죽인 거야." 그녀는 네이트의 얼굴을 빤히 쳐다보면서 그에게 복수할 의향이 있는지 살펴봤다. 그의 보라색 후광은 고동치고 있었지만 피를 원해서 그런 게 아니란 걸 그녀는 알고 있었다. 네이트는 맹렬히 생각했다.

"그 노트북 줘봐요." 네이트가 말했다. 그는 그걸 커피 테이블 위에 놓고 전원을 켠 다음, 탤론의 적외선 리더기를 잠쉬디의 컴퓨터 USB 포트를 향해 놨다. 14초 후에 탤론의 LED 등이 깜박이기 시작했다. 네이트는 노트북을 다시 가방에 넣은 후에, 부엌으로 가서, 피 웅덩이를 넘어, 스토브 밑에 넣으면서, 거기 얼룩진 선혈에 손자국이 남지 않게 하려고 애를 썼다. 사방에 파리가 있었다. 네이트는 사납게 팔을 휘저어 파리들을 쫓아버렸다. 그가 돌아왔을 때 도미니카는 침실 문간에 서서 이불로 덮은 우드란카의 몸을 보고 있었다. 네이트는 그녀의 어깨를 두 손으로 잡아 돌려서 그를 마주보게 했다.

"지금 가야 해요. 여기서 가져갈 거 있어요?" 네이트가 묻자 도미니카는 고개를 흔들었다.

"같이 걸어가요. 상황이 괜찮다 싶으면 한 시간 후에 헤어져요. 하지만 미행이 없을 때 그렇게 하고. 택시도 안 되고, 전차도 안 돼요. 먼저 걸어다닐 때 다 따돌려야 해요. 알겠어요?" 네이트가 말했다. 도미니카는 다시 고개를 끄덕였다.

네이트가 그녀를 부드럽게 흔들었다. "도미니카, 집중해요. 나랑 같이 밖에 있을 땐 정신 바짝 차려야 해요. 어떤 난관에 부딪치게 될지 몰라요." 네이트가 말했다. 도미니카는 눈을 감고 심호흡을 했다.

"우린 강 반대쪽에 있어요. 여긴 도나우슈타트예요. 이 지역은 집과 건물과 골목 같은 주택가도 있지만 나머진 산업용 창고들이에요." 도미니카가 말했다.

"우리가 안전하다는 걸 알기 전까지는 강을 건널 수 없어요. 미행이 있는 상태에서 당신 아파트로 돌아가서도 안 돼요. 그리고 이란인들이 당신이 누군지 알아낸다면, 브리핑 현장에 우리 둘이 있었다는 걸 알아낸다면 당신은 모스크바로 돌아가선 안 돼요." 네이트가 말했다. 도미니카는 다시 침실을 바라봤다.

"통로가 있는 다리가 하나 있어요. 하지만 강 근처에 그걸 뭐라고 하지, 볼로타가 하나 있는데." 그녀가 멍하니 말했다.

"습지를 말하는 거예요? 그 습지를 헤치고 가야겠군." 네이트가 말했다.

"이 건이 끝나면 그녀를 빼내려고 했는데." 도미니카가 말했다. 우드란카의 이마에서 머리카락을 쓸어내렸던 손이 덜덜 떨렸다.

"어쩌면 여기에 한 팀이 다 왔을지도 몰라요." 네이트가 그녀의 말을 무시하고 계속 말했다. "놈들이 우리 정체를 알아내고 싶어 할 겁니다."

"그녀는 아무것도 말하지 않았을 거예요. 그녀는 아주 강했어요." 도미니카는 브랜디와 그녀의 눈물을 떠올렸다. "놈들을 실컷 애먹였을 거야."

"최악의 경우, 놈들은 우리가 어디로 가는지에 관해서는 아무 관심도 없을 수 있어요. 그냥 여기서 시작한 걸 끝내고 싶어 할지도 몰라요." 네이트가 말했다. 도미니카가 돌아서서 다시 침실로 갔다. 그녀는 이불 한쪽을 들어서 우드란카의 얼굴을 한 번 보고, 다시 이불을 덮어줬다.

"도미니카, 어서 움직여야 해요." 네이트가 말했다. 그녀는 문을 빼꼼 열고 복도 저쪽을 보고 있는 네이트에게 걸어갔다. 도미니카가 문을 밀어서 닫았다.

"가기 전에……" 그녀는 그렇게 속삭이면서 그의 목에 팔을 두르고 그의 입술에 키스했다. 그녀의 입술이 일그러지면서 그의 어깨에 얼굴을 묻었다. 1분 정도 지난 후에 고개를 들어서 젖은 빰을 닦았다. "놈들이 가까이 다가오면 대가를 치르게 해주겠어요."

네이트가 다시 그녀를 껴안았다. "내 말 잘 들어요. 우리의 목적은 하나예요. 여기서 빠져나가 미행을 따돌리고, 안전해지는 것."

"목적은 두 개죠." 도미니카가 말했다. 네이트의 얼굴이 어두워졌고, 순간 그의 후광이 번쩍 빛났다. 그는 그녀를 문에 밀어붙이고 두 팔을 꽉 잡았다. 네이트가 이러는 건 한 번도 본 적이 없었다. 그의 목소리는 침착했지만 전혀 그의 목소리 같지 않았다.

"이 말은 딱 한 번만 하겠어요. 당신은 지금 러시아인이 아니에요. 프로답게 굴어요. 우린 오늘 밤 잘하면 살아남을 수 있을지도 몰라요." 네이트가 말했다.

"러시아인이 아니란 말이 대체 무슨……"

"입 닥치고 하자는 대로 해요." 네이트가 부드럽게 말했다. 닥쳐. 도미니카는 그의 눈을 봤다. 그 눈에선 아무 색도 읽을 수 없었다. 도미니카는 분노를 죽이고 그에게 고개를 끄덕여 보이면서 그를 사랑하는 마음이 그어느 때보다 강해졌다는 걸 깨달았다.

그들이 떠나는 걸 알리는 것처럼 아파트 건물의 정문을 열자 문에서 삐걱거리는 소리가 났다. 두 스파이는 찰나의 순간 눈을 돌려 길 양쪽을 훑어봤다. '거기 개자식들 있어? 우리 나간다.' 그들은 곧바로 오른쪽으로 돌아서 보도를 따라 걸어갔다. 네이트는 도미니카가 너무 빨리 걷지 않게 한 팔을 잡고 있었다. 놀라서 달아나는 토끼보다 감시팀의 추적 본능을 더 강하게 자극하는 것도 없다. 계속 천천히, 꾸준하게, 그들을 안심시켜야 한다.

밤공기는 쌀쌀했다(아니면 그들이 지금 떨고 있는 것일까?). 밤하늘은 온화하게 빛나는 비엔나의 불빛과 대조적으로 회백색으로 흐려진 구름에 덮여 있었다. 거리가 텅 빌 정도로 아주 늦은 밤은 아니었다. 차가 한 대 지나갔고, 마지막 남은 행인 몇 명이 서둘러 집으로 걸어가고 있었다. 아파트 창문에서 비치는 램프 불빛이 연석을 따라 빽빽하게 주차된 차들 사이에 검은 그림자를 드리우고 있었다. 도미니카는 네이트의 팔을 꽉 잡고 거리 반대편에서 그들보다 조금 앞서서 걸어가고 있는 남자를 주시했다. 경고음은 울리지 않았다. 걸음걸이나 어깨 모양으로 봐서 이상한 점은 보이지 않았고, 네이트도 고개를 약간 흔들었다. '그냥 지나가는 사람이니 무시해요.' 그들은 빽빽이 주차된 차들과 중산층이 사는 아파트 건물에 몸을 숨기면서 똑바로 걸어갔다. 네이트는 길을 돌지도 않고, 거꾸로 가지도 않고 계속 앞으로만 가서 그들을 쫓는 자들을 지치게 만들고 싶었다.

네이트는 걷는 한편 정신없이 생각하고 있었다. 만약 밖에 이란인들이 있다면(분명 있을 것이다) 그들은 아마 혁명수비대 산하 특수부대인 쿠드스(Qods)거나 물라 밑에서 암살 작업을 수행하는 유닛 400일 것이다. 지금 둘이서 뭔가 하려고 하면, 그들은 네이트와 도미니카가 누군지 알아낼 것이고, 그러면 SVR에 CIA 정보원으로 침투한 디바의 경력은 끝장난다.

시간 확인. 거의 23시가 됐다. 거리는 조용해졌고 건물에서 나오는 불빛도 줄어들었다. 네이트는 걸으면서 그들 뒤쪽 보도에서 발소리가 들리는지, 다음번 모퉁이에서 조용히 타이어가 돌아가는 소리가 나는지, 그들 앞에서 때를 못 맞추고 성냥을 켜는 소리가 들리는지에 정신을 집중하고 있었다. 아무 소리도 들리지 않았다. 그는 도미니카가 고개나 어깨는 전혀 돌리지 않은 채 재빨리 좌우를 보는 모습을 봤다. 그러다 그녀와 눈이 마주쳤다. 그녀는 걱정스러운 표정이었다. 네이트도 걱정이 됐다. 프로인 그들이 밖에 나온 지 15분이 됐는데 이상하다고 생각할 만한 점은 하나도 보지 못했다. 거리에서 이상한 행동을 하거나, 어울리지 않은 곳에 있다가 들킨 차가 있다거나, 거리 구석에 세 남자가 모여서 담배를 피우다가 전혀 모르는 사람들처럼 갑자기 헤어진다거나 이런 표시 말이다. 문제는 네이트와 도미니카 둘 다 이 상황을 피부로 느끼고, 알고 있다는 것이다. 거리에는 분명 그들을 추적하는 자들이 있다. 그 핑크색 아파트에는 죽은 두 사람과 피바다, 파리 떼, 흔들거리는 램프 갓들이 있다. 그리고 이란의 핵 기밀들이 네이트의 목에 걸린 태블릿에 들어 있다. 그리고 1951년 스탈린의 명령으로 베를린에서 동독인 배신자를 쏘기 위해 처음으로 개발된 2미터까지만 발사 가능한 단발 립스틱 권총을 도미니카가 가지고 있다. 그리고 싸구려 스테이크 나이프가 두 개 있다.

그들이 모퉁이(랑고바르덴 대로와 하르데 거리 사이)로 다가가자 문간에서 한 남자의 그림자가 나왔고 그들 앞으로 반 블록쯤 거리를 유지하면서 걸어갔다. 그는 다음번 모퉁이에서 맞은편 거리로 건너가서 사라져버렸다. 이어서 긴 코트를 입고 머리에 스카프를 둘러쓴 여자 하나가 건너편에서 그들을 서둘러 지나쳤다. 도미니카는 소리를 내지 않은 채 입술만 달싹여서 그 여자가 지갑도 없고, 백도 없고, 짐도 없다고 말했다. '아무래도 우리가 시간을 좀 많이 끈 것 같군. 그래서 거리를 좁힐 수밖에 없었던 거야.' 네이트는 생각했다.

그들은 작고 좁은 거리(클리펑 거리)를 골랐다. 그 길은 계단을 몇 개 내려가 주택가의 뒷마당으로 연결된 길에서 끝났다. 네이트는 한 팔로 도미니카를 잡아 세워 어둠 속에서 소리를 들었다. 아무 소리도 들리지 않았다. 그들은 긴장감에 온몸이 뻣뻣했고, 극도의 스트레스로 지쳐 있었다. 밤바람이 조금 불면서 어느 집 뒤쪽 포치에 달린 풍경이 울렸고, 개 한 마리가 짖었고, 나무 문이 바람에 흔들리면서 걸쇠를 탁탁 치는 소리가 들렸다. 네이트가 그녀를 보자 그녀는 어깨를 으쓱했다. '난 모르겠어요.' 그는 그녀에게 몸을 기울이고 그녀의 귀에 입을 댔다.

"이제 놈들을 도발할 시간이에요." 그가 속삭였다. 속도를 조금씩 높이고, 루트를 복잡하게 만들어서 놈들이 몰래 따라오다 그들을 놓치게 하든지 아니면 거리를 더 좁혀서 놈들이 어쩔 수 없이 모습을 드러내게 하는 방법 중 하나를 선택하게 만들어야 했다. 도미니카가 그의 귀에 입술을 갖다 댔다.

"얼마나 도발적으로?" 그녀가 물었다. 형태 없는 검은 야수가 그들을 쫓고 있는 상황에서 이런 식으로 노닥거리는 건 미친 짓이었지만 그녀는 긴장해서 초조해하고 있었다. 네이트의 후광이 번쩍였는데 화가 나서 그런 게 아니란 걸 그녀는 알아챘다. 그는 그녀의 손을 잡고 홱 끌어당겼다. 그들은 아우겐트로스테 거리에서 남쪽으로 방향을 돌려서, 30초 동안 멈췄다가, 오르히스 거리에서 서쪽으로 달려, 한 담장 밑에서 2분 동안 웅크리고 있다가, 다시 스트로블루멩 거리에서 남쪽으로 아까보다 좀 더 건물들이 작고 정원이 더 많은 좁은 골목길들을 달렸다. 달리다 보니 어떤 모퉁이의 나무 밑에 여자의 윤곽이 보였다. '어떻게 저럴 수 있지?' 사방이 아주 고요한 밤 네이트와 도미니카는 통나무 오두막집과 접어놓은 파라솔들이 있는, 판자를 대서 막아놓은 수영 캠프를 지나쳤다. 다뉴브 운하에 있는 스트란트 슈타틀라우 호숫가는 풀로 뒤덮여 아무도 찾지 않는 심란한 곳이지만, 그 오두막집에 달린 알전구 불빛에 미동도 없이 서 있는 남자의 그림자가 비쳤다. 모퉁이에 그 남자의 신발 끝이 보였다. '맙소사, 우린 두 시간 동안 공격적으로 계단까지 오르락내리락하면서, 모퉁이를 돌고, 방향을 바꿔가며 돌아다녔는데 이 남자는 우리보다 한 발 먼저 여기와 있었어.' 네이트는 생각했다.

날씨가 점점 더 추워지고 있었다. 강 냄새, 진흙과 앞에 있는 습지에 쏟아진 연료유 냄새가 났다. 둘은 카날 대로에서 남쪽으로 갔다가 물바세르 대로에서 서쪽으로 천천히 달리면서 0.8킬로미터쯤 떨어진 철도 가로대식 신호기의 초록색과 붉은색 불빛을 향해 갔다. '놈들이 조차장 주위를 돌아가게 만들자.' 네이트는 생각을 정리했지만 이제는 조금 긴장도 됐고 초조해졌다. 비명을 지르기 전까지는 공황에 빠진 게 아니야. 그는 조금 더 서두르면서, 사람들이 달리는 소리나, 오토바이가 부르릉거리는 소리나, 무전기에서 아무 소리도 나지 못하게 서둘러 누르는 소리가 들리는지 들어봤다. 그들은 다리를 높이 들고 철로 하나, 두 개, 다섯 개를 건너서 검은 타르를 바른 타이어 자국들 위로 발을 디뎠다. 순간 콧속에 디젤 냄새가 훅 끼쳤다. 조차장을 관통한(자갈 틈으로 구부러진 파이프들이 튀어나와 있었다) 수도 파이프에서 물이 뚝뚝 떨어지는 연기가 나와 불어오는 바람에 옆으로 날렸고, 그들은 시큼한 연기 기둥 사이를 헤치면서, 더 많은 철로를 넘어, 창고들이 줄줄이 서 있는 곳으로 갔다.

창고 주변은 질척질척한 진흙투성이였고, 녹슨 엔진 부품들과 기울어진 철도 차량의 차축들과 그 옆에 금이 간 철제 바퀴들이 있었다. 그들은 열려 있는 창고 문의 검은 구멍을 보고 경사로를 달려 올라가 안으로 들어가서, 여기저기 쪼개진 나무 상자에 등을 기대고 젖은 시멘트 바닥에 앉아 아픈 다리를 쉬었다. 네이트는 목이 말랐고 물을 가져오지 않은 자신을 욕했다. 지붕에 물이 새서 빗물이 메트로놈처럼 규칙적으로 똑똑 소리를 내며 바닥에 고여 커다란 웅덩이가 되어 있었다.

"몇 명이나 있을까요?" 도미니카는 고개를 뒤로 젖히며 잠시 휴식을 취하는 자세로 물었다. 그녀의 명품 부츠는 진흙투성이에 여기저기 긁혀 흠집이 났다.

"나도 모르겠어요. 열 명도 넘는데. 이런 건 처음 보네." 네이트가 말했다.

"어떻게 강을 건너죠?" 도미니카가 말했다. 네이트는 그녀를 보면서 미친 듯이 미국 대사관 정문을 향해 달리는 생각을 해봤다. 안 돼. 그건 있을 수 없어. 그렇게 되면 도미니카의 정체가 탄로 나서 디바 작전은 끝이다. 하지만 적어도 두 사람은 살게 된다. '망할, 안 돼!' 게이블이 그에게 질러대는 고함 소리가 벌써 들리는 것 같았다.

"게이블이 전에 이런 이야기를 한 적이 있어요." 네이트가 허리를 세우고 앉으면서 말했다. "이란인들이 베이루트에서 한 짓. 그들이 헤즈볼라(레바논의 이슬람교 시아파의 과격파 조직-옮긴이)에게 뭘 가르쳤는지." 도미니카는 너무 지쳐서 고개를 돌릴 기운도 없었다.

"그들은 감시팀을 써서 목표를 깔때기 속으로 몰아넣어요. 거리나 골목이나 사람들이 없는 광장 같은 곳으로. 조준경을 쏠 수 있는 곳으로 몰아넣는 거죠."

"그게 무슨 뜻이에요?" 도미니카가 그를 보면서 말했다.

"소총. 이미 자리를 잡고 목표를 겨냥하고 있는 저격수가 있는 곳으로 몰아넣는다는 거죠."

"우리가 지금 놈들에게 몰렸다고 생각해요? 왜 그렇게 생각해요?" 도미니카가 말했다.

"우리가 아파트를 나온 후로 모퉁이를 돌 때마다 놈들과 마주쳤어요. 놈들은 우리가 지나갈 곳에 미리 사람들을 심어놨고, 우린 그들을 피해 달아나는 식으로 반응했죠. 우리는 그들이 원하는 쪽으로 왔어요."

"그러니까 놈들이 우릴 어디로 몰고 있는데요?" 도미니카가 말했다. 밖에서 금속끼리 탕탕 부딪치는 소리가 났다. 도미니카가 벌떡 일어서서 창고의 출입구로 가면서, 그에게 움직이라고 신호했다. 네이트가 도미니카를 따라서 창고 벽에 몸을 바짝 붙이고 녹이 슨 전기 도관 뒤에 숨었다. 그들은 숨도 쉬지 않았다. 여긴 달빛도 비치지 않았지만, 앞에 누군가의 희미한 그림자가 먼저 오고 있었다. 그 그림자는 경사로를 걸어오다 잠시 멈춰서, 엉덩이에 두 손을 댄 채, 넓고 어두운 창고 안을 살펴봤다. 검은색 청바지에 별 특징 없는 재킷을 입은 그는 곧바로 네이트와 도미니카가 있는 쪽으로 몸을 돌려서(둘은 어둠 속에서 보이지 않았다) 그들을 향해 걸어오기 시작했다. 네이트가 도미니카의 소매를 잡아당겨 움직이지 말라는 신호를 보냈지만, 그 사람이 가까이 다가오자, 도미니카의 팔이 홱 뻗어나가 마치 고깃덩어리를 채가는 박쥐처럼 그 사람의 콧잔등을 손등으로 홱 후려쳤다.

깜짝 놀라 내뱉은 신음이 액체가 콸콸 쏟아지는 소리로 바뀌는 사이에 그 남자는 비틀거리며 몇 발짝 물러나서 바닥에 털썩 주저앉아 사정없이 피가 흐르면서 부풀어 올라 닫히는 코를 감싸 쥐었다. 도미니카는 숨이 막혀가는 그 남자 옆에 쪼그리고 앉아, 머리채를 잡고, 고개를 돌려 그녀의 얼굴을 똑바로 보게 했다. 덥수룩한 검은 눈썹 밑에 크게 뜬 그 남자의 눈은 칠흑처럼 검었다. 그의 턱은 피로 뒤덮여 있었고, 숨을 쉬려고 입을 벌리고 있었다. 도미니카는 그에게 얼굴을 가까이 댔다.

"그만하면 충분해요." 네이트가 말했다.

도미니카는 그의 말을 무시했다. "그녀의 이름은 우드란카였어." 도미니카는 그 남자의 머리카락을 쥐고 흔들면서 말했다.

그 남자는 알고 있었다. 그가 도미니카를 보면서 너의 시체를 씻는 사람을 저주하며 지옥에나 가라고 속삭이는 사이에 도미니카는 그의 머리를 한쪽으로 홱 비틀어 그의 목을 드러낸 후에, 떨리는 스테이크 나이프 칼날을 그의 목과 쇄골 사이의 구부러진 곳에 찔렀다. 그런 내내 그의 머리를 잡고 있었다. '급소를 찔렀군. 경동맥이야. 4초 걸렸어.' 네이트는 생각했다. 그 남자의 눈이 커지더니, 다리에 경련을 일으키다가 머리가 뒤로 넘어갔다.

도미니카는 그의 머리를 잡은 손을 놓고 그가 쿵 소리를 내며 바닥으로 쓰러지게 뒀다.

그리고 일어서서 네이트를 봤다. "아무 말도 하지 말아요. 당신이 무슨 생각을 하건 상관없으니까." 도미니카가 말했다.

그 남자의 눈이 천장을 올려다보고 있었다. "우드란카." 그녀는 그를 내려다보며 다시 말했다. 그리고 허리를 숙여 그의 재킷 지퍼를 열고 벌려서 주머니 속을 뒤졌다. 그녀가 핸드폰 하나를 들어 올리자, 네이트가 뺏어서 전원을 꺼버린 후에 어둠 속으로 던졌다. 그들은 페르시아어를 말하지도 이해하지도 못했고, 그들을 추적하기 쉽게 만들어주는 핸드폰을 가지고 다닐 필요가 없었다. 도미니카는 그의 안쪽 주머니에서 작은 권총 하나를 꺼내 네이트에게 건넸다. 독일제 월터로 탄창이 꽉 차 있었다. 38구경처럼 보였는데 게이블이라면 여자들이 핸드백에 넣어 다니는 총이라고 했겠지만, 네이트는 안전장치를 확인하고 바지 주머니에 넣었다. 네이트는 이 성서의 한 장면 같은 순간을 방해하는 게 유감스러웠지만, 도미니카의 어깨를 잡고 그녀가 스테이크 나이프로 이 남자의 머리를 썰어 트로피로 만들기 전에 끌고 가려고 했다. 도미니카는 어깨를 움츠러서 그에게 떨어져 나와 무시무시한 눈빛으로 노려봤다.

그들은 몰래 부서진 뒷문으로 나가서 울타리가 쳐진 곳으로 나가, 녹아내린 초콜릿 속에 흩어진 거대한 주사위처럼 진흙 속에 버려진 거대한 실린더 블록들 사이를 요리조리 빠져나갔다. 창고들 중에서 마지막에 있는 창고가 나무들과 가장 가까운 곳에 있었다. 그들은 재빨리 어둠 속으로 들어가서 멈춰선 뒤 소리를 들었다. 다뉴브 강 위에 있는 프라테르브루케 다리를 건너는 차 소리를 들을 수 있었다. 나무들 너머로 거대한 다리가 어렴풋이 보였다.

"그 자식을 발견하면 놈들이 모두 올 거예요." 도미니카가 말했다. 잿빛인 그녀의 얼굴은 단단히 각오한 표정이었다. 네이트는 어둠 속을 뚫어져라 보면서 움직이는 것이 있는지 찾고 있었다. 그녀는 손을 뻗어 그의 뺨을 쓰다듬으며 말없이 사과했다. 그는 그녀를 보호하려고 싸우고 있는데, 그녀가 이성을 잃었다.

"위험을 무릅쓰고 다리를 건너야 할 것 같아요. 기다릴 수 있을 거라고 생각했지만 이렇게 어둠 속에서 마냥 있을 순 없어요. 여기선 버티지 못해요." 그가 말했다. 그리고 도미니카의 어깨를 안았다. "우린 시내로 들어가야 해요." 도미니카는 고개를 끄덕였다.

"나무들 사이로 해서 다리로 갑시다. 다리 밑에 통로가 있다고 했죠?" 네이트가 말했다.

도미니카는 고개를 끄덕이다가 놀라서 고개를 들었다. "네잇, 안 돼요. 놈들이 거기서 총을 쏠 거예요. 그건 다리 바로 밑에 있는 아주 좁은 통로예요. 거기에 네온전구들이 달려 있어요. 이건 매복이에요. 놈들이 그 통로 양쪽 끝에서 총을 쏠 텐데, 그곳을 건널 때는 숨을 곳이 하나도 없어요." 그때 숲의 바닥을 바스락바스락 밟는 발소리가 들렸다. 몇 쌍의 발소리가 재빨리 그들을 향해 다가오고 있었다. 창고에 있는 남자를 이렇게 빨리 발견했을까? 그들은 피를 보러 오고 있었다. 네이트가 손으로 신호를 보냈을 때 둘 다 나무와 덤불과 덩굴을 헤치고 바닥에 흩어져 있는 쓰레기들을 넘어 달리기 시작했다. 그런 내내 네이트는 총알이 박히게 될 견갑골 사이에 얼음같이 찬 기운을 느끼고 있었다. 도미니카는 그보다 세 걸음 앞서서 잘 달리다가 엉덩이까지 차는 습지로 들어가 더러운 물속에 그대로 엎어지고 말았다. 그녀는 캑캑거리며 일어서서 네이트가 내민 손을 잡으려다 대신 그의 입을 손으로 틀어막고 작은 습지 가장자리에 있는 키가 큰 수초들 사이로 그를 끌어당겼다. 악취가 코를 찌르는 물이 그들의 옷 속으로 스며들었고, 그들의 코에도 들어왔다. 도미니카는 립스틱 권총을 물 밖으로 들고 있었고, 네이트는 재빨리 권총을 꺼내 흔들어 물을 뺐다. 한 발만 불발돼도 둘 다 죽을 것이다.

"놈들이 나무 사이로 오고 있어요. 둘이에요." 도미니카가 말했다. 네이트는 다가오는 두 사람의 그림자를 볼 수 있었다. 오늘 밤은 전염병처럼 실루엣들이 창궐했고, 사방에서 유령들이 그들을 둘러쌌다. 거리에서, 건물들 뒤에서, 나무들 뒤에서 그들을 감싸고 콜리(양치기 개-옮긴이)가 양떼 주위를 빙빙 도는 것처럼 교묘하게 그들을 여기로 몰고 왔다. 그들의 크기와 몸의 형태로 봐서 하나는 여자고 하나는 체격이 큰 남자라고 네이트는 짐작했다. 그 남자는 검은색 청바지에 어두운 색 재킷을 입고 있었다. 여자의 손에 들려 있는 금속이 번쩍이는 게 보였다. 그들은 확실한 목적을 가지고 다가오면서, 두 사람이 들을 수 있을 정도로 큰 소리를 내며, 좌우와 뒤를 둘러보고 있었다. 이들 둘이 그들을 다리로 몰고 있었던 것이다. 네이트는 그와 도미니카가 도망칠 곳이 별로 없다는 걸 알고 있었다. 그들은 반대 방향으로 움직이기 시작해야 했는데, 아마도 물과 갈대 속에 누워 이 둘이 그냥 지나치게 하고 나중에 나와야 할지도 몰랐다.

도미니카의 전략적인 해법은 그보다 좀 더 고딕식이었다. 그녀가 네이트의 귀에 대고 속삭였다. "내가 왼쪽을 제거할게요. 당신이 남은 하나를 쏠 수 있겠어요?" 그녀는 마치 건포도 빵 조리법을 의논하는 것처럼 그를 바라봤다. 네이트는 그 작은 자동 권총을 들어 올린 후에, 다가오는 미행들을 바라봤다. 그들은 이제 20미터 정도 떨어진 거리에 있었다. 네이트는 발사 수칙을 기억하려고 애를 썼다. "총격전을 치를 때 거리. 가늠쇠에 정신을 집중하고, 손목을 고정시킨 후에 방아쇠를 누르되, 갑자기 홱 잡아당기지 말 것."

그녀는 움직이기 직전에 기이하게도 아버지와 코르치노이 생각이 났다. 그녀는 몸을 돌려서 네이트를 보고, 손을 뻗어 잠시 네이트의 손을 꼭 쥐었다. 그는 쭈그리고 앉은 자세를 고쳐서 발사할 시간을 재고 있었다. 그의 창백한 얼굴은 진지하고 결의에 차 있었다. 보라색 아우라는 그의 심장박동에 맞춰 고동치고 있었다. 도미니카는 절대로 그를 다치게 하지 않겠다고 속으로 말했다.

도미니카 앞에 있는 여자는 오토바이 헬멧을 쓰고 있었다. 도미니카는 부들 속에서 몸을 일으키면서, 흘러가는 물을 따라 이동했다. 매끄럽게 하지만 서두르지 않고 앞으로 가서 그 립스틱 튜브를 헬멧에 대고 곧바로 플런저를 당겼다. 찰칵 소리가 나면서 그 플라스틱 헬멧은 곧바로 믹서에 토마토와 두부를 넣고 갈아버린 것 같은 모양이 됐다. 그녀의 전두엽은 이제 여름에 먹는 가스파초(토마토, 후추, 오이로 만들어 차게 먹는 스페인 수프-옮긴이)처럼 돼버렸고, 여자는 푹 쓰러졌다.

한편 네이트 역시 키가 큰 풀 뒤에서 일어나, 두 손으로 권총을 잡고, 그 남자의 콧등을 겨냥해 방아쇠를 세 번 당겼다. 희미하게 탕, 탕, 탕 소리가 세 번 들렸다. 그 작은 총은 그의 손안에서 튀어 오르지 않았고, 네이트는 총구를 흔들리지 않게 고정할 수 있었다. 네이트는 고개를 들어 그 이란 남자를 봤다. 그 덩치 큰 남자는 고개를 흔들고 한쪽 무릎을 꿇기 시작했지만, 손에 들고 있던 사악한 권총을 천천히 올리고 있었다. 그래서 네이트는 가늠쇠를 다시 들여다보며 그의 이마를 두 번 더 쐈다. 그 남자는 두 팔을 벌리고 뒤로 쓰러지면서, 반사적으로 방아쇠를 두 번 당겨, 밤하늘에 대고 총을 쐈다. "여성용이라니까." 게이블이라면 이렇게 말했을 것이다. 네이트는 권총을 들고 그 남자에게 걸어갔지만 그는 이미 죽었다.

끝내주는군. 이제 네이트도 게이블이 그가 한 총격전에 대해 들려준 여러 스토리처럼 젊은 요원에게 해줄 이야기가 생겼다. 그 이란인 남자의 얼굴에 붉은 테두리의 작고 검은 점 네 개가 생겼다. 두 개는 한쪽 뺨에 찍혔고, 나머지 두 개는 이마에 맞았다. 네이트는 손을 떨고 있었고, 이 작전을 망친 것 같다는 느낌이 들기 시작했다. 그는 미행 감시 루트를 더 잘 돌아서, 이자들을 떼버리고, 좀 더 영리하게 이들을 피할 수 있었다. '닥쳐.' 게이블이 그의 머릿속에서 말했다. 그들은 스스로를 방어해야 했다. 이건 모스크바나 워싱턴에서 쫓고 쫓기는 가벼운 미행이 아니었다. 오늘 밤은 네이트와 도미니카가 습지 물속에 고개를 처박고 둥둥 떠다니거나, 쿵 쓰러져 강 하류로 흘러내려가거나, 다리 밑 통로에서 총에 맞아 서로의 몸 위로 쓰러져 죽는 식으로 끝나게 돼 있었다. 그리고 밤은 아직 끝나지 않았다. 멀리서 더 많은 실루엣들이 움직이고 있었고, 저격수 하나가 매트 위에 누워, 손에 묻은 총의 오일 냄새를 맡으면서, 팔에 턱을 댄 채, 조준경의 십자선에서 나오는 빛을 받아 얼굴이 초록색으로 빛나고 있을 것이다.

네이트는 도미니카에게 몸을 돌렸다가 그녀가 땅바닥에 얼굴을 대고 팔을 밑에 깔고, 발목을 꼰 채 누워 있는 걸 봤다. 재앙이 터졌다. 그는 그녀의 몸을 굴려, 뺨에 묻은 흙을 닦아내고, 그녀의 몸을 손으로 더듬어서 그 익숙하고 달콤한 굴곡을 훑어 내리며 부상당한 곳, 피가 솟구치는 곳을 찾았다. 하지만 아무것도 없었다. 그녀의 머리와 목이 축 늘어졌고, 네이트는 그녀를 부드럽게 하지만 미친 듯이 흔들었다. 그녀는 신음했다. 네이트는 그녀의 머리를 한 손으로 받치면서 두개골을 만져봤다. 그의 손가락이 빨갛고 축축해졌다. 그녀는 두피에 부상을 입었다. 9밀리미터 총알에 찰과상을 입었는데 거기서 1밀리미터만 더 옆으로 갔어도 목숨이 위험했을 것이다. 죽어가는 남자가 반사적으로 쏜 총알이 그의 정보원, 파란 눈의 전사, 용감하고 성질이 불같은 이 열정적인 여자, 그가 사랑하는 여자를 맞춘 것이다. 그녀는 그의 품에서 죽었을 수도 있지만, 그들은 조금 운이 좋았다. 그가 그녀를 안전한 곳으로 데려갈 것이다. 그는 그녀의 머리를 부드럽게 안고 그녀의 귀에 대고 말했다. 또다시 신음하면서 그녀가 눈을 떴다.

"도미니카." 네이트가 러시아어로 절박하게 말했다. "어서 일어나요, 어서!" 그녀는 멍한 표정으로 그를 보다가, 눈에 초점을 맞추면서, 심호흡을 한 번 했다. 그리고 고개를 끄덕였다.

"일어나게 도와줘요, 자기." 그녀는 그렇게 말했지만 혀가 꼬이고 있었다. 그는 그녀를 조심스럽게 안아서, 그의 목에 그녀의 팔을 걸치고, 허리를 숙여서 텔론 가방을 들어 어깨에 멨다.

"어서 가요. 우린 왔던 길로 되돌아가서 강을 벗어날 수 있어요." 네이트가 말했다. 도미니카의 몸이 굳어졌다.

"그 큰 다리 근처에는 가지 말아요." 그녀가 불분명한 발음으로 말했다. "또 다른 다리가 있어요." 그녀는 힘없이 하류를 가리키며 말했다. "철로로, 500미터쯤 하류로 가면 있어요. 철로를 따라 걸으면 돼요. 우린 내 안전 가옥에 갈 수 있어요. 거기서 멀지 않아. 난 갈 수 있어요." 그녀는 그렇게 말하면서 비틀거리며 그의 품을 벗어났다. 그녀는 두 손으로 땅바닥을 짚고 무릎을 꿇으면서 고개를 숙였다. 네이트가 다시 허리를 숙여서 그녀를 일으켜 세웠다.

"어서 가요, 베이비." 네이트가 반사적으로 말했다. 그녀를 구하겠다는 굳은 의지가 솟으면서 순식간에 머리가 맑아졌다. 만약 도미니카가 다치지 않았다면, 자기를 베이비라고 불렀다고 또 난리를 쳤을 것이다. 네이트는 다리에서 비스듬히 떨어져서 강을 옆에 끼고 걸어가기 시작했다. 그들은 나무들과 갈대들을 헤치고, 보이지 않는 검은 물을 헤치고 걸어갔다. 네이트가 쫓아오는 자들의 소리를 들으려고 멈췄을 때, 도미니카는 다시, 그에게 기대 푹 쓰러지면서 충격과 젖은 옷에 닿은 차가운 밤공기 때문에 덜덜 떨었다. 더 이상 실루엣도 보이지 않았고, 잔가지들이 부러지는 소리도 들리지 않았다. 아마 그들의 감시망을 벗어났거나 아니면 이란 추적팀이 토끼들이 다리로 가서 완전히 병 속에 갇혔다고 확신하고 철수한 건지도 몰랐다.

네이트는 벨트에 그 체구가 큰 이란인이 가지고 있던 무거운 권총을 찬

214

채 발을 끌며 터벅터벅 물속을 걸어갔다. 탤론이 계속 그의 엉덩이에 부딪쳤고, 도미니카의 팔이 그의 목에 감겨 있었고, 그는 남은 한 손의 손목으로 그녀의 몸을 지탱하고 있었다. 도미니카는 걷잡을 수 없이 떨고 있었고, 때때로 그에게 기대 쓰러졌다. 네이트는 그녀를 마른 땅 위에 앉히고 그녀의 머리를 만져봤다. 끈적끈적했지만 상처에서는 더 이상 피가 나는 것 같지 않았다. 도미니카는 고개를 들어 그를 바라봤다. 그녀의 눈에 비친 검은 별빛이 떨리고 있었다.

"네잇, 당신 태블릿을 가지고 가요. 우린 그 정보를 지켜야 해요. 내 아파트에서 다시 만나요." 네이트는 그녀에게 미소를 지어 보이고 그녀의 얼굴에 흘러내린 머리카락을 쓸어 올렸다.

"도미니카, 우린 같이 가요. 난 당신을 놔두고 가지 않아요."

도미니카는 잠시 눈을 감고 애를 썼다. "이란 정보는 너무 귀중해요." 그녀는 또다시 혀가 꼬인 목소리로 말했다.

"당신은 내게…… 너무 소중해요." 네이트가 말했다.

도미니카가 눈을 뜨고 그를 봤다. 그의 머리를 둘러싼 보라색 기운이 빙빙 돌면서 커지고 있었다. "당신의 색이 아주 아름다워요." 그녀는 러시아어로 속삭이고 다시 눈을 감아버렸다.

'헛것을 보는구나. 빨리 몸을 말리고 따뜻하게 해줘야 하는데.' 네이트는 생각했다. "뭐라고 했어요?" 네이트도 속삭였다.

"아주 아름답다고." 그녀가 중얼거렸다.

그는 그녀를 데리고 또 다른 덤불을 지나쳐 갔다. 덩굴이 그들의 발목을 잡아당겨서 발을 높이 들고 걸어야 했다. 다뉴브 습지는 그들을 놔주려 하지 않았다. 네이트는 도미니카가 입고 있는 물이 뚝뚝 떨어지는 트위드 재킷을 벗기고 그의 얇은 재킷을 그녀의 어깨에 걸쳐줬다. 그의 목을 감은 손이 얼음처럼 차가웠다. 그들은 이 숲에서 빨리 나가야 했다.

그들이 덤불을 헤치고 나가자 철교의 석재 교각이 갑자기 그들 위로 우뚝 솟아 있었다. 고개를 들자, 납작한 코에 은색과 검은색이 섞인 S80 라인의 에스반(오스트리아 비엔나 근교를 오가는 국철−옮긴이) 열차가 우르르 소리를 내며 그들의 머리 위로 지나갔고, 현수선에서 딱 소리가 나면서 아크등 불빛이 갑자기 환하게 빛나 그들의 얼굴을 비췄다. 도미니카의 감다시피 한 눈에 지나가는 기차가 간신히 보였다. 네이트는 그녀를 데리고 비탈길을 올라가 철로 옆 바닥으로 가서 그녀를 쉬게 했다. 그리고 철교를 조금 더 걸어갔다. 철교의 굴곡이 진 위쪽 트러스(지붕, 교량 따위를 버티기 위해 떠받치는 구조물−옮긴이)는 복선 철로와 가까이 있었고(둘 사이의 간격이 양쪽으로 몇 센티미터씩 있었다), 물 위에 좁은 대들보만 하나 있었다. 또 다른 기차가 지나가기 전에 어서 이 다리를 건너가야 했다. 그렇지 않으면 검은 강물 위에 있는 대갈못으로 박아놓은 대들보 위로 가서 버텨야 했다. 머리가 어질어질한 도미니카가 흔들거리다 물속으로 떨어질 확률도 반반이었다. 일단 물에 빠지면 그녀는 한밤중에 폭풍이 치는 바다 한가운데서 배 밑으로 떨어진 것처럼 흔적도 없이 사라져버릴 것이다.

네이트는 강 상류 쪽을 봤다. 프라테르브루케 다리는 야밤에 달리는 차들의 소리로 윙윙거렸다. 그 밑에 있는 보행자용 통로는 은은하게 불빛이 빛나고 있어서 나무를 두른 어두운 왼쪽 강둑과 대조적이었다. 그곳에서 밤공기 속에 시체 두 구가 뻣뻣하게 굳어 있었고, 저격수가 끈기 있게 구멍 속에서 네온 불빛으로 가득 찬 죽음의 상자 속으로 그들이 들어오길 기다리고 있을 것이다. 순간 네이트는 그 저격수가 두 다리 사이의 어딘가에서 자리를 잡고 양쪽 다리를 다 볼 수 있을지 궁금해졌다. 하지만 그렇게 된다면 폐쇄된 공간에 갇힌 목표에 대놓고 쏘는 게 아니라 다리를 건너서 움직이는 목표들을 상대해야 한다. 어떤 시나리오건 대안은 없었다. 도미니카를 살리려면 빨리 따뜻한 실내로 데려가야 했다.

그들이 다리를 반쯤 건넜을 때 상자형 대들보들이 진동하기 시작했고, 머리 위에 있는 전기선들이 윙윙 울리기 시작했다. 누가 병 입구에 입을 대고 불었을 때 나는 것 같은 소리가 들렸다. 그리고 반짝거리는 철로를 따라 커다란 헤드라이트에서 반사된 불빛이 그들을 향해 무시무시하게 빨리 타들어가는 도화선처럼 다가오면서 점점 더 속도를 높이고 있었다. 네이트는 도미니카를 도와 기울어진 트러스 밑으로 들어가서 대들보 위에 균형을 잡고 서 있게 하면서 한 손으로 그녀를 잡았다. 그녀는 얼음 같은 손으로 그 강철을 움켜쥐었다. 대들보 위로 튀어나온 그들의 발뒤꿈치는 밤처럼 검은 강물 위에 있었다. 수백만 리터의 갈색 다뉴브 강물이 흑해로 질주하고 있었다. 그들 주위의 강철이 흔들렸고 네이트가 도미니카를 잡은 손에 힘을 주는 사이에 달리는 기차의 압력파가 그들을 쳤다가 그다음에는 그들을 빨아들이려고 했다. 영화 영사기 같은 불빛이 비치는 기차가 윙 소리를 내며 지나쳤을 때 도미니카의 얼굴은 숯처럼 검은 눈에 마녀처럼 창백해 보였다. 하지만 눈이 마주쳤을 때 네이트가 그녀에게 미소를 지어 보였고, 그녀는 웃기 시작했다. 네이트도 웃기 시작했고, 그들은 다리의 진동이 멈출 때까지 그렇게 매달려 있었다.

프라테르브루케 다리의 영사기 불빛 같은 불빛이 멀리서 그들을 안전하게 숨겨주겠다고 하면서 불렀다. 강 위쪽의 더 차가워진 공기가 그녀를 다시 살려낸 것 같았지만, 철교를 반쯤 건넜을 때 그녀는 멈춰 서서 하얇게 마디가 질린 손으로 대들보를 껴안고 요란하게 흘러가는 물 위로 몸을 기댔다. 그녀는 검은 물에 대고 토했고, 그녀의 몸은 격렬하게 흔들리다 가끔씩 가볍게 떨렸다. 그는 이제 그녀를 꼭 끌어안고, 남은 다리를 다 건널 수 있게 도와줬다. 네이트는 계속 기차가 오는지 소리를 듣는 동시에 다가오는 강둑과 한델스카이의 강변도로를 보면서, 거기서 어슬렁거리는 검은 인간의 형체나 하얀 배기가스를 뿜어내면서 꿈짝도 하지 않고 서 있는 차가 있는지, 저격수 라이플의 파란 총구 위로 순간 반짝이는 불빛이 보이는지 찾았다. '끝날 때까지는 안전한 게 아니야.' 그들은 강에서 멀어지기 위해 하우프탈레를 따라 공원을 가로질러 갔고, 네이트는 도미니카를 데리고 가끔 그녀의 다리가 풀리면 일으켜 세워서 걸었다.

그들은 문을 닫고 있는 놀이공원에 도착했다. 마치 둘이 밤새 밖에 있었던 것 같은 기분이 들었다. 그리고 강 건너편에서 사이렌 울리는 소리가 들렸다. 그들은 산책로를 걸으면서, 다른 사람들이 도미니카의 머리와 셔츠에 묻은 피를 볼 수 없도록 밝은 곳은 피해 가면서 음악 소리를 듣고 음식 냄새를 맡았다. 도미니카는 조금 비틀거렸다. '와인을 너무 많이 마셨구나.' 좌판에 있는 할머니들은 생각했다. 비틀거리는 바람에 몸이 떨리는 게 가려졌는데 이제 그녀의 몸은 걷잡을 수 없이 지속적으로 떨리고 있었다. 놀이 기구들에서 나오는 음악과 페리스 대회전식 관람차에서 불어닥치는 바람 소리가 그들의 귀에 들렸다.

가스파초

빵과 잘 익은 토마토 몇 개와 씨를 뺀 오이를 믹서에 넣고 그 위에 레드 와인 식초와 올리브
오일과 소금과 쿠민을 넣는다. 매끄러워질 때까지 간다. 중간 크기 체로 걸러서 벨벳처럼
매끄러우면서 끈기가 생기게 한다. 식혔다가 깍둑썰기를 한 초록색 고추와 오이와 흰 양파
와 같이 낸다.

11

그들은 아파트로 들어왔다. 도미니카가 네 발로 기어 들어가는 동안 네이트는 가방 밑에 가지고 다니던 특수 래칫(한쪽 방향으로만 회전하게 되어 있는 톱니바퀴-옮긴이)으로 문을 단단히 잠갔다. 그리고 도미니카를 안아서 침실로 데려가, 물에 흠뻑 젖은 옷을 다 벗겼다. 그녀의 몸은 여기저기 멍이 들어 있었고, 등과 다리와 가슴은 얼음처럼 차가웠다. 그녀를 욕조에 눕히고 수도꼭지를 틀자 뜨거운 물이 갈색으로 변했다. 그녀가 눈을 감고 누워 있는 동안 네이트는 그녀의 몸을 씻기고, 머리를 감기고 나서 그녀의 두피에 있는 머리 선을 꼼꼼히 살펴봤다. 상처의 출혈은 멈췄다. 도미니카가 눈을 떠서 그를 바라봤다. 도미니카는 따뜻한 물속에 턱까지 잠겨 있었지만 덜덜 떨었다. 욕조의 더러운 물 표면이 진동하고 있었다.

"주가노프 짓이에요." 그녀가 덜덜 떨면서 말하는 동안 네이트는 스펀지로 그녀의 다리에서 발까지 닦았다. 그것은 뜻밖에도 아주 자연스러웠다. 발가벗은 자신을 네이트가 보살피는 게 그녀는 전혀 창피하거나 수치스럽지 않았다.

"그 자식이 당신에게 이란 암살팀을 붙였단 말인가요?" 네이트가 말했다. "아뇨, 그렇게까지 하진 않았을 거예요. 하지만 의도적으로 잠쉬디를 이란인들에게 누설했어요."

"MOIS가 센터에 오늘 밤 브리핑 현장에 있었던 첩보 요원 두 명을 추격했다고 말하면 무슨 일이 벌어지죠?" 네이트가 말했다. 그는 머릿속으로 본부에 보낼 메시지 초고를 작성하고 있었다.

"이란인들은 센터에 어떤 것도 보고하지 않을 거예요." 도미니카는 이를 딱딱 맞부딪치면서 말했다. "우리 정보부들은 정보 공유란 게 없어요. 주가노프는 관련된 사실을 부인할 수 있죠. 내가 오늘 일어난 일을 보고하면 그들은 이란의 방첩 수사 때문에 발각됐다고 할걸요. 이란인들이 배신자를 발견해서 그런 거라고. 하지만 주가노프는 내 스파이 기술이 부족해서 실패한 거라고 암시하겠죠. 난 그 인간을 잘 알아요."

"우리가 여전히 비밀 작전을 성공시킬 수 있을까요?" 네이트는 생각나는 대로 말했다.

그녀는 어깨를 으쓱했다. "당신 에이전시에서 빨리 움직여야죠. 모스크바 상황이 어떻게 돌아가는지 알려줄게요." 그녀는 여전히 물속에서 덜덜 떨면서 말했다.

그녀는 네이트가 자신을 욕조에서 안아 올리게 놔뒀다. 네이트는 그녀의 몸을 닦고 머리엔 부드럽게 타월을 감았다. 그 타월에 마지막 남은 피가 분홍색으로 배어나왔다. 그는 그녀를 침실로 데려가 이불을 덮어줬다. 그녀는 덜덜 떨면서 눈을 감았다. 네이트는 잠시 침대 옆에 서서, 그녀가 베개 위에서 머리를 옆으로 돌려 길고 우아한 목이 드러나는 모습을 봤다.

그리고 거실로 돌아와, 탤론을 켜고, 제목들을 보다가 독어와 영어로 된 파일들을 열었다. 독일, 베를린 조립 공장, 빌헬름 페트르스 주식회사, KT 550G 지진 격리 바닥 시스템, Ⅲ-Ⅳ MMI 강도, 2천만 유로에 설치팀 비용 추가. 그는 확산 부서가 원하던 정보를 확보했다는 걸 알았다. 그는 폭포수처럼 쏟아지는 데이터를 계속 스크롤 했다. 데이터 화면들이 끝도 없이 나왔다. '빙고.' 그때 침실에서 소리가 나서 고개를 들었다.

"거기 정보가 있어요?" 도미니카가 문간에 서서 러시아어로 말했다. "우리가 그걸 확보했나요?"

네이트는 고개를 끄덕였다. "모스크바는 바닥재 배달 비용으로 테헤란에 얼마나 불렀죠?" 그가 물었다.

도미니카는 어깨를 으쓱하는 대신 덜덜 떨었다. "20억 루블이 넘겠죠, 내 생각에. 나도 확실히는 몰라요."

네이트는 탤론의 화면을 몇 번 가볍게 두드려보고 고개를 흔들었다. "4천만 유로가 넘어요. 구매가의 두 배를 불렀어요."

"어련하겠어요. 떼돈 버는 사람이 여럿 나오겠군요." 도미니카가 말했다.

"그리고 물라들에겐 폭탄이 생기고." 네이트는 탤론을 내려놨다.

"그럼 우리는 끝장이네요." 도미니카는 문설주에 기댄 채 혀가 꼬인 소리로 말했다. 그녀의 머리는 헝클어져서 엉망이었다. 머리카락이 앞으로 쏟아져서 얼굴의 반을 가리고 있었다. 그녀는 격렬하게 몸을 떨었다. 네이트는 노트북을 덮고 서둘러 그녀에게 갔다. 그녀는 몸에 담요를 두르고 있었지만, 그 밑으로 맨발이 나와 있었다. 그는 담요를 두른 그녀를 꼭 안았다. 그녀의 피부는 시체처럼 차가웠다('쇼크가 남아 있어.' 그는 생각했다). 그는 그녀를 이끌고 다시 침실로 갔다. 그녀는 그 우아한 손가락으로 그의 손목을 꽉 잡고 있었다.

"당신 아직 떨고 있어요." 네이트가 말했다.

"추워요." 도미니카는 눈을 감으며 멍하니 말했다.

"다시 침대로 들어가요." 네이트가 말했다. 그는 그녀에게 시트를 덮어주고, 그 위에 담요를 덮고, 그 위에 또 두툼한 이불을 덮어줬다. 그녀는 겹

겹이 쌓인 이불 속에서 덜덜 떨었는데 시퍼런 입술 사이로 치아가 보였다. 네이트는 이불 밑으로 손을 넣어서 그녀의 손과 발을 만져봤다. 얼음처럼 차가웠다. 그는 물을 끓여서 차를 타고, 설탕 네 스푼을 넣어서 마시게 했다. 그래도 몸이 떨리는 게 그치지 않았다.

네이트는 이제 더 뭘 해야 할지 알 수 없었다. 그는 재빨리 셔츠의 단추를 풀면서 소매를 잡아당겨 벗으려다 다시 소매 단추도 풀어야 했다. 그리고 바지를 벗고 이불 속으로 들어가서 그녀를 옆으로 눕힌 후에 그녀를 뒤에서 꼭 끌어안고 그녀의 몸에 자신의 몸을 밀착시켰다. 그의 허벅지에 닿은 그녀의 둔부가 가볍게 떨리고 있었다. 그녀는 손을 뒤로 뻗어 네이트의 손을 꼭 잡아 자신의 허리를 감쌌다. 덜덜 떨고 있는 그녀의 온몸이 대리석처럼 차디찼다. '마블처럼 차군.' 네이트는 그렇게 생각했다가 소스라쳤다. 그는 자신의 몸의 온기가 그녀에게 전해지도록 애를 썼다.

둘은 그렇게 잠이 들었다. 한 시간, 어쩌면 두 시간 정도 지난 후에 네이트는 잠이 깼다. 시간이 몇 시인지도 알 수 없었다. 그녀의 짧고 날카로웠던 호흡은 진정됐고 떨던 것도 가라앉았다. 그가 살짝 움직이자 그녀가 잠에서 깨 몸을 돌려 그를 마주봤다. 그녀는 그에게 얼굴을 바싹 들이대고 그의 눈을 뚫어져라 봤다. 도미니카는 졸려서 눈을 천천히 깜박이고 있었다. 네이트는 그녀의 몸이 더 따뜻해진 걸 느낄 수 있었다. 네이트도 숨을 들이마시면서 그녀의 체취를 같이 마셨다. 모든 게 달랐다. 과거의 그들, 그 이후 변한 그들, 그리고 지금의 그들. 오늘 밤 살아남은 일이 모자이크 같은 그들의 관계를 다시 흔들었다. 네이트는 뭐가 옳고, 안전한지 알고 있었지만 이제 침착하게 모든 규칙들을(정보 요구 사항들을 공유하고, 비밀 작전을 누설하고, 정보원과 자고) 위반한 걸 생각했다. 이건 그것들보다 훨씬 더 중요했다. 목에서 또다시 익숙한 긴장감이 치솟는 걸 느끼면서 그는 게이블과 포사이스를 생각하지 않으려고 노력했다.

그들은 그렇게 옆으로 누워 서로를 마주보고 있었다. 도미니카는 어지럽고 속이 메스꺼웠지만, 몸은 떨리고 있었다. 추워서가 아니라 살아났다는 충격과 그에 대한 욕망 때문에 떨고 있었다. 그리고 그의 감촉을 기억해냈다. 그녀는 그의 가슴에 자신의 젖가슴을 부드럽게 누르고 그의 엉덩이를 다리로 감고, 덮고 있던 두꺼운 이불을 반쯤 차냈다. 그리고 그의 팬티를 벗겼다. 그들 사이를 가로막던 것들을 마음속에서 밀어냈다. 내일 무슨 일이 벌어지건 오늘 밤 일과는 아무 상관없다. 그녀는 그가 좀 더 가까이 다가오는 걸 느꼈다. 둘은 서로의 입술에, 눈에, 목에 키스하고 있었고, 그의 손이 그녀의 등과 엉덩이를 누르고 있었다. 그녀의 머리가 빙빙 돌았지만('바보, 넌 아마 뇌진탕을 일으켰을 거야.' 그녀는 생각했다) 상관없었다. 그의 손길이 그녀의 척추를 거쳐 머릿속까지 불꽃을 일으켰다.

네이트가 몸을 앞으로 기울여서 그녀의 아랫입술을 살짝살짝 깨물었다. "기분이 어때요? 괜찮아요?" 그가 물었다. 도미니카는 그에게 눈을 깜박여 보였다.

"당신은 돌아가지 않아도 된다는 거 알고 있죠?" 네이트가 속삭였다. 그의 목소리는 조용하고 사무적이었다. 말하면서 동시에 키스하는 건 쉽지 않았다. 도미니카는 그의 눈을 뜯어보면서 그의 머리 뒤에 손을 대고, 그의 얼굴을 가까이 끌어당겨 또다시 키스했다. 그의 보라색 후광이 두 사람을 감쌌다. 그녀는 자신의 또 다른 성적 자아가 지금 열려 있는 폭풍의 방문 앞에 서 있다는 걸 알고 있었다. 너 나올 거야? 아니면 다시 들어갈 거야?

"내가 모스크바로 돌아가지 않을 거라고 생각해요?" 그녀가 말했다. 그녀의 발음이 살짝 어눌했다. "자기, 그 어느 때보다 지금 꼭 돌아가야 해요. 당신도 그걸 알고, 나도 알고 있잖아. 우린 우리의 일을 해야 해요."

"난 그저 당신이 꼭 돌아갈 필요는 없다는 말을 하는 거예요. 오늘 밤 그런 일이 일어났으니." 네이트가 말했다.

그들은 움직임을 멈췄다. 그는 그녀를 찬찬히 살펴보고 있었고, 보라색 아우라가 고동치면서 그의 머리 주위에서 환하게 빛났다. "일 이야긴 그만해요." 그녀가 말했다.

그리고 둘 사이에 걸린 주문이 깨지기 전에 도미니카가 그를 침대에 밀어 눕히고, 그의 위에 올라타는 순간 현기증을 느꼈다. 그녀는 정신을 집중하려고 눈을 감았다. 그렇게 하자 방이 한쪽으로 홱 기울어지는 것 같은 느낌도 멈출 수 있었다. 네이트는 반쯤 불안해하면서 고개를 들어 그녀를 봤다. 도미니카의 입이 살짝 벌어져 있었고, 그 틈으로 치아가 보였다. 그녀는 조금 쌕쌕거리면서 숨을 쉬고 있었다. 그의 가슴에 두 손을 대고 그녀가 천천히 일어서서, 몸을 앞으로 움직였다 뒤로 움직이면서 일체 손을 대지 않는 스패로우 기법을 동원해서 그를 완전히 자신 속에 가두고 키워서 전기같이 짜릿한 쾌감이 일게 했고, 그에 반응해 자신도 어깨를 동그랗게 구부렸다. 그녀는 몸을 움직이기 시작하면서 오래전에 산스크리트어를 러시아어로 번역한 스패로우 안내서에 실린 기교를 썼다. 그녀는 얼굴에 흘러내린 머리카락을 밀어내고, 고양이처럼 가르랑거리면서 점점 더 힘을 냈고, 감은 눈꺼풀 뒤에서 눈동자가 사정없이 움직였다. 거기를 조일 때마다 속에서 뜨거운 기운이 일었고, 그의 골반에 대고 자신의 불두덩을 끌어내리듯 움직일 때마다 전등 스위치를 계속 켰다 끄는 것처럼 자신의 클리

토리스가 오르락내리락 튕겨지는 것 같은 느낌을 받았다.

네이트는 도미니카가 한쪽으로 기울어지기 시작했을 때 바닥으로 떨어지지 않게 그녀의 허리를 두 손으로 잡았다. 이를 악물고 도미니카의 육탄공세을 받아내며 배에 힘을 풀고 있던 그는 갑자기 지하에 있는 이란의 원심분리기 홀들에 대한 비밀 정보를 품은 채 거실에서 윙 소리를 내며 켜져 있는 노트북을 떠올렸다. 아파트의 블라인드 틈으로 비스듬하게 들어오는 불빛이 도미니카의 들썩이는 은빛 가슴을 비추고 있었고, 다리 밑의 좁고 긴 통로를 비추는 네온 불빛들이 보였고, 숲속 바닥에 대자로 쓰러져 있는 검은 시체들이 보였다. 눈을 감자 그 창고에 있던 이란 남자의 눈이 충격에 커졌다가, 흐려지면서 피를 펑펑 쏟아내던 모습도 보였다. 플래시백이었다. 뒤늦게 그도 쇼크에 빠진 것이다. '맙소사, 집중해.' 그는 생각했다.

무슨 일인가 벌어지고 있었고, 네이트는 다시 정신을 집중했다. 도미니카는 여전히 눈을 감고 있었다(그녀는 흔들 목마를 탄 악마의 아기처럼 정신없이 몸을 흔들고 있었다). 그녀는 이제 주먹 쥔 두 손을 위로 들고, 너무 빠르게 숨을 쉬고 있었다. 그러다 눈을 번쩍 뜨더니, 정신없이 그의 손을 찾아서, 자신의 풍만한 가슴에 갖다 댔다. 그녀는 절벽 가장자리에 걸려 뒷바퀴들이 텅 빈 허공에서 돌아가면서 들썩이는 차 안에 있었다. 절벽 아래에는 물거품을 뿜어내는 바다가 있다. 다리 사이에서 뜨거운 거품처럼 끓어오르던 느낌이 희미해지고 있었고, 네이트 위에서 움직이던 자세도 허물어지고 있었다. 탈진, 뇌진탕, 저체온증이 한꺼번에 몰려오고 있었다. 그녀는 절망적인 신음을 냈다. "도와줘요."

'도와달라고? 스패로우는 당신이잖아. 난 그저 당신이 껍질을 벗긴 버드나무 막대기에 지나지 않는 걸.' 네이트는 생각했다. 하지만 그러다 문득 대학 때 사귄 아름다운 여자친구가 떠올라 도미니카의 젖꼭지를 꼬집었다가, 세게 잡고 그녀를 끌어당겨 키스했다. 그는 그녀를 놓아주지 않았다. 갑작스러운 쾌감과 고통에 깜짝 놀란 도미니카가 네이트와 진한 키스를 했고, 그녀가 탄 차는 다시 원래 방향으로 기울어져서, 절벽 가장자리를 벗어났고, 머릿속을 북처럼 울리는 익숙한 진동이 그녀의 뱃속에서 발까지 내려갔다가 다시 위로 올라오는 동안 그녀의 밑에서 크게 세 번 고동치고, 작게 두 번 고동쳤다. 그 차는 절벽 밑에 있는 바위들을 치고 내려가면서 그 어느 때보다 크게 폭발했다. 그녀의 배 깊은 곳에서 나오는 환희의 신음이 그치지 않았다.

연기가 피어오르는 폐허가 된 사타구니를 느끼던 도미니카는 네이트가 이제 그녀를 두 팔로 꽉 안는 게 멍하니 느껴졌다. 그녀의 입속에 들어오는 그의 숨이 점점 더 거칠어졌다. 그녀를 안은 그의 팔에 더 세게 힘이 들어가면서, 그의 배 근육들이 납작해졌고, 그의 몸이 격렬하게 흔들리면서 그녀를 위로 밀어올리고 있었다. 도미니카의 머리가 흔들렸고, 이가 고통스러울 정도로 딱딱거리며 부딪쳤다. 그녀는 그의 튀어 오르는 몸 위에서 한 번, 두 번, 세 번, 네 번, 다섯 번, 맙소사, 흔들리다가 느닷없이 그녀의 쾌감도 다시 시작됐다. 하지만 이번에는 폭발이 아닌 공명으로('다' 음이 아니라 나 반음으로) 그녀의 몸속을 오르락내리락했다. 이번에 그녀는 네이트의 입에 대고 신음했고(자신의 신음이 머릿속에서 들렸다) 그에게 꼭 매달려 경련하며 누군가 와서 이 스위치를 꺼주길 기다렸다.

그들은 10분 동안 움직이지 않고 서로의 심장박동 소리만 들었다. 그녀는 얼굴에 떨어진 머리카락을 걷어내고, 그를 바라보다가, 반쯤 미끄러져서 옆에 누워, 그의 손을 찾아 어둠 속에서 꼭 잡았다. 아직도 어지러웠지만 이제 속이 메스꺼운 기분은 가셨다.

"우리 이불 덮어요. 다시 추워졌어요." 도미니카가 말했다. 네이트는 둘의 몸 위로 두꺼운 이불을 덮었다.

"물 마실래요?" 네이트가 물었다.

도미니카는 고개를 저었다. "오늘 밤에 다뉴브 강물 실컷 마셨잖아요."

그들은 이불 밑에서 손을 잡고 있었고, 그는 엄지손가락으로 그녀의 손바닥을 쓰다듬다가 한 번 고개를 돌려 그녀의 축축한 관자놀이에 키스했다. 도미니카는 입을 다물고 있었다. 팔다리가 무거워지는 게 느껴졌고, 머리와 가슴속은 점점 네이트 생각으로 가득 찼다. 그가 오늘 밤 그녀의 목숨을 구했다. 그리고 그녀의 몸을 씻기고, 그녀와 같이 누워 체온을 나눠줬다. 오늘 밤의 사랑은 마치 둘이 한 번도 떨어진 적이 없었던 것처럼, 한 번도 자신의 정열과 씨름한 적이 없었던 것처럼 뜨거웠다. 그녀의 허벅지에 전율이 일었고, 그녀는 옆에 누워 있는 그의 체취를 맡았다.

그녀의 생각은 육체적인 사랑에서 스파이로 흘러들어갔다. 잠쉬디를 상대로 한 위장 작전에 네이트를 개입시킨 극히 위험한 수는 재앙으로 끝날 뻔했다. 그들은 운이 좋았다. 도미니카는 주가노프의 배반에 대해 생각했다. 그는 이제 자유롭게(잠쉬디의 뇌가 우드란카의 노란 부엌을 장식하고 있으니) 이란과 푸틴의 조달 거래를 장악할 수 있게 됐다. '아주 끝내주는군.'

눈을 감은 그녀의 머릿속에서 여러 가지 생각이 빙빙 돌았다. 그녀의 미래는 어떻게 되는 걸까? 그녀는 거기서 살아남는 한 몇 년, 몇 십 년이고 일할 생각이었다. 그녀가 우드란카처럼 생을 마치게 될까? 그녀는 우드란카, 그녀의 모든 친구들, 이 체제의 희생자들, 크렘린의 인어들에게 너무나 미안했다. 그녀는 기껏해야 1년에 한두 번 네이트를 볼 뿐이고, 나머지 시간은 모스크바에서 칼날 위를 걸어 다니는 것 같은 위험 속에서 혼자 작업하면서, 기밀들을 훔치고, 크렘린과 야세네보에 있는 자칼들을 거역하고, 자신의 목숨을 걸고 러시아의 윤리적인 출혈을 멈추고 있다. 그녀는 아버지를 위해, 코르치노이 장군을 위해, 지금 옆에서 부드럽게 숨 쉬고 있는 남자를 위해 그 일을 하고 있지만 무엇보다 스스로를 위해 그렇게 하고 있다. 그녀는 그 사실을 통찰력이 뛰어난 CIA 담당자들보다 더 잘 알고 있었다. 그녀가 곁눈질로 네이트를 보자, 그는 고개를 돌려서 그녀에게 미소 지었다. 아주 진한 보라색.

그는 그녀에게 기밀을 털어놓고, 미국 첩보부 내부 정보를 보여줬고, CIA의 비밀 작전에 대해 알려줬고, 그들이 전에 위반했던 것보다 훨씬 더 중대한 규칙들을 깨뜨렸다. 하지만 그녀는 네이트가 변한 걸 봤다. 그는 이제 적대 지역인 러시아에서 그녀를 관리하고, 개인적인 감정 없이 그녀를 정보원으로 대할 용의가 있었다. 그의 마음이 단호하다는 걸 알았으니 그녀도 그 두려움과 위험은 감당할 수 있었다.

네이트는 자신의 심장박동과 호흡이 느려지면서 다시 정상으로 돌아가는 걸 느꼈다. 그의 손끝과 발가락은 멍하니 감각이 없어졌고, 옆에 누운 그녀의 몸이 따뜻해진 걸 느꼈다. 그는 그녀의 부드러운 손을 엄지손가락으로 훑어 내리다, 밧줄이라도 잡아당긴 것처럼 손바닥에 박인 굳은살의 감촉을 느꼈다. 그러자 마음속에서 벅찬 감정이 솟구쳤다. 그녀는 그를 위해, 그의 에이전시를 위해 모든 걸 걸고 있었다. 이건 그녀에게 미안해하는 감정이 아니다. 갈색 머리와 파란 눈에 걸을 때 아주 살짝 다리를 저는 용감하고 변덕스러운 여자, 러시아인답게 정열적이고 고집스러운 이 여자에 대한 애정이 솟구쳐 오른 것이다. 이렇게 우아한 손에 굳은살이 박여 있다니.

그들은 천장을 물끄러미 바라봤다. 창밖으로 보이는 프라터 공원은 어둡고 조용했다. 거리는 옆 블록에서 요란한 소리를 내며 병과 캔을 비우는 청소차 소리 외에는 조용했다. 부엌에 있는 작은 냉장고의 압축기가 덜컥거렸다. 도미니카가 발을 살짝 움직여서 그의 발을 건드렸다. 네이트가 차고 있는 손목시계의 형광 다이얼을 봤다. 새벽 4시였다. 냉장고 압축기가 덜덜 떨다 멈췄다. 그들은 서로를 보지 않았다.

"나는 당연히 모스크바로 돌아가야 해요." 도미니카가 어둠 속에서 말했다.

다음 날 아침 네이트는 비엔나 지부에 아우가르텐에서 한 블록 떨어진 곳에 있는 커피숍에서 만나자는 신호를 보냈다. 팜(Farm, CIA 요원 훈련 기관을 뜻하는 말-옮긴이)에서 같이 수업 들었던 동기 크리스 크레이머(동기들은 그를 만난 첫 주에 그를 크리스피 크림이라는 별명으로 부르기 시작했다)가 그 블록을 사 등분으로 나눠서 살펴보고, 미행이 없는 걸 확인한 후, 카페로 들어와 네이트에게 조심스럽게 다가오는 걸 보고 놀라고 기뻤다. 크레이머는 거무스름한 피부에 키가 작고, 집중력이 대단해서 반에서 선두를 달렸지만 졸업한 후로 한 번도 만난 적은 없었다. 네이트는 10분 만에 간밤에 일어난 일을 이야기했다. 크레이머는 여섯 살 먹은 딸아이 것인 헬로우키티 노트에 중요한 사항들을 적었다. "집에 있다가 네 전화를 받고 나오는 길에 제일 먼저 보이는 노트를 집어온 거야." 그는 그렇게 노트에 대해선 찍소리도 하지 말라고 경고했다.

네이트가 이야기를 마치자 크레이머는 곁눈질로 그를 봤다. "대단한 밤이었군." 그가 말했다.

네이트는 어깨를 으쓱하고, 탤론을 건네준 후에, 크레이머에게 암호를 말하고, 그 안에 있는 정보를 내려받아서 즉시 랭글리로 보내고, 복사본은 포사이스 아테네 지부장에게 보내달라고 부탁했다. "그 파일들을 보낼 때 작전 메시지도 같이 좀 보내줘. 디바는 무사하고, 내가 그 이란인의 노트북을 놔두고 와서 이란인들은 자기들의 비밀이 들키지 않았다고 생각하고 있다고, 모든 이야기는 내일 다시 벤포드 선배에게 내가 할게." 크레이머는 고개를 끄덕이고, 카페를 나가, 모퉁이를 돌아 사라졌다.

저녁 8시에 그들은 슐레르 대로의 성당 뒤에 있는 쾨니히 폰 웅가른 호텔의 아트리움(현대식 건물의 중앙 높은 곳에 유리로 지붕을 얹은 넓은 공간-옮긴이) 카페에서 다시 만났다. 그들은 맥주와 돼지비계와 그뤼에르 치즈를 곁들인 크로켓을 주문했다. 네이트는 본부에서, 특히 방첩부 부장인 시몬 벤포드가 내린 지시와 함께 비엔나 지부에서 보낸 쪽지를 읽었다.

벤포드는 다음 날 오후에 비엔나에 도착할 것이고, 게이블은 아테네에서 오는 중이었다. 그는 이미 비행기에 타고 있었다. 그 쪽지 내용은 지나치게 많이 생략됐지만, 디바의 미래와 새로 확보한 정보를 이용하는 방법에 관련된 다음 작전에 대해 논의할 것이라고 적혀 있었다. 네이트는 그 노트를 다시 읽었다. 그는 그 종이가 비단처럼 부드러운 걸 알아차리고 크레이머를 쳐다봤다. 크레이머는 고개를 끄덕였다. 네이트는 물에 용해되는 그 종이를 자신의 물잔에 넣었다. 종이는 쏴 소리를 내며 0.5초 만에 오트밀처럼 걸쭉해져버렸다. 크레이머는 맥주잔 너머로 네이트를 바라봤다.

"넌 모스크바 이후로 바쁘게 지냈더라." 그는 크로켓 하나를 입에 넣고 맥주를 홀짝홀짝 마시면서 말했다. "들리는 이야기라곤 온통 네 이야기뿐이었어. 시몬 벤포드랑 일한다더라, 극비 정보원들을 담당한다더라, 대어들을 낚았다더라, 아테네에서는 불꽃놀이를 하고, 비엔나에서는 야밤에 암살범들에게 쫓기고. 게다가 이젠 이 신비로운 노트북 다운로드까지. 내가 자세한 건 모르지만 모스크바에서 네가 망했다는 건 너무 과장된 소문이었나 봐."

"뭐 그렇게 대단한 것도 아닌데." 네이트는 얼굴이 붉어지면서 말했다. 그리고 문득 이 일을 시작한 초반에 자신의 경력에 대해 전전긍긍하던 마음이 사라진 대신 이제 좀 더 큰 위험을 지게 됐다는 걸 깨달았다. 그는 다른 요원들은 결코 알 수 없는 프로젝트들을 진행하고 있고, 보통 요원 다섯 명의 경력을 다 합쳐도 일어날 수 없는 작전들을 그동안 수행해왔다.

"네가 사랑하는 보스 곤도프는 건재하단다, 그 소식을 들으면 네가 기뻐할 것 같아서." 크레이머는 그렇게 말했다가 네이트의 기분이 바뀌는 걸 감지하고 분위기를 가볍게 해보려고 애를 썼다. "곤도프는 너무 겁에 질려서 거리에 아무도 못 보내다 결국 만신창이가 돼서 모스크바 지부를 나왔어. 본부에서 그를 라틴 아메리카 부서로 보냈는데 거기서도 대형 사고를 쳤다고 하더군. 소문에 따르면 부에노스아이레스에 가서 스카치를 물처럼 마시는 아르헨티나 장군들과 만난 자리에서 미니 우산을 꽂은 음료를 시켰다는 거야. 그런 실수를 하면 다시 회복하기가 힘들지. 그래서 다음엔 파리로 보냈는데, 거기서 고등학교 때 배운 불어 실력으로 프랑스 첩보부를 모욕하고 있나 봐. 거기 사람들이 어떤지 너도 잘 알고 있잖아."

네이트가 웃었다.

"난 이제 그만 가봐야겠다." 크레이머는 마지막 남은 크로켓을 보면서 말했다. "난 내일 너희 팀이 쓸 안전 가옥을 열어야 해. 그 집이 또 대단해요. 미군이 전쟁이 끝난 후에 망명자들에게 브리핑을 받을 때 거길 썼고, 이제는 지부에서 비상사태 때 쓰려고 관리하고 있지…… 예를 들면 위대한 네이트 내쉬가 이곳에 왕림한 그런 때. 3층이고, 탑처럼 높은 데다, 담쟁이덩굴로 덮여 있어. 그린칭에 있으니 38번 전차를 타."

"이렇게 도와줘서 고마워, 크리스피 크림." 네이트가 말했다. 그는 출장 온 동료들을 위해 안전 가옥을 치우는 일이 어떤지 잘 알고 있었다.

"그 정도 가지고 뭘. 도울 수 있어서 기뻤어. 난 네가 작전하는 걸 보면서 대리 만족을 느끼거든." 그러더니 그의 말투가 심각해졌다. "몸조심해, 알았지?"

비엔나 크로켓

베샤멜소스(우유, 밀가루, 버터로 걸쭉하게 만든 소스—옮긴이)를 걸쭉하게 만들고 거기에 가늘게 썬 돼지비계 혹은 프로슈토(향신료가 많이 든 이탈리아 햄—옮긴이)와 강판에 간 그뤼에르 치즈와 육두구를 넣어서 잘 섞는다. 그걸 판에 넓게 펴서 냉장고에 넣어 식힌다. 굳어진 소를 작고 동글동글하게 빚어서, 달걀 물에 담갔다가 빵가루 위에 굴린다. 빵가루를 바른 크로켓을 식혔다가 뜨거운 식물성 기름에 넣고 노릇하게 익을 때까지 튀긴다. 마요네즈와 마늘 퓌레와 레몬 주스로 만든 아이올리 소스와 훈제 파프리카와 같이 낸다.

12

초저녁에 네이트와 도미니카는 그린칭으로 가는 전차의 종점 바로 전 정거장에서 내려 하일리겐슈타트 공원을 향해 재빨리 걸어갔다. 전차에서 자연스럽게 내리는 그들에게 행인들은 아무 의심도 품지 않았고, 전차 정 거장부터 지그재그 경로로 갔다가 중간에 헤어져서 미행하는 이들의 반 응이 있는지 확인했지만 서둘러 그들을 쫓아오는 차들은 없었다. 그들은 빙 돌아서 다시 만났다. 팔짱을 낀 도미니카와 네이트는 관광객들로 북적 거리는 그린칭 시내에서 한적한 공원으로 가면서 한 번, 두 번, 열 번이 넘 게 미행이 있는지 확인했다. 그들은 좁은 길로 가면서, 나뭇잎 사이로 가 로등 불빛이 반짝이는 줄줄이 늘어선 아카시아 나무들을 지나쳤다. 슈타 인펠트 거리로 들어오자 더 조용해졌다. 그 거리는 완만하게 굴곡이 진 좁 은 거리로 한쪽 끝이 공원에 접해 막혀 있었다. 미행은 없었다.

그 집은 나무들 속에 바짝 붙어 거리에서 멀찍이 떨어져 있었다. 완전 히 담쟁이덩굴에 파묻힌 거대한 고딕식 저택으로, 입구에 기둥이 있었고, 저택의 한쪽을 받치고 있는 사각 탑의 지붕은 들쭉날쭉한 슬레이트 지붕 이었다. 유리창 주위에 있는 담쟁이덩굴은 다듬어져(마구 잘려) 있었다. 창 마다 커튼이 쳐져 있었고 위층 창문 하나에서 작은 불빛이 새어 나오고 있 었다. 네이트는 작은 탑에 사는 괴물이 파이프 오르간으로 연주하는 바흐 의 음악이 들려올 것 같다고 생각했다. '우리 에이전시에서 괴물들도 고용

했나? 성격이 괴물 같은 거 말고 진짜 괴물. 게이블 선배에게 물어봐야지.'
네이트는 생각했다.

네이트는 제2차 세계대전이 끝난 후 몇 달 동안 밖에서 이 저택을 올려
다보다가 들어가서 미군의 조사를 받게 된 절망적인 난민들, 군인들, 정보
원들, 동조자들, 망명자들을 생각했다. 그 당시 비엔나는 굴러떨어진 벽돌
조각들이 2층 높이까지 쌓여 있는 달 표면 같았고, 유독한 불법 페니실린
들이 넘쳐났다. 이제 이들은 여기 들어가서 시몬 벤포드와 만나 미래를 의
논하고, 도미니카가 모스크바로 돌아가 살아남을 수 있을 것인지 판단해
야 한다. 이미 블라디미르 코르치노이 장군을 잃은 그들은 그녀마저 잃고
싶지 않았다. 그들은 푸틴이 애정을 담아 보낸 한 저격수의 총알에 장군을
뺏기고 말았다.

저택 마당에는 잡초가 멋대로 자랐고, 꼭대기에 쇠못을 박은 낮은 담장
으로 둘러져 있었고, 앞쪽에 있는 화강암 계단은 사람들이 밟고 다녀서 닳
아 있었다. 육중하고 거대한 오크 문에 장식적인 연철 띠들이 둘러져 있었
다. 그들은 1초 동안 문 앞에 서서, 뒤에서 나는 거리의 소리와 앞에 있는
집 안에서 나는 소리를 들은 후에, 서로를 봤다. 모두 조용했다. 그들이 노
크하자 게이블이 문을 열었다. 새로 짧게 깎은 회색 머리에, 눈가에는 주
름이 잡힌 그는 두 사람의 어깨에 팔을 두른 채 안으로 데리고 갔다.

램프 불빛이 비치는 거실은 1920년대 오스트리아 같았다. 높은 천장에,
짙은 색 목재 상인방에, 색이 바랜 카펫들과 우윳빛 유리 샹들리에와 여기
저기 갈라진 가죽 안락의자들이 있었다. 납틀 창문에 걸린 묵직한 벨벳 커
튼이 하일리겐슈타트 공원 가로등의 오렌지색 불빛을 차단했다. 저쪽 벽
높은 곳에 수사슴 뿔들이 걸려 있었다. 거대한 벽난로에서 통나무 하나가

펑 소리를 내면서 타올라 서늘한 밤의 냉기를 몰아내고 있었다. 벽에 붙은 사이드보드에 술병들이 줄줄이 있었고, 구운 번(건포도 등이 든 단맛이 많이 나는 작고 동그란 빵─옮긴이)이 들어 있는 것 같아 보이는 줄무늬 밀랍 상자가 놓여 있었다. 벤포드가 그 빵들을 가리키면서 속에 고기가 들었는데 꽤 맛이 좋다고 했다.

방에는 그들 넷밖에 없었다. 모든 걸 꿰뚫어 보고, 그 어떤 것에도 놀라지 않으며, 재미있어 하는 경우는 그보다 더 드문 시몬 벤포드. 특유의 구겨진 옷차림에, 머리는 빗지도 않은 그는 크고 육중한 안락의자에 앉아 담배 연기가 방 안에 돌아다니지 않게 대충 굴뚝 연통에 대고 담배 연기를 뿜고 있었다. 아무 특징도 없는 검은 양복은 입고 잔 것 같은 모양새였다. 안경은 머리 위에 쓰고 있었다. 네이트는 벤포드가 이따가 욕을 하면서 안경을 찾기 시작할 거라는 걸 알고 있었다.

사각 턱의 마티 게이블은 아테네에서 방금 도착해 안락의자와 한 쌍인 가죽 소파 위에 구부정하게 앉아, 다리를 앞으로 뻗고 있었다. 그는 여러 개의 지퍼와 주머니가 달린 짧은 카키색 조끼를 입고 있었다. 도미니카는 그의 옆에 앉아, 소파에 등을 기댄 채, 다리를 꼬고, 뒤축이 낮은 구두 한 짝을 벗어서 발에 걸어 흔들고 있었다. 긴장되고, 흥분하고, 초조하고, 아마도 비협조적으로 나올 때 주로 하는 행동이었다. 그녀가 지금 어떤 상태인지 알려면 기다려야 한다. 그녀는 베이지색의 가벼운 모직 원피스에 넓은 도마뱀 가죽 허리띠를 차고 있었다. 원피스는 몸에 딱 달라붙었고, 방에 넓게 퍼진 램프 불빛에 드러난 곡선이 부드러워 보였다. 그녀의 얼굴은 간밤에 받은 스트레스로 지치고 핼쑥했지만, 그 피로 뒤로 한밤중에 한 사랑 때문에 얼굴에서 빛이 나는 걸 네이트는 봤다.

벤포드가 그녀를 보는 건 거의 1년 만이었다. 도미니카는 그의 앞에서 예의 바르게 행동하면서 조용히 있었지만, 게이블과 다시 인사할 때는 애정 어린 마음에 눈빛이 부드러워졌다. 브라톡, 큰오빠 게이블. 네이트는 조마조마했다. 게이블은 마치 큰오빠가 여동생을 보는 것 같은 같은 눈빛으로 그녀를 보고 있었다. '망할 게이블 선배. 선배는 그녀가 섹스한 후에 얼굴이 환해진 걸 알고 있어.' 네이트는 생각했다. 게이블이 잔뜩 찌푸린 표정으로 맞은편 안락의자에 앉아 있는 네이트를 힐끗 봤다. 벤포드가 벽난로에 담배를 던지고 몸을 앞으로 기울였다.

"의논할 건 많은데 시간이 별로 없어. 먼저 두 사람이 이란 팀의 매복에서 살아나 이루 말할 수 없이 안도했다는 걸 말해두고 싶군. 정말 둘의 노고를 치하하네." 그는 새 담배에 불을 붙였다.

"그리고 도미니카가 대단한 성과를 냈지. 도미니카의 일뿐만 아니라 그 계획들과 크렘린의 의도에 대해 앞으로 보고해주길 바랐어. 워싱턴의 정책 입안자들은 러시아연방 시스템과 푸틴 대통령의 충동을 이해하려고 용을 쓰고 있어. 도미니카, 당신이 계속 정보를 제공해주면 백악관과 의회에 있는 사람들도 이해할 수 있을 거야." 그는 담뱃재를 카펫에 대고 떨었다.

"내가 보기엔 대통령이 자신의 지위를 유지하고, 자신이 주관한 그 거래에서 나오는 이득을 차지하는 데 가장 관심이 큰 것 같은데."

도미니카가 네이트를 봤다. "푸틴은 대통령직을 유지하면서 계속 돈을 훔치고 싶어 하죠." 네이트가 러시아어로 말했다. 그녀는 고개를 끄덕였다.

벤포드는 고개를 들어 천장을 봤다. "푸틴의 러시아 국내 이미지는 완벽해. 국수주의에 시민의 자유와 기본 인권이 시들어가는 환경에서 아주 번성하고 있는 셈이지. 서방의 적대적인 음모 이론을 좋아하는 러시아인들의 정서도 그런 분위기를 부채질하고 있고. 정부의 탄압을 받는 언론이나 반정부 운동은 푸틴에게 전혀 위협이 안 되고."

"푸틴은 고국에 적이 없죠." 네이트가 도미니카에게 러시아어로 말했다.

"그래서 그가 조용한 나라의 인기 있는 군주인 한, 그가 해외에서 일으키는 재난, 테러 지원 국가들을 후원하는 도발적인 행위, 호전적인 군사 배치 같은 일들은(그 결과에 상관없고, 국제적인 비난도 싹 다 무시해버리고) 그가 가장 중요하게 생각하는 목적, 그러니까 권력을 유지하는 데 아무 지장을 주지 않아."

"러시아가 불평하지 않는 한 푸틴은 뭐든 할 수 있어요." 네이트가 말했다.

도미니카가 초조해서 발을 까닥거리고 있었다. "벤포드 씨, 대통령이 두려워하는 유일한 건 거리의 성난 사람들이에요. 그루지야나 우크라이나 같은 곳에서 말이죠. 그는 붉은 광장에서 리하랏카가 일어나는 걸 원하지 않아요. 그걸 영어로 뭐라고 하죠?"

"열기. 그는 그런 열기가 발생하는 걸 원하지 않죠." 네이트가 말했다.

"내가 품고 있던 막연한 느낌을 확인해줘서 고마워요, 도미니카. 5년이 걸리건 15년이 걸리건 평범한 러시아인들이 해도 해도 너무한다고 느끼게 되면 크렘린에서 그를 쫓아내겠죠." 벤포드가 말했다.

"드바례쯔 브 이즈메네." 도미니카가 조용히 말했다.

벤포드가 한쪽 눈썹을 추켜올린 채 네이트를 봤다.

"배반의 궁전." 네이트가 대답했다.

"내 마음에 쏙 드는 말이군." 게이블이 말했다.

"이제 그와 관련된 두 가지 문제가 있어. 먼저 도미니카의 안전과 모스크바 내에서 작전을 계속할 수 있는 그녀의 능력에 관한 거야. 두 번째로 그 이란인의 노트북에 든 정보인데 그건 지금 본부에서 분석하고 있어. 도미니카가 꼭 알아야 할 필요는 없고, 알 수도 없고."

"그녀는 알아요." 네이트가 말했다. 벤포드가 그를 보는 동안 네이트는 기이하게 침착했다.

"네이트, 자네 트레이드마크인 형편없는 문법은 차치하고 내가 전에 암호 같은 말은 하지 말라고 했을 텐데. '그녀는 알아요'가 대체 무슨 뜻이지?"

"제가 그 기밀 작전에 대해 도미니카에게 말해줬습니다. 그리고 잠쉬디를 만나러 가기 전에 우리 정보의 핵 관련 정보 요구 사항도 보여줬습니다." 도미니카는 발을 까닥이는 걸 멈추고 벤포드를 보고 있었다.

"도미니카, 먼저 사과부터 할게." 벤포드는 그렇게 말하고 네이트를 향해 몸을 돌렸다. "지금 기밀 작전을 정보원에게 알려줬다는 건가?"

"그렇습니다. 그녀는 알아야 했습니다." 네이트가 말했다. 벤포드가 꼼짝도 하지 않는 사이에 네이트는 널빤지에서 한 발 더 나가 바닷속으로 뛰어들고 있는 것 같은 느낌이 밀려왔다.

"우린 도미니카 덕분에 잠쉬디와 만났습니다. 그리고 우리 둘 다 그 역을 제대로 연기해야 했죠. 도미니카는 이란을 위해 내진 바닥재를 구매하려고 모스크바 내부에서 음모를 꾸미고 있는 걸 알고 있습니다. 그녀도 그 계획에 가담했습니다. 푸틴이 그녀에게 직접 그 일에 대해 말했습니다. 그건 엄청난 접근권입니다. 다 제 보고서에 들어 있는 내용입니다." 벤포드는 알았다는 뜻으로 손을 저었다. 네이트는 일부러 게이블은 보지 않고 계속 밀고 나갔다.

"러시아 센터에서 잠쉬디가 암살된 보고서를 읽게 될 것이고, 도미니카는 왜 그녀의 작전이 실패했는지 설명해야 할 겁니다. 우린 그게 주가노프 소행이란 걸 상당히 확신하고 있지만, 도미니카는 어떻게 이란인들이 핵 돌아서 그들의 과학자를 죽이고, 그녀도 죽이려 했는지 설명할 수 있는 변명이 필요해요. 도미니카는 지금 외줄타기를 하고 있습니다."

"주가노프는 극도로 위험하고 믿을 수 없는 자입니다. 그는 이미 도미니카를 감시하고 있고, 이란 첩보부로부터 그들이 비엔나에서 추격한 두 번째 의문의 사나이에 대한 말을 한마디라도 듣는다면, 도미니카는 큰 위험에 처하게 됩니다."

"이란인들은 러시아 정보부와 소통하지 않을 겁니다. 그리고 센터는 굳이 그들을 찾아내려고 하지 않을 거고요. 주가노프는 사업 거래에만 관심을 집중할 겁니다." 도미니카가 말했다.

"그 사업 거래에서 우리가 알아야 할 건 확산 부서에서 바닥재를 대체할 만한 가연성 지지대를 만들 수 있느냐는 겁니다. 우리 모두 이게 어마어마한 기회란 걸 알고 있습니다." 네이트는 땀을 흘리면서 이야기를 계속했다. 벤포드의 얼굴은 가면을 쓴 것처럼 무표정 그 자체였다.

"저는 작전의 위험 요소들을 다 평가했고, 성공 가능성을 최대한 높이려고 했습니다. 도미니카는 우리를 위해 자신의 목숨을 걸고 있습니다. 그래서 자세한 이야기를 해줬습니다. 그녀의 안전을 위해 알아야 했습니다."

방이 조용해졌다. 통나무 조각이 벽난로의 쇠살대 밖으로 떨어져서 순간 불꽃들이 튀었다. 게이블이 일어나서, 펑 소리를 내며 차가운 맥주병의 뚜껑을 따고, 빵 두 개를 가져와 하나는 도미니카에게 권했다. 러시아의 피로시키라는 빵과 비슷한 '런자'는 간 쇠고기와 양파, 양배추를 넣고 구위낸 것이었다. 그녀는 빵을 우적우적 먹으면서 발을 까닥거렸고, 세 명의 미국인의 얼굴을 번갈아 보면서 그들의 색을 읽었다. 3분 동안 아무도 입을 열지 않았다.

"네이트, 자네답지 않게 날카로운 통찰력을 보여줬어." 벤포드가 말했다. 그는 의자에서 일어나서 사이드보드로 갔다. "내가 승인하지."

"그게 답니까?" 네이트가 말했다. 도미니카는 반짝이는 눈으로 그를 바라봤다.

"아니, 그게 다가 아니야. 전보다 위험이 더 커졌어. 동시에 우리에게 독특한 기회가 생겼고. 자네가 예견한 것처럼, 모스크바에서 이란인들을 위해 특수 장비를 조달한다는 이 계획은 사실 이란 핵 프로그램에 막대한 영향을 끼칠 수 있는 극히 드문 기회야. 왜냐하면 서방에서 금수 조치된 장비를 수입하는 건 이란인들이 통상적으로 피하고 있거든. 따라서 모스크바가 제공한 장비는 망설이거나 의심하지 않고 받아들일 거야."

그는 여러 개의 술병을 손으로 훑으면서 뭘 따를지 고민했다.

"도미니카, 유감스럽게도 당신이 이중의 위험에 처했지만 푸틴 대통령에 대해, 독일의 내진 바닥재를 사서 서구의 제재를 피할 그의 계획에 대해 우리에게 보고해줬으면 좋겠어요. 그러려면 우리가 당신과 모스크바 내에서 의사소통을 해야 하고, 당신이 자유롭게 메시지를 전송할 수 있어야 해요." 그는 게이블과 네이트에게 몸을 돌렸다.

"내가 늦어도 내일 아침까지 여기로 기술 요원을 오라고 지시했어. 도미니카는 코브콤을 쓰는 훈련을 받아야 해. 즉시 커뮤니케이션을 할 수 있게 말이야."

도미니카는 계속 발을 움직이고 있었다. "실례지만, 벤포드 씨." 그녀가 말하자 모두 그녀를 바라봤다. "커뮤니케이션을 해야 한다는 건 이해합니다. 그리고 그렇게 하겠습니다. 하지만 당신이 코르치노이 장군님에게 준 그런 위성 시스템은 싫어요." 코르치노이는 그가 체포되던 바로 그날까지 랭글리에 위성 통신을 보냈다. 그 장비를 러시아인들의 손에 들어가게 놔둔 것은 그의 체포에 신빙성을 높이고, 도미니카가 그 공로를 인정받을 수 있게 하기 위해 벤포드가 세운 계획의 일부였다.

"당신이 걱정하는 건 이해는 가지만 근거 없는 겁니다. 이 시스템은 아주 안전해요. 당신에게 그걸 하나 지급하고 싶어요." 벤포드가 말했다. 두 담당 요원(네이트와 게이블)이 서로 마주봤다. 그들이라면 도미니카가 동의하게 좀 더 부드럽고 다정하게 접근했을 텐데. 그들은 도미니카가 권위적인 행동이나 말에 어떻게 반응하는지 잘 알고 있었다.

"아마 그럴지도 모르죠. 하지만 우리의 통신 부서인 FAPSI(러시아 연방 통신정보국−옮긴이)는 지금 당신의 위성들을 보고 송신을 가로챌 방법을 알아보고 있어요. 그들은 모스크바 전역에서, 그걸 삼각형이라고 하던가, 암튼 그걸 실험하고 있어요. 라인 T와 KR이 이 업무에 초점을 맞추고 있죠. 코르치노이 장군님이 체포된 것 때문에 그렇게 해야 한다고 믿게 된 겁니다." 도미니카가 말했다.

"삼각형이라고요? 그들이 삼각측량을 하고 있다는 건가요?" 네이트가 묻자 도미니카가 고개를 끄덕였다. '또 다른 기밀 정보가 흘러들어왔다. 대도시인 모스크바에서 신호를 역탐지하고 있다는 거지.' 네이트는 생각했다. 게이블과 벤포드의 표정을 보니 다들 동시에 같은 생각을 하고 있다는 걸 알 수 있었다. 벤포드가 일어서서 왔다 갔다 걸어 다니기 시작했다.

"우린 믿을 수 있는 방식으로 당신과 꼭 연락해야 하는데." 벤포드가 초조해진 목소리로 말했다. 그의 머리를 둘러싼 파란 후광이 맹렬하게 움직였다. 도미니카가 도와달라는 눈빛으로 네이트를 쳐다봤다.

"그럼 SRAC(단거리 요원 커뮤니케이션 장비)는 어떨까요? 도미니카가 그걸 통해서 모스크바 지부나 기지국, 도시에 설치한 지하 센서로 메시지를 보내는 겁니다. 쌍방이 암호를 쓰고, 메세지는 3초 간격으로 오가고, 전력도 낮게 해서요. 제대로만 해내면 그들이 이런 방식의 정보 교환을 예상하는 것은 불가능하고, 알아내는 것도 불가능합니다. 도미니카가 송수신자 간에 교신이 가능한 곳에 가기만 하면 됩니다."

벤포드는 오만상을 찡그리면서 네이트를 봤지만 그도 그게 해결책이란 걸 알고 있었다. "그건 어때요?" 벤포드가 도미니카에게 고개를 돌렸다. "네이트가 방금 말한 걸 이해했어요?"

도미니카는 어깨를 으쓱했다. "우리에게도 당신들이 SRAC라고 하는 것과 비슷한 장비가 있어요." 그녀는 그걸 '스라크'로 발음하지 않고 '슈렉'이라고 발음했다. "내가 이해 못하는 건 네잇이 설명하겠죠." 그녀가 말했다. 게이블은 그녀를 보다가, 다시 네이트를 보면서, 둘 사이에 흐르는 페로몬을 읽어냈다. 망할 게이블 선배.

"좋아." 벤포드가 게이블에게 고개를 끄덕여 보이며 말했다. "당장 기술부를 투입시켜서 그렇게 하지. 모스크바에 그걸 설치하려면 땀깨나 쏟겠지만, 도미니카에게 최대한 빨리 스라크를 주도록 해."

"알겠습니다." 게이블이 대답했다.

"하나 더. 자네들이 필요하면 밤을 새워서라도 도미니카와 같이 탈출 계획을 세우도록 해. 우리에겐 딱 하루가 있어. 더 이상은 안 돼. 그다음에 도미니카는 다시 센터로 돌아가야 할 거야. 본부에 내가 도미니카에게 안전한 탈출 경로를 지급하고 싶다고 해. 레드 루트 2에 대한 바인더를 보내라고 해. 도미니카가 그 경로를 완벽하게 익힐 때까지 가르쳐줘. 작전상 실수할 가능성은 예상도, 용납도 안 하겠지만, 상상도 할 수 없는 사태가 일어나서 도미니카가 탈출해야 한다면, 우리가 보유한 최고의 탈출 루트를 도미니카에게 줘야 해." 그는 병 하나를 집어서 라벨을 보다가, 도미니카를 내려다봤다.

"그리고 당신은 전에는 한 번도 보고하지 않은 그런 상세한 정보를 보고해줘야 해요. 우린 이 이란 거래에서 나오는 숫자의 마지막 소수점까지 알고 싶어요. 그들이 언제 어떻게 그 장비를 모스크바로 가져갔다가 이란으로 옮길 건지도 알아야 하고. 당신이 참고할 수 있게 장비를 이란으로 보내는 비밀 배달 작전에 관련된 노트들을 준비했어요. 그걸 푸틴에게 써먹어서 공을 세울 기회가 있을 겁니다."

도미니카는 발을 위아래로 움직였다. "벤포드 씨, 대통령과 직접 만나는 건 그렇게 어렵지 않아요. 그는 자신을 떠받드는 패거리들에게 둘러싸여 있으니까. 하지만 그의 신임을 받는 건 또 다른 문제입니다. 그는 의심이 많고 쉽게 샘을 내요."

"흥미롭군요. 하지만 당신이 해낼 수 있겠죠?" 벤포드가 말했다.

"할 수 있을 것 같아요. 내가 여러분과 같은 신사들과 일하기 전에 어떤 훈련을 받았는지 기억하시죠?" 그녀는 눈 하나 깜빡이지 않고 부드럽게 벤포드에게 미소를 지어 보였다.

방 건너편에서 게이블은 눈에 띄게 불편해 보이는 네이트를 건너다보더니, 입술을 오므리고 의미심장하게 한쪽 눈썹을 추어올렸다. "어떻게 생각해, 네이트, 좋은 아이디어지?"

안가의 부엌은 1920년대를 그대로 옮겨놓은 것처럼 방 한가운데에 거대한 목재 테이블이 있고, 조리대에 묵직한 도자기 우유 주전자가 있고, 거대한 회색 석재 싱크대가 있고, 바닥에는 검은색과 흰색 타일이 깔려 있었다. 게이블은 거실과 연결되는 문이 닫혀 있는지 확인했다.

"시몬, 이야기하고 싶은 게 있어요." 게이블이 말했다. 벤포드는 싱크대에서 손을 씻고 있었다.

"나와 네이트 둘 다 동의하는 게 있는데. 포사이스도 마찬가지고요. 도미니카가 능력이 있거나, 대담하거나, 우리가 그녀를 위해 모스크바에서 좋은 장소들을 찾는 건 하나도 중요하지 않아요. 그녀의 목에 올가미가 걸리지 않게 하는 방법은 전적으로 그 빌어먹을 커뮤니케이션 장치를 설치하는 지부 요원의 능력에 달려 있습니다. 만약 그들이 FSB를 상대로 초짜를 내보내거나 그보다 더 끔찍한 경우로 얼간이를 내보내면 우린 30일 안에 도미니카를 잃을 겁니다."

"고마워, 마티." 벤포드가 수도꼭지를 잠그면서 말했다. "나도 그 상황은 완벽하게 이해하고 있어." 게이블이 그에게 마른 행주를 던져줬다.

"네이트를 핀란드 여행객으로 위장시켜서 그 장비를 두고 오게 하겠습니다." 게이블이 말했다.

"자네가 들으면 놀랄 소리겠지만 난 그 방법도 고려해봤어. 하지만 양심이 있는 인간이라면 그런 모험은 할 수 없어. 우린 모스크바 지부가 그녀에게 그 장비를 전해주고, 그다음엔 스라크 링크를 제대로 다룰 수 있도록 믿는 수밖에 없어." 벤포드가 말했다.

"그 천치, 곤도프가 아직 거기 있는 건 아니겠죠?" 게이블이 말했다.

"그 인간은 다른 임무를 맡아서 파리에 있는 프랑스인들을 고문하고 있지."

"모스크바는 어떻습니까? 지금 거기 지부장은 누굽니까?"

"버넌 스록모턴이야." 벤포드는 아무런 어조의 변화 없이 말했다. 표정도 그대로였다. 게이블은 순간 힘이 빠져서 테이블에 기댔다.

"지금 농담합니까? 그 새끼는 곤도프보다 더 심한 놈이에요. 한심하기 짝이 없는 개자식이라고요."

"그자는 윗선의 총애를 받고 있어. 국장을 구워삶아서 그 자리를 따냈지."

"시몬." 게이블이 말했다. CIA에서 벤포드에게 말대꾸를 하는 사람은 많지 않다. "그 자식은 대형 사고를 칠 인간이에요. 그가 사고 친 걸 쭉 늘어놓으면 장장 1.5킬로미터는 될 거란 말입니다. 그 자식은 아침을 먹기도 전에 벌써 몇 건의 작전을 위험에 빠뜨리는 위인이지만 그보다 더 심각한 건 자신이 얼마나 무능한지 모르고 있다는 겁니다. 그 인간은 자기가 현장 요원이라고 생각하고 있어요."

"그건 자네 의견이야. 그리고 정말로 그럴지도 모르지. 하지만 그는 이제 새로 발령을 받은 모스크바 지부장이야. 그리고 모스크바에서 벌어지는 모든 작전에 전적인 권한이 있고." 벤포드가 게이블에게 말했다. "어떻게든 해보는 수밖에 없어." 격노한 게이블이 마지막으로 한 번 더 시도했다.

"난 그 새끼를 잘 알아요. 그 자식은 자기가 직접 도미니카에게 줄 물건을 배달하러 나가겠다고 똥고집을 피울 겁니다. 놈은 미행이 자기 차 뒷좌석에 같이 타고 있어도 눈치채지 못할 천치라고요." 벤포드의 표정은 여전히 변하지 않았다. 게이블이 두 팔을 벌렸다.

"맙소사, 시몬, 모스크바 놈들은 그놈이 나간 뒤 3미터도 안 돼 그를 체포할 겁니다. 그 빌어먹을 놈은 멍청한 불독처럼 생겼단 말입니다." 게이블이 말했지만 벤포드는 여전히 아무 반응도 보이지 않았다.

"디바를 그 자식 손에 맡길 순 없습니다. 절대 안 돼요. 차라리 그러려면 그녀에게 스파이를 그만두게 하고 다른 나라에 정착시키는 편이 나아요."

벤포드는 어깨를 으쓱했다. "내가 대안을 고려해봤어. '우린 더 이상 여전히 역사는 장밋빛이고, 왈츠를 추면서 정치를 논하는 단순한 시대에 살고 있는 게 아니니까.'"

"대체 무슨 귀신 씻나락 까먹는 소립니까?" 게이블이 말했다.

"『젠다성의 포로』(영국의 작가 앤서니 호프의 소설—옮긴이)에 나오는 말이야. 이 말은 절박한 시기에는 절박한 수단을 강구해야 한다는 뜻이지." 벤포드가 말했다.

"참 대단한 명언이군요." 게이블은 고개를 절레절레 흔들면서 거실로 가려고 돌아섰다. 그러다 부엌 문 앞에서 멈췄다. "어떤 종류의 대안입니까?" 그가 물었다.

"내가 쓸데없이 디바를 위험에 빠뜨리진 않을 거야. 그렇지 않아도 이미 아주 위험한 상황이니까. 그녀를 최대한 안전하게 보호할 수 있도록 내가 키운 요원을 모스크바 지부에 침투시킬 생각이야."

시간이 점점 늦어지고 있었고, 벤포드는 무릎 위에 거대한 세계 지도를 펼쳐 놓고 도미니카 옆에 앉아서 계속 이야기를 하고 있었다. 그는 쓸 때마다 빽빽 소리가 나는 펠트펜으로 북해에서 러시아 내부를 거쳐 볼가 분지에 이르는 5천 킬로미터의 수로를 따라서 카스피 해의 남부 해안을 지나 이란의 반다르에안잘리 항구까지 선을 그렸다.

"당신 대통령이 해상 수송의 장점뿐만 아니라 고객에게 그 장비를 은밀하게 배달할 수 있는 점을 마음에 들어 할 겁니다." 벤포드가 말했다. 네이트가 소파에서 일어났다.

"푸틴이 의심하지 않을까요? 도미니카가 대형 선박용 운하들을 어떻게 알고 있겠습니까?" 네이트가 말했다.

"괜찮을 거예요, 네잇. 내가 볼가에서 스패로우 학교에 다닐 때 바지선들이 다니는 걸 지켜보곤 했다고 말할 거예요. 게다가 그들은 돈 벌 생각에 침을 흘리고 있어요. 그들은 절대 변하지 않아요. 절대로." 그녀는 몸을 돌려서 옆에 앉은 벤포드를 봤다. "고바토고 톨코 모길라 이스프라비트." 그녀가 미소를 지으며 그에게 말했다.

"대체 저게 무슨 뜻이야?" 게이블이 말했다.

"꼽추는 죽어야 낫는다고요." 도미니카가 말했다. 게이블이 웃었다.

벤포드가 떠났고 게이블이 밖에 나갔다가 음식을 가지고 돌아왔다. 그들은 밤새 일했다. 네이트와 도미니카는 지도와 네이트의 탤론을 보며 모스크바에서 걸어서 갈 수 있는 곳들을 자세히 조사했다. 두 사람은 도미니카가 스라크 장치를 받을 수 있을 만한 그럴듯한 은닉처들을 몇 개 골랐다. 그녀는 그 자리에서 직접 그것들을 가방에 넣어야 한다. 지도, 사진, 현장 보고서들, 주파수, 달리는 타이밍까지 다 들어 있는 바인더가 다음 날 아침 도착하면 복잡한 탈출 계획(레드 루트 2)을 검토할 것이다. 그들은 이제 모스크바에서 물건을 가져갈 수 있는 장소들을 잠정적으로 정할 수 있었다. 집요한 추적을 피해 거리에서 물건을 가져올 수 있는 계획을. "정말 스릴 만점이구먼." 게이블이 말했다. 그는 탈출 계획이 실패했을 때 정보원이 어떤 일을 당하는지는 덧붙이지 않았다. 네이트는 도미니카가 모스크바에서 탈출하려다 실패하는 상상에 안절부절못했다. 그는 스포트라이트들이 다가오고, 차들이 길 옆에 멈춰서고, 험상궂은 남자들이 그녀 주위로 몰려드는 모습을 상상했다.

텔론의 화면이 작아서 둘이 붙어 앉아 봐야 했다. 네이트는 그녀가 뿜어내는 열기를 느낄 수 있었고, 비누와 샴푸 냄새를 맡을 수 있었다. 그는 그녀가 가느다란 손으로 텔론의 화면을 앞뒤로 밀고 있는 모습을 지켜봤다. 그녀는 완전히 몰두하고 있었다. 도미니카가 화장실에 갔을 때 게이블이 맥주 두 병을 따서 하나를 네이트에게 건넸다.

"도미니카는 좋아 보이네." 게이블이 말했다.

"무슨 뜻이죠?" 네이트가 안전벨트를 채우면서 물었다. 그는 마티 게이블이 이런 대화를 어떻게 풀어 가는지 잘 알고 있었다.

"내 말은 도미니카가 비엔나 숲속에서 이란 킬러들에게 잡혀 죽을 뻔했는데도 괜찮아 보인단 뜻이야." 그는 맥주병을 기울여 마셨다. "네가 디바를 멋지게 탈출시켰어."

"고맙습니다." 네이트가 말했다. 그는 이건 그저 교향곡이 시작되기 전의 서곡에 불과하다는 걸 알고 있었다.

"도미니카는 모스크바로 돌아가면 숨도 함부로 쉬어선 안 돼. 이건 극히 중요한 작전이야."

"도미니카는 할 수 있어요. 그래서 마블이 그녀를 선택한 거죠. 마블은 그녀를 자랑스러워할 겁니다." 게이블이 고개를 끄덕이며 맥주를 다 비웠다.

"다만 도미니카가 네 GPS를 가지고 모스크바로 돌아가지 않도록 해." 게이블이 말했다. 네이트는 그를 보다가 다시 텔론을 내려다봤다.

"우린 도미니카에게 그런 걸 주지는……"

"내 말은 그게 아니야. 내 말은 너의 그 죄책감이 서린 페니스 신드롬 (Guilty Penis Syndrome)을 말하는 거야."

"뭐라고요?"

게이블이 그를 손가락으로 가리켰다. "하지 마. 빌어먹을 말 한마디도 하지 마. 전에 이 이야기했잖아."

"맙소사, 마티, 난 내가 지금 무슨 짓을 하는지 잘 알고 있어요. 난 절대로 도미니카를 위험에……"

"넌 똥과 사과잼도 구분 못하는 인간이야. 그녀가 널 사랑한다면 널 위해 무슨 짓이든 할 거라고 생각하는 거야?" 게이블이 말했다.

"대체 뭘 불평하는 겁니까? 방금 선배는 완벽한 정보원을 묘사했잖아요." 네이트가 신랄하게 말했다.

"그래, 내가 그랬지." 게이블이 맥주를 새로 가져오면서 말했다. "도미니카가 널 위해 너무 많은 위험을 감수했다가 잡혀서, 산채로 발부터 톱밥 제조기에 들어갔다는 소식이 들리기 전까지만 완벽하겠지." 그들은 도미니카가 거실로 돌아왔을 때 이야기를 멈췄지만, 그녀는 그들의 머리 위에 보라색 버섯구름이 떠 있는 걸 보고, 무슨 이야기를 하던 중이었는지 알았다. 전부 다.

그들은 새벽 1시에 작업을 중단했다. 다음 날은 하루 종일 기술자들과 같이 스라크를 연구하고 탈출 계획을 세워야 한다. 비행기로 와서 시차 때문에 피곤해진 게이블은 소파에서 잠들었고 도미니카가 담요를 가져와 그에게 덮어주는 동안 네이트는 벽난로에 통나무를 하나 더 넣었다. 그들은 구불구불한 계단을 올라가 2층으로 가서 어두워진 복도에 서서 움직이지 않았다.

"지금까지 우리가 세운 작전들 괜찮겠어요?" 네이트가 물었다. 도미니카는 그가 그녀를 걱정하고 있다는 걸 알고 기뻤다.

"물론이죠. 센터로 돌아가면 죽은 잠쉬디를 발견하고 안가를 버린 후에 다른 곳에서 하루 한나절 동안 있어야 했다고 말할 거예요. 문제없을 거예요." 그녀는 그렇게 말하고 잠시 입을 다문 채 우드란카를 떠올렸다.

"내일 기술 요원들이 탈출 계획에 대해 설명할 때 집중해서 들어요. 일이 잘못되면 당신이 빠져나올 수 있어야 해요."

"알았어요, 선생님." 도미니카가 말했다.

"지금 농담하는 거 아니에요." 네이트가 말했다.

"나도 농담하는 거 아니에요, 네잇. 내가 위험해지면 도망갈 거라고 생각해요?" 그녀는 손으로 그의 뺨을 쓸어내리면서 그의 머리를 둘러싼 보라색 기운을 느꼈다. "거긴 내가 할 일이 아주 많아요. 놈들은 코르치노이 장군님의 죽음에 대가를 치러야 해요." 네이트가 한 발 뒤로 물러섰다.

"끝내주는군. 이제 성전을 치르겠다는 건가요?"

"지금 꼭 이런 이야기를 해야겠어요?"

네이트가 하품을 했다. "맞아요. 늦었어요. 우린 눈 좀 붙여야 해요."

도미니카는 긴 속눈썹 사이로 그를 바라봤다.

"내가 아침에 당신을 깨우러 갈까요? 아니면 팔로 쿡쿡 찌를까요?"

"도미니카, 게이블 선배가 바로 아래층에 있어요."

"내가 브라톡을 데려올까요?" 그녀는 조용히 웃으며 말했다.

"하하하, 근사하네." 네이트가 말했다.

"그거 말고도 당신에게 해줄 다른 근사한 게 있는데." 그녀는 네이트에게 몸을 기울여, 그의 입술에 살짝 입술을 스치고 나서, 그의 귀에 입을 갖다 댔다. 그리고 그의 보라색 안개를 들이마셨다.

"나와 사랑을 나눠요." 그녀는 속삭이면서 그를 그의 침실로 밀고 갔다.

게이블이 아래층에서 조용히 코를 골고 있었다. 하지만 그는 알게 될 것이고, 벤포드도 알게 될 것이고, 포사이스까지도 알게 될 것이다. 도미니카가 팔을 뻗어서 그의 이마에 떨어진 머리카락 한 줌을 쓸어 올렸다. 네이트의 보라색 기운이 펄떡대며 뛰고 있었다. 그녀는 그가 다시 오래된 악마들에게 사로잡힌 걸 알았다. 상관없었다. 어젯밤 일로 생각이 정리됐고, 그녀는 자신이 뭘 원하는지 알고 있었다. 그녀는 그의 뺨에 한 손을 댔다.

"네이트, 나는 센터 안에 있어요. SVR 방첩 부서에 있다고요. 나는 대통령과 가까워지고 있고, 당신의 정보부에서 시도하는 가장 중요한 작전의 성패를 결정하게 될 정보에 접근하게 됐어요. 난 이제 당신들 모두에게 돌아왔어요. 난 모스크바에서 당신에게 보고할 거예요. 난 뭘 해야 할지 알아요. 어떻게 할지도 알고, 이 일에 따르는 위험들을 알고 있어요. 어떻게 일해야 할지 알고 있다고요." 네이트가 그녀를 빤히 봤다.

"어제 우리에게 일어난 일, 어젯밤 살아남아서 나중에 당신과 있었을 때 나는 전에 부족했던 뭔가를 발견했어요. 라브노베시에를 영어로 뭐라고 하죠?"

"평형." 네이트가 말했다. 그는 이 이야기가 어떻게 흘러갈지 알고 있었고, 두려웠다. 그도 같은 생각을 하고 있었기 때문에.

"그래요. 평형. 균형. 전에는 느끼지 못했지만 우리에겐 그게 있어요. 난 그게 필요해요." 그녀는 그의 어깨에 두 손을 대고 부드럽게 손톱으로 그의 살 속을 파고들었다. 그리고 수줍게 그를 바라봤다.

"난 당신이 필요해요."

"어젯밤. 어젯밤은 근사했지만…… 나와 사귀면서 SVR 내부에서 정탐할 순 없어요. 우린 임무에 집중하고, 냉철하게 계산하고, 명확하게……"
네이트가 말했다.

"아, 맙소사. 내가 연애 중이라서 다시 돌아갈 수 없다는 소린가요? 이것 참 난감하군요!"

"제발 목소리 좀 낮춰요." 네이트가 말했다.

"자기, 내 말 좀 들어요. 우리가 가진 것, 그것은 우리를 더 강하게 만들어줘요. 날 더 강하게 만들어줘요. 우리 관계에서 잘못된 건 없어요. 브라톡이 틀렸어요. 당신들 모두 틀렸어요."

"브라톡이 무슨 생각을 하는지 당신이 어떻게 알아요?" 네이트가 말했다.

"그녀는 영리하고, 넌 멍청하니까 그렇지." 인디언처럼 온몸에 담요를 감은 게이블이 어둠 속에 서서 말했다. 둘 다 기겁을 하면서 놀랐다. 그가 삐걱거리는 계단을 올라오는 소리는 아무도 못 들었는데.

"그리고 브라톡에 대한 내 생각이 맞았죠?" 도미니카가 부끄러워하지도 않고, 돌아서서 그의 어깨에 담요를 더 단단히 여며주면서 말했다. '마치 여동생 같아.' 네이트는 생각했다.

"너는 내가 무슨 생각을 하는지 알고, 둘 다 그 이유도 알고 있잖아. 정보원에게 감정적으로 매인 상태에서 최상의 기량을 발휘할 순 없어." 게이블이 네이트에게 고개를 끄덕여 보이며 말했다. "혹은 그녀를 담당하는 요원에게나. 특히 모스크바 같은 적대 지역에선 더 그래. 둘이 그 점을 생각해봐." 그는 머리를 문지르며 돌아서서 자신의 방으로 걸어갔다. 그러다 갑자기 멈춰서더니 그들에게 돌아왔다.

"두 사람 다 앞으로 닥쳐올 암울한 시절에 대비했으면 좋겠어. 아마 네 인생에 가장 암울한 날이 될 거야, 네이트. 공항 터미널이나, 기차 플랫폼이나, 국경 경비대에서 FSB에 둘러싸인 도미니카를 그대로 놔두고 뒤도 돌아보지 못하고 떠나야 할 그 날을. 우린 그렇게 해야 해. 이 일이란 게 큰 위험이 달린 일이기 때문이야. 그리고 당신은……" 그는 도미니카에게 턱짓을 했다. "당신은 여기 있는 이 우울한 인간이 어떤 나라의 수도에 매복이 있는 곳에 들어갔다가 20년 형을 받게 될 걸 알면서도 그렇게 놔둬야 할 날을 대비해야 해. 네이트보다 더 중요한 사람이 위험에 처하게 될 테니까 당신은 속내를 비칠 수 없어."

"브라톡, 그를 뭐라고 불렀죠?" 도미니카가 말했다.

"우울한 인간." 게이블이 말했다. 도미니카가 네이트를 봤다.

"멜랑콜리하다는 뜻이에요." 네이트가 고개를 흔들면서 말했다. 도미니카는 웃었다. 네이트와 게이블의 보라색 연기가 복도의 약한 불빛 속에서 둥둥 떠다녔는데 둘의 연기는 비슷했지만 조금 달랐다. 뭔가가 삐걱거리는 소리가 났다. 게이블은 담요를 어깨 위로 좀 더 올렸다.

"둘 다 다시는 서로 만나지 못하게 된다는 걸 깨닫게 될 날을 준비하라고."

도미니카는 한숨을 쉬었다. "알았어요, 브라톡. 이렇게 프레파쯔뜨비예가 된 걸 고맙게 생각해요. 이걸 영어로 뭐라고 하죠?"

"장애물." 네이트가 대답했다.

"당신 말은 밤일도 못하게 하는 방해꾼이란 소리겠지. 나도 그럴 수 있으면 좋겠어." 게이블이 말했다.

"맙소사, 선배. 우리가 의도적으로 그런 것도 아니라고요. 그냥 어쩌다 보니 그렇게 됐어요." 네이트가 말했다. 그는 자신이 어리석고 몹시 모자란 사람처럼 느껴졌다.

게이블은 고개를 저었다. "그게 네 잘못이란 소리가 아니야. 난 그냥 네 탓을 하고 있는 거야."

도미니카가 돌아서서, 침실 문을 열고, 두 남자를 다시 한 번 보고, 안으로 들어갔다. 그녀는 문을 살짝 열어놨는데 그것 자체가 메시지였다. '난 여기 있어요. 이건 당신 선택이에요.'

"나랑 아래층에 내려가서 브랜디 한잔해." 게이블이 말했다. 그는 문을 향해 고개를 끄덕였다. "그다음에 네 마음대로 해."

게이블은 어깨를 움츠려서 담요를 벗고, 꺼져가는 불에 통나무 하나를 던지고, 브랜디를 두 잔 따랐다. 그는 차고 있던 두툼한 브라이틀링 트랜스오션 손목시계를 보고, 얼굴을 문질렀다. 그리고 사파리 셔츠의 주머니에서 검은색의 두꺼운 시가 두 개비를 꺼내서, 하나는 입에 물고, 또 하나는 네이트에게 던졌다.

게이블은 시가 끝을 이로 물어 뜯어서 불에 던졌다. 아니, 불 가까이 갔다고 해야겠지. 그리고 낡아빠진 스테인리스 론손 라이터로 불을 붙이고 흐릿한 담배 연기로 자신의 머리와 어깨를 감쌌다. 게이블이 라이터를 네이트에게 던졌는데 거기에 창끝 휘장이 새겨져 있었다.

"그래, 제2차 세계대전 때 OSS(당시 미국 정보기관-옮긴이) 로고야." 게이블이 시가를 뻑뻑 피우면서 타들어가는 시가 끝을 보면서 말했다. "잔뜩 긴장한 본부 관리들이 그게 낭만적이라고 생각해서 우리 정보부 로고로 개조했지. 창끝을 동그랗게 만들어서 엉덩이에 쑤셔 박을 섹스 토이로 만드는 게 더 나았을 텐데."

네이트도 시가에 불을 붙였다. 검은색 포장지와 달리 놀랍게도 맛은 연했다. 그는 시가를 피워본 적이 거의 없었기 때문에 세 번째 모금에서 졸도하는 일이 없기만을 빌었다. 둘 다 2분 동안 한마디도 하지 않았다.

"포사이스가 이 문제로 너랑 이야기한 거 알아. 그리고 나도 이제 너한테 뭐라고 말하기도 지친다." 네이트는 이럴 때는 아무 말도 하지 않아야 한다는 것쯤은 알고 있었다. 사실 이 방에서 그가 앞으로 한 시간 동안 해야 할 일은 닥치고 있는 것이었다.

"네이트, 너의 일에 관련된 삶에서 가장 중요한 사람이 지금 2층 이불 속에서 쿠겔 운동을 하면서 애인이 발꿈치를 들고 살금살금 방으로 들어오길 기다리고 있어."

네이트는 방금 게이블이 한 것처럼 천장에 대고 연기를 뿜어냈다. 멋진데. "선배, 쿠겔은 면발로 만든 냄비 요리예요. 선배가 하려던 말은 케겔 운동이잖아요."

게이블이 시가를 문 채 그를 노려봤고, 네이트는 앞으론 말하라는 허락을 받기 전까지 절대로 입을 열지 않겠다고 다짐했다. "그녀는 가장 중요한 사람이야." 게이블이 다시 말했다. "그녀는 거의 무제한의 접근권이 있는 CIA의 빌어먹을 자산이자 귀중한 정보원이라고. 그리고 우린 그 자산을 보호해서 그녀가 계속 정보를 가져올 수 있게 해야 해. 이게 다 국가 안보를 위한 거니까. 그리고 그녀는 영리하고 강한 여자야. 그녀를 엿 먹인 모든 개새끼들을 파멸시키겠다는 임무를 수행하고 있는 중이란 말이야. 그녀는 러시아인이야. 그리고 성질도 좀 더럽지. 그건 우리 다 알고 있는 거고. 하지만 아주 헌신적이야. 저 위에 자동 추진식 곡사포가 있는데, 네가 현명한 담당자라면, 그녀의 동기를 기회로 삼을 거야. 아니, 이용할 거야." 그는 시가를 뻑뻑 두 번 더 피우고 타닥타닥 타는 벽난로가 있는 쪽으로 재를 대충 털어냈다.

"마블은 최고였어. 그리고 도미니카는 계속 살아남는다면 그보다 더 뛰어날지 몰라. 그런데 그녀의 생존은, 그러니까 그녀가 계속 임무에 집중하고, 올바른 결정을 하고, 동기를 잃지 않아야만 살아남을 수 있는데 너희 둘이 속옷만 입고 코딱지만 한 차에서 성난 낙타 두 마리처럼 그 짓을 하면 아주 위험해진단 말이야." 네이트는 절대로 입을 열지 말자고 애써 마음을 다잡았다.

"우린 이 작전의 새로운 단계에 접어들었어. 디바는 러시아 정보원들이 거의 한 번도 시도해본 적이 없는 일을 하게 될 거야. 역사상 선례가 없는 접근권을 가지고 말이야. 스탈린과 막역한 정보원을 상상할 수 있겠어? 절대 없지. 하지만 도미니카가 푸틴의 눈길을 사로잡았어. 그리고 우리 모두 그 염병할 놈이 손톱 밑에 뭘 숨기고 있는지 궁금해 죽겠어. 만약 우리가 이란 핵 프로그램 작전에서 망하면 세상은 더 위험해질 거야." 게이블은 일어서서 브랜디를 한 잔 더 따른 후 병을 들어 보였다. 네이트가 손을 저어 사양하자, 게이블이 다시 앉았다.

"그러니까 예를 들어 도미니카가 다시 모스크바로 돌아갔을 때 푸틴이 그녀에게 들이대면서 수많은 별장 중 하나에서 주말을 보내자고 했다고 보고한다고 쳐. 그럼 그녀의 담당자인 너는 뭐라고 지시하겠어? 말해봐." 네이트가 그를 빤히 바라봤다. 시가와 브랜디가 빚어낸 치명적인 효과가 머릿속에서 퍼지기 시작한 그는 생각을 정리하려고 애를 썼다.

"입 닫아." 네이트가 입을 열었을 때 게이블이 말했다. "내가 네 정보원에게 할 말을 해줄 거니까. 넌 도미니카와 필요한 정보를 검토해서 푸틴의 침대에서 어떤 재미있는 이야기를 끌어내야 하는지 알려줘. 넌 그녀에게 심리학자들이 작성한 푸틴의 생물학적 기록을 읽어서 그 인간이 숙취로 마시는 차에는 설탕을 몇 개나 넣는지 알아두라고 말하란 말이야. 그리고 푸틴이 도미니카의 속옷을 찢을 경우를 대비해서 여벌로 한 벌 더 챙겨가게 하고." 게이블은 브랜디를 한 모금 마시고 시가를 한 모금 피운 후에, 몸을 앞으로 기울이면서 목소리를 낮췄다.

"그리고 그녀의 머리에선 아직도 놈의 애프터셰이브 로션 냄새가 나고, 사흘 동안 그놈을 상대하느라 눈이 퉁퉁 부어서 집에 오면 너는 거기서 그녀의 보고를 받고, 그녀가 얼마나 끝내주는 일을 했는지 말해. 빈정거리거나 그녀를 비판하는 기색 하나 없이 어조조차 바꿔선 안 돼. 도미니카는 해야 할 일을 하는 거고, 너도 그러니까. 그리고 너희들이 해야 할 일은 앞으로도 많을 테니까. 그러니까 쓸데없는 거 다 치워버리고 작전 준비만 열심히 해." 게이블은 안락의자에 등을 기대고 시가를 피웠다.

"이게 네가 직업적으로 하고 싶은 일 같아?"

네이트는 눈을 감았다. "거기에 사랑은 끼어들 틈이 없겠군요."

게이블은 싱긋 웃었다. "중요한 정보원과는 안 돼. 이건 아주 보수적인 일이야. 네이트, 오래전에 부서장이자 진짜 남작이었던 사람이 내게 정보원을 담당하는 요원들은 절대로 결혼해선 안 된다고 한 적이 있었어. 업무에 집중할 수 없게 된다고."

"그래서 선배는 결혼을 안 한 건가요?"

"안 했다고 말하진 않았어."

"그럼 뭐예요, 했어요, 안 했어요?"

게이블은 어깨를 으쓱했다. "했어, 한동안."

네이트는 브랜디 잔을 내려놨다. "그 이야기를 해줄 건가요?"

"절대 안 돼." 게이블이 말했다.

"선배는 절 알게 된 후로 항상 투덜거리기만 했잖아요. 영양가 있는 이야기도 한번 해주는 게 어때요? 말해줘요." 남의 마음을 조종하는 능력을 타고난 두 사람이 한판 붙은 셈이었다.

게이블이 벽난로에서 타는 불길을 물끄러미 바라봤다.

"결혼했을 때 우리 둘 다 젊었어. 난 아내가 나의 이런 인생을 감당할 수 있을 거라고 생각했지. 항상 출장 다니고, 툭 하면 밤에 나가고, 그런데 아내는 그럴 수 없었던 거야. 아내는 일이 사람의 인생을 통째로 집어삼킬 수 있다는 걸 이해하지 못했어. 웃기지. 왜냐하면 아내는 피아니스트라 평생 피아노만 쳤거든. 난 리스트(헝가리 출신 음악가 프란츠 리스트-옮긴이)와 리스테린(구강청정제-옮긴이)도 구분 못하지만 부부 싸움을 안 할 때 아내가 연주하는 음악은 괜찮더라고. 내 두 번째 근무지는 아프리카였어. 그런데 아내의 피아노가 아무리 조율을 해도 음이 안 맞는 거야. 그래서 피아노 뚜껑을 올려보니까 속에 킹코브라 한 마리가 떡 하니 앉아 있더군. 아내는 파리나 로마에 살고 싶어 했는데 난 마닐라와 리마(페루의 수도-옮긴이)로 끌고 다녔지. 아내는 침실 문에 있는 안전장치나 벽장 속에 있는 산탄총을 질색했어. 우린 브랜디 잔 속에 있는 두 마리 전갈처럼 싸우면서 서로에게 상처를 주려고 용을 썼지. 그러다 아내가 짐을 싸서 떠나버렸고, 우리에게 두 번째 기회는 없었어. 아내가 고국으로 돌아와서 운전하다가 도로에서 미끄러져서 강물에 빠져버렸거든. 그때 겨우 스물다섯 살이었어. 난 그녀가 연주하는 쇼팽의 음악을 듣는 게 좋았지. 아내가 죽고 이틀 후에 나는 리마의 항구 지역에 있는 빛나는 길(페루 내전을 주도했던 페루 최대의 반정부 테러 조직-옮긴이)의 킬러를 만나고 있었어. 그런데 그 바보 자식이 총격전에 칼을 가져왔더라고. 그래서 그놈을 저세상으로 보내주고 나서 놈의 주머니를 뒤지고 있는데 어느 창가에 있는 라디오에서 쇼팽의 곡이 흘러나오더라고. 그녀가 연주했던 것처럼 말이야. 그래서 나는 그 자식을 내려다보고 서서 내 눈이 다시 잘 보이게 될 때까지 몇 분 동안 기다려야 했어. 하지만 그건 그냥 우연이었을 뿐이야. 그 후론 그녀 생각을 별로 하지 않았으니까."

'마티 게이블, 쇼팽, 빛나는 길이라니. 맙소사.' 네이트가 생각했다.

"그건 제가 모르고 있었네요, 선배. 유감이에요."

게이블은 어깨를 으쓱했다. "아주 오래전 일이야. 지금 네 상황과 좀 비슷하지. 다만 난 너처럼 아주 섬세하게 신경 써주는 선배가 없었어. 이제 네가 할 일은 내 현명한 충고를 잘 듣고, 머리를 달고 다니지만 말고 좀 써보고, 일류 프로처럼 행동하는 거야."

"브랜디 잔에 있는 전갈 두 마리는 어떻게 되죠?" 네이트가 말했다.

게이블은 축축해진 시가 꽁초를 불 속에 튕기고, 잔을 비웠다. "둘은 상대를 잡고 끌어당길 수가 없으니까 얼굴을 마주보면서 서로 집게발을 잡고, 서로를 계속 쏘지. 그들은 상대의 독에 면역돼 있으니까. 그건 결혼에 대한 망할 놈의 비유야."

런자

잘게 썬 양파와 마늘 퓌레가 부드러워질 때까지 기름에 볶는다. 거기에 양념을 하고, 신선한 딜과 회향 또는 캐러웨이 씨를 넣는다. 간 쇠고기를 넣어 갈색으로 변할 때까지 익힌 후 채를 썬 양배추로 덮고 양배추가 물렁해질 때까지 익힌다. 이 재료들의 물기를 빼서 말린다. 그다음 빵 반죽을 약 13센티미터 크기의 사각형으로 납작하게 편 후에, 한가운데에 소를 채우고, 가장자리를 접어서 끝을 봉해준다. 오븐을 중온으로 설정하고 노릇노릇해질 때까지 굽는다.

13

CIA 비밀공작부 부장 딕 스포퍼드는 CIA 본부 7층에 있는 그의 책상 앞에 앉아 있었다. 천장부터 바닥까지 이어지는 통유리 창으로 조지 워싱턴 기념 파크웨이를 따라 죽 늘어선 나무들과 그 너머 포토맥 강이 보였다. 그의 소박한 사무실에는(꼭대기 층에 있는 모든 고위 관리의 사무실이 놀랄 만큼 작다) 소파와 한쪽 벽에 있는 의자 두 개, 아무 매력도 없는 책상 위에 있는 빌트인 책장 하나, 그리고 반대쪽에 있는 작은 원형 회의 테이블이 하나 있다.

CIA 서열 3위인 비밀공작부 부장 즉 DNCS(딘커스라고 발음한다)는 비밀공작부와 모든 해외 작전들을 감독한다. 그의 사무실은 증기선 여행이 전성기를 누리던 시절의 여행 포스터들과 이탈리아 호수 지방과 1936년 뉴욕과 베를린을 오가던 공기보다 가벼운 비행선의 저렴한 복제화들로 장식돼 있었다. 하지만 이 방 분위기와는 또 안 어울리게 그의 뒤에 있는 책장 위에는 펭귄, 원숭이, 불가사리, 물소, 표범, 강아지, 사팔뜨기 문어들같이 플러시 천으로 만든 미니 피규어 컬렉션이 있었다. 스포퍼드는 CIA와 첩보 동맹인 파이브 아이스(미국, 영국, 호주, 캐나다, 뉴질랜드) 파트너들이 슬쩍 그 귀여운 야생 동물들을 보고 경악하는 것도 몰랐다.

스포퍼드는 인체 공학적으로 디자인한 중역용 의자(정보부의 4급 이상 관리들을 위해 설계된 모델인 에어론 체어)에 등을 기대고 앉아 눈을 감았다.

그의 특별보좌관인 이모젠이 책상 밑에서 그의 다리 사이에 무릎을 꿇고 손으로 핸드브레이크를 조작하는 것과 비슷한 동작을 하고 있었다. 스포퍼드는 차고 있던 시계를 봤다. 15분 후에 지도부 위원회가 시작된다. 알고 보니 그에겐 그 정도 시간도 없었다.

격렬하게 움직이던 이모젠의 어깨가 스포퍼드의 책상 밑을 쳤다. 아니, 좀 더 정확히 말하면 책상 서랍 밑에 있는 비상경보 버튼을 쳐서 근처에 있는 보안 사무국 컨트롤 룸의 무음 경보음이 울리는 바람에 3명의 보안 요원과 2인으로 구성된 비상 의료 서비스팀이 딘커스의 사무실에 출동했다. 보안 요원들이 권총을 홀스터(권총의 가죽 케이스-옮긴이)에 넣는 사이에 이모젠이 쥐가 난 두 손을 머리 위로 들어 올린 채 나왔다. 비상 의료팀의 여자 팀원은 스포퍼드의 핸드브레이크가 응급 키트에 있는 제세동 장치 맛을 좀 봐야 다시 살아날 것 같다고 속으로 생각했다. 사팔뜨기 문어가 책장 위에서 씩 웃고 있었다.

딕 스포퍼드의 갑작스러운 은퇴로('우리의 일은 끝나지 않았습니다. 제 마음은 여러분과 같이 있을 것입니다.') 자신 정도면 그 공석을 채울 만하다고 생각되는 고위 관리들 사이에서 조용한 경쟁이 시작됐다. 그중에 세 부서(작전부, 군사부, 의회 업무부) 차장들이 선두를 달리고 있었다. 작전부 차장인 보던 후드 역시 개인적으로 대민 관계 문제가 있었다. 그는 최근에 해외 지부 시찰을 나갔다가 젊은 Gs Ⅱ급 요원을 임신시켰다. 국장이 후드는 후보에서 제외시켰다.

군사부 차장인 세바스티앙 클로드 앙주빈(프랑스인으로 옹-제-빈이라고 발음하지만 부하 직원들에게는 '안지나'로 알려져 있다)은 키가 크고 날씬한 체격에 어마어마하게 큰 머리에 머리카락은 구불구불하고, 사람들의 시선을 받는 데 익숙해진 매부리코가 특징이었다. 그는 보안 계통 일을 하다가 비밀공작부에 들어왔다. 처음에 거짓말 탐지기 조작자로 일을 시작했지만 양주빈은 엄청나게 공을 들여 과거의 그 경력을 감추고 있었다. 그는 해군 사관학교를 졸업했다고 주장하고 있지만 그것도 미심쩍었다. 그의 군사부 운영 능력은 형편없어서 국방부에선 간신히 그를 참아주고 있었다. 고압적이고, 자기도취가 심한 데다, 무모하고, 한번 앙심을 품으면 오래가고, 사랑받지 못하는 성격인 그는 자신이 딘커스로 승진할 것이라고 예상했다. 그게 당연했다.

국장이 폴더 하나를 들고 회의실로 들어왔다. 비서가 따라 들어오면서 문을 닫고 벽에 있는 의자에 앉았다. 국장이 집행부 팀이 앉은 테이블을 둘러봤다. 부국장, 사무국장, DD로 알려진 각 부서의 차장들(작전부, 정보부, 과학부, 행정부)과 의회 업무부, 군사부, 홍보부 차장들이 왔다.

"늦어서 미안해요." 국장이 폴더를 열면서 말했다. 양주빈은 테이블 상석 가까이 앉아서 CIA 로고가 새겨진 황금색 커프스단추(작년에 국장이 준 선물)가 양복 소매 밖으로 잘 보이게 신경 쓰고 있었다.

"딕 스포퍼드가 은퇴하게 돼서 누가 그 자리를 채울지 빨리 결정해야 합니다. 그 자리는 잠시라도…… 비워둘 자리가 아닙니다." 국장은 마치 거기 적힌 뭔가를 보는 것처럼 폴더 안에서 종이 한 장을 넘겼다. '드디어 올 게 왔구나.' 양주빈은 생각했다. 국장이 발표를 끝내면, 바로 그가, 양주빈이 새 딘커스가 될 것이다. 그는 이 기회가 주어져서 무척 감사하고, 그가 받은 신임에 보답할 것이며, 앞으로 중요한 임무를 완수하기 위해 이

자리에 모인 모두와 협조할 것을 기대한다고 말할 것이다. 뭐, 대충 그런 이야기를 해야지.

그는 맞은편에 앉은 의회 업무부 차장인 글로리아 베바쿠아를 보고 속으로 히죽히죽 웃었다. 정말 대단한 패션 테러리스트야. 아시아 콜슬로(양배추, 당근, 양파 등을 채 썰어 마요네즈에 버무린 샐러드-옮긴이) 얼룩이 묻은 원색 바지 정장에 짝퉁 에르메스 스카프를 숄로 두르고 있는 여자라니. 투박한 굽의 메리제인 구두 밖으로 툭 튀어나온 발등, 스타인웨이 피아노 다리 같은 굵은 다리. 저 여자 사무실의 사이드보드 위에는 항상 빵 같은 게 있다지. '저런 여자가 딘커스가 될 리가 없지.'

7층 임원 식당에서 떠도는 소문으론 그녀는 자기가 딘커스로 임명될 거라고 자랑하고 있었지만 거기 소문은 믿을 만한 게 못 됐다. 대형 사이즈 옷을 입는 소화전 같은 이 여자는 CIA에서 중요한 경험을 쌓은 적도 없고, 작전에선 특히 그렇다. 그녀는 1년 전에 국장이 의회에서 데려왔다. 이런 여자가 비밀공작부를 지휘한다는 건 정말 소가 웃을 일이지.

"비밀공작부 운영 업무는 진화해왔습니다." 국장이 말했다.

'국장 말은 내가 필요하다는 거야. 나같이 노련한 행정가 말이지.' 양주빈은 생각했다.

"딘커스는 국방부, 국가 안전 보장국, 국립 지리 정보국과 같은 정보부 조직들을 모두 한자리에 불러 모아야 합니다." '국장은 지금 내 업무 파트너들 이야기를 하는 거야.' "그리고 의회의 감독 위원회들을 상대하는 일은 딘커스의 업무 중에서도 아주 중요한 업무입니다." 국장이 말했다. '대체 저게 무슨 소리래?' "이 자리에 모인 여러분 모두 충분한 자격을 갖추고 있기 때문에 제가 심사숙고한 끝에, 글로리아가 그 부서를 맡기로 했다는 점을 기쁜 마음으로 알려드립니다. 보던이 여러모로 글로리아를 아주 잘 도와줄 것이라고 믿고 있으며, 다른 분들도 모두 그러리라 믿습니다." 글로리아는 테이블 주위를 둘러보면서 모두에게 고개를 끄덕여 보였다. 그녀는 앞으로 할 일이 기대된다는 인사를 짧게 했다. '보자 보자 하니 너무하네.' 앙주빈은 생각했다.

앙주빈은 온화한 표정을 지은 채 그 망할 놈의 뒤통수치는 국장 개자식에게 눈을 떼지 않고 가만히 앉아 있었다. 국장이(자신도 상원의원의 수석 보좌관으로 일했던 잡종이지만) 앙주빈을 딘커스에 앉히기엔 너무 멍청하다고 생각해서 승진 명단에서 제외시켰다는 걸 앙주빈은 모르고 있었다.

'저 자리는 내 자리였어. 나보다 더 저 자리에 맞는 사람은 없단 말이야.' 앙주빈은 생각했다. 국장은 그렇게 생각하지 않았다는 건 생각도 못하는 인간이었다. 그 후 30분 동안 앙주빈은 아무것도 보이지 않았고, 들리지도 않았다. 그의 입속에서 아연 같은 맛이 났다. 회의가 끝나고 앙주빈은 문 앞에서 글로리아와 마주쳤다. 그녀가 먼저 나가게 양보했다. 어쨌든 좁아서 둘 다 빠져나갈 순 없으니까.

"축하해요." 앙주빈이 중얼거렸다. 글로리아는 머리 한쪽에 핀을 찌르고 있었다. 그녀의 머리는 옅은 금발과 흙빛 모근이 한 판 싸움을 벌이고 있었다.

"고마워요, 앙주빈." 글로리아가 곁눈질을 하면서 히죽히죽 웃으며 말했다. 그 순간 앙주빈은 이 회의는 그저 형식에 지나지 않았다는 걸 알아챘다. 그들은 몇 주 전부터 그녀가 승진할 걸 알고 있었던 것이다. 더 큰 배신감이 들었다.

"제가 몇 달 안에 국방 정보 수집팀을 방문할게요." 글로리아가 말했다.

'당신의 그 초대형 파이도 하나 들고 오지 그래.'

"아, 물론 그러시겠죠." 앙주빈이 말했다. 글로리아는 이 말이 "꺼져"란 뜻이란 걸 알고 있었지만 그녀는 의회에서 다년간 말을 안 듣고 고집부리는 남자들을 상대하는 데 익숙해져 있었다.

"당신이 이 자리를 원했다는 건 알고 있어요. 하지만 제임스가 다른 방향으로 가보길 원했어요." 그녀가 말했다. '그러니까 이제 국장이 아니라 제임스라 이거지.' 앙주빈은 생각했다. 그는 이들 모두를 위한 방향을 염두에 두고 있었다.

"당신이랑 제임스로서는 참 잘된 일이군." 앙주빈이 말했다. 그는 마음속에서 격노가 끓어오르는 걸 느끼면서 경멸하는 눈으로 글로리아를 내려다봤다. 글로리아는 그 표정을 보고 이 고상한 척하는 꺽다리가 자기 주제를 알게 해줘야겠다고 결심했다.

"이봐요, 앙주빈." 그녀가 가식적인 미소를 지으며 말했다.

"승진 탈락한 거 가지고 너무 속상해하지 말아요. 여자들은 여전히 당신이라면 환장하잖아." 앙주빈은 엄청난 모욕을 듣고 그 자리에 얼어붙었다. 그것도 이 촌스럽고 게으른 년에게. 그녀는 그를 지나쳐 복도로 걸어가버렸다.

앙주빈은 자신의 사무실 책상 앞에 앉아 멍하니 사진들과 훈장과 상장들이 걸려 있는 벽을 둘러봤다. 그의 허영심을 잘 드러내주는 벽이었다. 하지만 이제 액자 속에 든 그 상장들이 그를 비웃고 있었다. 그는 글로리아에 대한 증오심을 천천히 되새겼다. 7층에 있는 다른 변태들은 아무것도 아니다. 국장이 그를 배신했지만, 그렇게 하게 부추긴 건 글로리아가 확실하다. 그런데 이제 그녀가 비밀공작부를 운영한다고? 그녀가 첩보 작전들을 지휘하고, 기밀 작전들을 관리한다고?

그다음 주에도 앙주빈의 분노는 부글부글 끓어오르면서 마치 플라스틱 카보이(액체 위험 물질을 담는 원통 모양의 병-옮긴이)에 들어 있는 싸구려 키안티 와인처럼 신랄해졌다. 그는 그들을 파멸시키고, 깨끗한 웨딩 케이크의 아이싱을 손으로 쓸어버리고, 방금 막 바른 시멘트 위를 터벅터벅 걸어가버리고 싶었다. 이제 정보부에 충성할(언제 진짜 충성한 적은 있고?) 이유가 없어진 것 같은 기분이 들었다. 그의 옹졸한 마음과 비열한 동기가 합쳐져서 아주 중요하고 정말 충격적인 행동을 할 생각을 하게 됐다. 그에게 아주 두둑한 월급날이 올 것이다. 무지하게 두둑한 월급날이.

지금은 세상을 떠난 세바스티앙 앙주빈의 어머니 크리스틴은 살아생전 미 국무부 소속 직업 외교관으로 영사법에 관련된 업무를 했다. 그중에는 미국을 방문하거나 일하러 오거나 이민하는 해외 시민들에게 비자를 발급하는 일도 있었다. 영사관에서 일하는 대부분의 직업 외교관들이 그렇듯, 크리스틴은 성실하면서도 자신감이 부족했다. 그녀는 『탈무드』 같은 국무부 관련 규정 매뉴얼을 마치 자신이 작성한 것처럼 아주 잘 알고 있었다. 그녀는 키가 작고 여윈 체격에, 손목은 아주 가늘었고, 얇은 갈색 머리는 얌전하게 쪽을 지었다. 크리스틴은 독신으로 일만 했고, 사실상 남자 문제에 관해서는 포기했다.

크리스틴은 사십 대 후반에 파리의 미국 영사관 총영사로 발령받았다. 크리스틴은 거기 있는 많은 직원들을 내성적이면서도 능숙하게 이끌었다. 젊은 부하 직원들은 그녀가 그 분야에 뛰어난 능력을 가지고 있는 걸 인정하고 조금 안쓰럽게 생각하기도 했지만, 그녀를 별로 좋아하진 않았다.

크리스틴 역시 프랑스의 매력에 빠졌지만 어떻게 로맨스를 찾아야 할지 알 수 없었다. 파리의 2년 임기가 거의 끝나가서 곧 워싱턴으로 돌아가야 하던 시기, 어느 비 오는 가을 오후에 점심 회식을 하게 됐다. 정기적으로 우아한 레스토랑에서 한 달에 한 번 하는 지루한 행사로 방종한 해외 총영사들이 모이는 자리였는데 거기서 클로드 앙주빈을 만났다. 그는 레스토랑에 도착하는 외교관들의 자리를 안내하고, 냅킨을 펴주고, 그들과 눈이 마주쳤을 때 메뉴를 갖다 주느라 바빴다. 클로드는 허리를 깊숙이 숙여 인사하면서 미소를 지었다. 프랑스인 특유의 과장된 매력이었다. 크리스틴도 그에 화답해 인사하며 순간 생각했다. '정말 에밀리 브론테의 소설 같아.' 클로드의 생각은 그보다는 K3(미국 시민과 결혼한 해외 배우자가 받는 비자)에 집중돼 있었다.

클로드는 독신으로, 거의 쉰 살이 다 됐고, 키가 크고, 호들갑스러운 면이 있고, 원래 마른 체형이지만 머리가 아주 크고, 손가락이 길고, 콧날은 길고 뾰족했다. 그는 섹시한 억양으로 영어를 할 때 구불거리는 머리를 손가락으로 빗어 내리는 습관이 있었다. 격렬한 연애가 시작됐다. 크리스틴은 잠자리 부분에서 처음에 좀 어색해했지만, 클로드는 매력적인 데다, 그녀를 많이 배려했고, 사랑한다고 말해주었다. 석 달 후에 크리스틴과 클로드는 약혼했다. 그리고 얼마 지나지 않아 결혼해서 미국에 왔고, 크리스틴은 곧바로 임신을 했다.

그들의 아들인 세바스티앙은 키가 크고 아빠와 아주 많이 닮았다. 허공으로 들린 코 같은 외모가 특히 그랬고, 점점 더 행동거지까지 닮아갔다. 아버지와 아들 둘 다 친불파로, 자존감은 터무니없이 높으면서 타인에게 무례했고, 돈에 집착하는 데다, 자신이 너무 잘났다고 확고하게 믿고 있었다. 아버지는 주로 남들을 비웃기 위해 아들에게 프랑스어로 말했다. 마음이 여린 크리스틴은 거만하고 사람을 무시하는 남편에게 대항하지 못했다. 아들이 사춘기 특유의 무뚝뚝하고 불손한 태도로 그녀를 대하는 것도 점점 심해지기만 했다. 아버지가 아들 하나는 참 잘 가르친 셈이었다. 그러다 클로드가 가족을 버리고 프랑스로 돌아가 미국의 국외 거주자 신분이 됐고(앙주빈이 스무 살 때) 크리스틴은 국무부에서 은퇴해서 점점 더 작게 시들어가다 죽었다.

보조받을 곳도 없고, 살 곳도 없었던 앙주빈은 대학을 졸업하고 미 해군에 입대해 바들바들 떨면서 훈련을 통과했고, NCIS(해군 범죄수사국-옮긴이)에 지원해서 합격해 교묘하게 해상 임무를 피해갔다. 그는 자신이 부도 수표들을 추적하고, 강간 사건들을 조사하고, 도난당한 물품을 찾는 일을 잘한다는 걸 알게 됐다. 그는 NCIS 배지를 인조 가죽 지갑에 넣어 소중하게 간직했다가 사람들의 면전에 들이대길 좋아했다. 그 후 공석이 생긴 틈을 타서 기회를 잡아 NICS 거짓말 탐지기 조작자가 되는 법을 배웠다. 자랑스럽게 휘두를 또 다른 자격증이 생긴 것이다. 아나폴리스의 해군사관학교에서 보안 요원으로 사관학교 신입생들의 신원 조회 절차에 포함된 거짓말 탐지기를 조작하는 임무를 맡게 되면서 그는 '해군사관학교에 있었다'고 주장할 핑계가 생겼다. 정확히 말해서 그곳 졸업생은 아니지만 그 정도면 비슷하지 뭐.

하지만 해군은 얼간이들이나 가는 곳이라고 그는 판단했고, 거기서 나온 후 CIA의 보안 지원 부서의 거짓말 탐지기 분과에 지원했다. 그때가 스물다섯 살이었다. 전보다 더 명망 있는 자리였다. 아나폴리스의 해군 사관학교를 거쳐 이제 랭글리까지 오다니. 그가 보안 조사관이란 점은 신경 쓸

거 없고, CIA가 첫 번째 끈이었다. 심지어 거짓말 탐지기 조작자들이 내부에서 쓰는 여러 가지 전문 용어까지 근사했다. 그는 CIA 지원자들을 '흔드는' 업무부터 시작했다. 그리고 정기적으로 CIA 요원들을 '빙빙 돌리는' 재조사를 실시했다. 그러다 결국엔 새로 포섭한 정보원을 '상자에 넣기 위해' 해외 출장까지 다니게 됐다.

그는 해외에 갔을 때 만난 할 말만 딱 부러지게 하고 평소에는 빈정대는 현장 요원들이 부러웠다. 그는 작전과 작전 요원들과 해외 현장 특유의 근사한 특징들이 부러웠지만 솔직히 불편하고 위험한 해외 업무는 피하고 싶었다. 그는 주도면밀하게 안전하면서도 자신에게 이로운 방향으로 경력을 전환시켜서 비밀공작부로 갔다. 처음에는 사무직으로 순전히 행정과 문서 업무만 맡았다가, 그다음에 작전 지원을 보조하면서 정보원들의 파일을 관리했고, 그다음 과장의 특별 보좌관으로 그의 스케줄을 관리한 후에, 홍보부에서 중요한 사항은 하나도 말하지 않는 법을 배우고, 부국장의 코트 뒷자락을 잡고 따라가 사무를 좀 더 많이 보는 와중에 7층의 공기도 마시게 됐다. 그 후에 의회 관련 업무부로 들어가 미래의 국장들을 만났고, 마침내 그의 상사가 국장으로 승진하면서 마흔 살의 세바스티앙 앙주빈, CIA 행정직으로 15년 동안 일한 베테랑, 전직 미 해군인 그는 CIA 군사부 차장으로 임명돼서 Gs-Ⅰ5등급에서 SIS-3등급으로 승진해 기본 연봉이 119,554달러에서 165,300달러로 껑충 뛰어 올랐다. 7층에 있는 그의 사무실은 나무들 위로 높이 솟은 곳에 있었다. 그의 책상에는 검은색, 회색, 초록색 3대의 전화기가 있었다. 국방부에 회의를 하러 갈 때면 기사가 딸린 시커먼 SUV도 나왔다.

그로부터 1년도 채 못 돼서 앙주빈은 랭글리 7층과 국방부 회의 테이블과 국가 안전 보장 회의에서 유명해졌다. 다만 그가 발걸음을 거의 하지 않는 CIA 본부의 작전실과 지리 부서 들에는 그를 아는 사람이 별로 없었다. 야심만만한 보안 담당 공무원이 거만한 중간급 연방 간부가 된 것이다. 그는 에르메네질도 제냐 실크 넥타이와 앨드리지 새틴 멜빵과 고풍스러운 캐링턴 전복 커프스단추를 착용했다. 그는 긴 손가락으로 사자의 갈기 같은 머리를 조심스럽게 매만져서 관자놀이에 난 흰머리를 감췄다. 그리고 사무실 여직원들과 노닥거렸다. 여자들은 그를 흥미롭고 세련된 남자라기보다는 점박이에 느끼한 남자라고 내심 생각하고 있었다.

앙주빈이 초기에 경력을 쌓으면서 배웠듯 직장에서 출세하자고 일을 열심히 할 필요는 없었다. 일은 그저 내 주위를 지나쳐서 흘러가는 것이니, 회의에 참석하고, 쉴 새 없이 떠들고, 그래도 해야 할 일은 밑의 부하들에게 떠넘기면 되는 것이었다. 다른 직원들은 그의 출세 각본에 들어 있지 않았다. 1년에 한 번씩 회의에서 아무 알맹이가 없는 새 '프로그램'을 제안하거나, 자신이 능률적이고 청렴하다는 걸 보여주려고 기존의 프로그램을 없애고, 각 분기마다 내가 리더라는 걸 입증해보겠다고 발버둥치는 부하 직원 한둘을 확실히 잘라주고, 상사들과 이야기할 때는 끝도 없이 알랑거리면서 공치사를 하면 된다. 알고 보면 일이란 게 그렇게 쉽다.

그리고 그에겐 접근권과 특혜라는 횡재가 남아 있었다. 민감한 서류들이 그의 데스크를 거쳐 갔다. 이제 막 도착해서 완성된 따끈따끈한 CIA 작전 정보 서류들이다. 그건 그저 시작에 불과했다. 그는 수백 개나 되는 국방부의 기밀 프로그램들과 수없이 많은 바인더들을 볼 수 있었다. CIA와 국방부는 공유하는 정보가 많다. 정보 공동체에서 한 관료의 위상은 그가 승인해야 하는 기밀 사항 취급 허가 개수로 평가된다. 리스트가 길수록 콧

대도 높아지는데, 양주빈에게는 그 리스트가 십여 개 넘게 있고, 그중에는 극히 희귀한 특별 처리와 정보 기술을 담당하는 부서도 있다. 7층에 있는 비서들과 특별 보좌관들은 그냥 약자로 SH/IT라고 부른다. 양주빈은 그 부분에도 정통했다.

다 좋은데 공무원 연봉에 만족할 수 없어서 괴롭다. 그는 근사한 것들을 갖고 싶었다. 기왕이면 워터게이트의 아파트, 신형 아우디, 그와 불어로 이야기할 수 있는 여자친구 같은 거. 그는 위스콘신 대로에 있는 굿 가이스 같은 스트립 클럽에서 긴장을 푸는 걸 비롯해서 세련된 레스토랑과 술집 같은 곳에 다니는 걸 좋아한다. 그러자면 돈이 들어가는데 월급만으론 확실히 부족했다. 얼마 안 되는 연방 정부의 월급을 버리고 민간 부문으로 가서 거액을 받을 수도 있겠지만 아직까진 그럴 수 있는 준비가 안 됐다. 게다가 거기로 가면 성과를 확실히 내야 한다. (첩보부에 있는 고위 관리들이 은퇴한 후에 사기업에 들어가 요직을 맡지만 대부분 3년도 못 가 해고됐다. 민간 부문에서는 일처리를 대충해선 안 되고, 연방 정부에서 하던 것처럼 슬렁슬렁했다간 큰일 난다.) CIA에 좀 더 오래 있는 수밖에 없었다. 그래서 딕 스포퍼드가 비서와 손장난을 치다 걸렸을 때 양주빈은 미래를 본 것이다. 그가 딘커스로 승진하겠지. 국장은 양주빈의 편이니까 그를 뽑아줄 것이라고. 그게 이제 다 변해버렸다.

아시아 콜슬로

간장과 생선 소스와 설탕을 넣고 걸쭉하게 졸여 검은색의 글레이즈(음식에 윤을 내는 액체-옮긴이)를 만든다. 그 글레이즈에 마요네즈를 넣어 더 진한 소스로 만든다. 채를 썬 붉은 양배추, 깍둑썰기를 한 골파, 붉은 양파, 잘게 썬 고수의 잎과 강판에 간 당근 위에 그 소스를 붓는다. 그걸 섞어서 양념을 하고 거기다 땅콩과 참기름, 쌀 식초, 붉은 고추를 썬 것과 볶은 참깨를 넣어 만든 드레싱을 친다.

14

앙주빈이 갑자기 러시아인들에게 기밀을 팔겠다는 폭탄 같은 결정을
내리고도 국가에 대한 충성심이나 국가를 배신한다는 생각으로 고민하지
않았던 건 병적인 성격 때문이다. 그는 승진에서 누락됐다는 사실에 너무
화가 나 졸도할 지경이었다. 이런 일은 그에게 일어나선 안 되는 일이었
다. 그는 기밀들을 넘기면(첩보부들 간에 공평한 경쟁의 장을 만들게 되니까)
크렘린도 차분해지고, 푸틴도 안심하고, 전 세계에서 모험을 벌이려 드는
러시아의 해외 정책도 좀 수그러들 것이라고 스스로 합리화했다. '아, 아
마도 그럴 거야. 나야 뭐 개똥만큼도 관심 없는 일이지만.' 앙주빈은 생각
했다.

그는 돈과 자존심이라는 전형적인 두 개의 동기 때문에 간첩이라는 비
탈길을 미끄러져 내려오고 있었다. 그는 많은 돈을 원했고, 그동안 읽은
다양한 방첩 보고서 요약본을 보면, 러시아인들이 전보다 훨씬 더 많이 돈
을 주고 있었다. 그리고 상처받아 날뛰는 그의 자존심은 국장과 허세부리
는 차장들과 무엇보다 대구같이 생긴 글로리아에게 복수하고 싶은 열망
에 불탔다. 그리고 그의 인생을 망친 CIA 전체에 복수하고 싶었다. 동료들
을 격렬하게 경멸하는 감정이 중간에 끼어들었을지도 모르는 죄책감(사실
하나도 안 떠올랐다)을 달래줬고 그가 정말 원하는 것에 집중할 수 있었다.

이제 앙주빈은 기밀 정보를 러시아인들에게 넘기면서 잡히지 않는 방

법을 강구하는 데 몰두했다. 그는 과거에 NCIS 거짓말 탐지기 조작자로 일하며 미국 첩보 사건들(폴라드, 에임스, 한센, 펠튼, 워커)에 대해 아주 많이 배웠고, 그들 하나하나가 결국 어떻게 정체가 탄로 났는지 알고 있었다. 변변찮은 스파이 기술, 화가 난 전처, 혹은 멍청한 공범 같은 것 때문이었다. 하지만 미국인이 러시아인들에게 기밀을 넘긴다면 무엇보다 CIA에 포섭돼 러시아 내부에서 활동하고 있는 SVR 요원에 의해 정체가 탄로 날 가능성이 가장 컸다. 그 러시아 정보원은 센터에서 미국 간첩 작전을 운영하고 있다고 랭글리에 보고할 것이고, 아마도 그 간첩의 이름을 댈 수도 있고, 아닐 수도 있을 것이다. 그것만으로도 FBI가 수사를 시작하기에 충분했다.

예를 들어 한센은 약삭빠르게 굴었다. 그는 러시아 요원들과 처음 접촉했을 때 본명을 밝히지 않으려고 애썼다. 그는 러시아 요원들과 직접 만나는 걸 거부하고, 자신을 '라몬'이라고만 말했다. 하지만 러시아인들 역시 교활해서 담당 요원에게 전화한 라몬의 통화 내용을 녹음했다. 그 실제 테이프는 SVR에 침투한 CIA 정보원이 센터에서 훔쳐서 다시 랭글리로 넘겼다. 한센의 동료들이 그의 목소리를 알아듣고 경악했다. 그는 종신형을 선고받고 미국에서 경비가 가장 삼엄한 콜로라도 주의 플로렌스에 있는 교도소에 수감됐다.

따라서 가장 중요한 점은 그에게 역추적되지 않으면서 러시아인에게 정보를 보낼 수 있는 안전한 전달 방법을 찾는 것이다. 양주빈은 주말 내내 그 문제를 생각하다가 지쳐서 초조해졌지만, 좋은 아이디어가 떠오르지 않았다. 저녁에 그는 가정부인 아카디아가 냉장고에 남겨둔 룸피아(필리핀식 스프링 롤)를 멍하니 우적우적 먹었다. 그리고 혼자 그 문제를 되씹고 또 씹었다. 그러다 자신의 일정표에 OSI 이중간첩 브리핑이 있다는 걸 기억해냈다.

AFOSI 혹은 그냥 간단하게 OSI로 알려진 공군 특수 수사기관은 NCIS처럼 주로 공군 범법자들을 단속하는 사법적인 성격이 강한 기관이다. 소수 인원이 할당된 방첩부에서 단서들을 추적하긴 하지만 그중 한 건이라도 실제로 사안이 심각해지면 후버 빌딩에 있는 FBI 요원들이 그 사건을 맡거나 해외를 기반으로 한 사건이면 CIA가 와서 낚아챈다. 남은 건 세심하게 통제된 사건들뿐이다.

앙주빈은 이중간첩 작전이 냉전 시대에 나온 시대착오적인 생각이란 걸 알고 있었다. 적에게 넘길 진짜 정보를 만드는(그리고 승인하는 건) 일은 해도 해도 끝이 안 나는 참담하고 단순한 일이다. 게다가 전 세계 첩보 기관들은 다 그들이 보낸 자발적인 정보원들이 들고 오는 도발 위협에 대해 익숙해져 있다. 과거에 다 한 번씩 속아봤으니까. 그래서 적이 요구하는 진짜 정보는 사악할 정도로 까다롭다. 그들은 정보원에게 기본적인 테스트로 대박 정보, 정말 국가 안보가 달린 정보라고 여길 만한 그런 정보를 가져오라고 요구한다. 만약 정보원이 들고 오는 정보가 빈약하거나, 중요하지 않거나, 사실로 입증되지 않는다면 그 정보원은 그들의 테스트를 통과하지 못한다.

비밀공작부의 국방부 차장인 앙주빈은 모든 이중간첩 작전에 대해 자세한 기밀 보고를 받을 수 있다. 그는 국방부에 있는 지인들에게 연락해서 새 OSI작전에 대해 더 자세한 정보를 달라고 부탁했다. 그는 작전명이 서치라이트인 이 작전에 대한 설명을 주의 깊게 들었다. 글렌 소스테드란 공군 소령이 이중간첩으로 선발됐다. 미네소타 출신으로 빨간 머리에 눈이 초록색인 루터교도다. '독일계 놈이구나.' 앙주빈은 생각했다. 그는 소스테드 소령이 이미 워싱턴에 있는 러시아 대사관과 접촉했다는 말을 듣고 놀랐다. 그 소령은 뉴욕 대로의 국립 식물원에 주차된 러시아 외교관의 차 와이퍼에 봉투 하나를 슬쩍 끼워 놨다.

앙주빈은 국방부 OSI 브리핑실로 들어갔다가 벽 쪽에 있는 의자에 시몬 벤포드가 앉아 있는 걸 봤다. 앙주빈은 벤포드와 구면이었다. 둘이 업무 때문에 만날 일은 별로 없었다. 그는 벤포드가 CIA 방첩부 부장이고, 첩보계의 악동이란 걸 알고 있었다. 그리고 벤포드의 우주는 내부첩자들과 스파이들이 사는 암시와 단서와 정보 유출이 뒤섞인 혼탁한 세계라는 것을 어렴풋이 알고 있었다. 앙주빈은 벤포드가 마음에 들지 않았다. 지난 1년 동안 7층에서 한 고위 간부 회의에서 그를 보는 벤포드의 눈빛을 느낄 수 있었고, 그가 말할 때 그 목소리에 경멸하는 기색이 풍기는 걸 들을 수 있었다. 하지만 벤포드는 모든 사람에게 다 그렇게 대했다.

앙주빈은 정보부에 있는 베테랑 작전 요원들이(벤포드 같은) 자신을 무시한다는 걸 알고 있었다. 그들은 모두 앙주빈이 해외 현장에서 작전을 성공시켜서 CIA 차장까지 올라간 게 아니란 걸 알고 있었다. 앙주빈이 그런 요원들보다 훨씬 서열이 높다는 게 바로 달콤한 아이러니였다. 그렇다고 그의 지위를 이용해서 그들에게 뭔가 강요할 수 있는 것도 아니지만. 원래는 귀족적인 뿌리에서 시작된 이 정보부는 기이하게도 아주 평등한 분위기가 정착돼 있어서 하급 요원들도 상사들을 성이 아닌 이름으로 부른다.

별로 중요하지도 않은 OSI 회의에 벤포드가 뭘 하고 있는 거지? 그는 벤포드 옆에 앉았다. 파란 제복들과 훈장들로 가득 차 있는 방에 CIA 요원은 둘밖에 없었다.

"시몬." 앙주빈은 그와 눈도 마주치지 않고 앞만 보면서 인사했다.

"세바스티앙." 벤포드 역시 저쪽 벽에 시선을 집중한 채 대답했다.

"여기서 뭐하는 겁니까? 당신이 올 만한 곳은 아닌 것 같은데."

"나도 당신을 보고 같은 생각을 하고 있었는데." 벤포드가 대답했다. 둘 다 서로 눈도 마주치지 않았다.

"난 다양한 작전에 몰두해보려고 그러죠." 앙주빈이 능글맞게 말했다.

"물론 그렇겠지. 명색이 국방부 차장이니까." 벤포드가 대답했다. 앙주빈은 그 비꼬는 말을 무시해버렸다.

"당신은?"

벤포드는 고개를 돌려 앙주빈을 봤다. "내가 이중첩자 작전에 대해 어떻게 생각하는지 알잖소. 시간은 끝도 없이 들어가면서, 미적거리고, 확실한 결과도 없고. 정신이 제대로 박힌 부서라면 이제 이런 작전에 자산을 많이 투입시키지 않지." 앙주빈도 고개를 돌려서 벤포드를 봤다.

"하지만 당신도 다 아는 거잖소. 안 그런가, 세바스티앙?"

"그렇다면 여기 왜 온 겁니까, 시몬?" 앙주빈이 물었다.

"신이 OSI에 축복을 내리길. 이들은 고지식하고 아주 열정적이고 열심이지. 그리고 서치라이트라는, 아마 이게 그 작전명인 것 같은데, 하여튼 이 작전이 볼셰비키들의 관심을 끈 것 같소. 상당히 놀라운 일이지."

"볼셰비키들?" 앙주빈이 말했다.

"당신은 러시아인이라고 해야 알아먹겠군. 워싱턴 레지덴투라에서 저 고지식한 젊은 공군 소령이 자기들 차에 남긴 쪽지에 응답했소. 메릴랜드에 있는 장소로 오라고 지시했다더군. 정말 놀라운 일이지. 그들은 대개 자발적으로 찾아오는 정보원들은 퇴짜 놓는데. 아무래도 거기 레지던트가 센터에서 좀 더 성과를 내라는 압력을 받고 있나 봐."

"흥미롭군요. 요즘 거기 대표 남학생은 누굽니까?" 그는 한발 앞서 생각하고 있었다. 레지던트의 이름을 알아두면 나중에 쓸모가 있을 것이다.

"사실 남학생이 아니라 여학생이지." 벤포드가 말했다.

'정말 흥미롭군.' 앙주빈은 생각했다. "그 여자는 누구죠?" 그가 물었다.

"율리아 자루비나." 벤포드가 고개를 갸우뚱하면서 말했다.

"이름 들어보니까 뭐 떠오르는 거 없나?"

순간 죄책감이 치솟아 앙주빈의 등이 서늘해졌다.

"아뇨, 왜요? 그래야 합니까?"

"율리아의 할머니가 1940년 워싱턴에 파견된 엘리자베타 자루비나요. FBI의 후버 부하들이 그녀의 남편을 쫓아 온 시내를 돌아다니는 동안 그녀는 미국의 원자폭탄 스파이들 절반을 포섭했지. 오펜하이머, 골드, 홀, 그린그래스. 그녀는 전설이었고, 스탈린이 직접 훈장을 수여했지."

"한 번도 들어본 적 없는데." 앙주빈이 말했다.

"고릿적 이야기지. 율리아는 성을 그대로 간직했는데, 아마도 가문의 영광을 계속 이어가겠다는 뜻이겠지." 벤포드가 말했다.

"그래서 그 여자를 자세히 보려고 왔군요." 앙주빈이 말했다.

"맞아. 그녀는 SVR에서 아주 희귀한 존재요. 그들의 정보부 역사상 가장 고위직에 오른 여자지. 대략 쉰다섯 살 정도 됐을 거요. 동년배들도 별로 없는 곳인데. 그 여자는 일반적인 코스인 외무부의 외국어 교육기관과 외교 아카데미를 나왔소. 할머니 유전자를 물려받아서 10개 언어를 구사하고, 세련됐고, 경험도 풍부하지. 파리와 도쿄와 스톡홀름에서 레지던트로 근무했고. 푸틴이 그녀를 워싱턴 레지던트로 보냈어. 자루비나의 매력을 마음껏 보이란 거지. 하지만 우리의 자루비나에겐 또 다른 면이 있소. 그래서 내가 이 OSI 연극에 관심을 가지게 된 거요."

"말해주시죠." 앙주빈은 관심이 없는 척 방 주위를 둘러보며 말했다.

"율리아 자루비나는 스카우터요. 거기에 재능이 있지. 한 정보통에 따르면 그들은 그녀를 재봉사라고 부른다더군. 마치 바느질로 야무지게 꿰매버리는 것처럼 포섭 대상을 완벽하게 포섭한다고." '유익한 정보야. 벤포드가 방금 내 숙제를 대신 해줬군.' 앙주빈은 생각했다.

"만약 그녀가 우리 소령과 놀려고 밖에 나오면, 좀 더 가까이서 그녀를 보고 싶군." 벤포드가 말했다.

"좀 멜로드라마 같지 않아요, 시몬?" 앙주빈이 말했다.

벤포드가 다시 머리를 기웃했다. "드라마를 어떻게 정의하느냐에 따라 다르겠지, 앙주빈." 그가 대답했다.

앙주빈이 서치라이트 작전에 대한 OSI 브리핑을 반쯤 듣다 슬쩍 빠져나가는 바람에 거의 눈을 감다시피 한 벤포드의 시선을 끌었다. 그 정도면 충분히 들었다. 매달 OSI 관련자들, 정보 생산 검토 위원회와 A-2(정보, 감시, 정찰) 차장이 OSI에서 취합해서 러시아인들에게 넘길 디지털 문서들을 편집하고 검토할 것이다.

앙주빈은 이 작전이 바보 같고 속이 훤히 들여다보인다고 생각했다. 하지만 디지털카메라로 문서들의 사진을 찍는다는 개념이 흥미로웠다. 아마 그도 디지털카메라 정도는 다룰 수 있을 것이다. 그는 진짜 기밀들을 OSI

에서 보내는 찌꺼기 정보의 맨 끝에 덧붙일 것이다. 그는 입을 쩍 벌린 러시아인들이 소스테드의 병아리 눈곱만 한 정보 끄트머리에서 또 다른 정보원이 보낸 추가 이미지들, 폭발적인 이미지들, 다이너마이트 같은 비밀들을 발견하는 상상을 했다. 개인적인 만남은 안 된다. 절대로 자신을 노출해선 안 된다. 그는 정보부에서 승인된 채널을 이용해 레이더 밑을 날아갈 것이다. 그리고 새 정보원의(양주빈은 자신의 암호명을 생각해봐야 한다. 그거 참 재미있겠군) 정체는 아무도 모를 것이고, 랭글리에 있는 그를 찾아낼 수도 없어야 한다. 만약 이들이 의심하면, 내부첩자 사냥꾼이 기밀 정보에 접근권이 있는 미 공군 직원들의 수천 개나 되는 신상 파일들을 이 잡듯 뒤진 후에야 다른 곳으로 눈을 돌릴 것이다.

개선해야 할 점이 두 가지 남았다. 그는 OSI 플래시 카드의 접근권이 필요하고, 러시아인들에게 돈을 받아야 한다. 그는 맹렬하게 생각했다. 그는 CIA 군사부가 그 카드를 검토한 후에야 방첩 조사를 통과할 수 있다고 주장할 것이다. 그가 직접 그 카드를 검토하겠다고 해야지. 돈 문제는 어떻게 할까? 은행 계좌는 국내나 해외 둘 다 안 된다. 방첩부의 조사관들이 몇 시간 안에 알아낼 수 있다. 아니, 그들이 안전한 장소에 그 돈을 두고 가면 그가 찾아가는 전통적인 방식으로 전달돼야 한다. 하지만 이 경우에는 위험을 자초할 수 있다. FBI가 워싱턴 주위에서 러시아 첩보요원들을 미행하면서 바로 이런 활동을 하길 기다리고 있다. 비밀 장소에 가서 물건을 놓고 오면 그다음에 누군가 와서 찾아가는 행위. 워싱턴에 있는 SVR 요원들은 너무 위험하다. 다만 세련되고 요령 좋은 율리아 자루비나, 개선된 양국 관계의 상징으로 푸틴이 내세운 그녀라면 가능할지도 모르겠다.

국방부에서 온 배달원이 지퍼를 닫고 자물쇠를 채운 포트폴리오를 가져와서, 앙주빈의 비서가 서명한 영수증을 가지고 갔다. 그는 다음 날 아침 작전명 서치라이트에 쓸 플래시 카드를 가지러 다시 돌아올 것이다. 그 카드는 CIA, 구체적으로 군사부 차장이 최종적으로 검토한 후에 돌려줄 것이다. CIA가 카드의 내용을 승인하는 서명을 하면, 그 카드는 곧바로 그 날 밤 러시아인들과 만날 준비를 하고 있을 소스테드 소령에게 배달될 것이다.

앙주빈은 카드를 자신의 책상 뒤 캐비닛 위에 있는 노트북에 꽂고 재빨리 소스테드가 다음 날 저녁에 넘겨줄 공군 자료를 스크롤해서 내렸다. '다 쓰레기군. 어이없어.' 전날 밤 문을 잠근 사무실에서 그는 가벼운 니콘 카메라로 그의 전용 컴퓨터 화면에 나온 3페이지 분량의 기밀 메시지를 찍었다. 출력된 자료는 안 된다. 프린터를 쓴 기록이 남아서도 안 되고, 추적할 수 없는 익명의 사진이어야 한다. 앙주빈은 최근에 베네수엘라에 있는 러시아 대사관에서 근무하는 육군 무관 중 하급 장교 한 명을 포섭했다는 작전 보고 메시지를 골랐다. 카라카스 지부에서 보낸 메시지에 포섭된 장교의 이름이 나왔고, 하급 장교가 제공하는 정보 목록도 다 들어 있었다. 이 정보의 백미는 앙주빈이 라틴 아메리카 지부나 그 작전과 아무 관련이 없다는 점이다. 그에게는 그저 전 세계에서 들어오는 메시지들을 볼 수 있는 접근권이 있을 뿐이다.

앙주빈은 러시아인들에게 그들 내부에 있는 첩보 작전보다 더 좋은 정보는 없다는 걸 알고 있었다. 그들은 동족의 배신자들을 잡는 걸 대단히 좋아했다. 1994년 에임스는 CIA의 돈을 받고 있는 열두 명의 소련인 이름을 넘기는 대가로 거의 5백만 달러를 챙겼다. 평소에는 인색한 모스크바로서는 막대한 돈을 지불한 것이다. 이 정보와 함께 양주빈은 또한 한 페이지짜리 소개 글을 써서 사진을 찍었다. 그의 카메라에서 네 번째 이미지다. 그는 네 개의 이미지를 카메라에서 OSI 플래시 카드로 옮기고 결과를 다시 검토했다. 공군 매뉴얼, 그다음 세 페이지에 걸친 CIA 작전 메시지, 그다음에 그의 러브 레터. 양주빈의 이미지들은(파일 형식이 달랐다) 공군 매뉴얼과 비교해서 조금 달라 보이지만 그건 괜찮다. 신비로운 분위기를 더 강조해줄 테니까. 그 편지는 간결하고, 힘차고, 아주 사무적이었다. 러시아인들은 이걸 읽으면 오줌을 지릴 것이다.

난 트리톤이라고 한다(양주빈은 이 암호명을 결정하고 아주 즐거워했다). 당신의 정보부가 관심을 가질 만한 정보와 자금을 교환할 거래를 제안한다. 예를 들어, 앞에 나오는 세 페이지에 당신들을 상대로 라틴 아메리카에서 시행 중인 CIA 작전의 상세한 내용이 들어 있다.

난 내 신원을 밝히지 않을 것이며, 접근권이나 지위도 말하지도 않을 것이다. 이 정보와 향후에 내 선의로 보내게 될 정보의 대가로 즉시 미화로 대금을 지불해줄 것을 요청한다. 향후에도 이 채널을 통해 정보를 전달할 것이다. 아래 설명한 장소에 3일 후 10만 달러를 방수 팩에 넣어서 놔둘 것(양주빈은 워싱턴 북쪽에 있는 록 크리크 숲에 돈을 전달받을 장소를 지도로 그렸다). 그 정도 시간이면 내 정보의 진위 여부를 확인하기에 충분할 것이다.

그쪽 정보부에서 내 신원을 밝히려고 시도하거나, 내 제안이 센터에서 새어 나가는 즉시 내가 알게 될 것이며, 그 경우 완전히 연락을 끊을 것이다.

–트리톤

밤 9시 45분. '와, 러시아인들과 첫 번째 만남은 재앙이 되겠구나.' 소스테드 소령은 생각했다. 그는 러시아인에게 받은 약도를 오해한 게 아닌지 걱정이 됐다. 밤 9시에 메릴랜드 주의 베세즈다에 있는 매사추세츠 거리와 맥아더 대로 사이의 1.6킬로미터에 달하는 어두운 캐피털 크레센트 트레일을 걸으라고 했다. 볼티모어와 오하이오 사이에 있는 폐 철도 부지는 이제 아스팔트를 깐 하이킹과 자전거 코스가 됐지만, 밤 9시에는 걸어가는 여행자들도 없었고, 길 양쪽에 있는 울창한 숲은 칠흑처럼 어두웠다. 소스테드는 그 길을 두 번이나 돌아서(너무 어두워서 감으로) 근처 저수지 밑을 통과하는, 20세기 초기에 벽돌로 지은 달레칼리아 터널의 입구에 다다랐다.

 터널 입구의 어둠 속에서 한 남자가 새어나오듯 나왔는데 절반만 비친 달빛에 얼굴과 손이 희미하게 보였다. 소스테드는 천천히 그를 향해 걸어갔다.

 "토스터드?" 그 남자가 그의 이름을 엉망으로 불렀다. 소령이 고개를 끄덕였다. "가까이 와." 그 남자가 말했는데 소스테드의 짐작으론 러시아 억양이 섞여 있는 것 같았다.

 소령이 한 발 앞으로 나갔다. "내가 잘못 온 줄 알았어요. 당신이 말한 것보다 거의 한 시간이나."

 "벽을 보고 서." 그 남자가 소스테드의 팔을 들어 올려 손바닥으로 거친 벽돌을 치게 만들었다. 터널 안은 추웠다. 아치 모양의 벽돌 지붕에서 뚝뚝 떨어지는 지하수 소리가 메아리쳤다. 그 남자는 천천히 소스테드의 가랑이, 등과 앞쪽을 더듬으면서 능숙하게 그의 몸을 수색했다. 그리고 등을 구부려서 금속 탐지기로 소스테드의 구두와 재킷 주위를 훑었다. 땅딸막한 체격의 그 남자는 무표정한 얼굴의 얼간이였다. 그에게서 코를 찌르는 술 냄새가 났지만(소스테드는 보드카일 거라고 짐작했다) 비틀거리는 것 같진 않았다. 그는 소스테드의 몸수색을 끝내면서 툴툴거렸다. 소스테드는 돌아서서 그 남자를 봤다. 그 러시아 남자가 주머니에서 만년필형의 손전등을 꺼내서 터널 아래를 향해 좌우로 두 번씩 비췄다. 신호나 반응은 없었지만, 소스테드는 여기에 그들 둘만 있는 게 아니란 걸, 러시아 늑대들이 그를 지켜보고 있었고, 그가 도착한 후로 그가 온 길과 숲을 보고 있었다는 걸 갑자기 깨달았다. 그는 부자들이 사는 고급 주택가인 베세즈다의 숲에 무장한 남자들이 있다는 생각에 소름이 끼쳤다.

"왜 우리에게 연락했지?" 그 남자가 천천히 큰 소리로 말했다.

소스테드는 간절하게 그들의 비위를 맞추고 싶었고, OSI에서도 그에게 최대한 협조적으로 사근사근하게 말하라고 지시했다. "내가 당신들에게 보낸 쪽지에 쓴 것처럼 재정적인 도움이 필요해요. 돈이 필요하다고요." 그가 말했다.

"돈이 필요하면 은행에 가지, 왜 우리에게 왔지?" 그 남자가 말했다.

"당신들이 흥미로워할 만한 정보가 있어요." 소스테드가 자신 없이 말했다.

"어디 보자고." 그 남자가 말했다. 소스테드는 주머니에서 플래시 카드를 꺼내서 마치 말에게 각설탕을 먹이는 것처럼 손바닥에 올려 내밀었다. 그 남자가 플래시 카드를 받아서, 그걸로 뭘 해야 할지 모르겠다는 것처럼 손가락으로 돌려보더니, 코트에 손을 넣어 셔츠 주머니 속에 찔러 넣었다. 그가 움직이자 체취와 보드카의 악취가 허공에 떠돌았다.

그 남자는 또 다른 주머니에 손을 넣어 소스테드에게 지시가 적힌 카드와 다음번 미팅 장소가 표시된 노선도를 줬다. "다음번에." 그 러시아 남자는 그렇게 말하고 돌아선 뒤 어둠 속으로 들어가서 터널 남쪽으로 걸어갔다. 소스테드는 그 남자가 가는 걸 봤다. 그 러시아인(SVR 레지덴투라에서 나온 투박한 보안 요원)은 센터에서 자발적으로 찾아온 이 정보원이 속임수를 쓰고 있다면 미리 지정된 만남의 장소에 오지 않을 것이라고 판단한 것만 알고 있었다. 그리고 카르복시메틸셀룰로스나트륨으로 만든 이 카드는 주변의 습기를 빨아들여서 한 달 안에 걸쭉한 덩어리로 서서히 분해될 것이다.

'정말 무례한 인간이군.' 소스테드는 그렇게 생각하고, 받은 카드를 주머니에 넣고 북쪽으로 걸어가서, 숲을 빠져나와, 매사추세츠 애비뉴 거리의 불빛이 비치는 곳을 향해 갔다. 그는 어두운 밤 길 양쪽에 있는 검은 나무들 속에서 번쩍이는 러시아인들의 눈을 보지 않으려고 일부러 앞만 보면서 갔다.

"그다음에 어떻게 됐다고?" 벤포드가 물었다. 빨간 머리 소스테드 소령은 회의실 한가운데 있는 유리병의 물을 마셨다. OSI 요원 셋이서 방대한 양의 필기를 하고 있었는데 벤포드는 그걸 보고 몹시 짜증스러워하는 표정이었다. 득의만만한 OSI 요원들은 신경 쓰지 않았다. 러시아 첩보부와 접촉하다니. 그것도 워싱턴 교외에서. 이건 3년 만에 첫 접촉이었다. 이건 그들의 첩보 작전인 것이다. 공군 고위 간부들에게 매달 하는 활동 보고에서 가장 중요한 단서가 될 것이다. CIA에서 나온 저 딱딱거리는 인간은 엿이나 먹으라지.

"그자는 상당히 무례하더군요." 소스테드가 말했다. 벤포드는 의자에서 자세를 바꾸다 마지막 순간 이 생강 쿠키 같은 얼간이는 그의 부하가 아니기 때문에 엄밀히 따져보면 그에게 고함을 칠 수 없다는 걸 기억해냈다.

"그 사람은 약속 장소에 45분 늦게 나타났습니다. 전 그 하이킹 코스를 두 번이나 돌았어요." 그는 벤포드가 분명히 이해할 수 있게 손가락을 두 개 들어 보였다. OSI 요원들은 그가 하는 말을 한 마디도 놓치지 않고 계속 받아 적고 있었다.

"놈들이 분명 숲속에 야간 투시경을 쓴 자들을 배치하고, 자네가 접근하는 걸 보면서, 미행이 있는지 감시하고 있었을 거야." 벤포드가 말했다.

소스테드가 딱 소리를 내며 손가락을 튕겼다. "맞아요, 벤포드 씨. 그 남자가 터널 아래쪽을 보고 손전등 불빛을 좌우로 비췄어요. 그게 일종의 신호였을 겁니다." 벤포드는 끙 소리가 나오려는 걸 간신히 참았다.

"자네도 동의한다니 기쁘군." 소스테드는 더 자세한 내용을 기억하려고 애쓰느라 벤포드가 빈정거리는 것도 알아채지 못했다. 벤포드는 그 손전등에서 다른 신호가 나왔더라면 소령이 터널의 축축한 벽돌에 기대어 쓰러졌을지도 모른다는 걸 고려해보긴 한 건지 궁금했다.

"그 사람이 플래시 카드를 받았습니다. 그리고 다음번 미팅 장소가 그려진 이 카드를 줬어요. 조지타운에서 2주 후에." 소스테드가 말했다.

벤포드가 그 카드를 받아, 새틴처럼 부드러운 재질을 느끼면서 읽고는 OSI 요원들이 있는 테이블 끝으로 밀었다.

"물에 녹는 종이야. 여기 나온 지시 사항을 글자 그대로 베끼고 이건 글라신지(얇은 반투명 종이로 포장지로 쓰임-옮긴이)에 넣어서 보관해. 이걸 그냥 놔두면 3주 만에 분해될 거야." OSI 요원들은 글라신지란 말이 뭔지 몰라 서로 얼굴을 봤다. 벤포드가 소스테드에게 고개를 돌렸다.

"흠, 이 작전은 우리가 예상한 것보다 훨씬 더 잘 진행된 것 같군. 그 불쾌한 작자는," 벤포드가 말했다.

"그 남자에게서 악취가, 어마어마한 술 냄새가 났다는 걸 깜박 잊고 말을 안 했네요. 무례하기만 한 게 아니었습니다." 벤포드가 말하는 중에 소스테드가 끼어들었다.

"그래, 흠, 그 사람도 나름 집안 문제가 있나 보지 뭐." 벤포드가 말했다. 소스테드는 자신이 너무 심하게 말했나 싶어 조금 죄책감을 느끼는 것 같은 표정이었다. 그 남자에게 고민이 있을 거란 생각은 안 했는데. 벤포드는 임상학적 관심을 가지고 이 소령의 표정 변화를 지켜봤다. 대체 OSI는 어디서 이런 어린애 같은 소령을 찾아낸 걸까?

"그 남자는 대사관의 하급 보안 요원일 게 거의 확실해. 아마도 레지덴투라에서 나왔을 거야. 센터는 이런 미팅에 지금 위장 근무 중인 요원을 보내는 모험을 하지 않을 거야." 벤포드가 말했다.

소스테드가 고개를 끄덕였다. 벤포드가 OSI 요원들에게 돌아서서 말했다. "이 접촉과 향후 진전 사항을 다 쓰는 건 자제해주길 바라네. 저쪽에 넘겨준 정보가 최신 정보가 아니기 때문에 또다시 미팅을 하게 될 가능성은 극히 적어. 러시아인들은 이례적일 정도로 특별한 정보를 찾고 있어. 그게 없으면 소령이 우리가 보낸 정보원이란 결론을 내리고 그냥 작전을 중단시킬 거야." 벤포드가 말했다.

OSI 요원들은 침울한 표정으로 벤포드를 봤다.

"아마도 자네는 다음번 약속 장소에서 하염없이 기다리게 될 거야. 아무도 나타나지 않더라도 놀라지 마." 벤포드가 소스테드에게 말했다.

그는 일어나서 방을 나갔다. OSI 요원 하나가 그의 등에 대고 가운데 손가락을 들어 보였다. 소스테드가 그 요원을 노려봤다.

"병장, 그러지 마. 우리 공군은 그런 행동을 하지 않아." 소스테드가 말했다.

아르카디아의 스프링 롤

양배추, 당근, 양파, 봄양파를 다지고 마늘과 같이 기름에 넣어서 간장으로 간을 해 튀긴다. 간 돼지고기를 잘 익힌 후에 채소와 섞는다. 그 소를 커다란 만두피나 스프링 롤 피를 써서 잘 빚는다. 식물성 기름에 롤을 바삭바삭하고 노릇노릇하게 튀긴다.

15

앙주빈은 목재 패널을 두른 자신의 집 서재에 틀어박혀 사무실 컴퓨터 화면을 카메라로 찍은 아홉 개의 디지털 프레임을 러시아인들과 두 번째 접촉을 위해 준비한 작전명 서치라이트의 플래시 카드 안에 옮기는 작업을 끝냈다. OSI가 주의 깊게 편집한 F-22 랩터의 성능 파라미터 서류 프레임 스물세 개를 그 안에 로딩해놨다. 그 스텔스 전투기 프로그램은 비용 초과와 계약자를 둘러싼 논란 때문에 중단됐다. 공군 비밀 정보원 분석가들은 그 정보가 러시아인들을 감질나게 해서 이 게임을 계속할 거라고 주장했다. 앙주빈은 OSI 자료는 들여다보지도 않았다. 그의 프레임 아홉 개가 주요리가 될 것이고, 복사한 데이터 끝에 있는 열 번째 프레임인 그의 '러브 레터'에 록 크리크 숲에 10만 달러를 또 갖다 놓으라고 요구했다. 앙주빈은 러시아인들이 돈을 낼 거라고 믿어 의심치 않았다.

그는 러시아인들에게 시간이 더 필요할까 봐 소심하게 하루 더 말미를 주긴 했지만 결국 아무 문제없이 은닉 장소에서 일요일 아침 일찍 첫 번째 대금을 회수했다. 하지만 애당초 걱정할 필요가 없었다. 오리건 거리 북서쪽은 울창한 숲이 있었고, 바나비 숲을 따라 조용한 교외 거리들이 많아서 아무 문제없이 차를 주차할 수 있었다. 날씨는 좋았고, 바람 한 점 없었다. 차들도 안 다니고, 숲은 텅 비어 있었다. 러시아인들이 은닉처를 감시해서 이 새로운 건수를 위태롭게 하지 않을 거라는 자신이 있었지만, 앙주빈은 계속 눈을 부릅뜨고 아침 일찍 주위를 어정거리는 의심스러운 사람들뿐 아니라 움직임이 감지되면 자동으로 작동되는 카메라를 설치해놨을 만한 곳들을 찾아 주위를 둘러봤다. 그들이 그러진 않겠지만 조심해야 한다.

햇살이 비치는 포장된 길은 편리하게도 허리케인에 쓰러진 거대한 오크 나무로 이어졌다. 그 나무의 밖으로 노출된 뿌리가 만든 천연 주머니 속에 앙주빈이 떨리는 손을 넣어서 파란 포장 테이프로 포장한 식빵 크기의 꾸러미를 하나 꺼냈다. 흙냄새 나는 그 꾸러미는 무게가 상당했다. 1000달러 100장이라니. 이거면 포르쉐 카레라도, 롤렉스 GMT 마스터 II도 살 수 있겠는데.

그래서 그는 러시아인들에게 또다시 1000달러짜리 뭉텅이를 갖다 놓으라고 했다. 그들은 위스콘신 대로에 있는 레지덴투라에서 오줌을 지리면서 대체 이 망할 트리톤이 누군지, 어떤 종류의 배후 인물인지, 어디서 일하는지 궁금해 미칠 것이다. 돈 꾸러미에 '친애하는 친구에게'라는 말과 함께 연락할 경우에 대비해 전화번호를 타자로 친 쪽지 한 장이 들어 있었다. '아, 그래. 됐거든.'

앙주빈은 러시아인들이 그에게 인사하고 미래 접촉 가능성에 대해 언급할 때 극히 신중하고 조심스럽게 표현한 걸 눈치챘다. 그들은 아직 트리톤에게 어떤 정보가 나올지 모르고 있지만, 이미 카라카스 포섭에 대한 정보로 엄청난 정보원이 굴러 들어왔다는 명백한 증거가 나왔다. 트리톤, 바다의 군주. 익명이지만 엄청난 존재.

러시아인들은 끈기 있게 그의 정보를 간절히 바랄 것이다. 그들은 결국 그의 정체를 알아낼 것이라고 예상하고 자신만만할 것이다. '어림없어.' 앙주빈은 생각했다. 트리톤은 바다의 거품 위로 떠올라, 삼지창을 흔들어

으르렁거리는 강풍을 불러내고, 그 후에 거품 밑으로 쓱 사라지는, 건드릴 수 없는 존재다. 그리고 그 망할 글로리아 년은 책상 앞에 앉아서 자신의 비밀공작부에서 대체 무슨 사달이 벌어지고 있는지 알아내려고 용을 쓰겠지.

러시아인들은 이미 그의 첫 번째 복사본인 카라카스에서 나온 방첩 정보 단서를 입수했다. 이제 그것보다 훨씬 낫고, 훨씬 더 폭발적인 걸 넘겨줄 때가 됐다. 아테네 지부에서 랭글리로 보낸 두 개의 기밀 메시지를 찍은 아홉 개의 이미지들. 러시아의 기밀 군사 연구와 그 진전 사항에 대한 정보를 들고 온 리릭이라고만 알려진 정보원과 러시아어를 구사하는 그의 담당 요원이 한 두 건의 브리핑에 대한 메시지들.

밤 10시. 글렌 소스테드 소령은 C&O 운하가 내려다보이는 위스콘신 대로에서 조금 떨어진 그레이스 가 북서쪽에 있는 작은 관상용 공원의 어둠 속에 서 있었다. 그는 넥타이는 생략하고 셔츠 위에 재킷을 입은 사복 차림이었다. 거기에 가죽 띠를 두른 챙이 넓은 스웨이드 모자를 썼는데 카우보이 모자라기보다는(그랬다면 너무 눈에 띄었을 것이다) 인디아나 존스 모자 같은 것으로 그의 빨간 머리를 감추기 위한 위장이었다. 그는 지난 30분 동안 손목시계를 다섯 번이나 확인했다.

터널에서 러시아 보안 요원 깡패와 접촉한 걸 논외로 하면 이번이 러시아 정보 장교와 첫 대면이 될 것인데, 공군에 복무하는 내내 한 번도 생각해보지 못한 일이었다. 그는 트랜스콤(수송 사령부로 공군 조직의 핵심 부서)에서 근무하면서 조정, 일정 관리, 재정 같은 중요한 업무를 통해 진급했다. OSI는 그가 방대한 분야의 기밀 정보에 접근권이 있는 걸 보고 그를 발탁했다. 그는 보안 검사를 순조롭게 통과했는데 숨길 게 하나도 없었고, 제기랄, 술도 안 마셨다. 소스테드는 처음에 OSI 기획자들이 그에게 이중간첩 역할을 하라는 제안을 했을 때 우쭐했고, 브리핑과 실습 과정들은 흥미진진하고 지금까지 해온 그 어떤 일과도 달랐다. 하지만 이제 거리에서 SVR을 기다리고 있자니 이게 잘한 일인지 확신이 서지 않았다.

소스테드는 러시아인들이 그를 시험하기 위해 던질 질문들에 어떻게 대답해야 할지 코치를 받았다. OSI에서 브리핑을 해주면서 러시아인들은 그가 이중간첩이 아니라는 점이 입증될 때까지는(그가 가지고 오는 확실한 정보와 진심에서 우러난 행동을 통해) 항상 의심받을 거라고 말해줬다.

"이중간첩이 해야 할 진심에서 우러난 행동이 뭡니까?" 소스테드가 그를 코치하는 팀에게 물었다. OSI 팀원들이 서로 얼굴을 마주봤다. 지금까지는 그런 질문을 한 사람이 하나도 없었다. 방구석에 앉아 있던 남자가 깐깐한 목소리로 말했다. 그는 통풍으로 괴로워하는 라틴어 교사 같은 억양에 머리는 헝클어지고 구겨진 옷을 입고 있었다.

"그런 건 없어. 그러니까 그런 게 있는지 생각하느라고 시간 낭비 하지 마." 소스테드가 처음으로 SVR과 실질적인 접촉을 하기 전날 밤에 받은 브리핑에 부르지도 않았는데 온 벤포드가 말했다. "그냥 느끼는 그대로 행동해. 겁이 나고, 죄책감이 들고, 상대를 못 믿겠다는 그런 느낌을 그대로 표현하라고. 자네는 조국을 배신하고 있는 공군 소령이야."

소스테드가 침을 꿀꺽 삼켰다. '이 불편한 남자가 또 왔어?'

"맞아, 자넨 배신자야. 러시아인들은 자네의 정보를 받고 자네에게 돈을 좀 줄 거야. 그리고 자네 정보가 바닥이 나거나 FBI가 자네를 체포하면 놈들은 어깨를 으쓱하고 또 다른 소스테드 소령이 자기 문 앞에 나타날 때까지 기다리겠지." 벤포드가 말했다.

소스테드는 벤포드를 물끄러미 바라봤다. 벤포드는 이제 막 일어서서 방 안을 서성거리기 시작했다. "기분이 더러워도 괜찮단 말이야. 러시아인들은 그걸 보고 안심할 테니까." 벤포드가 돌아서서 OSI 팀원들을 보자 그의 눈빛을 본 그들은 불편하게 자세를 바꿨다.

소스테드 소령은 어둠 속에서 접선 상대가 나타나길 기다리면서 벤포드가 한 말을 다시 머릿속으로 떠올렸다. 그는 또다시 가죽 재킷을 입고 멀대같이 키가 큰 짐승이 나타나, 그를 빙 돌려서, 정원 벽돌 벽에 밀어붙이고, 무뚝뚝하게 몸수색을 할 거라고 예상했다. 대체 뭘 예상해야 할지 알 수 없었다. 그는 주머니에 있던 플래시 카드를 열한 번째 확인했다. F-22 랩터. 적에게 넘겨줄 두 번째 정보.

낮은 정원 담 너머로 수로를 따라 내려가는 운하 바지선에서 파티를 벌이는 소리가 밤공기를 타고 흘러왔다. 소스테드는 물 위에 반사된 장식용 꼬마전구 불빛들을 내려다봤다. 지금 여기가 아니라 저기 있었으면 싶었다. 그때 뒤에서 들려온 부드러운 목소리에 깜짝 놀랐다.

"당신이 글렌인가요?" 낮은 여자 목소리였다. 소스테드가 돌아섰다. 금발 머리의 여자가 가벼운 코트 주머니에 손을 넣고 서 있었다. 그녀는 쉰다섯 살 정도에, 키가 작고, 체격은 다소 튼실해 보였다. 운하 맞은편에서 비치는 불빛에 둥근 얼굴이 드러났고, 현명해 보이는 갈색 눈과 입가에 주름이 잡힌 입이 보였다. 머리는 쪽을 졌다. 그녀는 그에게 품위 있게 미소를 지어 보였다. 그녀는 도서관 사서나, 인사 담당자나, 병원 관리자처럼 보였다. 심지어 러시아인처럼 보이지도 않았다. 그녀는 단조로운 목소리로 유창하게 말했는데 아주 살짝 네덜란드나 노르웨이 같은 외국인 억양이 들렸다. 소스테드는 뭐라고 대답해야 할지 알 수 없었다.

"소스테드 공군 소령님?" 그녀는 미소를 지으며 한 발 더 가까이 다가왔다. "미네소타 파밍턴에서 1979년에 태어났죠?" 소스테드는 침을 꿀꺽 삼키고 고개를 끄덕였다. "이름을 보니 부모님이 스웨덴 분이신가요?"

"조부모님이 스웨덴 분이시죠." 소스테드가 중얼거렸다. 얼간이 같은 목소리가 나왔다.

"탈라르 니 스벤스카?" 그녀가 말했다. "스웨덴어 할 수 있어요?"

"몇 마디밖에 못합니다." 소스테드가 말했다.

"샤르메란데. 매력적이군요. 전에 스웨덴에 갔었는데 아주 좋았던 기억이 나네요. 길라 두 크롭카코르, 감자 덤플링(고기 요리에 넣어 먹는 새알심-옮긴이) 좋아해요? 담백하면서 맛있죠." 소스테드는 이 명랑한 부인이 스웨덴 음식에 대해 수다를 떠는 동안 멍하니 바라볼 수밖에 없었다.

"하지만 우리는 영어로 하기로 해요, 그게 낫겠죠?"

소스테드는 다시 고개를 끄덕였다.

"나랑 좀 걷지 않을래요?" 그녀가 말했다. 그녀는 실제로 그에게 다가와 마치 일요일 저녁을 먹고 난 후에 같이 산책 가는 이모처럼 그의 팔짱을 끼었다.

"난 율리아라고 해요." 둘이서 좁고 어두운 길을 걷기 시작했을 때 그녀가 말했다. 길 양쪽의 벽돌 건물들은 모두 닫혀서 조용했다. 그들은 아까보다 더 작은 길로 들어갔다. 벽돌로 포장된 좁은 길이 내리받이 언덕으로 가서 포토맥 강과 워터프론트 공원을 향해 쭉 뻗어 있었다. 주위에 사람은 하나도 없었고 그들의 발소리는 율리아가 어두운 골목길인 세실 플레이스로 인도하면서 희미해졌다. 그녀는 그의 팔을 부드럽게 잡아당겨서 자신이 가고 싶은 쪽으로 데리고 갔다. 소스테드가 거리 훈련을 좀 받았더라면 그 길이 시작되는 부분에 어두운 그림자 하나가 서서 둘을 지켜보고 있었다는 걸 눈치챘을 것이다. 또 다른 그림자는 골목 끝 가로등 옆에 서서 그들이 다가오는 걸 지켜보고 있었다. 반 블록 떨어진 워터 가의 다른 곳보다 좀 올라간 곳에 있는 화이트허스트 고속도로 그늘에 주차된 밴의 앞유리 밖으로 희미한 얼굴 하나가 밖을 보고 있었다. 그 남자는 주기적으로 백미러를 확인했다. 율리아 자루비나, 워싱턴 SVR 레지던트이자 재봉사인 그녀가 오늘 밤 부하들을 데려온 것이다.

"나에게 연락해줘서 기뻐요." 그녀는 아직 소스테드의 팔짱을 끼고 있었지만 자신의 발을 내려다보며 말했다. "난 어떤 방식으로든 당신을 돕고 싶군요."

소스테드는 또다시 뭐라고 해야 할지 알 수 없었다. OSI 팀이 준비시킨 건 아주 강압적이고 덩치가 산만 한 남자가 침을 튀겨가며 장황하게 이야기할 경우뿐이었다.

"본인에 대한 이야기를 좀 들려줘요, 글렌." 율리아가 고개를 들어 그를 보며 말했다.

'와우, 이 부인은 러시아 첩보원이긴 하지만 무지하게 정중한데.' 그는 생각했다. 그는 재봉사가 사슬뜨기를 시작해서 그를 뒤덮고 있는 걸 느끼지 못했다.

2분 만에 자루비나는 소스테드가 짐작대로 무고한 사람이고 분명 그 첫 번째 플래시 카드에 들어 있던 '추가 자료'의 저자가 아니란 걸 확인하고 만족했다. 그녀는 다시 미소를 지으며 속임수를 쓰기 시작했다. 그녀는 그가 첫 번째 가져온 자료가 이미 한물간 정보였다고 부드럽게 꾸짖었다.

"랩터 프로그램이라니, 맙소사. 좀 더 최신 정보를 찾을 수 없나요, 글렌? 어쨌든 당신은 아주 중요한 자리에 있잖아요. 우리 사이에 대한 기대가 커요."

소스테드는 이런 말을 들을 거라고 예상하지 않았기 때문에 놀랐다. "어떤 정보를 염두에 두고 계신가요?" 그는 마지막 순간에 OSI 지원팀이 러시아인들의 정보와 요구 사항을 끌어내라고 했던 말이 기억나서 그렇게 물었다. 그래, 어디 한번 끌어내보시지. 자루비나는 포토맥 강의 야경과 로슬린의 장식용 꼬마전구들과 루스벨트 섬의 검은 나무들을 바라봤다.

"이런 것들은 아주 기술적인 정보잖아요." 율리아가 그의 팔을 살짝 잡으면서 물가를 따라 천천히 걸었다. 그녀는 소스테드와 눈이 마주치자 미소를 지었다. 마치 쿠키 요리법을 다시 말해주려는 할머니 같았다.

"하지만 당신이 뭐든 가져올 수 있다면 좋겠어요. 최근 전투기 진단 정보, 비행 테스트 데이터, 디자인 분석, F-35기의 날개가 흔들리는 문제에 관련된 정보. 그럼 정말 좋을 텐데." 그녀는 소스테드를 올려다봤는데 눈가에 주름이 있었다.

"35기요?" 소스테드가 말했다. 그녀는 이쪽 분야에 대해 아주 많이 아는 것 같았다.

"네, 당신들은 그걸 라이트닝 II라고 부른다고 알고 있는데. 뭐든 당신이 찾아낼 수 있으면 좋겠군요. 당신이 내게 연락했을 때 난 아주 들떴답니다." 자루비나는 '센터'나 '모스크바'나 '러시아' 같은 말은 거의 하지 않았고 항상 그녀의 개인적인 일처럼 말했다. 그가 발을 빼기엔 너무 늦었을 때 센터에서 사무적인 관계를 확립할 것이다.

고맙게도 미국인들은 너무 뻔했다. 그녀는 이 순진한 미국인이 자기 담당자들(그녀는 OSI에서 이 작전을 주도했다고 맞게 짐작하고 있었다)에게 돌아가서 러시아인들이 관심이 있다고, 정말 관심 있고 이중간첩 작전이 순조롭게 진행되고 있다고 보고할 것이라고 믿었다. 그녀는 이 소스테드란 남자와 계속 만나서, 끈기 있게 관심 있는 척하면서, 공군은 결코 넘겨주지 않을 정보를 계속 요구할 것이다. 트리톤이 누구건 그를 위해 이 채널은 계속 열려 있어야 했다.

그리고 소스테드에게 정보를 요구할 때 허위 정보를 흘려서 적극적으로 반격할 기회도 있을 거라고 자루비나는 생각했다. 그녀는 한 번은 프랑스 육군 무관(그 역시 이중간첩이었다)에게 미라주 2000N(프랑스 최신예 전투기-옮긴이)에 대한 작전 매뉴얼 1권부터 12권, 15권부터 22권까지 구해달라고 요구한 적이 있었다. 눈을 휘둥그레 뜬 그 프랑스 남자가 그녀에게 왜 13권과 14권(미라주 2000N에 탑재된 3킬로톤의 중거리 공대지 미사일을 묘사한 책들)은 빼놓느냐고 물었을 때 그녀는 자신의 머리를 톡톡 치면서 그 질문을 무시했다. 마치 이미 가지고 있는 것엔 관심 없는 척한 것이다. 그 결과 프랑스 국방부에서 2년에 걸친 내부첩자 사냥이 시작됐고, 핵 억지력 정책을 계속 해야 하는지 의문이 일면서 엘리제 궁(프랑스 대통령 관저-옮긴이)에 위기가 발생했다. 그건 대단히 탁월한 조치였다.

그녀가 부드럽게 달래는 말투로 소스테드와 이야기를 하는 동안에도 그녀의 비범한 지능은 또 다른 곳을 향하고 있었다. 그녀는 소스테드가 볼 수 없는 한쪽 귀에 꽂은 이어폰으로 그녀의 방첩팀이 주위에서 작업하는 소리를 듣고 있었다. 그녀는 소스테드의 USB를 주머니에 넣고 있었는데 그 의문의 정보원인 트리톤이 또다시 어떤 정보를 첨부했는지 보고 싶어 초조했다. 자루비나는 이것이 대형 건수의 시작일 뿐이라는 예감이 들었다.

산책을 끝내고 그녀는 바보같이 넓적한 챙 모자를 쓴 소스테드가 31번 가에서 불빛이 환하게 비치는 M가로 터덜터덜 걸어가는 모습을 지켜봤다. 자루비나는 이 트리톤이 똑똑하길 빌었다. 그가 암호명을 직접 고른 점 때문에 안심이 되지 않았다. 그게 대단한 과대망상증 환자의 쓸데없이 높은 자존심을 의미하는 것 같아 걱정됐다. 트리톤은 바다의 군주란 뜻 외에 러시아어로 도롱뇽이란 뜻이 있다. '정보원이 쓰기에 근사한 암호명은 아니지. 하지만 꿈틀거리는 양서류의 이름을 따서 자기 이름을 지은 게 그에겐 잘 어울릴지도 모르겠어.' 그녀는 생각했다.

"그녀는 아주 예의가 바르고 배려를 많이 하더군요." 소스테드가 말했다. 그는 OSI 팀원들과 A-2 방첩부에서 나온 장교 두 명으로 둘러싸인 펜타곤(미국 국방부 건물-옮긴이) 회의실 테이블 앞에 앉아 있었다. 벤포드는 조용히 테이블 끝에 앉아 마치 오늘 저녁은 뭘 먹을까 생각하는 것처럼 천장을 보고 있었다.

"그녀는 저에 대해 질문했습니다. 저는 연습했던 대로 돈이 필요하다고 했습니다. 도박을 좋아한다고 인정했죠." 소스테드가 말했다.

"그랬더니 그 여자가 어떻게 대답했지?" 벤포드가 물었다. OSI 요원들은 노트 필기를 하느라 바빠서 듣지도 않았다. '러시아 첩보원과 두 번째 접촉, 워싱턴 SVR 책임자와 접촉, F-35기에 대한 구체적인 정보 요구.' 서치라이트라는 작전명을 붙인 그들의 이중간첩 작전에 불이 붙은 것이다. 그들은 다음 달 보고에 넣을 또 다른 중요 아이템의 초고를 잡을 것이다. 아니야, 공군성 장관에게 따로 메모를 넣을까, 어쩌면 국방부 장관에게 곧바로 보내야 하나. 그러다 그들은 벤포드를 힐끗 봤다. 랭글리에서 나온

이 멍청이는 아무도 안 올 거라고 했잖아. 정말 대단한 전문가 납셨네.

"그녀는 우리 모두 살다보면 가끔 문제가 생긴다고 했습니다. 그녀는 정말 제 사정을 잘 이해하는 것처럼 보였어요. 강압적인 분위기는 전혀 없었습니다." 소스테드가 말했다.

'당연히 그랬겠지. 넌 나이가 지긋한 부인과 즐거운 저녁 산책을 하고 왔겠지. 재봉사와 말이야.' 벤포드는 생각했다. 하지만 수많은 거울들의 황무지에서 30년 동안 납작 기어 다니던 그의 경험에 비춰 이건 뭔가 앞뒤가 맞지 않았다. 러시아인들은 정보 수집 문제에서 탐욕스럽고(항상 그랬다), 한없이 바라고 또 바라고, 의심하고, 초조해하고, 욕심을 부리고, 강탈하고, 인정사정없이 잔혹하게 굴었다. 하지만 절대로 어리석게 굴었던 적은 없었다. 벤포드는 이 기분이 뭔지 알고 있었다. 목구멍에 덩어리가 걸린 것 같은 익숙한 기분, 뭔가 아직 이해할 수 없는 러시아인들의 행동을 생각할 때면 떠오르는 느낌이었다. 때가 되면 이들의 음모는 스튜 냄비 바닥에서 위로 불쑥 떠올라 미소를 짓는 양 머리처럼 나타날 것이다. 하지만 그땐 너무 늦는다.

감자 덤플링

소금에 절인 돼지고기와 양파를 노릇노릇해질 때까지 튀긴다. 삶아서 으깬 식힌 감자와 달걀과 검은 후춧가루와 육두구와 밀가루를 섞어서 반죽을 만든다. 반죽을 잘라서 동그랗게 공 모양으로 여러 개 만들고, 반죽 속에 돼지고기와 양파 섞은 걸 소로 넣어 덤플링을 만든다. 덤플링을 쇠고기 육수에 넣어 푹 끓인다. 익힌 덤플링을 사워크림과 같이 낸다.

16

모스크바 지부의 비협조적인 지부장 버넌 스록모턴이 자신의 아주 작은 사무실 책상 앞에 오만상을 찡그리고 앉아 있었다. 합판 미닫이문을 열어놨는데도 벽장만 한 크기의 공간에는 의자가 없었다. 그래서 한나 아처는 아보카도색 눈으로 노려보는 버넌의 시선을 받으며 불편하게 서 있어야 했다. 한나는 모스크바 지부의 새내기 요원이다. 그녀가 이 지부에 온 지 사흘이 됐는데 오늘이 스록모턴이 그녀를 부른 첫날, 아니 그녀의 존재를 인정한 첫날이었다.

"매트릭스. 매트릭스가 뭔지 알아?" 지부장이 말했다. 그는 어깨가 넓고 배가 많이 나오고, 이중 턱에, 눈썹은 덥수룩했다. 비치볼처럼 큰 머리에 점점 가늘어지는 갈색 머리는 무스를 발라 한쪽에 붙여놨다. 한나는 그 딱딱해진 머리 가장자리에 손톱 하나를 밀어 넣어서 살짝 들어 올리면 배에 있는 비스킷 통 뚜껑처럼 홱 벗겨질 것 같다는 생각을 했다.

"모르겠습니다, 지부장님. 매트릭스란 게 뭘 측정하는 저울 같은 거 아닙니까?" 한나가 대답했다. 그녀는 스물다섯 살로 막 IO 교육(사람들은 '막대기들과 벽돌들'이라고 부르는데 모스크바 같은 적대 지역에서 정보원들을 관리하는 내부 작전을 뜻한다)을 마치고 왔다. 한나는 예쁘고 조금 마른 체형에(그녀는 소녀 같은 자신의 몸매를 좋아했다) 곱슬머리는 금발이고 입술은 도톰했다. 한나는 자신의 눈이 독특하면서도 가장 매력적인 부분이라는 걸 알고 있었다. 그녀의 눈은 카리브 해 같은 선명한 초록색 눈동자 주위에 황금색 점이 흩어져 있었다. 그녀는 최신 유행 아이템인 검은 테 안경에 소박한 블라우스와 스커트를 입고 있었다. 고등학교와 대학교 내내 라크로스(각각 열 명의 선수로 이뤄진 두 팀이 그물채 같은 것으로 공을 던지거나 잡으면서 하는 하키와 비슷한 경기-옮긴이)를 해서 다리는 날씬하고 튼튼했다. 그녀는 사람들이 자기를 건방지게 딱딱거리는 여자라고 생각하는 걸 (오빠들과 같이 커서)알고 있었다. 하지만 훈련받을 때는 입을·다물고 있으려고 노력했다. 그녀는 가만히 서 있었지만 지부장이 보이지 않게 한쪽 발을 가볍게 두드리고 있었다. 긴장되면 이렇게 에너지가 넘친다. 이건 좀 자제하려고 애를 써야겠다.

모스크바 지부장이 그녀를 찬찬히 살펴봤다. 이 애송이에게선 강렬함, 영리함 그리고 자신만만함, 빌어먹을 자신감이 풍겼다. 평가 자료를 보니 훈련생들 가운데 선두를 달렸다고 나와 있었다. 그녀는 거리에서 교관만큼이나 미행을 잘 감지했고, 20대나 되는 FBI 감시팀이 참가한 마지막 연습에서 종적을 감췄고, 감시팀 코앞에서 MCD를 해냈다. 그걸 본 지부장은 화가 나서 씩씩댔다. MCD. 교과서에 나온 정보원과 담당 요원 간에 이뤄지는 극히 위험한·전달 기법을 해내다니. '아주 잘나가네.' 그는 생각했다.

게다가 여기엔 더 복잡한 사정이 있었다. 이 천재 요원이 도착하기 전에 스록모턴은 방첩부에서(시몬 벤포드가 직접) 보낸 '기밀' 메시지를 받았다. 사실상 모스크바 지부장인 그에게 곧 도착할 한나 아처 요원을 작전요원으로 임명해서 극히 중요한 정보원인 디바를 지원하기 위한 스라크 네트워크를 전달하게 하라는 명령이었다. 그 메시지는 한나가 바로 그런 추가 훈련을 받았기 때문에 이렇게 지시한 것이라는 형식적인 말이 한 줄

덧붙여져 있었다. '개소리, 이 기밀 작전은 내가 해야 하는 건데.' 스록모턴은 생각했다. 그는 즉시 답장을 써서 자기가 디바를 관리하겠다는 의지를 밝혔지만 새 딘커스인 글로리아 베바쿠아가 암호 처리된 전화선으로 전화를 걸어서 닥치고 명령에 따르라고 했다. 그는 아직 화가 안 풀린 상태였다.

"아니야." 스록모턴은 회전의자에 등을 기대고 앉으면서 말했다. "매트릭스는 작전을 맡은 요원이 성과를 내지 못할 때 집으로 돌려보내는 걸 뜻해. 내가 쓰는 말이지." 그는 잠시 입을 다물고 한나의 표정을 읽었지만 그녀는 무표정했다. 이 애송이가 속을 안 보이는군.

"자네를 디바 작전 담당 요원으로 임명하라는 메시지를 받았어. 그래서 내 감독하에 그렇게 하길 바라네. 그리고 내가 그럴 자격이 안 된다고 자네가 생각한다면, 그건 그냥 없었던 일로 해." 지부장이 씩씩거리며 말했다.

그는 모스크바에 지부장으로 오기 전에 IO 훈련을 기피한 사실은 광고하지 않았다. 다른 준비들로 너무 바빠서 그랬노라고 거만하게 선언했지만, 사실은 사악할 정도로 힘든 그 훈련 코스에서 떨어질 위험을 감수할 생각이 결코 없어서 그랬다. 전통적으로 그 코스의 탈락 비율은 25퍼센트였다. 그는 조립식 책상 뒤에 있는 의자에 등을 기대고 앉았다. 책상 한쪽 구석의 목재 베이스 위에 모조 수류탄이 얹혀 있었다. 거기 붙은 명판에는 '고충 처리 부서. 더 빠른 서비스를 원하시면 핀을 뽑으세요.'라고 새겨져 있었다. 그건 전 모스크바 지부장이 놔두고 간 것이지만 스록모턴은 그 메시지가 마음에 들었다.

"나는 부카레스트에서 첫 해외 근무를 했어." 그는 신참이 그의 눈을 똑바로 보고 있는 걸 눈여겨보면서 말했다. "난 적대 지역 원조 전문가 중 하나지. 날 미행하는 놈들 바로 코앞에서 차로 그들을 따돌리는 걸 해낸 몸이야. 미리 말해두는데 이 루마니아 비밀경찰들은 정말 짐승들이었지."

"내부 작전의 전성기였군요." 한나는 무심코 말했다가 곧바로 후회했다. '아, 건방진 말 좀 하지 말고 닥치자.' 지부장은 그녀의 비꼬는 농담을 칭찬으로 알고 좋아하는 눈치였다. '적대 지역 전문가라……' 한나는 생각했다. 벤포드가 그녀에게 1970년대에 스록모턴이 망친 차량 추격전 중 하나를 이야기해줬다. 그때 스록모턴이 부카레스트 외곽에 있는 울창한 소나무와 오크 나무숲인 파두레아 판텔리몬을 통과하는 3번 고속도로를 달리는 모습을 루마니아 비밀경찰들이 지켜보고 있었다. 그 깡패 경찰들은 빗속에서 3주 동안 그를 기다리고 있었고, 실제로 도로 앞쪽에 포플러 나무 두 그루 그리고 뒤쪽에 두 그루를 놓고 거기다 폭발물까지 설치해서 스록모턴이 차를 타고 현장에 도착했다가 도망칠 때 갈 퇴로를 모두 막아버렸다. '원조 전문가 중 한 명.' 한나는 생각했다.

교관 하나가 그녀는 사람을 보는 눈이 예리하다고 말했다. 그런 장점은 스파이 학교에 가서 교관들이 학생들에게 하는 그런 터무니없는 소리를 듣기 전까지는 한 번도 생각도 안 해봤다. 그녀는 새 상관인 모스크바 지부장이 그녀를 시샘해서 허세를 부리는 거란 걸 눈치챘고, 남을 만성적으로 의심하는 병은 분명 자신에 대한 회의에서 비롯됐다는 것도 알았다. 그러니 이 거대한 머리를 들고 이 방에 들어오려면 얼마나 힘들겠는가. 스웨터 입을 때도 고생 좀 할 거고.

한나는 심호흡을 하고 텅 빈 모스크바 지부를 내려다봤다. 그곳은 사실 방음 처리된 트레일러로 화물 컨테이너보다 더 컸다. 여기엔 창문도 없고,

출입문은 하나라 경미한 밀실 공포증을 유발하는 공간이었다. 벽은 두껍고 어두운 파란색 펠트 패널이고, 같은 색 카펫이 바닥에 깔려 있었다. 좁은 중앙 통로 양쪽에 여섯 개의 조립식 책상이 양쪽 벽에 붙어 있었고, 각 책상마다 벽감(장식을 위해 벽면을 오목하게 파서 만든 공간-옮긴이)에 있는 램프 불빛이 비치고, 그 위에는 캐비닛이 걸려 있었다. 그곳은 개인적인 물품을 둘 수 있는 유일한 공간이었다. 안 그러면 요원들은 그때그때 비어 있는 책상에 앉아 들어오는 메시지를 읽거나 본부에 보내는 메시지의 초안을 작성해야 했다. 책상마다 밑에 서랍이 두 개인 뭉툭한 청회색 철제 금고가 있었는데 여기저기 찌그러져 있었다. '여기 올 때 탄 보잉 777이 더 넓군. 여기가 앞으로 2년간 너의 집이 될 거야.' 한나는 생각했다. 모스크바 지부. 진정한 게임이 벌어지는 곳.

컨테이너 정문이(완벽하게 방음 처리된) 유압식으로 끽 소리를 내며 열렸다. 모스크바 부지부장인 아이린 쉰들러가 트레일러 안으로 들어왔다. 그녀가 보지도 않고 벽에 있는 붉은색의 대형 버튼을 찰싹 때리자 문이 쉬익 소리를 내며 무겁게 닫혔다. 서른다섯 살쯤 된 아이린은 짧은 머리에 키가 크고, 회색 피부에, 뺨은 움푹 꺼졌다. 그녀의 머리끝이 트레일러의 낮은 천장을 스치는 동안 그녀는 한마디도 하지 않고 한나를 쳐다보기만 했다. 그녀의 좁고 부리같이 생긴 코가 한나가 있는 쪽으로 향하더니 복도 반대쪽으로 돌아서서 또 다른 쪽 미닫이를 열었다. 부지부장의 사무실이다. 아이린은 그 작은 공간으로 들어가 찰칵 소리를 내며 문을 닫았다. 그녀 뒤로 희미한 아스트린젠트(수렴성 화장수-옮긴이) 향기가 감돌았다.

'맙소사, 첫 번째 해외 근무지는 아담스 패밀리의 집 같은 이동 사무실인 데다가 두 명의 인간 혐오자 사이에 샌드위치처럼 끼어서 지내게 생겼어.' 한나는 생각했다. 그리고 거리로 나가면 3천 명의 러시아 감시자들이 그녀가 나와서 놀기를 기다리며 침을 흘리고 있다. 그리고 디바가 그녀의 생명줄을 배달해줄 한나를 기다리고 있다.

한나는 평생 원더브레드(북미 지역의 식빵 브랜드-옮긴이)같이 평범한 생활에 익숙해져 있었다. 뉴햄프셔에 견실한 대가족이 살고 있고, 가을과 봄에는 라크로스를 하고, 여름에는 요트를 탔다. 부모님이 네가 쓸 돈은 알아서 벌라고 가르쳐서 방학 내내 햄버거를 뒤집고 조개를 튀기는 법을 배웠다. 언행이 일치해야 한다. 진실만을 말하고 내가 옳다고 믿는 것을 지지해야 한다. 그녀는 반짝거리는 눈에 주근깨투성이인 소년들과 껴안고 키스를 했고, 알루미늄 테니스 볼 캔에 든 얼음처럼 찬 샌디(맥주와 레모네이드를 섞은 음료-옮긴이)를 마셨고, 달빛이 비치는 목초지에서 윗도리도 안 입고 느리게 8자형으로 지프차를 몰았다.

워싱턴 앤 리 대학에서 4년간 지내면서 고상한 척하는 남부 분위기를 맛보았고, 버지니아 대학원에서 2년을 더 보내면서 철학과 인지과학 석사 학위를 받았다. 다만 버지니아 대학이 워싱턴 앤 리 대학보다 처진다는 걸 알게 됐지만. 대학 생활은 흥미로웠지만 그녀는 좀 다른 걸 원했다. '인생을 좀 더 적극적으로 살고 싶었다.' 그러다 CIA에 지원한 건, 농담이 아니라 봉사, 희생, 기여와 같은 중요한 가치에 헌신하기 위해서였다. 애국심이라고 할 순 없지만 조국을 지키고 싶다는 말이 CIA를 선택한 이유와 비슷했다.

한나는 합격했고, 랭글리에 들어갔다. 그동안 살아온 윤기 흐르는 마호가니 세계에서 탁한 물이 엉덩이까지 차는 사이프러스 늪으로 들어갔다.

그 늪은 숨이 막힐 것 같은 메탄가스가 보글거리고 발밑은 진창으로 철벅거렸다. CIA. 중앙정보국. 그녀는 세상에 존재하는 줄도 몰랐던 사람들을 만났다. 그들은 바다에서 기어 나와, 산소를 마시자 다리가 생긴 태곳적 물고기의 DNA와 같은 DNA를 가진 사람들 같아 보였다. 맙소사, 이곳은 인지 과학 워크숍 같은 곳이자 악당들의 갤러리 같았다. 우스꽝스러운 회의론자들, 갈등하는 마약 중독자들, 조울증이 있는 이기주의자들, 게으른 협박꾼들. 대식가가 무슬린(크림을 섞어 거품이 나게 한 네덜란드 소스-옮긴이)을 음미하는 것처럼 사람들을 괴롭히면서 쾌감을 느끼는 교활한 심문자들.

아무래도 실수로 정신병원의 뒷문으로 걸어들어온 것 같다는 결론을 내리기 전에, 한나는 좋은 사람들을 찾아냈다. 착하고 친절한 매니저, 엔지니어, 분석가, 보조원…… 그들은 국가와 임무를 위해 자신의 목숨을 바치고 있었고, 모두 이 에이전시에서 유일하게 계속될 유산은 후배들을 지도하고, 개발시켜주고 지원하는 것이며, 그들을 미래의 지도자로 키워서 나중엔 다른 이들의 멘토가 될 수 있게 해주는 것이라고 믿고 있는 것 같았다(나중에 그녀는 벤포드가 그녀가 생각한 좋은 사람인지, 아니면 그냥 정신 나간 사람인지 궁금했다).

훈련이 본격적으로 시작됐을 때 관찰력이 뛰어난 한나는 작전에 관계된 사람들(남녀 현장 요원들)을 알게 됐다. 그들은 깊은 어둠 속에서 수많은 공을 세운 영웅들이고, 접근할 수 없는 비밀들을 훔쳐서, 물리적인 위험을 피하면서 역경에 대처한 사람들이고, 익명으로 활동하기 때문에 은밀하게 세운 공에 대한 보상도 제대로 못 받으면서 공개적인 실패를 했을 때는 항상 비난받는 사람들이다. 견실한 한나는 자신이 어떤 사람인지 알고 있었고, 뭐가 되고 싶은지도 알았다. 그녀는 작전 요원이 되고 싶었다. 그녀는 팜에서 열심히 노력해서 최고의 성적을 올렸고, 아프리카나 라틴 아메리카 지부에 선발될 거라고 예상하고 있었다. 그녀는 난투가 벌어지는 제3세계에서 뛸 준비가 돼 있었다. 그 임무는 매력적으로 보였다. 하지만 비스듬한 이마에 하관이 툭 튀어나온 네안데르탈인 같은 중간급 매니저가 별다른 이유도 없이 그녀를 유럽 부서에 배치시켰다. 그는 유럽 지부의 행정관으로 근무하고 있었다. 따라서 한나는 유럽 지부의 지시를 받으라는 명령을 받았다. 그녀는 그 매니저 사무실에 가서 다시 한 번 고려해 달라고 정중하게 요청했지만 화가 난 매니저가 그 자리에서 한나의 첫 해외 근무 발령을 연기시키고, 다른 통보를 받을 때까지 윙윙 소리가 나는 형광등 밑에서 끝도 없이 이어지는 칸막이 책상들이 있는 이베리아 반도 데스크에 가 있으라고 지시했다. 그는 화를 내면서 앞으로 그녀는 사람들의 이름을 추적하고 상사들의 메모 초안을 작성하는 일을 하게 될 거라고 했다. 그의 권위에 이의를 제기했으니 거기서 교훈을 배우게 될 거라고.

그녀가 CIA에 사표를 내고, 배를 하나 찾아 요리사로 취직해서 전 세계를 돌아다닐까 생각하던 중에 옆 칸막이의 파티션 너머로 얼굴 하나가 그녀를 보고 있는 걸 봤다. "이제 막 팜에서 나온 것 같던데." 여자의 목소리가 들렸다. 파티션 너머로 그녀의 머리끝과 파란 눈만 보였다. 느릿느릿 말하는 그녀의 목소리는 매끄러웠다.

"그런데 지하 3층에 처박히는 신세가 됐어요." 한나는 절망해서 대꾸했다. "임무를 받을 줄 알았는데 유럽 행정관은 생각이 다르더군요."

"아, 그 인간. 그 인간은 젖은 과수원이지."

"젖은 과수원이요?" 한나가 물었다.

"물이 뚝뚝 떨어진다고. 냄새 나고 불쾌하단 뜻이지." 그 여자의 눈이 한나를 훑어보면서, 그녀의 신발을 봤다가, 그녀의 책상을 훑어보면서 모든 것의 목록을 작성하고 있었다. 한나는 이 여자가 눈 한 번 깜짝할 사이에 본 모든 걸 다 기억해서 글로 쓸 수 있을 것이라고 확신했다.

"여기선 얼마나 있었어요?" 한나가 말했다.

"네가 한나 아처 맞지?" 그 여자가 미끄러지듯이 움직여서 파티션을 돌아 나왔다. 그리고 따뜻하고 건조한 손을 내밀었는데, 놀랄 정도로 손 힘이 셌다. "난 재니스라고 해. 재니스 캘러핸."

"안녕하세요, 전 한나라고 해요. 제 이름은 어떻게 알았어요?"

"산책할래?" 재니스가 물었다.

"좋아요. 재니스, 당신은 항상 질문에 질문으로 대답하나요?" 한나가 말했다.

"어떻게 생각해?" 재니스가 대답했다.

재니스는 쉰 살이 넘었고, 벌꿀색과 붉은색이 섞인 헝클어진 머리를 사내아이처럼 옆으로 쓸어 넘기고, 주름이 진 파란 눈에 콧날은 오뚝하고 턱선이 강했다. 그녀는 물어보기도 전에 답을 알고 있는 것처럼 항상 입매가 웃고 있는 것 같았다. 그녀가 미소를 지으면 보조개가 생겼다. 그녀는 짙은 청록색 실크 콤비 상의와 차이니즈 버튼이 달린 검은 펜슬 스커트를 입었다. 육감적인 몸매를 도저히 숨길 수 없는 옷차림이었다. '이 사람이 누구건 위풍당당하면서도 아주 관능적이야.' 한나는 생각했다.

그들은 구내식당 구석에서 같이 점심을 먹고 나서 본부 빌딩 주위를 산책했다. 재니스는 가볍고 빠른 걸음으로 걸었고, 그러면서도 놓치는 게 없었다. '이 여자는 카멜레온처럼 눈이 돌아가네. 양쪽을 동시에 볼 수 있을 것 같아.' 한나는 생각했다. 그들은 관상용 물고기가 있는 연못을 한 바퀴 돌고 나서 군부 출신인 과거 국장이 남긴 유산으로 마치 날고 있는 것처럼 철탑 위에 전시된 거대한 SR-71 블랙버드 정찰기 밑을 지나갔다. 그 국장이 즐거운 마음으로 50년에 걸친 미국 첩보본부를 항공기 박물관과 합쳐버렸다. 그들은 베를린 장벽의 시멘트 패널을 붙인 벽을 지나쳐 갔다. 한쪽 면은 서방의 낙서들이 섞여 정신없었지만, 다른 한쪽은 아무도 손을 대지 않았다.

재니스는 헝클어진 머리를 종종 손가락으로 빗어 내렸는데 아마 과거 스파이들과 연인들에 대한 기억이 떠올라서 그랬을 것이다. 자신의 경력에 대해 이야기하는 그녀의 달콤한 목소리가 둘을 감쌌다.

이제는 선임들만 그녀를 기억하고 있다고 그녀는 무심하게 말했고, 아주 많은 선임들이 그녀를 아주 잘 기억하고 있다고 했다.

재니스는 작전을 사랑했다. 그녀는 냉전 시대 동구권 수도에 연속으로 배치됐던 특징(CIA에서는 유일하게)이 있었다. 그녀 외에는 그런 사람이 하나도 없었다. 평생 독신으로 살아온 아름다운 그녀는 계속 근무지를 옮겨 다니면서 가장 적대적인 첩보부 일곱 개(폴란드, 동독, 체코, 헝가리, 세르비아, 루마니아, 불가리아)와 차례로 맞서서 그들의 코를 납작하게 해줬다. 육감적인 몸매로 사람을 홀리는 재니스는 20년 동안 중부 유럽의 깡패 비밀경찰들을 감쪽같이 속여왔다. 그녀는 정보원들을 관리하고, 전달 장소에 물건과 메시지를 전하고, 바르샤바 협정 문서들을 복사하고, 목숨을 잃을 위기에 처한 정보원들을 비닐봉지들, 스카프들, 모직 모자들이 철조망에 걸려 바람에 펄럭거리는 상황에서 붉은 녹이 슨 철의 장막을 건너 발트해를 지나, 흑해로 탈출시켰다.

한나는 넋을 잃고 그 이야기를 들었다. "이건 세상에서 가장 완벽한 원과 같아." 재니스가 말했다. 재니스는 감시를 받으면서 작전을 개시해서 미행을 따돌리고 정보원을 만나 정보를 가지고 돌아와 작전을 성공시켰을 때의 느낌은 마치 천상의 모험이 완결된 것 같은 기분이 든다고 한나에게 설명했다. 그때를 회상하는 그녀의 눈은 눈부시게 빛나고 있었다. 이게 한나가 관심을 가진 분야인가? 한나는 강한 호기심이 생겨서 재니스에게 더 이야기해달라고 부탁했다. 그녀에겐 그보다 더 좋은 생각이 있었다. 다음 날 재니스는 그녀를 데리고 방첩부 부장인 시몬 벤포드를 만나게 했다. 방첩부는 미로같이 창문도 없는 공간으로, 사무실이 끊임없이 이어졌는데 문은 모두 닫혀 있었고, 문마다 암호를 눌러야 열리는 자물쇠들이 달려 있었다. 한쪽 구석에 있는 벤포드의 사무실은 불빛이 희미하게 비치는 동굴 같았고, 서류들과 신문들과 파일들이 사방에 쏟아져 있었다. 벤포드는 앞에 대략 1제곱미터 정도의 공간만 남기고 파일과 서류가 산더미처럼 쌓인 책상 앞에 앉아 있었다. 그 비어 있는 공간에 그녀의 오렌지색 인사 파일이 있는 걸 한나가 봤다. 한나가 재니스를 보자 그녀는 마치 "처신 잘해야 해"라는 말을 하는 것처럼 고개를 끄덕였다.

"기초 훈련은 잘 해낸 것 같군." 벤포드가 열려 있는 파일에서 눈을 떼지도 않고 말했다. 그의 목소리는 부드러웠고, 말투는 짜증스러우면서 초조하게 들렸다. "특히 거리 실습에서 점수가 높아. 최고점을 받았군." 한나는 '이건 뭐지?'라고 생각했다. 이건 마치 그들이 그녀의 배경을 검토하고 있었고, 재니스는 인재를 찾아다닌 것 같아 보였다. 그녀는 어깨를 으쓱했다.

"훈련 받은 건 다 좋았어요. 전 그저 이 축축한 과수원을 나가서 현장 임무를 받고 싶습니다." 한나가 말했다. 그녀는 이 은어를 쓰면 근사해 보일 것 같다고 생각했다. 재니스가 그러지 말란 듯이 씩 웃으며 그녀를 봤다.

"분명 그렇겠지." 벤포드가 이제 고개를 들어 그녀를 보며 말했다. 그의 머리는 빗질도 안 한 것처럼 엉망이었고 이마에 머리카락이 한 줌 내려와 있었다. "내가 개인적인 제안을 하나 하겠네. 잘 들어. 자네 대답이 앞으로 자네 진로와 그 성격을 좌우할 수 있으니까. 그게 길건 짧건 간에 말이야."

한나는 움직이지 않았다.

"요원이 필요한 긴급 상황이 발생했어. 적대 지역에서 하는 작전과 비밀 커뮤니케이션 훈련을 받고, 해외에 파견돼서 엄청난 정보를 지속적으로 생산하고 있는 극히 민감한 기밀 작전을 지원할 요원이 필요해. 나는 적진에서 잘 모르는 신입 요원을 찾고 있어. 통찰력, 배짱, 판단력, 상상력, 추론할 수 있는 능력과 용기를 가지고 적대적인 압력이 들어올 거리에서 안전하게 작전을 수행할 수 있는 요원이 필요해. 자네에게 이 첩보 작전 임무를 맡길까 생각 중이야." 그는 한나의 파일을 덮고 그녀를 빤히 봤다.

"자네가 성공적으로 IO 훈련을 완수하기 전까진 자네가 어디서 누구와 작전을 하게 될지 말하지 않을 거야. 그 훈련을 통과하면, 추가 훈련을 받게 될 거야. 그중 일부는 여기 있는 재니스에게 받게 될 거야. 재니스는 그 분야의 최고야. 그리고 기술적인 훈련도 받게 될 거고. 그때까지 자네가 실수하지 않았다면, 자네와 내가 같이 앉아서 이 첫 번째 임무를 더 개선시킬 수 있는 추가 사항들과, 자네가 CIA 내규를 위반하게 될 가능성이 있고 민사상으로 기소를 받지 않는다면 징계를 받게 될 가능성이 높은 이 임무의 본질에 대해 토론하게 될 거야."

"이 임무의 단점은 뭐죠?" 한나가 말했다. 옆에 있는 재니스는 그녀를 보지 않았다. '나무에 사는 카멜레온처럼 눈이 좋으니까 굳이 머리를 돌릴 필요도 없는 거지.' 한나는 생각했다.

"내가 허락하기 전까지는 건방지게 굴지 않도록 노력해." 벤포드가 말했다.

한나는 얼굴을 붉혔다.

"이 점은 분명히 해두고 싶은데. 난 자네에게 지금 자네 바로 옆에 서 있는 사람처럼 내부 작전의 전문가가 되라는 제안을 하고 있는 거야." 그는 천천히 손을 휘둘러 재니스를 가리켰다. "이 임무가 끝나면 그런 임무들이 더 많이 기다리고 있을 거야. 항상 그렇지. 그때쯤이면 자네는 이 에이전시의 요원들이 정상적으로 가는 길에서 벗어나 있을 거야. 그게 자네의 해외 근무지 선택과 승진에도 영향을 미치게 될지 몰라. 대신 자네는 엘리트 요원들, 다른 평범한 요원들은 상상조차 할 수 없는 일들을 하는 소수 정예 그룹에 속할 가능성이 생기는 거지." 그는 눈꺼풀이 거의 다 덮인 눈으로 젊은 한나를 저울질하다가 그녀가 회청색과 초록색이 섞인 눈으로 그를 뚫어져라 보고 있는 걸 눈치챘다. 그녀는 눈 하나 깜박이지 않고 그를 보고 있었다.

"고려할 시간이 필요……"

"받아들이겠습니다." 한나가 말했다.

벤포드는 그녀가 마치 소리굽쇠처럼 떠는 걸 느낄 수 있을 것 같다는 생각이 들었다.

한나가 나간 후에 벤포드는 의자에 기대어 앉아 뒤집어놓은 쓰레기통 위에 발을 올렸다. 그는 책상 위에 있는, 먼지가 두껍게 쌓인 스탠드를 치우고 재니스에게 눈을 깜박였다. 그녀는 책상 위의 파일 폴더들을 치워서 간신히 앉을 만한 공간을 만들었다.

"어떻게 생각해요?" 재니스가 말했다.

벤포드는 어깨를 으쓱했다. "단호하고 기백도 있어 보이네." 그가 말했다. "서류상으로는 다른 후보들보다 나아 보여. 델라웨어 대학 나온 그 근육만 울퉁불퉁한 자식은……" 그는 고개를 흔들었다. "어쨌든 난 한나 아처가 마음에 들어. 잘했어. 잘 골랐어."

재니스가 몸을 뒤로 기울여서 다리를 쭉 뻗었다. 정상적인 남자라면 그걸 보고 아찔했을 것이다. "저 아이는 건방 떠는 걸 자제하는 법을 배울 필요가 있어요." 재니스가 말했다.

"말도 안 돼. 여긴 그런 사람이 많을수록 좋아." 벤포드는 연필을 빙빙 돌렸다. "당신 생각에는 저 친구에게 근성이 있다고 생각해?"

"현장에 나가기 전까지는 아무도 모르는 거죠." 재니스가 대답했다. "연습 때는 스타였던 학생들이 현장에 나가서 무너지는 걸 봤어요. 하지만 저 아이는 잘할 것 같아요."

"나도 그렇게 생각해." 벤포드가 연필을 던지면서 말했다.

"그리고 저 아이가 여자인 건?" 재니스는 손가락으로 머리를 쓸어내리면서 물었는데 머리를 빗는 게 아니라 더 헝클어뜨리고 있었다. 그녀가 입고 있는 콤비 상의 차이니즈 버튼이 순간 열렸다.

벤포드는 바로 옆에 화끈하고 관능적인 여신이 있는 건 전혀 의식하지 못하고 있었다. 그녀 역시 그에게 작업을 걸 생각은 추호도 없었지만, "내겐 아무 의미가 없어. 여자는 모두 가정주부로 위장하던 시절은 오래전에 지나갔어. 러시아인들은 모두를 의심해. FSB는 저 아이를 겁주려고 애를 쓸 거야. 터프한 임무에 대비시켜야 해, 재니스."

그녀는 빨간 머리를 끄덕였다.

"우리가 그녀에게 디바에 대해 이야기할 때, 디바와 그녀가 말이 잘 통했으면 좋겠어. 둘이 직접 얼굴을 마주칠 상황은 절대 없어야겠지만, 그녀가 언니를 위해 그 코브콤을 갖다 놓는다고 느끼게 만들고 싶단 말이야. 둘이 친자매처럼 됐으면 해."

"친자매라니." 재니스가 말했다.

"당신도 내 말 들었잖아. 꼭 그렇게 만들어야 해. 네이트를 당장 불러들여서 한나의 훈련 멘토로 삼아."

무슬린 소스

약한 불에 올린 이중 냄비 속에 소스 냄비를 넣고 달걀노른자와 버터를 넉넉히 넣고 윤이 나는 진한 소스가 만들어질 때까지 세게 젓는다. 거기에 레몬주스와 소금을 넣고 다시 세게 저은 후에, 달지 않은 휘핑크림을 넣어 부드럽게 섞는다. 바로 음식을 낸다.

17

한나에게 감시를 가르치는 교관은 제이라는 이름의 염소수염을 기른 예순 살 먹은 남자로, 빈틈이 없으면서도 냉소적이고, 산꼭대기에 앉아 있는 도사같이 그녀가 스스로 답을 찾는 법을 가르쳤다. 네이트가 지켜보는 동안 제이와 재니스는 워싱턴 D.C. 거리에서 한나를 하루에 열두 시간, 열네 시간, 열다섯 시간씩 연습시켰다. 그들은 5대, 10대, 12대의 차들이 그녀를 미행하도록 시켰다. 한나는 자신을 미행하는 차들을 알아내어 차량 번호를 보고해야 했다. 그녀는 도보로 미행하는 열두 명, 열다섯 명, 스무 명에 이르는 팀을 끌고 대도시 워싱턴의 골목길들, 계단들, 고가 통로들을 다녔다. 그녀는 거리에서 자신의 상황을 정확하게, 오류 없이, 한 점의 의심도 없이 확실하게 계산해야 했다. 그리고 거리에 있는 사람들 중에 자신을 미행하는 사람들이 누군지 알아내고 그들의 이름을 기억해야 했다. 벤 포드는 본부에 있는 자신의 동굴에서 그녀의 발전 과정을 모니터했다. 모스크바는 지금 이 실습보다 천 배는 더 가혹하고, 백만 배 더 치명적일 테니까.

미행이 있는지 보기도 전에 그 존재가 느껴져서 팔과 손등이 따끔거리고, 목덜미의 털이 곤두서면서 거기 닿는 공기가 서늘하게 느껴져 자신을 미행하는 차의 숫자를 세고 얼굴들을 기억하기 시작한다고 한나가 말했을 때, 제이는 그녀가 무슨 말을 하는지 이해했다. 그는 그 마법을 다듬어

과학으로 완성할 수 있도록 도와줬다. 맙소사, 그녀는 밤이 되면 죽도록 피곤했고, 미행에 대한 꿈을 꾸기 시작했다. 목적지에 도착하기 2분 전, 그녀를 미행하는 사람들이 그녀의 손을 볼 수 없을 때 3초 간격으로 목적지까지 거리를 좁혀가면서 주변의 소리들이 몰려오고 시야가 터널처럼 좁아지는 꿈이었다.

처음에 한나는 그녀가 훈련받는 모습을 관찰하는 젊은 요원 때문에 불안했다. 한나는 네이트가 누군지 알고 있었다. 그의 이름과 그에 대한 소문을 팜의 홈룸(학생들이 출석 점호 등을 위해 등교하면 모이는 교실-옮긴이)에서 들었다. 거리에서 미행 감지 루트를 달릴 때 그는 항상 그녀보다 몇 발 앞서가 있었는데, 그녀가 미행을 따돌리면서 멈추는 시간 간격을 관리하는 방식, 그녀가 목적지에 도착하는 방법, 모퉁이를 두 번 돌아가는 방식을 관찰하고 있었던 게 분명했다. 교관이자 평가자이니 그녀의 루트를 알고 있는 게 분명했지만 그래도 그가 거리에서 아주 쉽고 자연스럽게 움직이는 걸 한나는 느낄 수 있었다.

그녀가 실제로 그와 처음 이야기한 것은 여덟 시간 동안 계속된 연습이 끝나고 한밤중에 보고할 때였다. 차 10대로 구성된 미행팀은 밤이 되자 물러났다. 위스콘신 대로에 있는 슈퍼마켓 주차장에서 제이는 차 후드 위에 펼쳐놓은 루트 지도를 검토하고 있었고, 재니스는 구겨진 메모장의 페이지를 휙휙 넘기고 있었고, 네이트는 머리카락이 땀에 젖어 엉겨 붙은 채 자신의 차 펜더 위에 앉아 있었다. 워싱턴의 여름밤은 푹푹 쪘고, 몇 시간 동안 달린 한나는 셔츠에 피부가 척척 달라붙는 걸 느끼고 있었다. 백 마리의 나방들이 주차장에 있는 수은등에 급강하 폭격해서 차들의 앞 유리 위에 구불구불 흔들리는 그림자들이 드리워졌다. 아무도 한동안 아무 말도 하지 않았고, 재니스가 페이지를 넘길 때마다 바스락거리는 소리만 들렸다. 재니스가 입은 얇은 청색 셔츠는 어깨뼈 사이와 팔 밑이 젖어 있었다. 그녀는 머리를 뒤로 묶었지만 몇 가닥이 빠져 나와 목에 달라붙어 있었다.

그날은 한나가 처음으로 실패한 날이었다. 그녀는 조지 워싱턴 기념 파크웨이의 높고 전망이 아름다운 장소의 끄트머리에 주차돼 있던 차가 감시 차량이 아니라 그냥 일반인 차라고 잘못 판단했다. 차 안에 있던 커플이 껴안고 키스하고 있었다는 사실 하나만을 토대로 오판한 것이다. 피곤하고, 초조한 데다, 물건을 지정된 자리에 놓고 오겠다는 결의에 찬 그녀는 목덜미에서 떨리는 털들을 무시하고, 낮은 돌담장 밑으로 허리를 구부리고 걸어가, 벽 속에 돌 하나를 빼고 만들어놓은 빈자리에 꾸러미를 넣었다. 그 연애 커플은 감시팀이었고, 그걸 다 봤다. 한나는 그 자리에서 잡혔다.

"모스크바에서는 네가 그 자리를 떠날 때까지 기다렸다가, 그곳에 카메라들을 설치한 후에, 한 주, 한 달, 1년이고 기다려서, 정보원이 그 물건을 찾으러 왔을 때 그 사람이 탄 차의 번호판을 확보해." 네이트는 그녀를 비난하거나, 비판하는 게 아니라 그저 사실을 말했다.

한나는 그 자리에서 왔다 갔다 걸어 다녔다. "처음부터 그 차가 마음에 안 들더라니." 그녀가 말했다. '이런 바보 같은 말을 하다니. 닥쳐.'

네이트가 차고 있던 손목시계를 봤다. 고무 밴드가 붙은 검은 루미녹스였다. 그 문자판이 흐릿한 불빛 속에서 은은하게 빛났다. "20년 전이라면 그들은 그 정보원을 곧바로 체포해서 루비안카에서 총으로 쏴버렸을 거야. 요즘은 그 정보원과 너의 관계를 12개월 동안 추적해서, 더 많은 지부 요원들, 약속 장소들, 정보원들을 파악하고 마지막으로 러시아 TV에 나올 만한 엄청난 매복을 해서 끝내. 그다음에 총살하지." 네이트가 말했다.

한나는 화가 나는 걸 꾹꾹 눌러 참았다. 재니스나 제이가 야단친다면 참겠지만 이 남자와는 나이 차이도 몇 살 안 나는데. "나도 알아요." 그녀 가 조금 신랄하게 말했다. "알았다고요."

제이가 그녀의 사나운 말투에 고개를 들었다. "그래서 이걸 연습이라 고 하는 거야. 넌 오늘 밤에 배웠어. 현장에서는, 네가 열여섯 시간 동안 들 키지 않았다고 해도, 네가 약속 장소에 도착했을 때 누군가 있다면, 주정 뱅이 하나나, 덤불 속에서 십 대 둘이서 열나게 그 짓을 하고 있다거나, 한 무리의 라마(안데스산 낙타과 동물―옮긴이)가 있다면, 그 작전은 그 자리에 서 중지하고 다른 장소에서 다른 날을 노려야 해. 그러면 너의 정보원은 좀 불편하겠지만 어쨌든 살아 있게 되니까." 제이가 부드럽게 말했다.

"넌 작전을 하는 내내 100퍼센트 정확해야 해. 적은 딱 한 번만 맞추면 되거든." 재니스도 부드럽게 말했다.

한나는 왔다 갔다 걸어 다니는 걸 멈추고 재니스를 봤다. "확실히 잘 알 아들었어요, 재니스. 다음 연습은 언제죠? 모레? 난 할 수 있어요."

제이와 재니스는 같은 차를 타고 갔다. '둘이 혹시 그렇고 그런 사이 아 닐까.' 한나는 생각했다.

네이트는 아직도 차의 펜더 위에 앉아 그녀를 보고 있었다.

"괜찮아?" 네이트가 말했다.

한나는 마지막 순간에 이렇게 친절한 척 생색내는 태도에 발끈하지 않 기로 결심했다.

"네, 괜찮아요. 조금 피곤하지만." 그녀가 말했다.

"이 시간에 술 한잔 마시면서 긴장을 풀고 싶진 않겠지?" 네이트가 시계를 보면서 말했다. "저기 위쪽에 디스트릭트 투 바는 새벽 2시까지 열거든."

"꽤 늦긴 했는데." 그녀는 사실 거기 가고 싶다는 걸 깨닫고 말했다.

"내가 이 훈련을 받을 때는 연습이 끝난 후에 곧바로 못 자겠더라고."

"무슨 기분인지 알아요, 그죠? 태엽이 너무 단단하게 감겨서 그런가 봐요."

"제이는 옛날에 플라이휠(속도 조절용 바퀴-옮긴이)이 아직도 돌아간다고 표현했지." 아무나 들어올 수 없는 클럽의 동료만이 할 수 있는 공감. 한나는 그걸 느꼈다.

바에서 그들은 맥주를 시키고 러시안 드레싱을 얹은 감자튀김 한 접시를 나눠먹었다. 브뤼셀 스타일은 아니지만 이 정도면 괜찮다고 네이트는 감자튀김을 먹으며 생각했다. 한나는 입고 있던 재킷을 벗었다. 속에 탱크탑을 입고 있었다. 그녀가 곱슬한 금발을 손으로 빗어 내릴 때 네이트는 그녀의 팔에 잘 잡혀 있는 근육과 마르고 기다란 손가락을 봤다. 그녀가 낀 요즘 유행하는 안경에 얼룩이 져 있었다.

한나는 두 번째 맥주는 사양했지만 네이트가 그녀의 잔에 자기 맥주를 조금 따라주는 건 그냥 놔뒀다. "오늘 밤은 정말 바보같이 망쳤어요." 한나가 그렇게 말하고 재빨리 덧붙였다. "동정을 바라고 한 말은 아니에요. 선배는 아무 말도 할 필요 없어요."

'아무 말도 할 필요가 없다'는 한나의 말에 네이트는 도미니카가 생각났다.

"있지, 그 코스에서 한두 번 실수 안 한 사람은 없어. 실전에 가서 실수하는 것보다 여기서 하는 게 나아." 네이트가 말했다.

한나는 고개를 흔들었다. "아니에요, 그건 멍청한 짓이었어요. 벤포드 부장님이 이걸 들으면 난 망하는데."

"부장님은 그런 사람이 아니야. 게다가 제이와 재니스는 오늘 밤 뭔가를 봤어." 네이트가 말했다.

한나는 그가 그 말을 해주길 기다렸다.

"넌 실패했을 때 무너지지 않았어. 변명을 하지도 않았고, 바로 다시 시작하고 싶다는 마음을 그들에게 보여줬어. 그건 아주 중요한 자질이야."

한나는 감자튀김 하나를 입에 넣었다. "제이와 재니스가 뭘 봤는지 선배가 어떻게 알아요?"

"나도 그걸 봤으니까." 네이트가 말했다.

지옥 훈련은 계속됐다. 눈에 보이지 않는 교관들이 한나의 차와 아파트에 침입해서 그녀를 괴롭히고, 불안하게 만들고, 시험하면서 매일 밤 그들의 감시팀을 따돌리는 건방진 금발을 무너뜨리려 했다. "한나를 터프한 임무에 대비시켜. 모스크바에서는 어떨지 미리 느껴볼 수 있게 하란 말이야." 벤포드가 말했다. 그래서 작은 게임이 시작됐다. 차의 뜨거운 엔진 블록 위에 멸치 오일이 쏟아져 있고, 차 와이퍼에 바셀린이 발려 있고, 엄마가 준 우아한 금 목걸이가 화장대 서랍에서 나와서 풀 수도 없을 정도로 엉켜 있고, 냉장고 플러그가 열두 시간 동안 뽑혀 있어서 냉장고에 들어 있던 음식들은 바닥에 물을 뚝뚝 흘리고 있고, 화장실 변기에 불쾌한 기념품이 둥둥 떠 있고, 그녀의 베개에 모래가 묻은 발자국이 찍혀 있었다. 한나는 차창을 다 열어놓고 운전하고, 바셀린에 얼룩진 차 앞 유리 너머로 앞을 뚫어져라 보면서 운전했고, 부엌 바닥을 닦았고, 코를 쥐고 변기에 떠다니는 그 갈색 백조 덩어리를 내렸고, 베개를 뒤집어놓고, 지칠 대로 지쳤지만 들뜬 마음으로 침대에 들어갔다.

네이트는 진입팀과 함께 지하에 있는 하나의 아파트에 한 번 들어간 적이 있었다. 그녀가 루트 지도나 교관들에게 받은 쪽지를 방에 늘어놓지는 않았는지 확인하기 위해서였다. 그건 훈련받는 학생들이 흔히 저지르는 실수였다. 그들 모두 러시아인들이 모스크바에서 몰래 그녀의 숙소를 뒤질 거라는 걸 알고 있었다. 팀원들이 그녀의 아파트 안을 걸어 다니고 있을 때 네이트는 복도로 걸어가 그녀의 침실 앞에 서서, 문설주에 기댄 채 움직이지 않았다. 그 방에선 귤 향기가 났다. 작은 방에 하나밖에 없는 창문에는 블라인드가 쳐져 있었다. 침대 시트는 여기저기 삐져나와 있었고, 구석에 있는 등나무 의자 등에 셔츠가 한 장 걸려 있었고, 그 밑에 검은색 펌프스 한 켤레가 나란히 놓여 있었다. 단정하지만 유난 떠는 정도는 아니었다. 작은 벽장문이 조금 열려 있었는데 그 사이로 옷걸이에 검고 레이스가 달린 것이 보였다. 구석에 라크로스 채 하나가 세워져 있었는데, 손잡이에 감겨 있는 테이프는 그녀의 땀이 묻어 까맸다. 네이트는 방 안으로 들어가서 침대 양쪽에 있는 테이블의 서랍들을 확인해보고 싶은 충동을 참았다. 그건 진입팀이 할 것이다.

그 코스가 끝나갈 무렵 네이트는 하나가 훈련하는 내내 뜨거워졌다 차가워졌다를 반복하면서, 주초에 했던 실패를 잊지는 않되 그 사실은 털어버리고, 마음속의 악마를 길들이는 걸 봤다. 그녀는 예언자로 변신해서 거리를 느끼고 있었다. 아니, 그보다 훨씬 발전해서 자신의 힘을 확대해, 감시팀의 머릿속까지 들어왔다. 그녀는 그들이 뭘 할 건지 그리고 어디로 갈

건지를 그들이 행동하기도 전에 알아차리기 시작했다.

마지막 연습을 할 때가 됐다. FEEB, 즉 FBI 해외 방첩 감시팀에 맞설 때가 된 것이다. 이 팀은 격식 없이 부를 때는 Gs라고 하는데 이 분야에서 최고였다. 그들은 이 잘나가는 금발 스파이에게 한 수 가르쳐줄 준비가 돼 있었다. 열두 시간 동안 진행되는 연습이 시작됐을 때 대규모 FBI팀이 한나가 혼자 탄 작은 차(아직도 차 안에서는 익은 멸치 냄새가 코를 찔렀다) 주위로 물 흐르듯 흘러나왔다. 한나가 어디를 가건 그녀에게는 보이지도 들리지도 않게 상공에 뜬 정찰기에서 어마어마하게 큰 단안 렌즈 망원경으로 그녀를 주시하면서 FEEB에게 보고했고, 그들은 보고대로 그녀를 정확하게 쫓아갔다. FBI는 연습이 시작된 후에야 제이와 다른 교관들에게 한나를 감시할 비행기를 띄웠다고 말했다. 그녀는 어쩔 수 없이 혼자서 그 상황에 대처해야 했다. "페어플레이는 집어치워. 이건 전쟁이라고." FBI가 말했다. 낄낄거리는 FBI 교관들에게 둘러싸인 네이트는 무전기에서 들리는 보고를 들으며 한나의 육감이 발동하길 기도했다. 그는 걱정할 필요가 없었다.

금발의 스파이가 의도적으로 워싱턴 국립공항 주위를 돌자 착륙하는 민항기들과 충돌하지 않도록 정찰기가 피할 수밖에 없었고, 멀리 있던 FBI 팀원들은 일시적으로 아무것도 볼 수가 없었다. 통제실을 가득 채웠던 FBI 팀원들의 웃음소리도 이내 사라졌다. 한나는 그때 재빨리 14번가와 사우스 캐피톨 다리를 건너서 워싱턴의 남동쪽으로 사라져버렸다. Gs팀은 한 시간 후에 역사적인 애너코스티어에 있는 프레데릭 더글라스(미국의 노예제 폐지 운동가─옮긴이)의 집 근처에서 생선 비린내 나는 그녀의 차(그들이 그 차에 전파 탐지 장치를 달아뒀다)를 발견했다. 한나는 오래전에 사라지고 없었다. 그녀는 차에서 나와 위장을 하고 가버렸다. 연습이 끝날 때까지 여섯 시간이나 남았는데, 그녀는 지정된 장소에 성공적으로 물건을 갖다 놓고, 또 다른 미행을 따돌린 후에, FBI 특수 요원과(그 팀원 중 하나) 만나 브리핑했다. 그는 적국의 정보부에 침투한 정보원 역할을 하고 있었다. 물론 이 요원들은 그 아이러니를 잘 알고 있었다.

FBI 팀원들은 경기를 일으키려다, 이내 침울해지더니, 나중엔 한나에게 그날 밤 늦게까지 맥주와 피자를 사주면서 대학생처럼 신나했다. 벤포드는 절대로 칼조네(햄과 치즈를 넣고 반원형으로 접어 만든 파이-옮긴이)는 한 번도 먹어본 적이 없다고 주장하면서 부추와 버섯이 든 칼조네를 주문했다. 벤포드와 네이트와 재니스와 제이는 긴 테이블 끝에 앉아 반대쪽 끝에 있는 한나가 젊은 GS들에 둘러싸여 그들과 하이파이브를 하고 그들이 잘 했다고 그녀의 등을 쳐주는 광경을 지켜보고 있었다. 유쾌한 분위기의 어느 순간, 한나는 벤포드를 보고 고개를 끄덕였다. 그 순간 둘은 그들만의 거미줄로 얽힌 세계에 단둘이 있었다. '만족스럽군.' 벤포드는 생각했다.

한나의 남은 훈련은 네이트가 주도했다. 그들은 디바의 파일을 검토하기 시작했다. 네이트는 한나가 관리하고 책임지게 될 정보원인 디바의 삶에 대해 설명해줬다. 그들은 모스크바에서 디바와 연결 고리가 없는 접선 장소들의 방대한 데이터베이스(골드 너겟이라고 부른다)를 자세히 연구했다. 이 골드 너겟에는 메시지를 전달하는 장소, 차로 미행을 따돌리는 장소, 물건을 숨겨놓는 장소, 스쳐 지나가면서 물건을 전달하는 장소, 움직이는 차에서 전달하는 장소, 짧게 만나는 장소, 포포프(러시아의 전기·물리학자-옮긴이)와 펜코프스키(소련군 정보부 대령-옮긴이) 같은 정보원들이 세계를 핵전쟁으로부터 구하던 시절인 1960년대에 신호를 보내던 장소가 전부 들어 있었다. 소비에트연방이 붕괴됐을 당시 유행하던 개혁 열기를 타고 골드 너겟 프로그램도 중단됐고, 데이터들은 삭제되거나 버려졌다. 당시 파티 분위기에 들뜬 러시아 작전 부장이 러시아인들은 "이제 우리 친구니까"라고 했기 때문에 그랬던 것이다. 그 부서에 있던 은밀한 무정부주의자들이 그 데이터의 백업 디스크를 남겨뒀고, 러시아는 필연적으로 원래 상태로 돌아갔다. 결국 그 데이터베이스를 재구성해서, 이제 그 양이 어마어마하게 늘어났고, 속도도 무제한으로 빨라졌고, 정보를 상호교환할 수 있게 됐다.

그들은 방첩부의 위장 회의실에서 작업했다. 위장한 이유는 벤포드의 방첩 지하 생활자들은 한 번도 회의하러 모인 적이 없었으니까. 그들이 개별적으로 다른 사건을 맡아 혼자 작업하기도 하지만, 그보다는 이 부서에서 일하는 내부첩자 사냥꾼들은 사람들이 모인 곳을 불편해하는 게 주된 이유였다. 한나는 무표정한 얼굴로 모스크바에 대한 네이트의 방대한 지식을 평가하고(어떻게 그를 한 번이라도 능가할 수 있을까) 그가 디바라는 정보원에게 헌신하고 있다는 점을 냉정하게 주시했다. 한나는 아직 디바의 실명을 듣지 못했지만 여자의 육감으로 네이트가 그녀에게 아주 헌신적이라는 걸 알 수 있었다. 다른 말로는 표현이 안 된다. 그야말로 헌신 그 자체였다.

"자네는 모스크바 지부장의 감독을 받게 될 거야. 앞으로 알게 되겠지만 그 지부장은 성격이 아주 독선적이야. 깐깐하고 황소고집이지. 그런데 참 묘하게도 정치는 잘해서 국장의 신임을 받았어." 벤포드가 한나에게 말했다. 그리고 네이트를 슬쩍 봤다. 네이트와 벤포드 둘 다 전 모스크바 지부장인 고든 곤도프, 심각하게 무능한 관리자이자 이제는 파리 지부장 자리에 안착한 그를 생각했다.

"이런 말을 하자니 혈압이 오르지만, 작전에 관한 한 현 모스크바 지부장은 서툴러. 이런 표현이 맞는 건지 모르겠지만, 만성적인 사고뭉치지. 부주의하고, 무식하고, 게다가 자신감은 터무니없이 하늘을 찔러. 원체 돌대가리라 미행을 달고 다니고, 매복당하고, 들키는 일이 다반사였어. 내 계산으로는 지금까지 그 자식 때문에 두 명, 아마 세 명의 정보원이 목숨을 잃었을 거야. 자네는 절대 그런 사고를 쳐선 안 돼." 벤포드가 말했다.

"나이프로 파이를 먹는 사람인가 보군요." 엄마가 하던 말을 떠올리며 한나가 말했다. 그건 촌놈을 가리키는 뉴잉글랜드식 표현이었다. '아, 입을 닥치고 있어야 했어.' 한나는 뒤늦게 기억해냈다. 벤포드는 그런 그녀를 보고 눈동자를 굴렸지만 테이블 맞은편에 앉아 있던 네이트는 고개를 들고 즐거워했다. 꼬불꼬불한 금발, 안경, 영리하고, 건방지면서…… 섹시하다.

"그래, 그런 거지. 모스크바 지부장의 가장 무서운 면은 도저히 이해할 수 없게도 항상 자신의 실수에 대한 책임을 지길 회피한다는 점을 빼고, 자신이 무능하다는 걸 전혀 모르고 있다는 거야. 그는 자신의 결점들에 대해 전혀 모르고 있어. 그자는 자동차 바퀴 뒤에 있는 토드 씨야."

"토드 씨라고요?" 네이트가 말했다.

"『버드나무 숲에 부는 바람』(케네스 그레이엄의 소설-옮긴이)에 나오는 두꺼비요." 한나가 킬킬 웃으며 말했다. 그녀는 새로 샤워를 해서 머리에는 윤기가 흘렀고, IO 훈련을 통과한 기쁨에 얼굴이 환하게 빛났고, 이제 벤포드의 신임을 얻어서 들뜬 마음에 뺨이 붉게 달아올라 있었다. 그녀는 네이트와 같이 일하는 게 좋았다. 그녀가 그의 클럽에 속한 것처럼 느껴졌고, 그의 유연한 태도가 마음에 들었고, 적대 지역에서 하는 작전들과 디바에 대한 그의 통제된 열정(그녀가 혼자 쓰는 표현이다)에 매혹됐다.

한나는 진주색 정장에 검은 하이힐을('저렇게 입으니 너무 나이 들어 보여. 좀 더 캐주얼한 게 나은데.' 네이트는 생각했다) 신고, 액세서리는 하지 않고, 투박한 금속 밴드가 달린 스포츠 시계를 차고 있었다. 네이트는 테가 묵직한 그녀의 안경이 마음에 들었다. 지적으로 보이는 저 안경 뒤에 명랑한 성격이 숨어 있다. 그때 처음 네이트는 그녀의 오뚝한 코와 초록색 눈동자에 주목했고, 한나는 그가 자기를 보고 있는 걸 보고 미소를 지었다. 네이트도 미소를 지어 화답했다. 그녀는 자연스러운 핑크색 립글로스를 바르고 있었다. 벤포드가 다시 이야기를 시작했다.

"자네는 형식적으로는 모스크바 지부장 밑으로 들어가지만, 사실상 내 밑에서 일하는 거야. 자네는 그 일을 하는 데 필요한 사항들과 우선순위들을 알고 있지." 그는 잠시 입을 다물었다.

"무슨 말씀이세요?" 한나가 물었다.

"이 말은 밖에 새나가선 안 돼. 내가 하는 말은 모스크바 지부장이 자네에게 참견하거나, 작전을 바꾸거나, 자네의 임무 조건을 관리하지 않는 한 괜찮을 거란 이야기야. 그 인간이 자네 목표를 위태롭게 하는 바로 그 순간 그자의 지시는 무시하고 자네 판단에 따라 행동해."

"맙소사, 부장님." 네이트가 말했다.

벤포드가 손을 저어서 그의 말을 막았다. "만약 상황이 자네가 처리할 수 없는 선이 되면, 지부 통신원에게 지부장 승인을 거치지 말고 곧바로 JOLT 기밀 채널로 내게 메시지를 보내."

"맙소사, 부장님. 지금 한나에게 항명을 하라고 지시하는 겁니까? 한나가 무슨 부장님의 불법 침투 요원입니까?" 네이트가 말했다.

"난 디바가 누군가의 어리석음 때문에 치명적인 위험에 빠지는 건 고사하고, 쓸데없는 위험에 노출되는 것도 허락할 수 없어. 한나는 디바를 위해 커뮤니케이션 장비를 설치하는 임무를 제대로 해낼 거야. 버넌 스록모턴은 이 작전을 망치지 못할 거라고." 벤포드가 의자를 돌려 네이트를 바라봤다. "도미니카에 대한 자네의 유명한 걱정은 어쩌면 그렇게 지나친 건 아닐지 몰라."

방에 침묵이 흘렀다. 정보원의 본명을 말해버렸다. 이런 일은 한 번도 없었는데.

"근사한 이름인데요." 한나가 이 불편한 침묵을 깨고 싶은 마음에 미소를 지으며 말했다. '이 사람들은 난 결코 알 수 없는 방식으로 이 정보원에게 헌신하고 있어. 이제 나도 거기 합류했고. 그녀의 이름이 도미니카군. 안녕, 언니.' 이 풋내기 요원은 여러 개의 톱니바퀴가 맞물려 돌아가는 것처럼 정교하게 돌아가는 두뇌의 소유자인 시몬 벤포드가 그렇게 경솔한 실수를 할 사람이 아니란 걸 알 길이 없었고, 또한 벤포드가 이 금발의 작은 여전사와 8천 킬로미터나 떨어진 곳에 있는 전직 러시아 발레리나 사이에 정신적인 유대 관계를 맺기 위해 의도적으로 이름을 밝혔다는 사실도 알 길이 없었다.

다음 날 아침 벤포드는 이야기를 더 하고 싶어 했다.

"지난 2주 동안 자네가 받았던 기술 훈련에 대한 평가 결과는 만족스러웠어. 지난 석 달간 받았던 거리 훈련처럼 말이야. 잘했어." 벤포드가 말했다.

한나는 손을 만지작거리다 얼굴을 붉혔다. 그녀는 키가 크고 팔다리가 긴 허시라는 기술 요원의 지도를 받아 스라크 탐지 장치들을(이들은 그걸 랩터라고 불렀다) 샌티 연안 보호구역에 있는 케인 섬에 설치하는 연습을 했다. 그곳은 사우스캐롤라이나 주의 조지타운 남쪽 어딘가에 있는 잡목으로 뒤덮인 미국 정부 소유의 땅으로 79만 제곱미터에 달한다. 한나는 허시가 몬태나 주 출신의 카우보이 상원의원처럼 생겼다고 생각했다. 그 원격 탐지 장치들은(지름이 20센티미터고, 조금 볼록하며, 눈금이 새겨진 회색 유리 섬유로 제조됐고, 좀 무겁다) 거대한 버섯의 갓처럼 생겼는데 땅속 몇 미터 정도 깊이를 파내고 묻어야 한다. 이 탐지 장치들이 디바의 스라크 전파들을 수신해서 저장했다가 나중에 차를 타고 근처를 지나가는 지부 요원의 명령에 따라 데이터베이스로 옮겨진다. 이 장치에 또 다음에 디바에게 보내는 지부 메시지를 미리 로딩해두고 언제든 디바가 탐지 장치를 작동시켜서 담당 요원 팀과 쌍방향으로 '악수'를 하는 과정에서 그녀에게 전달된다. 이 탐지 장치들은 기본적으로 원격 전자 메일함과 똑같다.

"확실히." 허시는 말을 느릿느릿 했다. "모스크바에 있는 랩터 장비의 경우, 그 장비 전달은 네가 땅을 팔 수 있는 여름에 해야 해." 그는 한 번에 큰 접시만 한 크기로 땅을 파내고 그 탐지 장치를 묻은 후에 곧바로 흙을 덮고 발로 밟아 평평하게 만들 수 있는 특수 모종삽 장치를 만지면서 말했다.

"그 탐지 장치 세 개는 이 가방에 넣어서 가지고 다녀." 허시가 그녀에게 어깨끈이 달린 나일론 파우치를 하나 건네면서 말했다. "가방 속에 황산바륨 처리한 알루미늄 패널 세 개가 있어."

"잠깐만요. 왜 가방에 안감을 댔는지 이유를 말해줘요." 한나가 말했다.

허시는 왠지 미안해하는 것처럼 보였다. "그 탐지 장치에서 소량의 스트론튬 90이 유출돼. 태양광 에너지를 쓰기엔 모스크바는 연간 일조량이 충분하지 않아. 그래서 우리가 이 장치에 동력을 공급해줄 미니 원자력 전지를 개발했어. 반감기가 89년이야. 너의 정보원의 손자들이 이 장치들을 사용할 땐,"

"잠깐만요. 그 '반감기'라는 말을 들으니까 종말 영화에 나오는 핵 좀비들이 떠오르는데." 한나가 말했다.

"이 탐지 장치들은 완벽하게 안전해." 허시가 엷은 갈색 머리를 손가락으로 빗어 내리며 말했다.

"허시." 한나가 말했다. 그는 그녀의 시선을 피했다.

"그 장치들은 밀봉돼 있어. 완벽하게 밀봉돼 있지. 그래도……"

"그래도?" 한나가 말했다.

"그 가방을 허리띠 밑으로는 차지 마. 너의 나팔관 근처나 뭐, 그런 곳은 피해. 괜히 위험을 무릅쓸 필요는 없잖아?" 허시가 그녀에게 미소를 지어 보였다.

훈련이 끝났을 때 허시가 허리를 숙여서 그녀를 껴안자 한나는 깜짝 놀랐다.

"나도 너랑 같이 있었으면 좋았을 텐데. 널 도와주게 말이야."

"그래서 이제 시작이야. 자네는 디바를 위해 모스크바에서 선정된 여러 장소에 랩터 스라크 탐지 장치들을 설치하는 임무를 맡았어. 임무 내용은 잘 파악하고 있을 거야. 먼저 정보원에게 보내는 물건은 단기 은닉처에 둬야 해. 이 단계가 목숨이 달린 극히 중요한 작전이라는 건 다시 말할 필요가 없겠지. 그다음에 전파 중계 수신기를, 그게 몇 개나 되지? 그래, 세 개지. 그걸 설치하고 이동 기지국도 준비해야 해."

네이트가 한나를 봤다. "디바에게 첫 장비를 보내는 작전, 그걸 날리면 디바는 죽는 거야." 그는 아주 심각하게 말했다.

그는 진한 남색 콤비 상의와 회색 바지, 파란 줄무늬 셔츠를 입고 엷은 핑크색 줄무늬가 들어간 남색 넥타이를 하고 있었다. '봄방학을 맞은 사립학교 남학생 같군.' 한나는 생각했다. 그녀는 "또 그 소립니까"라는 말을 하려다 꿀꺽 삼키고 고개를 끄덕였다. 어젯밤 같이 햄버거를 먹으면서 네이트는 모스크바 대사관에서 미국 외교관으로 위장해서 일한 이야기와 모스크바 시내와 그 시내의 맥박에 대해 이야기를 들려줬다. 한나는 '경험자'의 말이란 걸 인식하고 열심히 들었다.

"자네는 랩터 시스템을 거의 전문가 수준으로 훈련받았어. 이 건에 대해선 더 이상 알아야 할 게 없을 거야. 여기 있는 네이트가 FSB 감시와 디바에 대해 계속 자네를 교육시킬 거고. 디바의 인생과 그녀가 좋아하는 것들, 그녀의 특징에 대해 잘 알아놓길 바라네. 그리고 그녀가 미국에 아주 독특하고 중요한 존재라는 것도 알아야 하고." 벤포드가 말했다.

그는 일어서서 회의실 문으로 걸어갔다. "내일 보지. 우린 지금까지 논의했던 모든 것을 다시 간단하게 검토할 거야. 그 후에 내가 자넬 모스크바로 보낼 거야. 그걸로 끝." 그는 둘에게 고개를 끄덕여 보이고 나갔다.

부추와 버섯 칼조네

양파와 마늘과 깨끗하게 씻은 부추를 네모 모양으로 썬 후에, 표고버섯, 크레미니버섯과 느타리버섯과 함께 윤이 날 때까지 볶는다. 거기다 시금치를 넣어서 시금치의 숨이 죽을 때까지 익힌다. 요리한 재료의 물기를 뺀다. 이 재료를 넓게 편 피자 반죽 위에 올리고 정육면체의 페타 치즈와 회향 씨를 한 자밤 넣는다. 피자 반죽의 한쪽 가장자리를 덮고 나머지 가장자리를 접어서 붙인다. 고온의 오븐에 넣어 갈색으로 다 익을 때까지 굽는다.

18

그들은 한나의 아파트 근처인 펜실베이니아 대로에 있는 매와 비둘기라는 식당으로 저녁을 먹으러 갔다. "디바는 개성이 강하지만 충직해." 네이트가 연어 한 조각을 집으면서 말했다. "그녀는 많은 일을 겪었어. 조국의 정치 체제의 최악을 봤고." 네이트가 말했다.

한나가 와인을 한 모금 마시면서 그의 표정을 읽었다.

"그런 모든 것 때문에 그녀는 그만두고 싶었던 거야. 그때 상황이 아주 힘들었지. 그러다 마블이 총에 맞았는데, 마블은 그녀에게 아버지 같은 사람이었어. 그녀는 미친 듯이 분노해서 다시 그곳으로 돌아갔어. 1년 뒤 그녀가 우리에게 이란 정보를 넘겨줬고." 네이트가 말했다.

한나는 말없이 들었다. 그녀는 마침내 여덟 권에 달하는 디바 파일을 다 읽었다. "비엔나 매복 사건에 대해 말해줘요." 그녀가 말했다.

네이트는 고개를 숙였다. "별로 할 말도 없어. 우린 운이 좋았지. 그 일은 현실 같지 않았어. 현대 비엔나에서 개떼처럼 쫓아오는 놈들에게 사냥을 당했지."

"그런 말엔 어떻게 대꾸를 해야 할지 모르겠군요." 그녀는 그렇게 말하고 와인을 한 모금 또 마셨다. "그 파일에서 물어보고 싶은 게 하나 있어요. 선배가 비엔나, 그러니까 그날 밤 일어난 일에 대해 쓴 작전 메시지를 보면 디바가 그 창고에서 '통제하려고 애를 썼다'고 했잖아요."

334

네이트는 고개를 흔들었다. "그래, 맞아. 도미는 자신의 스패로우, 그 세르비아 여자가 살해돼서 정신이 나가버렸어." '도미라니. 정보원과 담당 요원끼리 애칭을 부른단 말이야, 흥.' 한나는 생각했다. 그녀는 네이트가 뭔가 숨기는 걸 알았다.

"통제를 하려고 애를 썼다, 정신이 나갔다, 정확히 말하면 뭐, 이런 이야 긴가요?" 한나가 물었다.

"사실 그건 보고하지 않았어. 도미니카가 이란 미행자 하나를 처형했 어. 스테이크 나이프로 그 남자의 경동맥을 잘랐지." 네이트가 말했다.

한나는 포크를 내려놨다. 네이트는 그녀가 충격을 받아 얼굴을 손으로 감싸며 안색이 창백해지길 기다렸지만 그녀는 눈 하나 깜짝하지 않았다.

"나라도 그렇게 했을 거예요." 한나는 아무 감정 없이 말했다.

네이트는 그녀를 뚫어져라 보면서 이 활기 넘치고 자연스러운 아가씨를 다시 보게 됐다. 그녀는 동요하지 않고 초록색 눈으로 그를 마주보고 있었다. "그때는 생사가 달린 순간이었어. 그들은 대규모 감시팀이었고, 계속 여기저기서 불쑥불쑥 나타나, 우리를 다리로 몰고 갔지. 그리고 아마 도 저격수에게 몰고 가려고 했을 거야. 난 그저 그녀를 거기서 빼내고 싶었어." 네이트가 말했다.

'그는 무슨 수를 써서라도 그녀를 보호하고 싶어 해. 그녀를 아주 많이 좋아하는구나.' 한나는 생각했다. "그 점은 저도 이해할 수 있어요." 한나 가 말했다.

"흠, 그녀를 안전하게 지키는 건 중요한 일이니까." 네이트가 말했다.

'정말 그녀를 좋아하는구나.' 한나는 생각했다.

그들은 계산을 하고 시간을 확인했다. 집에 가기엔 너무 일렀다. 그들은 펜실베이니아 대로로 나와서 식당에서 몇 집 옆에 있는 바에 가서 속을 빵빵하게 채운 가죽 의자에 앉아 모스크바, 미행, 현장 답사, 디바에 대해 계속 이야기했다. 두 잔이 넘어가자 임무, 경력, 에이전시, 삶에 대해 토론하기 시작했다. 둘의 대화는 술술 풀렸지만 그녀는 본능적으로 연애에 대한 이야기는 피했다. 한나는 네이트가 생각이 깊고 좀 수줍어한다고 생각했다. 네이트는 한나가 통찰력이 뛰어나고 활발하다고 생각했다. 둘은 서로가 마음에 들었고(동료로서, 인간으로서) 독특한 인생과 독특한 직업을 공유하고 있었다. 그들은 최근에 많은 시간을 같이 보냈다. 그게 이상하게 느껴졌지만 좋기도 했다.

둘은 술집을 나와서, 펜실베이니아 대로를 건너, 수어드 광장과 6번가를 돌아서 한나의 아파트를 향해 걸어갔다. 그녀는 동부 시장에서 한 블록 떨어진 연립 주택의 지하를 세내서 살고 있었다. 한나는 마지막으로 마신 진토닉 두 잔 때문에 코의 감각이 없어져서 울퉁불퉁한 보도를 조심스럽게 걸어갔다. 네이트도 마지막에 마신 맥주 몇 잔의 취기가 이제 느껴지기 시작했다. 그는 한나에게 푸틴 농담을 했는데(그냥 하고 싶었다) 처음에는 러시아어로 했다가 한나가 네이트의 팔을 확 잡아당기며 자신은 러시아어를 못한다고 해서 그다음엔 영어로 했다.

"스탈린이 푸틴의 꿈에 나와서 러시아를 다스리는 법을 말해줬어. '민주주의자들은 하나도 빼지 말고 가차 없이 죽여버려. 그다음엔 그들의 부모들을 제거하고, 아이들은 목을 매달고, 친척들과 친구들은 불에 태워버리고, 그들의 애완동물들도 죽이고, 자네의 크렘린 사무실은 파란색으로 칠해.' 스탈린 유령이 그렇게 말했어. '왜 파란색이에요?' 푸틴이 물었지."

"무슨 말인지 이해가 안 돼요." 한나가 말했다.

"에이, 이런 거잖아. 푸틴이 물어본 유일한 것, 그가 이해가 안 되는 유일한 게 자기 사무실 색깔이었다는 거잖아." 네이트가 말했다.

한나가 코웃음을 쳤고, 이어서 둘이 같이 웃다가 한나가 비틀거리지 않으려고 그의 팔을 잡고 매달렸다. 둘은 한참 후에야 웃음을 그치고 나서 서로 마주본 후에 무의식적으로 거리 맞은편을 훑어봤다. 스파이들의 습관이다. 한나가 갑자기 심각한 표정이 됐다.

"뭐 하나 말해도 돼요?" 그녀가 물었다. 네이트는 맥주 때문에 어지러워 눈을 깜박이며 정신을 집중하려고 애를 썼다.

"그럼." 그가 대답했다.

"난 이 모든 게 좀 두려워요. 감히 벤포드 부장님에겐 말할 수 없었지만 모스크바에 가서 할 첫 번째 작전이 걱정돼요. 내 말은, 내게 그럴 만한 용기가 있을까요? 내게 붙은 미행을 내가 알아챌 수 있을까요?"

네이트의 가슴속에 취기 섞인 다정한 감정이 솟았다. '불쌍한 아이. 이걸 혼자서 고민하고 있었구나.' 그는 그녀에게 다가가서 그녀의 머리를 두 손으로 잡았다.

"두려워하는 게 정상이야. 하지만 넌 타고났어. 내가 본 탁월한 스파이 중 하나야. 모두 그렇게 생각해. 그렇지 않았으면 널 모스크바 지부로 보내지도 않아. 처음에 작전을 나가기 몇 시간 전은 정말 지옥 같아. 하지만 일단 거리로 나가면 거리의 기운을 느끼기 시작할 거야. 그러면 놈들은 널 건드리지 못하게 될 거고."

한나가 딸꾹질을 했다. "셰익스피어 아저씨, 지금 내 머리 잡고 있는 거 맞아요?" 그녀가 낄낄거리고 웃었다. 네이트는 얼굴을 붉히고 손을 뗐다. 한나는 자기가 그를 창피하게 했다는 생각이 들었다.

가로등의 흐린 불빛이 나뭇잎들을 통과해 보도로 떨어졌다. 훈련받느라 쌓인 긴장과 피로가 끓어올라 그녀는 그에게 다가섰다. '지금 멈추지마, 바보.' 그리고 서툴게 그의 목을 끌어안았고, 좀 불안하게 키스를 하다가 그가 그녀의 허리를 껴안는 게 느껴졌다. 그녀의 맥박이 점점 빨라졌고, 둘은 계속 키스를 했고, 그녀는 손을 그의 등으로 내렸다.

한나가 그에게 키스했을 때 네이트는 정말 놀랐다. 재능이 뛰어난 이 아가씨는 어느 모로 보나 에이전시에서 가장 힘들고 까다로운 여러 작전 코스에서 최고점을 받았다. 그리고 침착하게 워싱턴 FBI 방첩조직의 홈그라운드에서 그들을 꼼짝 못하게 만들었다. 한나는 깐깐하고 화를 잘 내는 벤포드가 CIA 특급 정보원인 디바에게 비밀 통신 장비를 전달하고 그녀를 관리하는 모스크바 지부 요원으로 뽑은 인재다.

더 중요한 점은 둘이 이 훈련의 마지막 며칠 동안 사이좋게 지냈고(작전 요원끼리 서로 선을 긋고 텃세 부리는 일 없이 정말 사이좋게), 네이트는 진심으로 그녀의 성공을 축하했다. 그런데 이제, 6번가의 이 블록이 앞으로 2분 안에 공중 폭격을 맞아 쑥대밭이 되는 일이 일어나지 않는 한 둘이 사랑을 나누게 될 게 확실해 보였다. (라임과 토닉 맛이 나는) 한나가 다시 그에게 키스를 하는 동안 그의 머리가 빙빙 돌았고, 야단치는 주인을 피하는 사고 친 강아지처럼 도미니카 생각은 커튼 뒤에 쑤셔 박아놨다. 한나는 영리하고, 용감하고, 다정하고, 자신만만하고, 호감이 가고, 통찰력도 있고, 건방지다. 그리고 그들은 어떤 면에선 이 위험한 임무의 파트너였다. 그리고 망할, 그녀를 두렵게 만드는 첫 임무를 앞둔 밤 그녀를 거절할 것인가? 그는 이 일을 영원히 합리화할 준비를 했지만 그녀는 계속 그의 목을 껴안고 키스를 하고 있었고, 지금 그의 뒤에 다른 사람이 서 있지 않는 한 그의 몸을 더듬고 있는 손은 한나의 손이었다. 그녀의 혀가 그의 입술 위로 재빠르게 움직이고 있었고, 다음 순간 그들은 깔끔하고 검소하고 효율적으로 배치된 아파트 안에 들어와 있었다. 책장에는 책이 몇 권 있었고, 문가에 운동화 두 켤레가 나란히 놓여 있었다. 네이트는 여기 와본 적이 있다고 말할 뻔했다가 참았다. 그녀가 다시 그의 목을 껴안고 있었다.

맙소사. 갑자기 한나는 자신의 다리 사이가 촉촉해진 걸 느낄 수 있었다. 그들은 다시 키스하기 시작했는데 이번에는 서두르지 않고 깊이 키스했고, 한나는 눈을 감고 배가 조여드는 걸 느꼈다. '지금 뭐하는 거야, 너 미쳤어?' 그리고 그녀는 스웨터를 머리 위로 끌어올려 벗었고, 그들은 그녀의 엄마가 만든 파란색과 흰색 퀼트 이불이 깔린(지금 엄마 생각이 나냐?) 침대 위에 누웠다. 그리고 말없이 계속 키스하면서, 신발을 발로 차서 벗고, 옷을 벗었다. 한나는 침대 옆 테이블 위에 안경을 벗어서 놓고 눈을 감았다. 그녀의 몸에 닿은 그의 살은 뜨거웠다. 그녀는 그와 키스를 계속하면서 그를 잡아서(맙소사, 날 완전 날라리로 생각하겠어) 그녀 속으로 끌어들였다. 둘은 달콤하게 한 몸이 됐고, 그는 섹시하고 리드미컬하게 몸을 앞뒤로 움직였다. 둘의 허벅지가 부딪치면서 뜨겁게 달아올랐고, 둘은 서로에게서 눈을 떼지 않은 채, 입을 벌리고, 몸에 힘을 주고 있었다. 한나는 뭔가 흔들리는 게 느껴져서(뱃속에 모여드는 그 첫 전율이 좋았다) 떨리는 두 다리를 들어 그의 허리를 감고 발꿈치에(맙소사, 발바닥에 크림 좀 발라두는 건데, 요새 너무 많이 뛰었어) 힘을 줬다. 그리고 그의 어깨를 잡고 그녀 쪽으로 끌어당기면서 베개를 베고 있는 자신의 머리를 뒤로 젖혔다. 네이트가 그녀의 활처럼 구부러진 목에 코를 대고 문질렀고, 가벼운 전율이 연속적으로 일어나면서 그녀는 거센 오르가즘을 느꼈다. '아, 너무 좋아. 이런 기분 오래간만이야.' 그리고 그녀는 아랫도리가 축축해지는 걸 느꼈다. 네이트가 계속 움직였는데 그녀는 그 느낌이 좋아서 눈을 뜨고 그의 입술을 쥐고 끌어당겨서 그가 움직이는 내내 키스했다. '야, 지금 멈추면 안 돼.' 그녀는 그가 멈추지 않길 바랐다.

네이트는 한나가 도미니카와는 느낌이 다르다고 생각했다. 그녀는 조금 덜 원시적이랄까. 도미니카가 깊이를 알 수 없는 사파이어 같다면 한나는 벌꿀색의 황옥 같다. 한나가 조용히 쾌감에 몸을 떠는 반면 도미니카는 요란하게 전율했고, 베개를 베고 있는 곱실거리는 금발은 삼단같이 긴 밤색 머리와 또 달라 보였다. 이러다 미치겠군. 그러다 그는 한나의 뜨겁고 촉촉한 오르가즘이 피어오르는 걸 느꼈는데, 그것 역시 달랐다(제발 좀 닥쳐). 그리고 그녀는 그의 입을 자신의 입술로 틀어막고, 그를 세게 끌어안았고, 둘은 다시 키스했다. 20분 전보다 좀 더 다정하고 친밀하게, 지금은 연인이 나누는 키스 같았다. 그리고 파란색과 흰색 퀼트 이불 위 축축한 곳에 누운 둘은 서로의 품에 안겨 깜박 잠이 들었다.

아직 어둡고 가로등 불빛이 창문으로 비스듬히 들어오고 있을 때 한나가 일어나서 물 두 잔을 가져왔다. 네이트는 그녀가 어두운 방을 가로질러 싱크대로 갔다가 돌아오는 걸 보면서 어쩔 수 없이 한나가 도미니카보다 키가 작고, 엉덩이는 더 납작하고, 다리는 더 말랐고, 작은 젖가슴의 젖꼭지는 더 검고, 다리 사이의 털은 금발로 보송보송하다는 걸(제발 좀 그만해, 두 여자를 나란히 놓고 비교하지 말란 말이야) 알아차렸다. 그녀는 그가 자길 보고 있는 걸 보고 물잔을 내려놓고, 다시 시작했다. 한나는 전율했고, 이번에는 조용히 떨리는 목소리로 신음하면서 그의 이름을 불렀고, 둘 다 쓰러져서 침대 위에 크게 번진 축축한 자리 위에서 잠이 들었다.

작은 창살이 쳐진 창문으로 하늘이 밝아오고 있을 때 한나가 네이트의 귀에 대고 이슬람교에서 밤과 낮의 차이는 흰 실과 검은 실을 구분할 수 있는 바로 그 순간이라고 속삭였다. 그녀는 그의 가슴에 턱을 올리고 그를 바라봤다. 안경을 조금 삐딱하게 쓰고 있었다. 사방으로 뻗쳐 산발이 된 머리가 방 안으로 들어오는 햇살을 받아 반짝이고 있었다. 네이트는 이제 그녀의 초록색 홍채를 뚜렷하게 볼 수 있었다. 네이트식의 낮과 밤을 구분하는 법이었다. 그녀는 계속 그를 빤히 보고 있었다.

"내가 그녀를 안전하게 지킬게요." 한나가 조용히 말했다. 네이트가 그녀의 눈을 뜯어봤다.

"그녀를 사랑하죠, 그렇죠? 디바. 내 말은…… 도미니카." 한나가 말했다.

네이트는 고개를 움직이지 않았다.

"그게 어떤 느낌일지 상상도 못하겠어요. 그 걱정, 사랑하는 사람의 생사를 알 수 없는 두려움." 네이트는 뭐라고 해야 할지 알 수 없었다. 그녀는 한동안 아무 말도 하지 않았다.

"같이 있어서 기뻤어요. 선배를 알게 돼서 기쁘고. 그리고 그녀에겐 절대로 아무 일도 일어나지 않게 할 거예요." 한나가 미소를 지으며 말했다.

네이트는 마음속에서 솟구치는 그녀에 대한 애정이 잠시나마 그의 목에 걸린 회한을 지워주는 걸 느꼈다.

한나가 일어나서 그에게 키스하려고 몸을 기울였지만, 네이트가 벌떡 일어나 그녀의 어깨를 잡았다.

"왜 그래요?" 한나가 놀라서 눈을 크게 뜨고 그를 봤다.

"오늘 우리가 뭘 하지?" 네이트가 불안한 표정으로 그녀를 봤다.

"오늘 벤포드 부장님이랑 훈련 검토하러 10시에 만나기로 했잖아요. 무슨 일이에요?" 그녀가 말했다.

"이리 와봐." 네이트는 그녀를 침대에서 끌어내려 방 맞은편으로 가서 문 근처에 작은 거울이 달린 옷걸이로 데려갔다. 그는 한나를 거울 앞에 서게 하고 그녀의 턱을 들어 목을 보게 했다. "오늘 터틀넥을 입긴 너무 더운가?" 그가 물었다.

"아, 망했다." 한나가 목에 생긴 루마니아 공화국만 한 크기의 키스 마크를 보면서 말했다.

그들의 연애는 고요한 밀밭 위에서 점점 기세를 모으는 폭풍처럼, 폭우가 쏟아지기 전에 우르릉 쾅쾅 소리를 내며 천둥이 치기 직전처럼, 줄기 위에 있는 메뚜기들이 윙윙거리는 소리를 멈춘 것처럼 공기 중에 전기가 흐르게 했다. 그들이 함께하는 나날이 끝나가고 있었고, 그래서 둘 사이가 절박해졌다. 그들은 함께 파일들을 검토하고, 사진들을 연구하고, 그녀가 최소한 거리 표지판은 읽을 수 있게 급조한 서바이벌 러시아어 수업에 같이 앉아서 초조하게 째깍째깍 흐르는 시간을 보냈다. 연애에 써먹는 둘의 스파이 기술은 성급하고 우스꽝스러웠지만 어쩔 수 없었다. 본능적인 스파이 기질로 그들은 의도적으로 벽에 걸린 시계를 보지 않았다. 그리고 식당에서도 같은 테이블에는 앉지 않았다. 본부를 나올 때면 연기하듯이 서로에게 손을 흔들고 서쪽 주차장의 반대편에 세워둔 자신의 차로 걸어갔다. 그러면서 쿵쿵 뛰는 가슴으로 밤을 기대했고, 앞문이 열리고 서로를 맛보고 나면 영원히 헤어지게 된다. 흠, 어쨌든 열두 시간 동안은 헤어져 있어야 했다. 그들은 한 쌍의 족제비처럼 서로의 아파트에 있는 모든 방(부엌, 거실, 벽장, 창턱)에서 사랑을 나누었고, 둘 중 하나가 가야 할 때까지 이야기를 나눴다. 마치 둘이 평생 알았던 사이 같았고, 둘이 공유한 비밀이 둘을 하나로 묶어줬다. 네이트는 그녀에게 파란색 면직 팔찌라는 진부한 선물을 줬는데 한나는 그걸 뜨거운 물에 적셔 손목에 딱 맞게 줄여서 찼다.

네이트는 말하지 않았지만, 한나는 본능적으로 도미니카가 네이트에게 어떤 존재인지 알고 있었고, 그 둘에게 자신은 그저 그녀의 담당 요원으로 있겠다고 결심했다. 그녀가 맡은 일은 모스크바에서 디바를 보호하고 지원하는 것이다. 그녀는 자신의 모든 걸 걸고 그렇게 할 것이다. 그리고 또 네이트를 가능한 한 아주 오래 그리고 깊게 흠모할 것이다. 이 관계에서 동화 같은 해피엔딩을 기대할 이유는 하나도 없다는 걸 그녀는 알고 있었다. 한동안 그녀는 모스크바에서 작전을 실시한다는 거대한 도전과 네이트 내쉬를 사랑한다는 달콤한 고통을 음미했다.

한나를 사랑하는 것은 예상도 못했고 제대로 설명할 수 없는 방식으로 네이트에게 영향을 미쳤다. 도미니카는 CIA 정보원이건 아니건 그의 삶이었다. 그녀의 정열, 용기와 모든 일에 대한 투지가 그를 완전히 사로잡았다. 하지만 지난 몇 년 동안 포사이스가 아주 우아하게 설명한 것처럼, 그리고 게이블이 그보다 덜 우아하게 설명한 것처럼, 둘의 미래는 일련의 길고 어두운 철도 터널이 될 것이고, 거기서 기차는 정기적으로 밝은 햇빛 속으로 나왔다 다시 또 다른 터널로 들어가버릴 것이다. 게이블은 좀 더 불길하게 둘의 관계 때문에 도미니카의 안전이(정서적으로 그리고 현실적으로) 위태롭다고 말했다. 도미니카는 그 위험을 무시했지만 네이트는 그녀 같은 확신이 서지 않았다. 도미니카에 대한 그의 애정이 그녀를 죽일 수도 있었다.

네이트는 뭘 생각해야 할지도 몰랐지만 그런 와중에도 동료 요원인 한나와는 어떤 삶을 살게 될지 궁금했다. CIA에서 같이 일하는 부부는 함께 일하고 서로의 정체를 숨겨준다. 네이트는 마치 털을 흔드는 개처럼 온몸을 흔들었다. 도미니카가 없는 삶은 상상할 수 없다. 한나와 감시 탐지 루트를 달리는 것은 한 대의 피아노를 베토벤 두 명이 치는 것과 같다. 프라터 공원의 햇빛에 비친 도미니카의 아테네 여신 같은 옆모습이 떠올랐다가, 웃으면서 헝클어진 머리를 빗어 내리는 한나의 근사한 손가락이 떠올랐다. 맙소사.

한나가 임무 전에 하는 신체검사를 받던 날 폭풍우가 쳤다. '그녀가 전날 밤 커피 테이블 위에서 사랑을 나눴던 걸 의사가 간파할 수 있을까?' 벤포드가 네이트에게 본부 7층에 있는 간부 식당에서 점심을 같이 먹자고 했다. 포토맥 강이 파노라마처럼 보이는 좁고 긴 이 식당은 원래는 고위급 에이전시 변호사들, 의회와 연락을 담당하는 전문가들, 넥타이에 시저 드레싱을 묻힌 야심만만한 직원들이 애용하는 곳이다. 사람들이 두려워하고 매도하는 유명 인사인 벤포드가 흰 식탁보와 쨍그랑거리는 유리잔과 그릇 사이를 지나가면서, 다른 사람들이 머뭇머뭇 하는 인사는 다 무시하고, 식당 끝에 있는 작은 테이블로 갔다. 네이트는 사람들의 시선을 느끼면서 벤포드 뒤를 따라가면서, 센터의 개인 전용 식당에서 점심을 먹었다는 도미니카의 오래전 보고서를 떠올렸다. 도미니카. 지금 모스크바는 거의 자정이겠지. '잘 자요.'

벤포드는 웨이터가 주는 메뉴를 손을 휘둘러 거절하고, 게 비스크(조개류로 만든 진한 수프-옮긴이) 두 개를 가져오라고 하면서 네이트에게는 미안하다는 말도 없이 여기 비스크가 아주 맛있다고 했다.

"아주 훌륭한 수프인가 보군요." 네이트가 말했다.

벤포드는 롤빵을 손으로 뜯어서 우적우적 먹었다.

"차우더(생선이나 조개류와 채소로 만든 걸쭉한 수프-옮긴이), 비스크, 적대 지역에서 하는 작전들, 그런 건 완벽하게 준비해야 해. 그렇지 않으면 아예 하지 말아야지. 거기에 칠리 고추를 넣은 고기와 강낭콩 스튜도 들어갈 수 있고."

"동감합니다, 부장님." 네이트는 그의 본을 따라 세련되게 굴어보기로 했다. "칠리도 포함해서요."

"그런데 너는 왜 디바를 관리하는 임무를 하러 모스크바로 떠날 한나랑 잔 거야? 넌 디바랑도 자는 사이잖아?" 벤포드는 빵을 한 조각 또 뜯었다. "이렇게 하는 게 비스크를 제대로 만드는 방법이라고 생각해?"

웨이터가 와서 진하고 윤기가 흐르는 수프를 두 사람 앞에 하나씩 놨다. 네이트는 떨리는 손으로 한 스푼 떠서 입에 넣었다. 아무 맛도 나지 않았다. 그는 스푼을 내려놨다.

"변명은 하지 않겠습니다. 도미니카는 포섭할 때 일이었고, 한나는 훈련시키다 그렇게 됐습니다."

벤포드는 수프를 후루룩 마시며 말했다. "그래서 너희 복잡한 연애사를 교통정리라도 해줘?"

네이트는 고개를 숙이고 심호흡을 한 후에 벤포드에게 이야기를 시작했다. 그는 수프에 정신을 집중하면서도 네이트가 하는 말을 한 마디도 놓치지 않았다. 네이트는 도미니카를 사랑해서 하는 고민에 대해 털어놓고, 포사이스와 게이블과 나눴던 이야기를 했고, 비엔나에서 겪은 야밤의 매복 사건과 그 뒤에 일어난 일에 대해 말했다. 이제 워싱턴에 와서 한나의 멘토가 돼서 훈련을 시키다 이렇게 돼버렸다. 벤포드는 테이블 너머로 손을 뻗어서 네이트의 수프를 가져가고 자신의 빈 그릇은 네이트의 자리에 뒀다. 그러면서 자신의 어두운 생각들, 아무 가치도 없는 생각들에 대해 이야기하고 도미니카와 인생을 같이 해야 하나, 아니면 한나와 해야 하나 고민한다는 네이트의 이야기를 들었다.

벤포드는 냅킨으로 입을 닦고 뒤로 물러나 앉았다. "네이트, 넌 완전히 새 됐어. 하지만 그 심정에 공감은 돼."

"부장님은 그런 일이 없었잖아요." 네이트가 말했다.

"내가 자네의 보잘것없는 어휘 능력을 키워주는, 사막에 물 붓기 같은 노력을 계속 해보지. 타인의 일에 대해 자신도 경험해서 아는 감정은 공감이라는 거고, 자신이 경험하지 않았던 일에 대해 느끼는 건 동정이라고 하는 거야."

"부장님도?" 네이트가 말했다.

"내가 눈물이 줄줄 나오면서 끝에 짧고 감동적인 교훈이 나오는 일화를 들려줄 거란 기대는 하지 마. 내가 너에게 하고 싶은 말은 네가 마블과 디바, 우리 에이전시 최고의 정보원들을 잘 다루지 않았다면 오래전에 여기서 쫓겨났을 거라는 거야. 그리고 지금은 리릭을 관리하지. 리릭 역시 어마어마하게 중요해. 넌 그 아랫도리만 잘 다스리면 아주 훌륭한 요원이지. 포사이스와 게이블은 그동안 변함없이 널 지지해왔어. 하지만 이런 방탕한 축제는 그만둬야 해."

벤포드는 의자를 밀어내면서 일어났다. "아주 즐거운 점심 식사였어. 가서 이 문제에 대해 생각해보고, 돌아와서, 어떻게 하고 싶은지 말해주길 바라네. 내가 요구하는 유일한 조건은 정보원으로서 디바를 망치지 말고,

한나가 임무를 받아 떠나는 전날 밤 그녀의 마음을 다치게 하지 말란 말이
야. 그 빌어먹을 모스크바 지부장 새끼가 곧 그렇게 할 거니까."

벤포드의 게 비스크

잘게 썬 양파와 당근이 부드러워질 때까지 볶는다. 다른 그릇에 버터와 밀가루를 넣어 묽
은 갈색 루(지방과 밀가루를 섞은 것으로 소스를 걸쭉하게 만드는 데 쓰임-옮긴이)를 만든
후 거기다 닭고기 육수를 넣어서 세게 휘저어 벨루테 소스(화이트소스-옮긴이)를 만든다.
거기에 양파와 당근을 넣고 끓인다. 헤비 크림(유지가 많은 크림-옮긴이), 셰리주, 레몬주
스, 우스터소스, 붉은 고추, 소금, 후추, 가늘게 썬 게살을 넣는다. 사워크림과 골파를 고
명으로 얹는다.

19

한나의 손목시계는 밤 12시 5분을 가리키고 있었다. 모스크바 거리로 나온 지 열세 시간이 된 그녀는 에너지 바를 씹으면서 남은 힘을 끌어모으려고 애를 쓰고 있었다. 그녀는 마지막 탐지 장치를 놔둘 공원에 있었다. 모스크바의 여름 햇살은 늦게까지 남아 있었고, 하지의 정점에 이르렀을 때는 완전히 어두워지는 일이 없었다. 그녀는 복잡한 감시 탐지 루트를 달렸다. 이 루트는 마지막 모퉁이와 마지막 1분까지 꼼꼼하게 계획돼 있었다. 모스크바 지부장 스록모턴은 내내 그녀의 귀에 그 뚱딴지같이 생긴 코를 바짝 대고 어깨 너머로 그걸 들여다봤고, 그녀가 그 계획의 초안 작성을 끝냈을 때는 한마디도 하지 않았다.

네이트의 말이 맞았다. 그녀가 쇼핑을 한다는 구실로 어깨에 배낭을 메고 거리에 나온 바로 그 순간부터, 모든 감각은 환하게 빛났고 자신 있게 걸을 수 있었다. 그녀는 대비를 다 해뒀고, 마치 모스크바에 몇 년 산 사람처럼 이 거리를 잘 알고 있었다. 대사관에서 나와 한 시간 동안은 미행이 있을지도 모른다고 생각했지만, 시간이 흐르고 거리가 점점 벌어지면서 그럴 만한 가능성들은 다 떨어져나갔다. 체코에서 만든 작고 귀여운 스코다(새 차 냄새가 멸치 냄새보다 훨씬 좋았다)로 외곽 순환도로 북쪽을 고리 모양으로 돌다가 서쪽으로 방향으로 바꾼 일련의 도발적이고 계획적인 행동들은 차를 브레메나 고다 쇼핑몰의 거대한 주차장에 숨기는 것으로 막을 내렸다. 지하에 주차한 것은 예방 조치였다. FSB가 그녀의 차에 설치했을 어떤 전파 탐지 장치도 지하에선 신호가 잡히지 않는다. 미행당한다는 신호는 없었다. 달려가는 행인도 없었고, 고개를 홱 돌리는 사람도 없었고, 공회전하는 엔진도 없었고, 갑자기 차 문을 쾅 닫는 사람도 없었고, 어깨뼈 뒤쪽이나 앞쪽에서 비행기가 떠 있을 때 느껴지는 공기의 압력도 없었다. 완벽하게 확신할 수 없는 부분은 직감과 배짱으로 채워야 한다. 하지만 땅거미가 지기 시작했을 때 한나는 거리가 안전하게 느껴졌고 미행이 없다는 걸 알았다.

한나는 어두운 공원의 나무에 기대앉았다. 금발은 가벼운 나일론 재킷 후드 안에 쑤셔 넣었고, 배낭은 다리 사이에 끼워놓았다. 그녀는 검은색 청바지에, 재킷 안에는 수분 흡수 기능이 있는 탱크톱을 입고, 밑창이 부드러운 신발을 신고 있었다. 배낭 외에 짐은 많지 않았다. 자기 컴퍼스, 붉은 렌즈가 달린 5센티미터 크기의 작전용 손전등, 멀티 미니 툴(자루 하나에 다양한 도구가 붙어 있음—옮긴이)과 땅을 팔 때 쓸 허시의 모종삽이 전부였다. 검은 재킷은 뒤집어 입으면 환한 파란색으로 외모에 조금은 변화를 줄 수 있다. 여름이지만 밤공기가 조금 쌀쌀했다. 몸은 여기저기 쑤시고, 다리는 욱신거리고, 안경은 가장자리에 김이 서렸다. 한나는 피곤해서 자신의 손이 떨리는 걸 보면서 반쪽 남은 에너지 바의 껍질을 벗겼다. 온몸이 끈적거리는 느낌이 들어서 샤워하고 싶은 마음이 간절했다. 하지만 머리는 맑았고, 두뇌는 모든 정보를 처리하고 있었고, 감각은 경계 태세를 갖추고 있었다. 이제 소리를 들어야 할 때가 됐다. 텅 빈 공원은 완벽하게 고요했고, 칠흑처럼 깜깜했다. 그녀는 싸구려 신발 가죽이 움직이면서 삑삑 소리가 나거나 무전기가 지지직거리는 소리가 들리길 기다렸다. 그녀는 이제 러시아의 밤의 일부가 됐다. 그녀는 하늘을 둥둥 떠다니는 러시아 요정이었고, 그녀는…… '차라리 공원 안을 깡충깡충 뛰어다니면서 마법의 가루를 뿌리고 다니지 그래, 이 바보야?' 정신 바짝 차려.

그녀는 머리를 다시 나무에 기대고 눈을 감았다. '물이 반 병 남았어. 이걸 다 마시고 신호를 보내는 장소로 가자. 스케줄을 지켜야 하니까 쇼핑몰이 열릴 때에 맞춰 차를 가지러……' 그녀는 갑자기 벌떡 일어나 앉아 가랑이에 있던 배낭을 미친 듯이 끌어내서 옆에 뒀다. '맙소사. 스트론튬 90을 빌어먹을 자궁에 대고 있으면 어쩌잔 말이야. 야간등은 평생 필요 없겠네.' 방금 그녀의 질에 방사선을 쪼였을지도 모르겠다는 생각을 하자 네이트 생각이 났고, 그다음에는 그녀가 배낭에 넣어 온 탐지 장치에 목숨을 의지하게 될 얼굴도 모르는 여자 생각이 났다. 이것들은 디바와 에이전시를 이어 주는 생명줄이 될 것이다. 그녀는 잠시 작은 워싱턴 아파트에서 비스듬히 스며 들어오는 햇살에 비친 벌거벗은 네이트의 아름다운 모습을 떠올렸다.

워싱턴에서 네이트와 보낸 마지막 날은 좀 묘했다. 그는 왠지 서먹하고 불안해 보였다. 한나는 쾌활하고 자연스러운 소녀 같은 직감으로, 그녀가 느끼기에 네이트가 사랑하고 있는 여자인 도미니카 예고로바 때문에 그들의 관계에 대해 고민하고 있다는 걸 감지했다. 그녀는 뉴잉글랜드 사람답게 힘들어하는 그에게 들이대지 않았지만 너무 아쉬웠다. 떠나는 날이 오기 전까지 밤마다 그에게 덤벼들 계획이었는데. 그녀는 점점 떨어져가는 의지력을 보충하기 위해 자신에게 이렇게 말했다. 네가 그런 계획을 세웠던 건 모스크바에 가면 아주 오랫동안 외로운 밤을 보낼 걸 예상하고 그랬던 거야. 미국 대사관에서 근무하는 독신 여성은 현지인과 친교가 금지돼 있으니까. 다시 말하면 미국 외교관들은 나토에 가입되지 않은 나라 사람들은 사귈 수 없다.

한나의 작은 아파트에서 보내는 마지막 밤에 그녀는 스테이크를 구웠고, 네이트는 샐러드를 만들었다. 그리고 둘이 와인 한 병을 땄다. 한나는 작은 식탁 위에 꽃병을 놓고 촛불도 하나 켰다. 좀 진부하긴 하지만 어두워진 아파트에 촛불을 켜니 근사해 보였다. 그리고 네이트와 같이 마주 보며 식사하는 동안 호세 곤잘레스의 〈How low〉라는 노래의 볼륨을 키웠는데 가사가 바로 그녀의 마음 같았다. 둘 다 불편해하고 있었기 때문에 그 모든 게 다 엉망이 돼버렸다. '울면 안 돼.' 그녀는 무릎에 손을 올려서 떨리는 손을 감췄다. 더 이상 모스크바 작전들을 분석하는 건 어리석어 보였고, 도미니카에 대해 이야기하는 건 금기고, 그들의 관계를 토론하는 건 냉정하고 아무 의미 없어 보였다. 그녀는 네이트가 어떻게 자제하는지 봤다(작전 요원들은 사람의 마음을 읽을 수 있다). 그녀는 일어서서 마지막 남은 와인을 그에게 따라줬고, 그는 그녀의 허리를 안았는데 연인이라기보단 큰오빠 같았다. 그녀는 그의 품에서 빠져나오려고 했지만 그가 다시 그녀를 끌어안고 키스하고, 또 키스했다. 그녀는 바보처럼 아직도 텅 빈 와인 병을 들고 있었는데 네이트가 그 병을 잡아서 내려놓고 그녀를 침실까지 뒤로 걸어가게 했다. '아, 정말 그랬다니까.' 그리고 그녀는 자신이 어둠 속에서 그의 이름을 부르고 또 부르는 걸 들었다.

그녀는 고개를 흔들었다. '이제 가자.' 그녀는 생각했다. 한나는 중앙 행정 자치구인 모스크바 강변의 나무가 우거진 거대한 고르코고 숲 가장자리에 있었다. 그곳은 풀로 뒤덮인 비탈길 위쪽으로, 거길 내려가면 일련의 긴 계단이 나오는데 그 밑에는 강물이 흐르고 있다. 알전구가 달린 가로등이 계단마다 일정한 간격으로 서 있었다. 공원의 남쪽 가장자리 위에 있는

8차선 도로인 TIK에는 터널에서 나온 차들이 요란한 소리를 내며 안드레브스키 다리를 건너갔다. 한나가 서 있는 비탈길은 양쪽에서 움직이는 모든 차선에서 다 보였다. 이 비탈길 위에 세 번째 탐지 장치를 묻을 것이다. 디바는 차에서 탐지기의 신호를 잡을 수 있게 2초 동안 기다릴 것이고, 그후에 차를 몰고 가면서 스라크 신호를 전송할 것이다. 마찬가지로 지부 차량이 TIK를 지나가면서 그 신호를 로딩해서 디바와 메시지를 주고받을 수 있게 된다.

한나는 다시 한 번 시간을 확인하고 어둠 속에서 검은 옷을 입어 보이지 않는 닌자처럼 풀이 우거진 비탈길을 반쯤 미끄러져 내려왔다. 그녀는 수신자와 발신자가 고속도로에서 전자 송수신을 할 수 있게 어디에 탐지 장치를 묻어야 할지 정확하게 알고 있었다. 이 시간의 고속도로는 제멋대로 달리는 차들, 배기가스를 펑펑 내뿜는 버스들과 화물을 지나치게 많이 실은 트럭들로 4분의 3이 차 있을 것이다. 허시의 특수 삽이 부드럽게 땅속으로 들어갔다. 그녀는 사람의 머리 가죽 같은 풀이 자란 땅을 들어 올리고, 세 번째 탐지 장치를 배낭에서 꺼내서('잘 가라, 이 자식아. 너 때문에 내가 암에 걸리는 일은 없기를 빌겠어.' 한나는 생각했다) 움푹 파인 곳에 넣었다. 그러곤 팠던 흙을 다시 그 자리에 놓고 꾹 눌렀다. 탐지 장치 윗부분이 조금 볼록하기 때문에 시간이 흐르면서 흙이 그 장치 위에 자리를 잡느라 그 부분이 움푹 꺼지는 현상을 방지해줄 거라고 허시가 설명했다. 그리고 땅을 파낸 자리 주위에 풀이 빨리 자랄 수 있도록 설탕 봉지만 한 크기의 꾸러미를 꺼내서 초록색 알갱이 모양의 씨를 주위에 골고루 뿌렸다. 이제 비가 내리면 이 씨앗(미국 농무부의 초본학자들이 연구하고 개발해낸, 이 공원에서 자라는 러시아 토착 갯보리와 정확히 일치하는 품종)에서 싹이 나서 완벽하게 위장이 될 것이다.

한나는 비탈길로 다시 달려 올라가 나무들 속으로 들어갔다. 거기서 2
분 동안 있으면서 성냥이 긁히는 소리, 소리를 죽인 기침 소리, 거의 들리지
않는 야간 투시경의 음악같이 윙윙거리는 소리가 들리는지 보려고 정신을
집중했다. 아니면 수색견의 헐떡이면서 낑낑거리는 소리가 들리는지. 주위
는 조용했다. 됐다. 그녀가 해낸 것이다. 그녀는 이제 재니스가 말한 작전
의 '완벽한 원'이라는 게 무슨 뜻인지 알았다. 그녀는 '모든 패키지 설치'라
는 그녀의 메시지를 벤포드가 받았을 때 어떤 표정일지 상상했다. 벤포드
가 기뻐했으면 좋겠다. 아마 그는 아테네에 있는 네이트에게 메시지를 보
내 그 결과를 알려줄지도 모른다. 네이트는 그게 어떤 기분일지 이해할 것
이다. '몇 달 후에 일주일의 휴가가 나오는데 그때 아테네에 갈까?' 그때 왠
지 모르게 가족들 생각이 났다. 딸이 지금 무슨 일을 하고 있는지 알면 부
모님이 얼마나 자랑스러워하실지, 엄마의 눈이 얼마나 반짝거릴지, 아버지
가 어떻게 싱긋 웃을지, 그녀의 시끄럽고 거친 두 오빠가 어떻게 그녀의 등
을 툭툭 쳐줄지 생각해봤다. 하지만 그들에게 결코 말할 수 없다.

그녀는 몸을 흔들어 백일몽에서 깨어났다. 디바에게 신호를 보내고, 차
를 찾아오고, 그다음에 마치 오늘은 조금 늦게 출근한 것처럼 대사관 안으
로 사라져야 할 일이 남아 있었다. 한나가 기나긴 밤에 탐지 장치를 설치
한 세 장소의(시내의 각각 다른 장소에 은밀하게 묻어뒀는데 모두 차들이 아주
많이 다니는 간선 도로 근처에 있다) 가장 중요한 점은 서구의 외교 시설들
이 있는 곳에서 멀리 떨어져 있다는 것이다(그 시설들은 전자 신호 탐지 장
치로 둘러싸여 있어서 정보원이 스라크 신호 교환을 막 했다는 경보가 곧바로
FSB로 들어간다).

가장 중요한 물품(디바의 스라크 장비가 들어 있는 패키지) 전달은 일주일 전에 그녀가 한 첫 작전이었다. 그날 밤 한나는 동쪽에서 세차게 몰아치는 돌풍을 뚫고 아홉 시간에 걸쳐 감시 탐지 루트를 달렸다. 그 폭우는 소련 공산당 중앙 위원회 정치국의 늙은 관료들의 유령들이 금발의 대담한 미국 여자가 그들의 모스크바, '기름기가 둥둥 떠 있는 어두운' 모스크바 강에서 첩보 작전을 수행하는 걸 지켜보면서 분노와 무력감에 차서 흘린 눈물이었다. 그들이 그녀를 내려다보고 있는 걸 한나가 알았다면 그들에게 손을 흔들어 보이면서 진정하라고 했을 것이다.

디바의 장비 패키지는(모스크바 남동쪽의 방직 지구 안) 류블린스카야 가에서 볼고그라드스키 대로까지 이어주는 도로교 밑에 있는 작은 공원의 흙 속에 묻었다. 한나가 은닉처에 장비를 설치했다고 보고한 후 그 장소는 7일 동안 위성으로 그 공원 주위에 무슨 특별한 활동이 있는지, 흙에 새로운 타이어 자국이 생겼는지, 일정에도 없던 관리 창고가 근처에 세워졌는지, 혹은 도미니카가 그 받침대 밑을 걸어갈 때 위장 참호에서 FSB팀이 튀어나올 일이 없는지 다 모니터한다.

모스크바 지부장 스룩모턴이 호들갑을 떨면서 짜증을 냈지만 최종 결정은 벤포드가 내렸다. 공같이 둥그런 코를 내민 채 스룩모턴은 벤포드가 한나에게 보낸 메시지를 직접 읽게 놔두지 않고 굳이 자기가 읽어줬다. 그 은신처는 안전하다. 진행하라. 오늘 밤, 그 탐지기 세 개를 땅에 다 묻었다. 진행하라. 벤포드는 '로딩했다는' 메시지를 디바에게 보내라고 한나에게 지시했다. 물리적인 표지를 전달해야 할 마지막 작전이었다.

피로해서 눈이 좀 흐려졌지만 한나는 카스타나에브스카야 거리에 있는 디바의 관영 아파트 근처 도로고밀로보 지구까지 북서쪽으로 힘겹게 걸어갔다. 거리엔 아무도 없었다. 넓은 도로가 텅 비어 있었다. 한나는 작은 스프레이 병을 이용해서 버스 정거장 뒤에 있는 연철 담의 봉 세 개에 물방울을 뿌렸다. 스프레이 병 안에 들어 있는 무색 화학물질은 DAMS라는 것으로 육안으로는 감지할 수 없지만 몇 시간이 지나 아침 햇살의 자외선을 받으면 몇 분 안에 녹이 슨 색깔이 나온다. 그 세 개의 봉에 묻은 염료는 아주 흐릿해서 거기를 알고 찾아보는 사람만 눈치챌 수 있을 정도의 색깔이 나온다. 그 담장과 버스 정거장은 디바의 출근 루트이기 때문에 그녀는 매일 아침저녁으로 오가면서 한 번 힐끗 보기만 하면 '로딩 했음'이란 신호를 확인할 수 있다.

이틀 후에 부지부장인 쉰들러가 그 지역에 있는 골동품 가게들을 둘러본다는 명목으로 차를 타고 모스크바 주위를 돌아다니고 있을 때 2번 탐지 장치에 메시지가 들어왔다. 그녀는 지부로 돌아가서 떨리는 손으로(그녀는 오후가 되면 술 냄새가 강하게 난다) 한나의 책상 위에 스라크 수신기를 놓고 갔다. 한나가 케이블을 연결하자, 컴퓨터 화면이 깜박거리더니, 영어로 작성한 디바의 메시지가 나왔다.

1번 메시지. 패키지 수신. 장비 만족스러움. 대통령이 이란 거래에 계속 압박을 가함. 워싱턴 레지던트 Z가 곧 모스크바 방문 예정. 이유는 알 수 없음. 우리에게 자원한 새 정보원이 들어왔다는 소문. 기밀 정보지만 차장이 자세한 내용을 알고 있음. 조사하겠음. 올가(olga).

서명의 첫 자가 제대로 소문자 o로 작성됐고 마지막에 마침표가 찍힌 걸로 봐서, 디바가 모스크바 북쪽에 있는 부티르카 감옥 지하실에서 SVR

기술자들에게 둘러싸인 채 살라미 소시지같이 기름기가 번들거리는 손을 그녀의 목덜미에 대고 있는 상황에서 메시지를 보낸 게 아니라는 사실을 알 수 있었다. '다 잘됐네요, 언니.' 한나는 생각했다.

네이트는 한나에게 메시지를 보내는 가명을 디바가 직접 올가로 골랐다고 말해줬다. 올가 프레크라스나, 아름다운 올가, 중세 슬라브족의 전사 여왕으로 수백 마리의 참새들의 발에 유황을 묻힌 끈을 달아 날려 보내서 적의 수도를 파괴한 그녀의 이름을 따 지은 것이다. 땅거미가 질 때 하늘을 빙글빙글 돌며 날아다니던 새들이 시내 곳곳에(처마 밑에, 다락 안에, 헛간 안에, 건초더미 속에) 자리를 잡았고 연기 나는 유황이 마침내 연소해서 동시에 수백 개의 불을 내서, 도시를 죄다 불태워버렸다. '불과 파괴를 몰고 오는 스패로우라니.' 한나는 생각했다. 올가 프레크라스나. 아름다운 올가.

라인 KR 부장 주가노프는 야세네보의 SVR 본부의 고위 간부들이 있는 4층에서 엘리베이터를 타고 혼자 중얼거리면서 내려왔다. 그는 방금 국장에게 새 미국 정보원이 나타났다고 보고하고 왔다. 그 정보원은 자신이 지은 암호명인 트리톤만 밝혔다. 주가노프는 콧방귀를 뀌었다. 트리톤이라니, 도롱뇽이잖아. 트리톤의 첫 번째 정보인 CIA에 포섭된 러시아 정보원의 이름은 기발하게도 속이 훤히 들여다보이는 천치 같은 미국 공군 이중 간첩이 건넨 자료 끝에 깊숙이 파묻혀 있었다. 라인 KR이 필요한 게 바로 그것이다. 몇 달 전에 조국을 배신하고 미국인들을 위해 스파이 짓을 하는 데 동의한 카라카스의 그 젊은 군인은 일 핑계를 대고 모스크바로 불러들였다.

아직까지 심문은 하지 않았다. 그 장교는 엄중한 감시하에 쓸모없는 업무를 받았다. 옛날 같았으면 그는 벽에는 고리들이 달려 있고 바닥에 하수구가 있고 멀리 떨어진 벽에는 총알이 맞고 튀어나가는 걸 방지하기 위해 거대한 소나무 재목들이 있는 루비안카 감옥 지하실에서 총을 맞았을 것이다. 그 장교가 이렇게 쓸데없는 사무를 보고 있는 것은 새로운 정보원인 트리톤을 보호하려는 목적 하나로 내세운 겉치레였다. 나중에 몇 달 지나서 그 장교가 기억에서 흐려질 때쯤 형이 집행될 것이다. 그 젊은 변절자는 이미 죽은 목숨이었는데 본인은 그것도 모르고 있었다. CIA도 마찬가지고.

라인 KR이 신속하고 가차 없이 효율적으로 배신자를 잡아 죽일 수 있다는 것은 주가노프의 자랑거리였다. 그 얼간이 국장은 정보부에 모든 것을 다 아는 방첩 조직을 둔 것이 불쾌할지 몰라도 아주 효과적이라는 걸 이해하지 못하고 있다. 주가노프가 여기 있는 한 아무도 감히 센터를 배신할 수 없다. 아니, 정치가에서 국장으로 승진한 그 병신은 결코 이 게임의 뉘앙스를 이해하지 못한다. 하지만 그걸 이해하는 사람이 있다. 과거에 정보 장교였고, 국장보다 훨씬 더 중요한 사람. 푸틴 대통령은 알 것이다.

주가노프는 승승장구하고 있었다. 그는 카라카스 배신자라는 상처에 뜸을 떴고, 대통령 대리로 이란 핵 거래를 협상 중이고, 그와 자루비나가 트리톤(그자는 백악관이나 NSC나 랭글리의 정보를 볼 수 있는 게 거의 확실하다)을 관리할 것이다. 그건 그야말로 엄청난 대작전이 될 것이다. 푸틴의 전폭적인 후원이 따를 것이다. 미래는 장밋빛이었다. 자루비나가 워싱턴 근무를 마치고 돌아오면 차기 SVR 국장이 될 거라고 대부분이 생각하고 있었다. SVR 역사상 첫 여성 국장이 탄생하는 것이다. 그리고 자루비나와 그는 무언중에 통하는 게 있기 때문에 주가노프는 바로 그녀 밑으로 들어

갈 것이다. 대단한 파트너십이다. 재봉사와 사형 집행인.

그의 장래 계획에서 유일한 장애물은 부하인 예고로바였다. 심문자 특유의 직감으로 주가노프는 푸틴이 그녀에게 흥미를 가지고 있으며, 그녀가 주가노프의 출셋길에 방해물이 될 거라는 걸 알고 있었다. 그녀는 자신이 맡은 이란 작전이 붕괴됐는데도 전혀 피해를 입지 않았다. 그것은 비교적 단순한 일이었다. 그는 당분간 사태가 돌아가는 걸 주시하면서 자신의 능력을 믿을 것이다. 아니면 또 다른 사건을 계획할 수도 있었다. 두 번째 안이 아주 더 매력적인데 그게 사악하고 폭력적이기 때문일 뿐만 아니라 주가노프가 최근에 아주 중요한 걸 하나 발견했기 때문이다.

인간을 싫어하는 주가노프가 그나마 즐기는 사회 활동 비슷한 것은 가끔 SVR 제5부서, '암살반'에 가서 루비안카 시절에 알게 된 장교 몇 명과 만나 이야기를 나누는 것이다. 그들은 좋았던 시절의 '특수 임무'를 맡았던 암살범들과 파괴 공작원 부대의 잔당이었다. 주가노프는 그 둔감하고 무표정한 전문가들과 있을 때는 아주 조금 편안한 기분이 들었다. 은퇴가 가까워진 사람들도 있었고, 그보다 젊은 치들은 여전히 유명해지려고 기를 쓰고 있었다. 어쨌든 주가노프는 본부에 새로 들어온 사람들, 영어를 구사하고 와인 주문하는 법을 아는 호사가들보다 이들이 훨씬 더 좋았다. 그렇지, 이 '암살자들'이 그의 친구들이었다.

주가노프가 제5부서 라운지에 앉아 있을 때 한 여자가 다가와서, 발뒤꿈치를 딱 붙이고 서서 그와 이야기를 좀 할 수 있겠느냐고 속삭였다. 그녀는 중키에, 마흔 살 정도 돼 보였다. 염색한 금발은 짧게 잘랐고, 덩치는 듬직하지만 뚱뚱하진 않았고, 어깨는 남자처럼 넓었다. 널찍하고 납작한 코끝에 면도날로 벤 것 같이 일자로 찢어진 입술이 있었고, 그 밑에 지나치게 강한 턱이 있었다. 주가노프는 대개 그의 호의를 구하려는 게 빤히 보이는 사람과는 이야기할 기분이 아니었지만, 철테 안경 너머 회색 눈동자에 관심이 갔다. 그 눈은 오직 회색밖에 없어서 인공 눈 같아 보였다. 눈 주위가 불그스레한 그녀는 눈도 깜박이지 않고 주가노프를 뚫어져라 보고 있었다. 그의 머릿속에 있는 원시적인 예지력이 담긴 막대가 떨리기 시작했다. 반사회적 인격 장애자가 같은 부류를 알아본 것이다.

그녀는 소매가 긴 싸구려 면 원피스를 입고 있었는데 그것도 회색이었고 목의 단추는 채워져 있었다. 너무 긴 팔은 소매 밖으로 튀어나와 있었다. 가슴에는 상당히 큰 유방이거나 아니면 그냥 매트리스를 쑤셔 넣은 것처럼 형체가 뚜렷하지 않은 뭔가가 불룩 튀어 나와 있었다. 그녀는 초조하게 원피스 가장자리 솔기를 만지작거리고 있었는데, 주가노프는 그 손가락이 노랗게 얼룩진 걸 눈여겨봤다.

"무슨 이야긴데?" 주가노프가 내뱉었다. 그는 그녀가 움찔하지 않고 계속 그를 빤히 쳐다보고 있는 데 주목했다.

"부장님 밑에서 일하고 싶습니다." 그녀는 여전히 속삭이는 목소리로 말했다.

"터무니없는 소리. 왜 그런 부탁을 하는 거야?" 라인 KR로 선발되려면 치열한 경쟁을 치러야 한다. 그는 그 대화를 그만하려고 고개를 돌려버렸다.

그 여자는 움직이지 않았다. "라인 KR이 아니라 다른 곳이요." 그녀가 말했다.

주가노프가 가라고 손을 저었을 때 제5부서 부장이 들어왔고, 그 여자는 또다시 주가노프를 이리 같은 눈으로 빤히 보더니, 돌아서서, 라운지를 나갔다.

제5부서 부장은 주가노프를 좋아하지 않았다. 그는 벌레 같은 작은 트롤(신화에 나오는 심술궂은 거인이나 난쟁이를 가리킴-옮긴이)이 자기 부서로 놀러 오는 것도 마뜩잖았고, 그의 벌레 같은 작은 명성도 싫어했다. 그는 개혁주의자이자 출세주의자이지, 고리타분한 사형 집행인이 아니었다.

"에바랑 무슨 이야기를 하고 있었어?" 부장이 물었다.

"내가 말을 건 게 아니야." 주가노프가 말했다.

"흠, 저 여자랑은 거리를 두는 게 좋을 거야." 부장이 말했다.

"저 여자가 누군데?" 주가노프가 말했다.

부장이 사이드 테이블 위에서 쉭쉭 소리를 내는 사모바르 주전자에서 뜨거운 차를 잔에 따르며, 한 짐승을 다른 짐승에게 어떻게 설명해야 할지 생각했다. "에브도키아 부치나. 그녀의 친구들은 줄여서 에바라고 부르지. 그 여자에게 친구가 있다면 말이지. 처음엔 상트페테르부르크에서 SVR 상등병으로 시작해서, 모스크바로 전근 왔다가, 우리 부서 행정직으로 배치됐어. 저 여자가 온 지 1년이 됐는데 여기 온 그 순간부터 치워버리려고 내가 무지하게 노력했지."

주가노프는 관심 없는 척하려고 노력했다. "뭐가 문제인데?"

"대단한 건 없어. 사무실에서 동료를 폭행해서 징계받았어. 죄수들을 학대해서 여기로 발령 난 거고."

주가노프의 귀가 쫑긋해졌다. "죄수들을 학대하다니 무슨 뜻이야?"

"감방에서 죄수들을 때려 죽였어. 페테르부르크에서 하나, 모스크바에서 하나."

"사고는 일어나게 마련이지." 주가노프가 말했다.

부장은 어깨를 으쓱했다. "저 여자를 자네 부서로 보내줄까? 나야 좋지. 저 여자 인사 파일을 보내줄게. 저 여자의 의학적 프로파일에 나온 말은 반도 이해가 안 되더라고."

주가노프는 그녀에게는 아무 언질도 주지 않았다. 에바는 '다른 곳'에서 일하고 싶다고 했다. 그는 특별한 사람을 발견한 게 아닐까 궁금해졌다. 그녀의 파일은 감질 나는 단어들로 가득 찼는데 개중엔 사전을 찾아봐야 하는 단어들도 몇 개 있었다. 양성구유자. 범성욕주의. 분열형 성격 장애.

에바와 개인적으로 면담해봤지만 뚜렷한 결론은 나지 않았다. 에바는 단음절로만 대답하고, 고개를 흔들고, 웅얼거렸다. 하지만 젖은 시멘트 색깔의 그 눈은 결코 주가노프의 얼굴에서 떠나지 않았다. 자신의 본능에 따라 주가노프는 어느 날 저녁, 수감된 운동가의 심문을 관찰하러 부티르카 감옥으로 에바를 데려갔다. 그는 정치적인 성향을 지닌 퍼포먼스 예술 그룹인 보이나의 멤버로, 거리 시위에서 블라디미르 푸틴의 정책에 항의하다가 초록색 페인트가 든 단지를 SVR의 비밀 요원에게 던졌다. 그 사건이 자동적으로 SVR의 헌법 시스템 보호 부서로 넘어간 건 그 젊은 록커의 불운이었다. 그건 그가 알렉세이 주가노프의 질문에 대답해야 한다는 뜻이고, 또한 에브도키아 부치나의 데뷔 무대에 등장하게 된다는 뜻이니까.

에바는 그 로커의 손가락 여섯 개를 부러뜨리고, 왼쪽 어깨를 탈골시키고, 오른발의 작은 뼈들을 으스러뜨리고, 하악골 관절을 파열시켰는데 그걸 자정이 되기도 전에 해냈다. 주가노프는 체계적으로 끈기 있게 작업하면서 우아하고 강하고 유연하게 움직이는 에바를 지켜보며 매료됐다. 그녀의 호흡은 하나도 흐트러지지 않았고, 마치 허락을 구하는 지옥의 개처럼 가끔씩 그를 봤을 때 천장에 있는 전등 불빛이 여교사가 쓰는 것 같은 안경에 반사됐다. 이건 마치 브람스의 음악실에 앉아 그가 작곡하는 걸 지켜보는 것 같았다. 주가노프는 그의 사탄, 그의 괴물을 발견한 것이다.

예고로바를 다치게 하자. 그 스패로우의 날개를 잘라버리는 거야. 주가노프는 그 아이디어를 그의 머릿속 축축한 사물함에 넣어 놨다. 아냐, 당분간은 예고로바가 이란 거래에서 나오는 정보에 전혀 접근할 수 없게 하고, 관련된 KR 파일들을 기밀로 처리해서 그녀가 간섭하거나 그의 일을 훔쳐가지 못하게 하기로 결심했다. 그러자면 그녀를 쓸모없는 일에 묶어 둘 필요가 있었다. 그는 그녀의 주의를 딴 데로 돌릴 게 필요했다.

다음 날 아침 운명의 여신이 그에게 미소 지었다.

털북숭이 예브게니가 워싱턴 레지덴투라의 자루비나가 소스테드 미 공군 소령과 최근에 만난 것을 보고하는 새 메시지를 가져왔다. 그 이중간첩의 가짜 정보 끝에 트리톤이 보낸 또 다른 폭탄 같은 정보가 묻혀 있었다. 모두 해서 열다섯 개의 프레임이었다. 그 익명의 도롱뇽이 아테네에서 CIA 본부와 암호명이 리릭이라는 정보원 간의 만남을 자세하게 설명한 개별적인 메시지 세 개를 사진으로 찍어 보냈다. 리릭은 최근에 미국의 군사 기술을 확보하기 위한 러시아 군사정보국, 즉 GRU 작전을 털어놨다. 주가노프가 눈썹을 추켜올렸다. 그 요약 정보에 따르면 CIA에 넘어간 정보는 분명 GRU 내부 깊은 곳에서 나온 것으로 그 리릭이란 인물이 직접 구한 게 틀림없었다.

'좋아, 색출할 또 다른 스파이가 나왔군. 한입에 먹어 치울 덤플링이 또 나왔어.' 주가노프는 생각했다. 보아하니 미국인들은 요즘 러시아인들을 포섭하느라 바쁜 것 같았다. 하지만 트리톤이 그들이 얻은 정보를 단번에 무효로 만들 것이다. 그는 자루비나의 메시지를 보면서 깊은 생각에 잠겼다. 이 리릭이라는 자는 모스크바에서 근무하고 있고, 요직에 앉아 극비 정보들을 열람할 수 있는 접근권이 있을 것이다. 단순히 대사관의 말단 공무원이 아니다. 그 브리핑이 아테네에서 일어났다는 건 크게 중요하진 않다고 그는 판단했다. 그리스는 태양에 굶주린 러시아인들에게 인기 있는 저렴한 여름 휴가지다. 이 배신자 GRU 장교는 가족과 같이 거기에 휴가 가서, 거기 있는 동안 CIA와 접촉하고, 정보를 넘긴 후에 돈을 받고, 휴가를 끝내고, 아마도 이미 모스크바에 돌아왔을 것이다. 앞으로 수도에서 내부첩자 사냥을 해서 군 휴가와 국제 출장 기록이 있는 놈들을 뒤지면 끝난다. 그럴듯한 GRU 장교 후보 몇 놈을 체포해서 심문하면, 돼지 같은 배신자가 밝혀질 것이다.

심문이 늘어나겠군. 주가노프는 입술을 핥았다. 그는 SVR 안과에서 각막 천공기를 하나 구했는데 그걸 시험해보고 싶었다. 그러다 좋은 생각이 떠올랐다. 그는 그리스를 구실 삼아 예고로바를 아테네로 '방첩 시찰 투어'를 보내서 그곳 레지덴투라와 대사관에 있는 장교들을 면담하게 할 수 있다. 그녀가 거기서 2주 동안 아무 쓸모도 없는 첩자 사냥을 하며 기다리는 동안 그는 모스크바에 있는 첩자의 가면을 벗길 것이다.

그는 뚱한 표정으로 부관을 바라봤다. 부관도 문간에서 주가노프를 마주 봤다. 그는 예브게니에게 지시를 내렸다. "예고로바 대위에게 그리스에 방첩 단서가 있다고 해. 자루비나나 리릭에 관한 트리톤의 보고서에 대해서는 아무 말도 하지 마. 예고로바는 아테나로 가서 은밀하게 SVR과 GRU와 대사관 직원들을 면담하고 이상한 게 있는지 찾아봐야 해. 거기 직원들을 다 면담할 때까지 돌아와선 안 돼. 2주나 그보다 더 걸릴지 몰라."

"모두 다 면담해요? 무슨 평계로요? 아테네 레지덴투라에는 어떻게 설

명할까요?" 예브게니가 말했다. 그는 보스를 잘 알고 있었다. 보스 말에
너무 물고 늘어지면 안 된다. 아무튼 예고로바를 계속 바쁘게 해야 한다는
거지.

"예고로바에게는 통상적인 시찰이라고 해. 모두 다 면담해야 한다고 꼭
말해." 주가노프가 말했다. "이제 나가. 그리고 보안 라인으로 자루비나를
연결해."

예브게니 플레트네브는 책상 건너편에 있는 예고로바 대위를 봤을 때
태어나서 이렇게 파란 눈은 처음 본다는 생각을 먼저 했고, 그다음에 블라
우스 아래에 있는 그녀의 가슴의 무게와 느낌을 추정해보고 나서 그녀와
침대에 있는 상상을 해봤다. 그리고 팔 밑을 긁었다. 그가 예고로바 대위
의 작은 사무실에서 그녀에게 주가노프 대령의 지시를 전하는 동안, 그녀
는 무표정한 얼굴로 앉아 있었다. 그는 그녀를 주의 깊게 호기심 어린 눈
길로 지켜봤다. 그녀는 이미 이 정보부에서 유명했다. 예브게니는 라인 KR
에서 주가노프를 제외하고 이 부서에 있는 모든 정보를 열람할 수 있고,
SVR이라는 위계 체제에서 주가노프 말고는 아무에게도 충성하지 않았다.
하지만 예고로바의 명성은 흥미로웠다. 그는 그녀의 영향력의 냄새를 맡
고, 그녀의 서늘하고 무심한 태도를 평가했다. 오늘 그녀는 짙은 색 정장
에 환한 파란색 블라우스를 입고, 머리는 핀으로 틀어 올리고, 좁은 벨벳
밴드가 달린 작은 시계 외에는 아무 액세서리도 차지 않았다. 그녀는 마치
그의 마음을 읽고 있는 것처럼 파란 눈으로 그를 바라봤다. 우아한 손은
가죽 압지 위에 놨다. 그녀의 고전적인 이목구비는 고요했다. 그녀는 달라
보였다. 그는 뭘 예상해야 할지 알 수 없었다. 예브게니는 불쾌한 반사회

적 인격 장애자가 터트리는 유독한 분노에 익숙해져 있었다.

"고마워요, 예브게니. 출장 갈 준비할게요." 도미니카가 말했다. 아이러 니다. 주가노프는 자신이 그녀를 쳐낸다고 생각하고 있었지만, 실제로는 CIA와 만날 수 있고, 다시 네이트를 만날 수 있는 2주라는 시간을 준 것이 다. 비엔나에서 그를 만난 후에 이렇게 빨리 다시 만날 수 있으리라고는 상상도 못했다. 그녀는 머릿속에서 오늘 저녁에 보낼 스라크 메시지의 초 안을 잡기 시작했다.

황금 같은 기회다. 그녀는 예브게니의 머리 주위를 감도는 더러운 노란 색 후광을 봤다. 그 색은 옅어졌다 짙어졌다 하고 있었다. 음모를 꾸미는 아첨쟁이, 주가노프의 종, 하지만 그녀가 필요한 정보를 갖고 있는 자. 그 리고 아무리 치맛자락에 대한 백일몽을 꾸더라도 여자들과는 엮일 재주 가 없는 남자. 도미니카는 이 기묘한 인간을 보면서 소름이 끼쳤다.

우드란카는 파일 폴더 위에서 다리를 꼬고 앉아 있었다. 서둘러. 그걸 좋아할 필요는 없잖아. 그냥 해.

예브게니는 모스크바 대학에서 컴퓨터 과학을 전공해서 평범한 성적으 로 졸업한 후 SVR에 선발됐다. 러시아 국회의원이자 부패 척결을 위한 입 법 지원 위원회 위원장인 삼촌이 뒤를 봐준 덕이었다. 하지만 삼촌의 영향 력은 야세네보의 위풍당당한 정문 앞에서 끝났고, 신입 직원인 예브게니 (그때 스물다섯 살이었다)는 이곳의 행정직에 배치돼서 인사, 물류, 지원 부 서를 거쳤다. 이 털북숭이 청년은 얼마 못 가 승진을 하려면 복잡하고 정 치적으로 위험한 작전 부서들은 피하는 게 훨씬 더 안전하겠다는 걸 깨달 았다.

예브게니가 인사 부서에서 지루하게 몇 년째 근무하고 있을 때 라인 KR 부서의 행정 보조직에 빈자리가 나왔다. 그 음습한 부서는 방첩과 해외에 있는 러시아 시민들을 감시하는 업무를 주로 다뤘다. 동료들의 경고에도 불구하고, 예브게니는 거기서 기회를 보고 그 자리에 지원했다. 3년 동안 라인 KR의 사무실에서 낡아빠진 컴퓨터 네트워크들을 개선하고 파일들을 정리하다가 라인 KR 부장인 끔찍한 난쟁이 알렉세이 주가노프의 주목을 받게 됐다. 주가노프는 그를 개인 참모로 불러들여 처음에는 바깥 사무실에 뒀다가, 참모장에 이어 자신의 부관으로 승진시켰고, 작년에 차장으로 만들었다. 예브게니는 주가노프의 꽁무니를 따라다닐 생각만 해도 극히 위험하다는 걸(죽음을 초래할) 알고 있었다. 이것은 악마와 손을 잡는 것이다. 하지만 당시 서른다섯 살이었던 그는 주가노프가 강력하고, 대체 불가에, 사람들이 수군거리는 존재라고 계산했다. 그보다 더 좋은 건 톱니바퀴처럼 깔죽깔죽하고 사람들의 두려움을 불러일으키는 상사의 명성이 자신에게도 돌아올 것이라는 점이다.

"이 자리는 아주 민감한 자리야." 예브게니가 자신의 2인자로 올라온 첫날 주가노프가 거북이처럼 곁눈질로 그를 보며 말했다. "넌 내가 보는 모든 것을 볼 것이고, 내가 읽는 모든 걸 읽게 될 거야. 넌 내 파일들을 열람할 수 있는 접근권을 갖게 될 거야. 넌 나에게 충성하고 신중하게 행동해야 해. 네가 라인 KR에 들어온 후로 네가 한 일들을 다 승인해줬지만, 이런 기준에서 한 치라도 어긋나면 바로 징계를 받게 될 거야. 다시 말하면 내가 직접 널 지하실로 끌고 가서 테이블에 묶을 거라고. 내 말 알아들었어?"

예브게니는 고개를 끄덕였고, 1년 동안 매일 열네 시간씩 일했다. 그는 유능한 직원의 본보기이자, 신중함의 귀감이었다. 그는 상사의 기분을 예측하기 시작했고, 그의 광기가 시작되는 어두운 날들을 알아챘고, 그가 옷과 머리카락과 호흡에 지하 납골당 냄새를 풍기면서 사무실로 돌아올 때면 어떻게 표정이 환해지는지 봤다.

6개월 동안 그 난쟁이 사이코는 그에게 의심을 품고 있었지만 결국 예브게니의 노예 같은 철저한 복종에 익숙해졌다. 주가노프는 마침내 이 털북숭이 청년을 어느 정도는 믿을 수 있겠다고 결심했다. 그가 지금까지 완전하게 믿었던 유일한 사람, 그렇게 가까이 다가올 수 있었던 유일한 사람은 그의 어머니였다. 어쨌든 예브게니는 차장이고, 해야 할 중요한 일들이 있었다. 그들은 내부첩자를 잡아야 했다.

구운 뚱딴지

헤비 크림, 마늘 퓌레, 레몬주스, 개사철쑥과 강판에 간 그뤼에르 치즈를 섞고 양념을 만든다. 거기에 껍질을 벗기고 두껍게 썬 뚱딴지를 넣고, 그 위에 밀가루를 부어서 찜 냄비에 넣는다. 그 위에 빵가루와 간 치즈를 넣고, 올리브 오일을 뿌린 후에 고온의 오븐에 넣어 뚱딴지가 부드러워지고 토핑이 갈색으로 변할 때까지 굽는다.

20

그것은 도미니카의 놀랍고, 위태롭고, 대담한 포섭 작전의 시작이었다. 그녀가 무슨 짓을 하고 있는지 네이트와 CIA가 알았다면 돌아버렸을 것이다. 그녀는 방첩부의 징그러운 차장인 예브게니를 매수해서 자신의 SVR 부서에 침투하는 작전을 시작했다. 그리고 그녀는 아테네로 출발하기 전이라는 제한된 시간 안에 그 일을 해야 했다. 그러다 재앙이 터지면서 정체가 발각될 수 있기 때문에 어떤 작전도 때가 무르익기 전에 서둘러서는 안 된다. 하지만 도미니카에겐 선택의 여지가 없었다.

도미니카는 예브게니를 유혹해서 그녀의 부서 라인 KR의 기밀들을 훔쳐야 한다는 걸 알고 있었다. 그녀는 이란인들과의 거래 상황이 어디까지 진전됐는지 그리고 악명 높은 워싱턴 레지던트인 자루비나에 대해 알아야 했다. 자루비나가 지금 뭔가 꿍꿍이를 꾸미고 있다. 어쩌면 워싱턴에서 정보원을 키우고 있을지도 모르는데 그건 CIA가 정말로 궁금해 할 정보였다. 그리고 아테네에서 해야 할 수사도 있었다. 그녀는 이 수사의 자세한 내용을 네이트에게 전해줘야 했다.

그녀는 털북숭이 예브게니에게 스패로우 학교에서 배운 무기를 써먹을 생각을 하자 역겨움이 치솟았고, 그 마음을 간신히 눌러 참았다. 과거에 강제로 당했던 악몽으로 되돌아가는 것이다. 머릿속에서 게이블의 경고가 들렸다. 그리고 네이트의 얼굴에 떠오른 표정도 볼 수 있었다.

우드란카가 주위에 맴돌고 있지 않을 땐 마르타가 그녀의 침대 발치에 앉아, 머리를 뒤로 젖히고, 천장으로 담배 연기를 뿜어내면서, 도미니카에게 어서 해치우라고 했다. 그래서 그녀는 마음을 단단히 먹고 이를 악물었다.

처음에 예브게니는 그녀가 주가노프의 책상 앞에 섰을 때나, 라인 KR의 실내 복도를 걸어가고 있을 때만 그녀를 의식했다. 사무실에 있는 다른 여자들에게 하는 것처럼 그는 도미니카의 옆모습을 볼 수 있게 슬쩍 그녀 옆을 스치고 가면서 그녀의 우아한 턱에서 목을 지나 툭 튀어나온 가슴과 매끈한 엉덩이 곡선에 이어, 멋진 다리와 발목까지 훑어보곤 했다. 그 작은 다람쥐가 얼빠진 눈으로 그녀를 바라볼 때면 노란 안개가 펄떡펄떡 뛰어서 도미니카는 알고 있었지만 아무 내색도 하지 않았다. 예브게니는 그 후 며칠 동안 예고로바 대위가 그와 마주치는 횟수를 점점 늘리기 시작했다는 걸 눈치채지 못했다. 그녀는 4층에 올라갈 메모를 그에게 전달하러 왔고, 회의 테이블에선 그의 옆에 앉고, 점심시간에 구내식당이나 햇살이 비치는 테라스에서 우연히 마주치고, 운 좋게 우연히도 야세네보에서 저녁에 6번 지하철을 같이 타고 가는 경우도 있었고, 그다음엔 같이 3호선으로 갈아탔다. 예고로바는 파크 포베디 역에서 내리고, 예브게니는 거기서 더 가서 스트로기노 역에서 내린다.

"스트로기노." 도미니카가 어느 날 밤 흔들리는 지하철의 손잡이를 꼭 잡고 말했다. 이렇게 늦은 시간엔 지하철은 거의 텅 비어 있어서 안전하게 이야기할 수 있었다. "거긴 코르치노이가 살던 곳인데." 그녀는 아무 감정 없이 말했다. 예브게니가 눈을 휘둥그레 뜨고 그녀를 봤다. 그리고 입술을 핥았다.

"그 코르치노이?" 그가 속삭였다.

도미니카는 그의 머리와 어깨 주위의 선명한 노란색을 바라봤다. "스트로기노에서 에스토니아의 그 작은 다리까지는 꽤 먼 곳인데. 배신에 대한 대가를 치르러 멀리도 갔지," 그녀는 음산하게 말했다. 이런 식으로 그의 추억을 더럽히면서 말하자니 몸이 다 아팠다. 그녀는 목구멍으로 치솟는 격분을 꾹꾹 눌러 참았다. 예브게니가 그녀를 향해 몸을 기울였다.

"그 건에 대해 들었어. 오래된 파일이 하나 있는데, 미결로 남아 있지. 편집된 거야. 대위는 내막을 알고 있지. 그 교환 현장에 있었잖아. 언제 그 이야기 좀 해주지 않겠어?"

"크렘린에선 아주 기뻐했죠." 도미니카는 어깨를 으쓱했다. "난 코르치노이의 정체를 폭로시킨 정보를 빼낼 수 있었어요. 대통령이 칭찬을 아주 많이 해줘서 조금 당혹스러웠죠." 그녀는 대수롭지 않게 말했다.

"나도 조금 들었어. 대통령이 당신을 좋아한다고. 대통령이 당신을 총애한다고. 앞으로 대위는 탄탄대로를 걷겠지." 예브게니가 말했다.

도미니카가 그에게 미소를 지어 보였다. "난 여기서 내려요." 그녀는 문 앞에 서서 말했다. "내일 사무실에서 봐요." 예브게니는 유리 패널 사이로 그녀의 등을 물끄러미 바라봤다.

그들은 이제 밤마다 상대적으로 익명성이 유지되는 지하철 안에서 이야기하는 습관이 생겼다. 예브게니는 동지애라든가 일종의 우정을 쌓아간다는 생각은 전혀 없었다. 예고로바는 그가 마음껏 주무르고 싶은 유리창 안에 있는 테디 베어고, 그의 아스팔트같이 시커멓고 찐득찐득한 생각은 그녀의 부드럽고 주름진 발바닥부터 다소 엄격해 보이는 입까지 흘러갔다. 그 입에서 그녀가 그에게 사랑해달라고, 혹은 뭐 그런 비슷한 말이 나오는 걸 듣고 싶었다. 예브게니는 주가노프에게 충성을 바치고 있었고,

예고로바가 라인 KR의 기밀들에 접근하지 못하게 차단시켜야 한다는 걸 이해하고 있었지만, 그녀와 눕고 싶은 그의 꿈은 그 어떤 것과도 상충되지 않았다. 게다가 그는 배신자 코르치노이의 사연과 그의 가면을 벗긴 여자에 대한 이야기를 듣고 싶었다. 그는 그녀가 가지고 있는 푸틴의 연줄에 대해 알아야 했다. 그건 거부하기엔 너무 유혹적이었다. 그는 설탕물이 담긴 접시 주위를 맴도는 말벌이었다.

"대통령은 어때?" 어느 날 밤 지하철에서 예브게니가 물었다.

"소문이 다 사실이죠." 도미니카가 수수께끼같이 말했다. "난 여기서 내려야겠다." 그녀는 대화가 딱 여기서 끊기도록 시간을 계산해놨다. 예브게니는 허리를 숙여서 지하철의 더러운 유리창 밖을 내다봤다. 지하철의 브레이크가 끼익 소리를 내며 걸리는 사이에 구불구불한 황토색 화강암 벽들과 반짝거리는 샹들리에들이 있어 우아한 파크 포베디 역이 눈에 들어왔다. 그의 표정이 초조하게 변했다.

"이봐, 바쁘지 않으면 내가 같이 내리면 어떨까? 같이 술 한잔할 수 있잖아." 그가 말했다. 기차가 갑자기 덜커덕 움직이다가 멈춰서 문이 쾅 소리를 내며 열렸다.

"그럼 당신은 지하철을 놓칠 텐데." 도미니카는 문이 곧 닫힌다는 클랙슨 경고음을 들으면서 말했다. 예브게니는 서류 가방의 끈을 어깨에 맸다.

"지하철은 밤새 다녀." 그가 말했다. 클랙슨이 울렸다.

"그럼 어서 내려요." 도미니카가 그를 차에서 끌어내리는 순간 쉭 소리를 내며 문이 닫혔다. 예브게니는 플랫폼에 서서, 진지한 표정으로 코로숨을 내쉬면서, 입을 오므리며 반쯤 미소를 지었다. 그는 자신이 원하던 걸 손에 넣는 중이었다. 다만 나뭇잎에 덮여 있는 덫에 아주 가까이 왔다는 것만 모르고 있었다.

　며칠 후, 도미니카의 창문 유리창을 빗줄기가 때려대고, 창틀 주위에 있
는 덩굴이 바람에 흩날리면서 유리창을 사정없이 후려치고 있었다. 부엌
에서 주전자가 휘파람 소리를 내고 있었다. "그건 말도 안 돼." 도미니카가
차를 가져오려고 짧은 가운을 입으면서 말했다. "그 정체를 모르는 정보
원, 그 암호명이 뭐라고 했더라……" 그녀는 부엌으로 갔다.

　*마르타가 식탁 위에 앉아 담배를 피우고 있었다. 넌 잘하고 있어. 침대
에선 거칠게 굴고, 놈의 머릿속에선 부드럽게 대해줘. 도미니카가 그녀에
게 윙크 하면서 조용히 시켰다.*

　"그자는 자칭 트리톤이라고 하지." 예브게니는 침실에서 졸린 목소리
로 말했다. 그는 팔뚝과 겨드랑이의 무성한 털 때문에 침팬지 같아 보이는
팔로 머리를 받치고 있었다. 그의 가슴과 배뿐만 아니라 다리까지 검은 털
로 뒤덮여 있었다. 그의 거시기는 삼발이 위에 있는 생쥐처럼 정신없이 난
사타구니 털 위에 축 늘어져 있었다. 처음에 예브게니의 벗은 모습을 봤을
때 도미니카는 저 몸뚱이에 난 털을 다 밀어버리려면 러시아에 있는 모든
왁스로도 모자랄 거라는 생각이 들었다.

　도미니카는 퇴근 후 이틀 연속 같이 밤을 보내는 것으로 기초 공사를
해서 기본적인 신뢰를 다지면서 그에게 해외에서 했던 일을 묘사해서 그
가 맛나게 씹을 뼈다귀를 하나 던져준 후 자신에 대해 털어놓게 만들었다.
예브게니는 멍청하지 않기 때문에 도미니카는 아주 조심스럽게 진행해
야 했지만, 아무리 내성적인 사람이라고 해도 자신에 대한 이야기를 할 기
회는 거부할 수 없는 법이다. 포섭, 유혹, 설득, 모두 상대의 이야기를 들어

주면서, 그 뚱뚱한 입술이 움직이는 걸 지켜보는 데서 시작된다. 처음에는 음식을 쏙 집어삼키는 그 입술이, 점점 더 자신감이 생기면서 가차 없이 다가왔고, 쉴 새 없이 움직이는 그 미끄럽고 축축한 입술이 그녀의 입술에 닿을 때면 간이 미끄덩거리는 것 같은 느낌이 들었다. 그녀는 네이트의 입술의 감촉이 떠올랐다. 그녀의 또 다른 은밀한 자아가 있는 폭풍의 방은 바리케이드를 치고, 문은 삼중으로 자물쇠를 채웠다.

그다음(신이시여, 절 도와주소서) 예브게니가 생각하는 정사가 시작됐는데 그건 말과 돼지의 중간 어딘가를 떠도는 행위였다. 스패로우에게 새로울 건 하나도 없었지만, 도미니카는 그녀의 젖가슴 위에 끊임없이 빠지는 그의 가슴 털을 느끼지 않기 위해 그야말로 자신의 몸과 마음을 따로 분리해야 했다. 그건 그녀의 가슴 위에서 알이 터져 나온 아기 거미들이 기어다니는 것 같은 느낌이었다. 그녀는 이를 악물고 그가 모든 규칙들을 잊어버리고 입을 열게 만들었다. 그녀는 그에게서 고개를 돌리지 않았다. 그의 눈을 피하거나 그의 끙끙거리는 신음을 듣지 않을 수도 없었다. 그것은 그들이 과거에 그녀를 밀어 넣었던 진저리나고, 익숙한 지옥 같은 늪으로, 그들이 대가를 치르게 하겠다고 맹세했지만, 이제는 미국인들을 위해 그리고 네이트를 위해 자신의 의지로 그 늪을 다시 찾아왔다. 이건 충동적으로 부정을 저지르려는 생각에서 한 짓이 아니다. 예브게니가 용두질하고 있는 이 몸은 그녀가 연인과 사랑을 나눈 그 몸이 아니다.

"그자가 미국인들이 조종하는 작전을 수행하고 있는 게 아니란 걸 어떻게 알아?" 도미니카가 부엌에서 큰 소리로 말했다. 그녀는 잠시 기다리면서 민예품인 새들이 그려진 도자기 잔 두 개에 차를 따르고 딸기 잼을 넣어(차를 달콤하게 마시는 오래된 러시아 관습) 저었다. '내 스패로우 커플들.'

그녀는 생각했다. 예브게니의 수다가 이어졌다. 방금 막 아름다운 부하 직원과 동침을 한 라인 KR 차장은 이제 끝도 없이 떠들어대고 있었다. 섹스 후의 수다만큼 자연스러운 건 없지.

"워싱턴 레지던트는 그가 진짜라고 믿고 있어." 예브게니가 침실에서 말했다. 도미니카는 머그잔 두 개를 들고 다시 침실로 돌아왔다. "자루비나는 실수하지 않아. 그 여자는 워싱턴 근무가 끝난 후에 국장이 되기로 단단히 마음먹었어." 그는 한쪽 팔꿈치에 몸을 기대고 일어나서 머그잔을 받았다. "게다가 트리톤은 이미 카라카스 첩자를 알려줬어. 미국인들은 절대로 자진해서 정보원들을 포기하지 않을 거야."

도미니카는 자신의 이중생활에 대해 생각했다. '절대란 말은 절대 하지 않는 거야.'

그녀는 예브게니 옆에 양반다리를 하고 앉아 같이 차를 마셨다. 도미니카는 뜨거운 머그잔을 들고 있어서 따뜻해진 손가락으로 그의 털투성이 허벅지를 쓸어내렸다. '45번 테크닉, 극히 뜨겁거나 차가운 온도로 신경 반응을 촉진하라.' 예브게니는 덥수룩한 눈썹 밑으로 그녀를 바라봤다. 그는 이 깜짝 놀라게 아름다운 예고로바를 유혹한 자신의 행운이 아직도 믿기지 않았다. 이제 사무실에서 그녀를 볼 때마다 지난 36시간 동안 본 발레리나의 발가벗은 육체가 떠오를 것 같았다.

"이런 사건에서는 진짜를 가리는 게 관건이지." 그녀는 그의 다리 위에 뜨거운 동그라미들을 그리면서 말했다. 빗물이 유리창을 긁고 있었고, 예브게니의 호흡이 점점 거칠어지면서 삼발이 위에 있던 생쥐가 몸을 뒤척였다.

도미니카는 다시 고개를 들었다. "당신 그렇게 몸을 떠니까 아주 매력적인데." 그녀는 자신의 목소리를 듣고, 어두워진 창유리에 반사된 자신의 모습을 봤다. '스패로우, 스파이, 걸레. 닥쳐. 집중해.'

"진위 확인이 가장 중요하잖아." 도미니카는 뜨거운 물에 데친 토마토 껍질처럼 그의 뇌의 껍질을 벗기고 있는 게 아니라 단순한 대화를 하는 것처럼 말했다. "자루비나가 물론 트리톤의 정체를 파악하려고 해봤겠지?" 그녀는 몸을 앞으로 기울이면서 두 손에 턱을 받쳐 파란 눈으로 그를 빤히 보면서 향수의 향기를 풍겨댔다. 그녀가 입고 있는 짧은 기모노 앞쪽이 살짝 벌어져 있었다.

예브게니는 눈을 깜박였다. "아니야, 아무것도 안 했어. 자루비나와 주가노프 대령은 그자를 겁먹게 하고 싶지 않거든. 그들은 그가 아주 귀중하다고 생각하고 있어." 그는 떨리는 목소리로 말했다. 그리고 도미니카를 재빨리 훔쳐봤다. 도미니카는 폴란드 럼 케이크를 보는 것처럼 달콤한 눈빛으로 그를 마주봤다. "자루비나는 트리톤이 소통할 수 있는 채널을 열어놓으려고 이중간첩 사기에 장단을 맞춰주고 있어."

"그래도 난 조금 걱정이 되는데. 그 트리톤이라는 게 뭔가 더 큰 정체를 위장한 게 아닐까? 우리 정보부만 이런 게임을 할 수 있는 게 아니잖아. CIA에도 스파이 게임의 고수들이 있으니까."

"난 당신 같은 작전 장교가 아니라서, 대위. 하지만."

"그 상황을 한번 생각해봐, 예브게니. 그리고 우리 둘만 있을 땐 도미니카라고 불러도 될 것 같은데." 그녀가 말했다.

예브게니는 밀려오는 기쁨에 벅차 정신을 못 차렸다. "내 말은, 내가 전문 훈련을 받은 요원은 아니지만, 내가 보기에 트리톤이 보낸 두 번째 보고서가 바로 그가 진짜라는 확실한 증거 같던데. 그는 심지어 CIA의 또 다른 정보원의 암호명까지 알려줬어. 리릭이라고."

"그리스에 있다는 그 단서?" 도미니카가 말했다.

"그리스가 아니야. 여기 모스크바에 있어. 대령은 그 단서가 여기에 있는 정보 접근권을 가진 누군가라고 생각하고 있어." 그는 죄책감이 어린 표정으로 그녀를 봤다. 도미니카는 그에게 좀 더 가까이 다가가서 그녀가 보기에(뭐, 모든 여자들이 보기에) 단 하나라도 참을 수 없이 매력적인 곳이 있는지 보는 것처럼 그의 얼굴을 뜯어봤다. 그녀는 가짜로 심각한 척 그의 꺼칠꺼칠한 턱을 두 손으로 움켜쥐었다.

"그럼 말해줘요, 제발, 젠야." 그녀는 이미 그 대답을 알고 있으면서 물어봤다. "내가 왜 그리스에 가는 건데?" 그의 이름을 애칭으로 부른 게 강력한 효과를 발휘했다.

"나도 몰라." 예브게니가 말했다.

'그도 모르는 거야.' 도미니카는 생각했다. 그의 노란색 후광에서 질주하는 욕정과 출세주의와 믿을 수 없는 구석이 보이지만, 그 기운이 차분한 걸로 봐서 이 털북숭이 변태는 진실을 말하고 있을 가능성이 컸다.

"난 처음에는 대령이 그냥 모든 가능성을 확인해보려고, 당신을 아테네에 보내서 수사하는 거라고 생각했어. 하지만 그때 대령이 구체적으로 절대로 당신에게는 트리톤이나 리릭이나 자루비나에 대한 말은 하지 말라고 지시했어." 그녀의 눈을 바라보면서 말하는 그의 목소리가 점점 작아졌다.

도미니카는 그의 얼굴에 한 줄기 어둠이 휙 스쳐 지나가고, 그의 몸이 살짝 떨리는 걸 느꼈다. 그의 노란색 후광이 깜박거리면서 희미해지고 있었다. 도미니카는 방금 그가 자신이 얼마나 어마어마한 위반을 했는지(그녀에게 공식적인 비밀들을 말한 것), 그가 지금 무슨 짓을 하고 있는지(그녀와 동침을 하고 있고), 거기서 발생할 여파들(주가노프의 격노와 지하실들)을 막 깨달았다는 걸 알았다. 맙소사, 그가 최악의 사태를 알아차리지 않아서 다행이었다. 그는 방금 네이트와 게이블에게 보낼 보고서의 내용을 제공해준 것이다. '축하해, 자기, 랭글리에 보내는 당신의 첫 보고서야.' 도미니카는 생각했다. 이제 그녀는 그에게 조금 용기를 줘야 했다. 그렇지 않으면 저 차 주전자로 그의 목을 치고 그를 정원에 묻어야 한다. 다음 단계(그의 마음을 단단히 붙들어 놓는 단계)가 극히 중요했다.

"내 말 잘 들어요." 그녀는 계속 그의 턱을 잡은 채 말했다. "당신이 무슨 생각하고 있는지 알아. 하지만 그런 생각은 털어버려요. 당신은 날 돕고 있는 거야. 그리고 당신을 돕고 있지. 주가노프는 충성에 보답하지 않아. 그는 감사할 줄 모르는 인간이야. 그를 위해 일하는 건 위험해. 당신이 무슨 일을 하건, 당신이 얼마나 충성스럽건 상관없어. 나도 마찬가지로 위험에 처해 있고, 우리 둘 다 그에게 밟히는 건 시간문제야. 그러니까 우리 둘 다 싸워서 살아남아야 해요. 당신과 내가 서로 돕고, 서로 뒤를 봐주기로 해요. 알았죠?"

예브게니는 꼼짝도 하지 않았다. 담쟁이덩굴들이 창유리를 긁어대고 있었다. 아니면 저건 그녀의 인어 친구들 중 하나일까?

"젠야, 생각해봐요." 도미니카가 그의 귓불을 잡아당기며 말했다. "주가노프가 소중하게 생각하는 건 자기 경력뿐이야. 그는 내게 정보를 숨기고, 날 그리스로 보내버리려고 해. 피할 수 없는 일을 두려워하고 있는 거야. 푸틴이 이런 문제는 날 편애할 거라는 걸 아는 거지. 이란 거래처럼 말이야. 난 대통령이 주가노프를 보는 눈빛을 봤어. 그는 주가노프를 싫어해.

주가노프가 지하실에서 보낸 역사를 역겨워하고 있어."

'사실 그 푸른 눈은 아마도 그것 때문에 주가노프에게 감탄하고 있을 걸.' 도미니카는 생각했다.

"난 내일 당신과 주가노프랑 같이 크렘린에 갈 거야. 국장도 거기 있을 거고, 에너지 관료들과 장관들도 있을 거야." 도미니카가 말했다. 예브게니의 이마에 땀방울이 송골송골 맺혀 있었다. "그러니까 당신 눈으로 직접 봐. 푸틴이 그 키 작은 대령을 어떻게 다루는지 보라고." 그녀는 그의 윗입술에 맺힌 땀방울을 손가락으로 훔쳐냈다. "그리고 푸틴이 어떻게 내게 인사하는지 보고 나서 결정해." 예브게니는 그 말을 듣고 조금 웃었다. 도미니카는 그가 모든 소문, 불화, 스캔들이나 음모를 즉시 주가노프에게 보고한다는 걸 알고 있었다. 하지만 이제 예브게니 자신이 부하 직원과 뒹구는 엄청난 죄를 저질렀다. 주가노프가 직접 모든 정보를 차단하라고 지시했던 바로 그 부하 직원과. 예브게니의 노란색 후광이 펄떡이며 뛰고 있었다. 그는 자신의 행동에 따른 결과들을 계산하고 있었다. 도미니카는 억지로 마음을 다잡고 몸을 기울여 그에게 키스했고, 작은 거미들이 그녀의 팔과 다리를 간질였다.

그의 용기가 얼마나 갈까? 정보원 포섭에서 가장 중요한 것은 그가 용기를 잃지 않도록 지속적으로 북돋아주는 것이다. 흠, 그렇다면 그녀가 계속 그렇게 해줄 것이다. 예브게니는 푸틴이 크렘린 미팅에서 그녀에게 어떻게 반응하는지 보게 될 것이다. 그녀가 주가노프보다 더 나은 동맹이 될 거라는 걸 보게 될 것이다. 그녀는 내일 그 결과를 조종할 작정이지만 위험할 것이다. 여러모로 대단히 위험했다. 그녀는 내일 그들이 비엔나에서 의논한 벤포드의 계획을 쓸 준비가 됐다. 간밤에 받은 스라크 메시지(벤포드 씨가 보낸 게 분명했다)는 그녀가 말한 계획을 승인했다. 벤포드가 그녀를 푸틴에게 밀어붙이고 있다는 걸, 그녀를 대통령의 살 속으로 밀어 넣으려 한다는 걸 그녀는 알고 있었다. 하지만 예브게니, 이자는 계속 주시해야 할 것이다. 그녀의 궁극적인 안전은 이제 그의 어깨와 불알 사이 어딘가에 있다.

"그러니까 우리 서로 지켜주는 거야, 알았지?" 도미니카가 말했다. 그의 노란색 후광이 덜덜 떨렸다. "그리고 같이 출세하는 거야." 예브게니가 손을 들어 도미니카의 머리를 쓰다듬었다. '당신은 대단한 여자야, 그거 알아? 이런 생각하지?' 도미니카는 생각했다.

"당신은 대단한 여자야, 그거 알아?" 예브게니가 말했다.

스패로우가 웃었다. "내가 부엌에서 각 얼음을 가져올 거란 건 알지. 꼼짝 말고 있어."

러시아 안보 위원회의 회의소는 크렘린 성채 안에 있는 1번 건물(상원 건물)에 있다. 대통령의 개인 집무실과 가까운 중간 크기의 이 방은 호화롭고, 압도적이고, 위엄이 있었다. 외벽을 따라 검은 대리석 기둥들이 일정한 간격으로 떨어져 있는데, 거기에 금박을 입힌 기둥머리들이 거대한 2단 크리스털 샹들리에의 불빛을 반사시켰다. 그 방은 사방이 온통 햇빛에 잠겨 있었다. 도미니카는 반짝거리는 쪽모이 세공 마루에 그늘진 곳이 하나도 없는 걸 눈치챘다. 방 한가운데 거대한 테이블이 있었다. 가장자리에 가죽 압지들이 줄줄이 놓여 있었고, 한가운데 있는 옹이가 진 길고 가는 목판 위에 마이크 걸이들이 여기저기 있었다. 다트 모양의 상아를 새겨 넣은 등받이, 팔걸이에 초록색 쿠션을 댄 의자들이 테이블 양쪽에 배열돼 있었다. 남은 의자들은 보좌관들과 노트 필기를 하는 직원용으로 크림색 벽에 일렬로 늘어서 있었다.

테이블 상석에 있는 등이 넓은 의자는(왕좌로 그 의자의 등은 다른 의자들보다 더 높았다) 물결무늬가 있는 비단으로 덮여 있었다. 왕좌 뒤 벽에 근사한 태피스트리와 함께 러시아연방의 머리가 두 개인 황금 독수리 문장이 있었다. 도미니카가 문간에 서 있는 동안 고위 정부 관리들(열 명)이 한 줄로 서서 테이블 옆으로 걸어갔다. '로마노프 왕가의 머리가 둘인 독수리는 검은색이었어. 현대 러시아가 농노들의 폭군, 공포의 이반 뇌제보다 더 나을 게 없다는 건 아이러니하군.' 도미니카는 생각했다. 때맞춰 푸틴 대통령이 보좌관 두 명을 뒤에 달고 옆문으로 들어왔다. 테이블 주위에 있는 남자들은 계속 서 있다가 대통령이 자리에 앉자 마침내 털썩 앉았다.

이 회의는 안보 위원회 회의가 아니라 이란 거래의 기획 회의라는 걸 도미니카는 알고 있었다. 이 위원회는 푸틴의 1차와 2차 정권을 거치면서 그 영향력과 위상을 상실해서 지금은 곧 은퇴할 군사와 첩보 장교들의 거대한 묘지가 돼버렸는데 현 SVR 국장도 그중 하나였다. 그런 이유로 워싱턴 지부장 자루비나는 그를 몰아내고 그 자리에 들어갈 계획을 세우고 있었다. 이 회의에 참석한 대부분의 하급 관리들처럼 도미니카는 테이블 끝 쪽에서 초조해하고 있는 주가노프 옆에 앉았다. 이 위원회의 정회원인 SVR 국장은 무표정하게 테이블 중간에 앉아 있었다.

도미니카는 다른 사람들의 얼굴을 훑어봤다. 빡빡한 셔츠 칼라에 목이 조이고, 툭 튀어나온 배 위로 양복이 팽팽하게 당겨지고, 반짝거리는 이마 위로 흩어진 볼품없이 죽 뻗은 회색 머리카락들. 푸틴의 내부자들, 새 중앙 위원회. 그들의 머리 주위로 노란색과 갈색과 파란색 연기들이 소용돌이치고 있었다. 탐욕, 태만, 자만심, 욕정과 시기의 팔레트. 그리고 폭식. 고보르마렌코는 테이블 맞은편 중간에서 이를 쑤시고 있었다. 도미니카는 이 테이블에서 그녀 말고 유일한 여자(대통령의 최측근 중 하나이자 최근에 러시아 중앙은행 총재로 선출돼 모두를 놀라게 한 인물인 나비울리나)가 있다는 걸 알아챘다. 싸늘한 표정으로 푸틴의 왼쪽 팔꿈치 옆에 앉아 있는 그녀는 더러운 노란색 안개에 휘감겨 있었다.

그때 그 일이 일어났다. 푸틴이 주위에 모여 있는 얼굴들을 훑어보더니 그 박하같이 파란 눈이 도미니카에게 향했다. 그는 검은색 양복에 흰 셔츠를 입고 남청색 넥타이를 매고 있었는데 영화 세트장 같은 조명 속에서 그 넥타이가 환하게 빛나고 있었다. "예고로바 대위." 그의 목소리가 테이블 한가운데를 갈랐다. "와서 여기 앉아요." 그는 손을 휘둘러 오른쪽에 있는 의자를 가리켰다. 그녀는 순간 나무 그루터기처럼 뻣뻣해진 다리로 일어서서, 주가노프가 펼친 검은 박쥐 같은 광기의 날개를 지나, 벽에 기대앉은 채 얼어붙은 예브게니를 지나갔다. 그의 무릎에 노트가 한 권 놓여 있었다. 조용한 방을 걸어가는 그녀를 사람들이 일제히 쳐다봤고, 그중에서 제일 영리한 이들의 얼굴에 알 만하다는 미소가 떠올랐다.

"주도권. 재능." 푸틴은 도미니카가 앉는 동안 주위를 둘러보며 말했다. "이란 조달 문제는 재능이 가장 중요해요. 그리고 주도권. 우리 정보부가 이 기회를 찾아냈죠. 예고로바 대위…… 주가노프 대령이 결정적인 역할을 했습니다." 그는 테이블 끝에 앉은 주가노프에게 고개를 끄덕여 보였지만, 그 난쟁이는 차라리 카자흐스탄의 버스 정류장에 앉아 있는 편이 나았을 뻔했다.

"이제 우리는 최종 단계에 와 있습니다. 자금은 준비됐습니다." 푸틴이 나비울리나를 보며 말했다. 그녀는 머리를 아주 살짝 끄덕였다. "그리고 그 내진 바닥재는 계획대로 조립되고 있습니다." 고보르마렌코가 얼룩진 세 손가락을 들어 보였다. "조립은 석 달 안에 끝납니다." 그가 말했다. '이게 오늘 밤 보낼 스라크 메시지의 첫 문장이 되겠군.' 도미니카는 생각했다.

"그리고 독일인들이 계약대로 그 장비를 배달할 겁니다." 푸틴이 말했다. 이건 질문이 아니라 칙령이었다.

"그 화물은 함부르크의 소브콤플로트(러시아 선박 업체-옮긴이) 화물선에 적재될 겁니다." 눈썹이 덥수룩한 한 남자가 말했다. "그 장비는 대략한 달 후에 페르시아 만에 있는 반다르아바스에서 내릴 겁니다." 푸틴의 파란 눈은 깜박이지 않았다.

'좋아요, 벤포드. 우리가 논의했던 그대로군요.' 도미니카는 조용히 심호흡을 한 번 했다. "제가 의견을 하나 내도 될까요?" 그녀가 말했다. 푸틴은 고개를 돌려 그녀를 보고 고개를 끄덕였다. 그는 그녀에게서 눈을 떼지 않았다. "저는 해상 운송이나 중장비에 대해서는 아무것도 모르지만, 우리 정보부 요원들이 아주 잘 아는 게 몇 가지 있습니다." 그녀는 감히 테이블 주위에 있는 그들의 얼굴은 보지 못했고, 그중에서도 특히 주가노프나 국장은 볼 생각도 못했다.

"위장. 보안. 비밀." 그녀가 말했다.

방은 조용했다.

"제가 이 거래를 이해한 바로는 이란인들이 우리 제안을 수락한 이유는 비밀리에 통상 금지된 바닥재를 받기 때문이죠. 그들에게 그게 이 거래의 가장 매력적인 부분이고, 그걸 위해 두 배의 대금을 치를 용의가 있는 겁니다."

푸틴은 계속 그녀를 보고 있었다.

"러시아 화물선이 함부르크를 통과해서 이란으로 가려면 영국 해협, 지브롤터 해협, 지중해, 수에즈 운하, 홍해, 오만 만을 거쳐 페르시아 만의 호르무즈 해협으로 가야 합니다."

"맞습니다." 소브콤플로트 이야기를 했던 남자가 말했다.

"그 루트에는 지상에서 가장 경비가 삼엄한 바다도 몇 개 포함돼 있습니다."

"그것도 정확합니다." 좀 전의 그 남자가 또 맞장구를 쳤다.

"그리고 그 배는 반다르아바스 항구에서 짐을 내리게 됩니다."

"그렇습니다."

"서구의 해군들이 중장비를 실은 러시아 배가 도착하는 순간 그걸 기록하지 않는다면 전 놀랄 것 같습니다. 게다가 그들이 이란의 주요 항구를 위성으로 감시하지 않을 리가 없죠." 도미니카가 말했다.

"어쩔 수 없는 일이죠." 자신의 소관 업무에 대해 그녀가 따지고 들자 짜증이 난 그 소브콤플로트 남자가 대꾸했다.

"어쩔 수 없다는 건 용납할 수 없어요." 푸틴이 그에게 고개를 돌리며 말했다. "이란인들이 이걸 알게 되면 불평할 겁니다. 그 거래가 위험해질 수 있어요. 우리 정부가 망신을 당할 거고." '당신 말은 내 거래가 위험에 처할 수 있단 말이겠지.' 그녀는 생각했다. '그리고 아무도 대통령을 망신당하게 하면 안 되고.' 도미니카는 멍청하기 짝이 없는 그 관리에게 속으로 말했다.

"그럼 당신은 그 화물을 독일에서 이란까지 어떻게 보낼 겁니까?" 그 남자가 콧방귀를 뀌며 말했다.

'제발 신이시여. 벤포드, 당신이 한 말이 맞아야 해요.' 그녀는 생각했다. "우리가 정보부에서 하는 것처럼 하는 겁니다. 보이지 않게 뒷문을 통해서." 그녀가 말했다.

"수수께끼……" 그 남자가 그렇게 말했을 때 푸틴이 손을 들어 말을 잘랐다.

"말해봐요." 푸틴이 말했다.

"남쪽으로 가는 대신 우리 화물선은 함부르크에서 북쪽으로 가서 상트페테르부르크에서 장비를 내립니다. 완벽하게 통상적이고 아무 해가 없어 보이는 루트죠. 그 화물은 그다음에 러시아를 통과해서 카스피 해의 남쪽 해안에 있는 이란의 작은 항구로 갑니다."

"불가능해요. 육로로 가자면 거대한 트레일러가 필요해요. 이 화물은 집 한 채만 해서 부피도 엄청난 데다 무게도 40톤이 넘어요. 군에도 그걸 옮길 만한 장비는 없어요." 패거리 몇 명이 입을 열었지만 그를 돕기보다는 그저 이 대화에 참여하는 데 의의를 둔 말이었다.

"탄도 미사일 발사 장치 수송 차량을 개조하면 가능할지도." 대머리 남자가 입을 열었다.

"그러려면 몇 달이 걸리는 데다 남쪽으로 갈수록 도로 상태가 고르지 못해서." 또 다른 남자가 말했다.

"당신 미쳤어? 우리나라 한복판을 통과시킨다고?" 그 소브콤플로트 남자가 말했다.

"날씨도 고려를 해야지." 고보르마렌코가 여전히 이를 쑤시면서 말했다.

푸틴이 손을 들었다. 그의 머리와 어깨 뒤에서 바람개비처럼 돌아가는 감청색 빛이 빛나고 있었다. 그는 테이블 주위에서 꽥꽥거리는 자신의 거위 떼에게는 눈길도 주지 않았다. 도미니카는 그녀에게 답이 있음을 그가 알고 있다는 걸 눈치챘다. 다만 그게 시몬 벤포드에게서 나온 아이디어란 건 모르고 있었다. "예고로바 대위?" 그가 재촉했다.

방이 조용해졌다.

"전 어젯밤 지도를 봤습니다. 제게 아이디어가 하나 있습니다." 도미니카가 말했다. 테이블 끝에서 웅성거리는 소리가 들렸지만 푸틴은 무시했다. 도미니카는 감히 그에게서 눈을 돌리지 못했다. "상트페테르부르크에서 라도가 호수와 오네가 호수를 거쳐 리빈스크 저수지를 가로질러 볼가 운하로 들어가서 볼가를 건너 하구까지 내려가서 아스트라한 삼각주를 통과해 카스피 해 남쪽을 횡단해서 이란으로 들어가 북쪽에 있는 반다르이 안잘리 항구에 가는 겁니다." 그녀는 사람들의 얼굴을 보고 다시 푸틴을 봤다. 테이블에 있는 사람들은 대통령이 그 제안에 대해 그들이 어떻게 생각해야 할지 말해주기 전까지는 아무 말도 하지 않을 것이다.

"수로로 은밀하게 러시아 영토에서 이란으로 직접 운반하는 거죠. 루트 전체가 이미 확립돼 있습니다. 운하들, 호수들, 내해들은 그 장비 무게의 세 배를 운반할 수 있는 동력 장치가 설치된 바지선들이 이용하고 있습니다. 이 바지선들은 이미 목재, 철강, 석탄과 자갈을 어두울 때를 포함해서 모든 기상 조건에서 실어 나르고 있죠." 푸틴의 입 가장자리가 씰룩거리고 있었다. "이란은 대금을 지불할 거고, 비밀은 보장되고, 러시아의 명성은 또다시 높아지는 겁니다." 도미니카가 말했다. '물론 세계 무대에서 블라디미르 푸틴 대통령의 지위가 상승하면서 동시에 그의 은행 계좌도 늘어나겠지.'

얼굴이 사각형인 나비울리나가 의자에 등을 기대고 앉았다. 그녀는 푸틴의 영악한 동맹으로, 푸틴의 보호를 받고 있다는 말이 돌았다. 쉰 살인 그녀는 어깨까지 내려오는 적갈색 머리에, 새 날개 모양의 철테 안경을 쓰고, 나비넥타이가 달린 꽃무늬 블라우스 위에 적갈색 재킷을 입고 있었다. 그녀의 목소리는 아이스크림이 녹는 소리 같았다. "대위 본인이 말한 것처럼 해운업이나 운송에 대해선 경험이 없잖아요. 그런데 어떻게 이렇게 대단한 계획을 세웠죠? 어떻게 우리 국내의 강과 운하 시스템을 생각해냈나요? 우리 정보부 요원들은 분명 상상력이 풍부하고 사고가 유연하겠지만, 이건 정말 놀라운 성과인데요." 그 메시지는 이렇게 해석됐다. '이건 네 가슴을 흔들어대는 것보단 조금 더 복잡한 일이란다, 아가씨. 여긴 크렘린이야. 그리고 네가 방금 세운 건 대통령의 거시기고.' 나비울리나는 두 손을 맞잡고 도미니카에게 미소를 지어 보였고, 도미니카도 그에 화답해 미소를 지었다.

'고마워요, 벤포드. 그런 영리한 두뇌를 빌려줘서.' 도미니카는 생각했다. 그는 이런 이의가 제기될 거라고 예상하고 그에 대한 정답을 제시했다.

"제가 강을 생각한 이유는 콘 학교를 다닐 때 카잔 근처의 볼가 강을 상업적인 목적으로 오가는 배들을 봤던 기억이 났기 때문입니다. 스패로우 학교라고 들어보셨겠죠?" 도미니카가 말했다. 도미니카는 나비울리나를 침착하게 보면서 목으로 솟구쳐 오르는 분노와 싸우고 있었다. 이 이야기를 공개적인 자리에서 꺼낸다는 게 몹시 고통스러웠지만, 벤포드는 바로 그 효과를 예측하고 있었다. "우리는 그 강에 수중익선을 타고 도착했고, 교육 중간중간에 볼가 강을 산책하곤 했습니다. 그때마다 강에서 바지선을 봤죠. 그래서 그 생각이 났습니다." 그녀의 대답은 이런 뜻이었다. '나도 나만의 자격증이 있다고요, 언니. 내가 음침한 경제 전문가들이나 대통

령의 거시기 하나 제대로 요리할 수 없다고 생각하지 말아요.'

나비울리나는 잠시 도미니카를 보더니, 그녀의 답을 들으면서 그녀가 도전한 걸 알아차렸다. 푸틴은 이 대화가 재미있어서 미소를 지을 것처럼 입가가 올라갈 듯 말 듯 했다. 그는 일어서서 '시작해'라고 말하는 것처럼 소브콤플로트 남자를 손으로 가리켜 보이고, 테이블 주위에 있는 사람들에게 고개를 끄덕여 보였다. 그걸로 신속하게 이 일을 처리하라는 대통령의 뜻이 전달됐다. 회의에 온 사람들이 일어서서 모여 대통령이 나가길 기다리는 동안, 푸틴은 잠시 멈춰서 도미니카에게 다시 고개를 끄덕여 보이더니 나비울리나와 두 보좌관을 뒤에 달고 나갔다. 옆문이 찰칵 소리를 내며 닫혔고 사람들이 한 줄로 서서 나가기 시작했다.

국장은 손수건으로 얼굴을 닦고 조용히 고개를 흔들었다. 예브게니는 그녀의 얼굴을 외면했다. 그는 방금 그 상황, 그의 미래를 실컷 봤다. 주가노프는 그녀 뒤로 슬며시 와서 격노를 누르면서 일그러진 미소로 말했다.

"아주 잘했어, 대위. 대통령 각하가 상당히 감동받으셨더군." 주가노프가 말했다.

"감사합니다, 대령님." 그녀는 그의 머리 뒤에서 검은 포물선 모양의 안개가 뿜어져 나오는 걸 보며 말했다. "우리 정보부에 대한 각하의 신임이 크네요. 우린 그럴 자격이 있습니다. 우리 관리들과 이란인들을 한데 모아서 아주 짧은 시간에 거래를 성사시킨 대령님 공입니다. 이건 대령님 프로젝트입니다." 도미니카가 말했다.

주가노프는 피부 채취기를 가지고 그녀의 어느 부위부터 작업을 시작할지, 등과 배부터 가죽을 벗겨야 할지 결정하는 것처럼 고개를 살짝 갸웃거리면서 그녀를 봤다. 그들의 발소리가 상원 건물 복도의 대리석 바닥에 올렸고, 호화로운 카펫이 깔린 웅장한 계단을 내려가면서 그 소리는 사라졌다. 예브게니는 바로 뒤에서 따라오면서 그들이 하는 이야기를 듣고 있었다.

"각하에게 제안하기 전에 내게 먼저 보고했더라면 더 좋았을 텐데." 주가노프가 그녀를 올려다보며 말했다.

'물론 그랬겠지, 이 빈대야.' 도미니카는 생각하면서 그의 등에 손을 대고 발로 그의 신발 끝을 꾹 밟아버리는 상상을 했다. 그러면 그는 그대로 계단에 얼굴을 박고 쓰러질 텐데. "전 상석에 앉으라는 상당히 당혹스러운 권유를 받게 될 거라고는 예상하지 못했습니다. 제 말을 믿어주세요, 대령님, 전 절대로 그런 의견을 제안하는 모험을 하려고는……"

"그리스로 언제 떠나나?" 주가노프가 물었다. 그의 아랫입술에 침이 튀겨 있었다.

"며칠 후에 갈 겁니다, 대령님. 이 수사에 대해 대령님의 의견을 주시고 지도해주신다면 좋겠습니다." 그녀가 말했다.

"예브게니가 자네가 원하는 걸 줄 수 있을 거야." 주가노프는 그렇게 말하고 돌아서서 그의 직속 부하가 그 말을 들었는지 봤다. 예브게니의 얼굴은 땀이 흘러서 번쩍거렸다. '저 인간은 정말 그럴 수 있지.' 도미니카는 생각했다.

"고맙습니다, 대령님." 도미니카가 말했다.

아테네. 친구들과의 재회. 다시 CIA와 만난다. 도미니카가 게이블 브라톡에게 이 회의에 대해 말해주면 아주 즐거울 것이다. 그녀는 정색을 하고 그를 나비울리나와 소개팅을 시켜주겠다고 제안하기로 했다. 조용하고 현명한 포사이스는 이란 거래에 집중할 것이다. 벤포드는 물론 트리톤, 리릭, 자루비나에 대해 의논하고 싶을 것이다. 그는 새 정보와 새 단서들을 기뻐할 것이다. 그녀는 오늘 밤 맛보기로 여러 개의 스라크 메시지를 보낼 것이다. 그리고 그녀는 침을 한 번 삼키고 예브게니를 어떻게 포섭했는지 네이트에게 말해야 하나 생각했다.

야세네보로 돌아오는 차 안에서 우드란카는 뒤쪽을 보는 보조 좌석에 앉아, 긴 다리를 쭉 뻗고 의자에 등을 기댄 채 손을 머리 뒤에 대고 있었다. 나라면 말하지 않을 거야, 우드란카가 말했다. 네가 얼마나 간절하게 그의 용서를 바라고 있건 상관없어. 넌 네가 무슨 짓을 왜 했는지 알고 있어. 넌 비밀을 가질 수 없다고 누가 그래?

폴란드 럼 케이크

버터와 설탕을 섞어 가볍고 폭신폭신해질 때까지 갠 후에 달걀을 몇 개 넣는다. 밀가루, 베이킹 소다, 우유와 바닐라를 거기 넣고 잘 섞는다. 섞은 재료를 세로로 홈이 새겨진 케이크 굽는 냄비에 붓고 중온으로 맞춘 오븐에 넣어서 이쑤시개로 찔러봤을 때 아무것도 묻어 나오지 않을 때까지 굽는다. 조금 식힌 케이크에 구멍을 뚫고 설탕, 물, 레몬과 오렌지 껍질, 바닐라, 럼을 넣어 만든 시럽을 케이크가 완전히 촉촉해질 정도로 붓는다.

(『레드 스패로우 4_배반의 궁전』에 계속)

레드 스패로우 3
배반의 궁전

초판 1쇄 인쇄 2016년 9월 6일
초판 1쇄 발행 2016년 9월 13일

지은이 | 제이슨 매튜스
옮긴이 | 박산호
펴낸이 | 정상우
주간 | 정상준
편집 | 이민정 김민채 황유정
디자인 | 박수연 김인경
관리 | 김정숙

펴낸곳 | 오픈하우스
출판등록 | 2007년 11월 29일 (제13-237호)
주소 | 서울시 마포구 동교로13길 34(04003)
전화 | 02-333-3705   팩스 | 02-333-3745
openhousebooks.com
facebook.com/vertigo.kr

ISBN 979-11-86009-67-3 04840
ISBN 979-11-86009-19-2 (세트)

VERTIGO는 (주)오픈하우스의 장르문학 시리즈입니다.

이 도서의 국립중앙도서관 출판예정도서목록(CIP)은 서지정보유통지원시스템 홈페이지(http://seoji.nl.go.kr)와
국가자료공동목록시스템(http://www.nl.go.kr/kolisnet)에서 이용하실 수 있습니다.
(CIP제어번호: CIP2016020800)